名家散文经典

周国平 散文精选

周国平 著

长江出版传媒

长江文艺出版社

新出图证（鄂）字 03 号

图书在版编目（CIP）数据

周国平散文精选 / 周国平 著

武汉：长江文艺出版社，2013.9（2017.12 重印）

（名家散文经典）

ISBN 978—7—5354—6757—7

Ⅰ.周… Ⅱ.周…Ⅲ.散文集—中国—当代 Ⅳ.I267

中国版本图书馆 CIP 数据核字（2013）第 130043 号

责任编辑：高田宏 孙 琳　　　　　责任校对：陈 琪

封面设计：徐慧芳　　　　　　　　　责任印制：左 怡 邱 莉

出版：长江出版传媒　长江文艺出版社

地址：武汉市雄楚大街 268 号　　　　邮编：430070

发行：长江文艺出版社

电话：027—87679360

http://www.cjlap.com

印刷：湖北鄂南新华印刷包装有限公司

开本：640 毫米×970 毫米　　1/16　　　印张：25.25　　插页：2 页

版次：2013 年 9 月第 1 版　　　　　2017 年 12 月第 14 次印刷

字数：300 千字

定价：30.00 元

【目录】

只有一个人生(1982—1990)

悲观·执著·超脱/3

诗人的执著和超脱/8

幸福的悖论/ 12

每个人都是一个宇宙/ 19

哲学与随感录/ 26

人与书之间/ 29

寻求智慧的人生/ 32

在义与利之外/ 35

性爱五题/ 38

艺术·技术·魔术/ 43

女性拯救人类/ 46

人与永恒(1983—1991)

人/ 51

自然和生命/ 55

爱/ 59

孤独 / 64

真实 / 70

美 / 75

人生 / 79

女人和男人 / 85

婚姻 / 91

死 / 95

时间和永恒 / 101

今天我活着（1991—1992）

等的滋味 / 107

孔子的洒脱 / 111

平淡的境界 / 113

人生贵在行胸臆 / 117

家 / 123

失去的岁月 / 126

父亲的死 / 132

自我二重奏 / 134

探究存在之谜 / 141

男人眼中的女人 / 147

守望的距离（1993—1995）

习惯于失去 / 157

时光村落里的往事 / 159

救世和自救 / 163

守望的角度 / 167

被废黜的国王 / 169

在沉默中面对 / 171

心疼这个家 / 173

爱情不风流 / 176

精神的故乡（1996）

人的高贵在于灵魂 / 181

梦并不虚幻 / 183

精神栖身于茅屋 / 185

成为你自己 / 187

第一重要的是做人 / 189

各自的朝圣路（1996—1998）

私人写作 / 193

苦难的精神价值 / 200

在黑暗中并肩行走 / 203

孤独的价值 / 205

现代技术的危险何在? / 212

"己所欲,勿施于人" / 215

记住回家的路 / 217

愉快是基本标准 / 219

医学的人文品格 / 221

婚姻中的爱情 / 227

人人都是孤儿 / 229

安静(1999—2001)

安静的位置 / 233

灵魂的在场 / 235

纪念所掩盖的 / 237

对自己的人生负责 / 240

海滩上的五百六十二枚贝壳 / 242

在维纳斯脚下哭泣 / 246

能使男人受孕的女人 / 250

欣赏另一半 / 253

神圣的交流 / 255

风中的纸屑（1992—2001）

和命运结伴而行 / 259

爱与孤独 / 261

自我和他人 / 263

性爱哲学 / 266

婚姻与爱情 / 268

人得救靠本能 / 270

金钱与生命 / 273

坚守精神的家园 / 275

倾听沉默 / 277

风中的纸屑 / 280

水上的落叶 / 282

读《圣经》札记（2001）

不可发誓 / 291

恨是狭隘，爱是超越 / 292

行淫的女人 / 294

狂妄者最无信仰 / 296

不见而信 / 298

拒绝光即已是惩罚 / 300

不可试探你的上帝 / 302

伺候哪一个主人 / 304

一天的难处一天担当 / 305

舆论的不宽容 / 306

小孩、富人和天国 / 307

不仅是靠食物 / 309

种子和土壤 / 312

不要把珍珠扔给猪 / 314

走进一座圣殿(2000—2004)

智慧和信仰 / 317

丰富的安静 / 321

直接读原著 / 323

走进一座圣殿 / 326

可持续的快乐 / 335

把我们自己娱乐死? / 337

亲密有间 / 341

花心男女的专一爱情 / 343

本质的男人 / 345

亲疏随缘 / 347

善良·丰富·高贵（2005—2006）

表达你心中的爱和善意 / 351

善良·丰富·高贵 / 353

唱出了我们的沉默的歌者 / 355

与书结缘 / 358

鼓励孩子的哲学兴趣 / 361

我判决自己诚实 / 363

我对女性只有深深的感恩 / 367

玩骰子的儿童 / 369

生存的现实和寓言 / 377

拯救童年 / 381

谈钱 / 384

短信文学五则 / 390

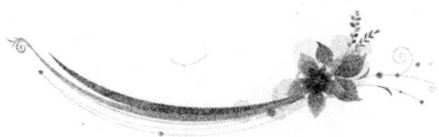

只有一个人生

（1983—1990）

悲观·执著·超脱

——《只有一个人生》代序

一

人的一生，思绪万千。然而，真正让人想一辈子，有时想得惊心动魄，有时不去想仍然牵肠挂肚，这样的问题并不多。透底地说，人一辈子只想一个问题，这个问题一视同仁无可回避地摆在每个人面前，令人困惑得足以想一辈子也未必想清楚。

回想起来，许多年里纠缠着也连缀着我的思绪的动机始终未变，它催促我阅读和思考，激励我奋斗和追求，又规劝我及时撤退，甘于淡泊。倘要用文字表达这个时隐时显的动机，便是一个极简单的命题：只有一个人生。

如果人能永远活着或者活无数次，人生问题的景观就会彻底改变，甚至根本不会有人生问题存在了。人生之所以成为一个问题，前提是生命的一次性和短暂性。不过，从只有一个人生这个前提，不同的人，不，同一个人可以引出不同的结论。也许，困惑正在于这些彼此矛盾的结论似乎都有道理。也许，智慧也正在于使这些彼此矛盾的结论达成辩证的和解。

二

无论是谁,当他初次意识到只有一个人生这个令人伤心的事实时,必定会产生一种幻灭感。生命的诱惑刚刚在地平线上出现,却一眼看到了它的尽头。一个人生太少了!心中涌动着如许欲望和梦幻,一个人生怎么够用?为什么历史上有好多帝国和王朝,宇宙间有无数星辰,而我却只有一个人生?在帝国兴衰、王朝更迭的历史长河中,在星辰的运转中,我的这个小小人生岂非等于零?它确实等于零,一旦结束,便不留一丝影踪,与从未存在过有何区别?

捷克作家昆德拉笔下的一个主人公常常重复一句德国谚语,大意是:"只活一次等于未尝活过。"这句谚语非常简练地把只有一个人生与人生虚无画了等号。

近读金圣叹批《西厢记》,这位独特的评论家极其生动地描述了人生短暂使他感到的无可奈何的绝望。他在序言中写道:自古迄今,"几万万年月皆如水逝、云卷、风驰、电掣,无不尽去,而至于今年今月而暂有我。此暂有之我,又未尝不水逝、云卷、风驰、电掣而疾去也。"我也曾想有作为,但这所作所为同样会水逝、云卷、风驰、电掣而尽去,于是我不想有作为了,只想消遣,批《西厢记》即是一消遣法。可是,"我诚无所欲为,则又何不疾作水逝、云卷、风驰、电掣,顷刻尽去?"想到这里,连消遣的心思也没了,真是万般无奈。

古往今来,诗哲们关于人生虚无的喟叹不绝于耳,无须在此多举。悲观主义的集大成当然要数佛教,归结为一个"空"字。佛教的三项基本原则(三法印)无非是要我们由人生的短促("诸行无常"),看破人生的空幻("诸法无我"),从而自觉地放弃人生("涅槃寂静")。

三

人要悲观实在很容易,但要彻底悲观却也并不容易,只要看看佛教徒

中难得有人生前涅槃,便足可证明。但凡不是悲观到马上自杀,求生的本能自会找出种种理由来和悲观抗衡。事实上,从只有一个人生的前提,既可推论出人生了无价值,也可推论出人生弥足珍贵。物以稀为贵,我们在世上最觉稀少、最嫌不够的东西便是这迟早要结束的生命。这惟一的一个人生是我们的全部所有,失去它我们便失去了一切,我们岂能不爱它,不执著于它呢?

诚然,和历史、宇宙相比,一个人的生命似乎等于零。但是,雪莱说得好:"同人生相比,帝国兴衰、王朝更迭何足挂齿!同人生相比,日月星辰的运转与归宿又算得了什么!"面对无边无际的人生之爱,那把人生对照得极其渺小的无限时空,反倒退避三舍,不足为虑了。人生就是一个人的疆界,最要紧的是负起自己的责任,管好这个疆界,而不是越过它无谓地悲叹天地之悠悠。

古往今来,尽管人生虚无的悲论如缕不绝,可是劝人执著人生爱惜光阴的教诲更是谆谆在耳。两相比较,执著当然比悲观明智得多。悲观主义是一条绝路,冥思苦想人生的虚无,想一辈子也还是那么一回事,绝不会有柳暗花明的一天,反而窒息了生命的乐趣。不如把这个虚无放到括号里,集中精力做好人生的正面文章。既然只有一个人生,世人心目中值得向往的东西,无论成功还是幸福,今生得不到,就永无得到的希望了,何不以紧迫的心情和执著的努力,把这一切追求到手再说?

四

可是,一味执著也和一味悲观一样,同智慧相去甚远。悲观的危险是对人生持厌弃的态度,执著的危险则是对人生持占有的态度。

所谓对人生持占有的态度,倒未必专指那种惟利是图、贪得无厌的行径。弗罗姆在《占有或存在》一书中具体入微地剖析了占有的人生态度,它体现在学习、阅读、交谈、回忆、信仰、爱情等一切日常生活经验中。据我的理解,凡是过于看重人生的成败、荣辱、福祸、得失,视成功和幸福为人生第一要义和至高目标者，即可归入此列。因为这样做实质上就是把人生看成了一种占有物，必欲向之获取最大效益而后快。

但人生是占有不了的。毋宁说，它是侥幸落到我们手上的一件暂时的礼物，我们迟早要把它交还。我们宁愿怀着从容闲适的心情玩味它，而不要让过分急切的追求和得失之患占有了我们，使我们不再有玩味的心情。在人生中还有比成功和幸福更重要的东西，那就是凌驾于一切成败福祸之上的豁达胸怀。在终极的意义上，人世间的成功和失败，幸福和灾难，都只是过眼烟云，彼此并无实质的区别。当我们这样想时，我们和我们的身外遭遇保持了一个距离，反而和我们的真实人生贴得更紧了，这真实人生就是一种既包容又超越身外遭遇的丰富的人生阅历和体验。

我们不妨眷恋生命，执著人生，但同时也要像蒙田说的那样，收拾好行装，随时准备和人生告别。入世再深，也不忘它的限度。这样一种执著有悲观垫底，就不会走向贪婪。有悲观垫底的执著，实际上是一种超脱。

五

我相信一切深刻的灵魂都蕴藏着悲观。换句话说，悲观自有其深刻之处。死是多么重大的人生事件，竟然不去想它，这只能用怯懦或糊涂来解释。用贝多芬的话说："不知道死的人真是可怜虫！"

当然，我们可以补充一句："只知道死的人也是可怜虫！"真正深刻的灵魂决不会沉溺于悲观。悲观本源于爱，为了爱又竭力与悲观抗争，反倒有了超乎常人的创造，贝多芬自己就是最好的例子。不过，深刻更在于，无论获得多大成功，也消除不了内心蕴藏的悲观，因而终能以超脱的眼光看待这成功。如果一种悲观可以轻易被外在的成功打消，我敢断定那不是悲观，而只是肤浅的烦恼。

超脱是悲观和执著两者激烈冲突的结果，又是两者的和解。前面提到金圣叹因批"西厢"而引发了一段人生悲叹，但他没有止于此，否则我们今天就不会读到他批的"西厢"了。他太爱"西厢"，非批不可，欲罢不能。所

以，他接着笔锋一转，写道：既然天地只是偶然生我，那么，"未生已前非我也。既去已后又非我也。然则今虽犹尚暂在，实非我也。"于是，"以非我者之日月，误而任我之唐突可也；以非我者之才情，误而供我之挥霍可也。"总之，我可以让那个非我者去批"西厢"而供我作消遣了。他的这个思路，巧妙地显示了悲观和执著在超脱中达成的和解。我心中有悲观，也有执著。我愈执著，就愈悲观，愈悲观，就愈无法执著，陷入了二律背反。我干脆把自己分裂为二，看透那个执著的我是非我，任他去执著。执著没有悲观牵肘，便可放手执著。悲观扬弃执著，也就成了超脱。不仅把财产、权力、名声之类看作身外之物，而且把这个终有一死的"我"也看作身外之物，如此才有真正的超脱。

由于只有一个人生，颓废者因此把它看作零，堕入悲观的深渊。执迷者又因此把它看作全，激起占有的热望。两者均未得智慧的真髓。智慧是在两者之间，确切地说，是包容了两者又超乎两者之上。人生既是零，又是全，是零和全的统一。用全否定零，以反抗虚无，又用零否定全，以约束贪欲，智慧仿走着这螺旋形的路。不过，这只是一种简化的描述。事实上，在一个热爱人生而又洞察人生的真相的人心中，悲观、执著、超脱三种因素始终都存在着，没有一种会完全消失，智慧就存在于它们此消彼长的动态平衡之中。我不相信世上有一劳永逸彻悟人生的"无上觉者"，如果有，他也业已涅槃成佛，不再属于这个活人的世界了。

1990.10

诗人的执著和超脱

一

除夕之夜,陪伴我的只有苏东坡的作品。

读苏东坡豪迈奔放的诗词文章,你简直想不到他有如此坎坷艰难的一生。

有一天饭后,苏东坡捧着肚子踱步,问道:"我肚子里藏些什么?"

侍儿们分别说,满腹都是文章,都是识见。惟独他那个聪明美丽的侍妾朝云说:

"学士一肚子不合时宜。"

苏东坡捧腹大笑,连声称是。在苏东坡的私生活中,最幸运的事就是有这么一个既有魅力、又有理解力的女人。

以苏东坡之才,治国经邦都会有独特的建树,他任杭州太守期间的政绩就是明证。可是,他毕竟太富于诗人气质了,禁不住有感便发,不平则鸣,结果总是得罪人。他的诗名冠绝一时,流芳百世,但他的五尺之躯却见容不了当权派。无论政敌当道,还是同党秉政,他都照例不受欢迎。自从身不由己地被推上政治舞台以后,他两度遭到贬谪,从三十五岁开始颠沛流离,在一地居住从来不满三年。你仿佛可以看见,在那交通不便的时代,

他携家带眷,风尘仆仆,跋涉在中国的荒野古道上,无休无止地向新的谪居地进发。最后,孤身一人流放到海南岛,他这个一天都离不了朋友的豪放诗人,却被迫像野人一样住在蛇蝎衍生的椰树林里,在语言不通的蛮族中了却残生。

二

具有诗人气质的人,往往在智慧上和情感上都早熟,在政治上却一辈子也成熟不了。他始终保持一颗纯朴的童心。他用孩子般天真单纯的眼光来感受世界和人生,不受习惯和成见之囿,于是常常有新鲜的体验和独到的发现;他用孩子般天真单纯的眼光来衡量世俗的事务,却又不免显得不通世故,不合时宜。

苏东坡曾把写作喻作"行云流水","常行于所当行,常止于不可不止",完全出于自然。这正是他的人格的写照。个性的这种不可遏止的自然的奔泻,在旁人看来,是一种执著。

真的,诗人的性格各异,可都是一些非常执著的人。他们的心灵好像固结在童稚时代那种色彩丰富的印象上了,但这种固结不是停滞和封闭,反而是发展和开放。在印象的更迭和跳跃这一点上,谁能比得上孩子呢?那么,终身保持孩子般速率的人,他所获得的新鲜印象不是就丰富得惊人了吗?具有诗人气质的人似乎在孩子时期一旦尝到了这种快乐,就终身不能放弃了。他一生所执著的就是对世界、对人生的独特的新鲜的感受——美感。对于他来说,这种美感是生命的基本需要。富比王公,没有这种美感,生活就索然乏味。贫如乞儿,不断有新鲜的美感,照样可以过得快乐充实。

美感在本质上的确是一种孩子的感觉。孩子的感觉,其特点一是纯朴而不雕琢,二是新鲜而不因袭。这两个特点不正是美感的基本素质吗?然而,除了孩子的感觉,我不知道还有什么别的感觉。雕琢是感觉的伪造,因袭是感觉的麻痹,所以,美感的丧失就是感觉机能的丧失。

可是，这个世界毕竟是成人统治的世界啊，他们心满意足，自以为是，像惩戒不听话的孩子一样惩戒童心不灭的诗人。不必说残酷的政治，就是世俗的爱情，也常常无情地挫伤诗人的美感。多少诗人以身殉他们的美感，就这样地毁灭了。一个执著于美感的人，必须有超脱之道，才能维持心理上的平衡。愈是执著，就必须愈是超脱。这就是诗与哲学的结合。凡是得以安享天年的诗人，哪一个不是兼有一种哲学式的人生态度呢？歌德，托尔斯泰，泰戈尔，苏东坡……他们在某种程度上都同时是哲学家。

三

美感作为感觉，是在对象化的过程中实现自己的。不能超脱的诗人，总是执著于某一些特殊的对象。他们的心灵固结在美感上，他们的美感又固结在这些特殊的对象上，一旦丧失这些对象，美感就失去寄托，心灵就遭受致命的打击。他们不能成为美感的主人，反而让美感受对象的役使。对于一个诗人来说，最大的祸害莫过于执著于某些特殊的对象了。这是审美上的异化。自由的心灵本来是美感的源泉，现在反而受自己的产物——对象化的美感即美的对象——的支配，从而丧失了自由，丧失了美感的原动力。

苏东坡深知这种执著于个别对象的审美方式的危害。在他看来，美感无往而不可对象化。"凡物皆有可观，苟有可观，皆有可乐，非必怪奇伟丽者也。"如果执著于一物，"游于物之内"，自其内而观之，物就显得又高又大。物挟其高大以临我，我怎么能不眩惑迷乱呢？他说，他之所以能无往而不乐，就是因为"游于物之外"。"游于物之外"，就是不要把对象化局限于具体的某物，更不要把对象化的要求变成对某物的占有欲。结果，反而为美感的对象化打开了无限广阔的天地。"江上之清风，与山间之明月，耳得之而为声，目遇之而成色，取之无禁，用之不竭，是造物者之无尽藏也"，你再执著于美感，又有何妨？只要你的美感不执著于一物，不异化为占有，就不愁得不到满足。

诗人的执著,在于始终保持一种审美的人生态度。诗人的超脱,在于没有狭隘的占有欲望。

所以,苏东坡能够"谈笑生死之际",尽管感觉敏锐,依然胸襟旷达。

苏东坡在惠州谪居时,有一天,在山间行走,已经十分疲劳,而离家还很远。他突然悟到:人本是大自然之子,在大自然的怀抱里,何处不能歇息?于是"心若挂钩之鱼,忽得解脱"。

"人生到处知何似?应似飞鸿踏雪泥,泥上偶然留指爪,鸿飞那复计东西。"诗人的灵魂就像飞鸿,它不会眷恋自己留在泥上的指爪,它的惟一使命是飞,自由自在地飞翔在美的国度里。

我相信,哲学是诗的守护神。只有在哲学的广阔天空里,诗的精灵才能自由地、耐久地飞翔。

1983.12

幸福的悖论

一

把幸福作为研究课题是一件冒险的事。"幸福"一词的意义过于含混，几乎所有人都把自己向往而不可得的境界称作"幸福"，但不同的人所向往的境界又是多么不同。哲学家们提出过种种幸福论，可以担保的是，没有一种能够为多数人所接受。至于形形色色所谓幸福的"秘诀"，如果不是江湖骗方，也至多是一些老生常谈罢了。

幸福是一种太不确定的东西。一般人把愿望的实现视为幸福，可是，一旦愿望实现了，就真感到幸福么？萨特一生可谓功成愿遂，常人最企望的两件事，爱情的美满和事业的成功，他几乎都毫无瑕疵地得到了，但他在垂暮之年却说："生活给了我想要的东西，同时它又让我认识到这没多大意思。不过你有什么办法？"

所以，我对一切关于幸福的抽象议论都不屑一顾，而对一切许诺幸福的翔实方案则简直要嗤之以鼻了。

最近读莫洛亚的《人生五大问题》，最后一题也是"论幸福"。但在前四题中，他对与人生幸福密切相关的问题，包括爱情和婚姻，家庭，友谊，社会生活，作了生动透剔的论述，令人读而不倦。幸福问题的讨论历来包括两

个方面,一是社会方面,关系到幸福的客观条件,另一是心理方面,关系到幸福的主观体验。作为一位优秀的传记和小说作家,莫洛亚的精彩之处是在后一方面。就社会方面而言,他的见解大体是肯定传统的,但由于他体察人类心理,所以并不失之武断,给人留下了思索和选择的余地。

二

自古以来,无论在文学作品中,还是在现实生活中,爱情和婚姻始终被视为个人幸福之命脉所系。多少幸福或不幸的喟叹,都缘此而起。按照孔德的说法,女人是感情动物,爱情和婚姻对于女人的重要性自不待言。但即使是行动动物的男人,在事业上获得了辉煌的成功,倘若在爱情和婚姻上失败了,他仍然会觉得自己非常不幸。

可是,就在这个人们最期望得到幸福的领域里,却很少有人敢于宣称自己是真正幸福的。诚然,热恋中的情人个个都觉得自己是幸福女神的宠儿,但并非人人都能得到热恋的机遇,有许多人一辈子也没有品尝过个中滋味。况且热恋未必导致美满的婚姻,婚后的失望、争吵、厌倦、平淡、麻木几乎是常规,终身如恋人一样缱绻的夫妻毕竟只是幸运的例外。

从理论上说,每一个人在异性世界中都可能有一个最佳对象,一个所谓的"惟一者"、"独一无二者",或如吉卜林的诗所云,"一千人中之一人"。但是,人生短促,人海茫茫,这样两个人相遇的几率差不多等于零。如果把幸福寄托在这相遇上,幸福几乎是不可能的。不过,事实上,爱情并不如此苛求,冥冥中也并不存在非此不可的命定姻缘。正如莫洛亚所说:"如果因了种种偶然(按:应为必然)之故,一个求爱者所认为独一无二的对象从未出现,那么,差不多近似的爱情也会在另一个对象身上感到。"期待中的"惟一者",会化身为千百种形象向一个渴望爱情的人走来。也许爱情永远是个谜,任何人无法说清自己所期待的"惟一者"究竟是什么样子。只有到了堕入情网,陶醉于爱情的极乐,一个人才会惊喜地向自己的情人喊道:"你就是我一直期待着的那个人,就是那个惟一者。"

究竟是不是呢？

也许是的。这并非说，他们之间有一种宿命，注定不可能爱上任何别人。不，如果他们不相遇，他们仍然可能在另一个人身上发现自己的"惟一者"。然而，强烈的感情经验已经改变了他们的心理结构，从而改变了他们与其他可能的对象之间的关系。犹如经过一次化合反应，他们都已经不是原来的元素，因而不可能再与别的元素发生相似的反应了。在这个意义上，一个人一生只能有一次震撼心灵的爱情，而且只有少数人得此幸遇。

也许不是。因为"惟一者"本是痴情的造影，一旦痴情消退，就不再成其"惟一者"了。莫洛亚引哲学家桑塔耶那的话说："爱情的十分之九是由爱人自己造成的，十分之一才靠那被爱的对象。"凡是经历过热恋的人都熟悉爱情的理想化力量，幻想本是爱情不可或缺的因素。太理智、太现实的爱情算不上爱情。最热烈的爱情总是在两个最富于幻想的人之间发生，不过，同样真实的是，他们也最容易感到幻灭。如果说普通人是因为运气不佳而不能找到意中人，那么，艺术家则是因为期望过高而对爱情失望的。爱情中的理想主义往往导致拜伦式的感伤主义，又进而导致纵欲主义，唐璜有过一千零三个情人，但他仍然没有找到他的"惟一者"，他注定找不到。

无幻想的爱情太平庸，基于幻想的爱情太脆弱，幸福的爱情究竟可能吗？我知道有一种真实，它能不断地激起幻想，有一种幻想，它能不断地化为真实。我相信，幸福的爱情是一种能不断地激起幻想、又不断地被自身所激起的幻想改造的真实。

三

爱情是无形的，只存在于恋爱者的心中，即使人们对于爱情的感受有千万差别，但在爱情问题上很难作认真的争论。婚姻就不同了，因为它是有形的社会制度，立废取舍，人是有主动权的。随着文明的进展，关于婚姻利弊的争论愈演愈烈。有一派人认为婚姻违背人性，束缚自由，败坏或扼

杀爱情,本质上是不可能幸福的。莫洛亚引婚姻反对者的话说:"一对夫妇总依着两人中较为庸碌的一人的水准而生活的。"此言可谓刻薄。但莫洛亚本人持赞成婚姻的立场,认为婚姻是使爱情的结合保持相对稳定的惟一方式。只是他把艺术家算作了例外。

在拥护婚姻的一派人中,对于婚姻与爱情的关系又有不同看法。两个截然不同的哲学家,尼采和罗素,都要求把爱情与婚姻区分开来,反对以爱情为基础的婚姻,而主张婚姻以优生和培育后代为基础,同时保持婚外爱情的自由。法国哲学家阿兰认为,婚姻的基础应是逐渐取代爱情的友谊。莫洛亚修正说:"在真正幸福的婚姻中,友谊必得与爱情融和一起。"也许这是一个比较令人满意的答案。爱情基于幻想和冲动,因而爱情的婚姻结局往往不幸。但是,无爱情的婚姻更加不幸。仅以友谊为基础的夫妇关系诚然彬彬有礼,但未免失之冷静。保持爱情的陶醉和热烈,辅以友谊的宽容和尊重,从而除去爱情难免会有的嫉妒和挑剔,正是加固婚姻的爱情基础的方法。不过,实行起来并不容易,其中诚如莫洛亚所说必须有诚意,但单凭诚意又不够。爱情仅是感情的事,婚姻的幸福却是感情、理智、意志三方通力合作的结果,因而更难达到。"幸福的家庭都是相似的;不幸的家庭各有各的不幸。"此话也可解为:千百种因素都可能导致婚姻的不幸,但没有一种因素可以单独造成幸福的婚姻。结婚不啻是把爱情放到琐碎平凡的日常生活中去经受考验。莫洛亚说得好,准备这样做的人不可抱着买奖券侥幸中头彩的念头,而必须像艺术家创作一部作品那样,具有一定要把这部艰难的作品写成功的决心。

四

两性的天性差异可以导致冲突,从而使共同生活变得困难,也可以达成和谐,从而造福人生。

尼采曾说:"同样的激情在两性身上有不同的节奏,所以男人和女人不断地发生误会。"可见,两性之间的和谐并非现成的,它需要一个彼此接受、理解、适应的过程。

一般而论,男性重行动,女性重感情,男性长于抽象观念,女性长于感性直觉,男性用刚强有力的线条勾画出人生的轮廓,女性为之抹上美丽柔和的色彩。

欧洲妇女解放运动初起时,一帮女权主义者热情地鼓动妇女走上社会,从事与男子相同的职业。爱伦凯女士指出,这是把两性平权误认作两性功能相等了。她主张女子在争得平等权利之后,回到丈夫和家庭那里去,以自由人的身份从事其最重要的工作——爱和培育后代。现代的女权主义者已经越来越重视发展女子天赋的能力,而不再天真地孜孜于抹平性别差异了。

女性在现代社会中的特殊作用尚有待于发掘。马尔库塞认为,由于女性与资本主义异化劳动世界相分离,因此她们能更多地保持自己的感性,比男子更人性化。的确,女性比男性更接近自然,更扎根于大地,有更单纯的、未受污染的本能和感性。所以,莫洛亚说:"一个纯粹的男子,最需要一个纯粹的女子去补充他……因了她,他才能和种族这深切的观念保持恒久的接触。"又说:"我相信若是一个社会缺少女人的影响,定会堕入抽象,堕入组织的疯狂,随后是需要专制的现象……没有两性的合作,决没有真正的文明。"在人性片面发展的时代,女性是一种人性复归的力量。德拉克罗瓦的名画《自由引导人民》,画中的自由神是一位袒着胸脯、未着军装、面容安详的女子。歌德诗曰:"永恒之女性,引导我们走。"走向何方?走向一个更实在的人生,一个更人情味的社会。

莫洛亚可说是女性的一位知音。人们常说,女性爱慕男性的"力",男性爱慕女性的"美"。莫洛亚独能深入一步,看出:"真正的女性爱慕男性的'力',因为她们稔知强有力的男子的弱点。""女人之爱强的男子只是表面的,且她们所爱的往往是强的男子的弱点。"我只想补充一句:强的男子可能对千百个只知其强的崇拜者无动于衷,却会在一个知其弱点的女人面前倾倒。

五

男女之间是否可能有真正的友谊？这是在实际生活中常常遇到、常常引起争论的一个难题。即使在最封闭的社会里，一个人恋爱了，或者结了婚，仍然不免与别的异性接触和可能发生好感。这里不说泛爱者和爱情转移者，一般而论，一种排除情欲的澄明的友谊是否可能呢？

莫洛亚对这个问题的讨论是饶有趣味的。他列举了三种异性之间友谊的情形：一方单恋而另一方容忍；一方或双方是过了恋爱年龄的老人；旧日的恋人转变为友人。分析下来，其中每一种都不可能完全排除性吸引的因素。道德家们往往攻击这种"杂有爱的成分的友谊"，莫洛亚的回答是：即使有性的因素起作用，又有什么要紧呢！"既然身为男子与女子，若在生活中忘记了肉体的作用，始终是件疯狂的行为。"

异性之间的友谊即使不能排除性的吸引，它仍然可以是一种真正的友谊。蒙田曾经设想，男女之间最美满的结合方式不是婚姻，而是一种肉体得以分享的精神友谊。拜伦在谈到异性友谊时也赞美说："毫无疑义，性的神秘力量在其中也如同在血缘关系中占据着一种天真无邪的优越地位，把这谐音调弄到一种更微妙的境界。如果能摆脱一切友谊所防止的那种热情，又充分明白自己的真实情感，世间就没有什么能比得上做女人的朋友了，如果你过去不曾做过情人，将来也不愿做了。"在天才的生涯中起重要作用的女性未必是妻子或情人，有不少倒是天才的精神挚友，只要想一想贝蒂娜与歌德、贝多芬，梅森葆夫人与瓦格纳、尼采、赫尔岑、罗曼·罗兰，莎乐美与尼采、里尔克、弗洛伊德，梅克夫人与柴可夫斯基，就足够了。当然，性的神秘力量在其中起着的作用也是不言而喻的。区别只在于，这种力量因客观情境或主观努力而被限制在一个有益无害的地位，既可为异性友谊罩上一种为同性友谊所未有的温馨情趣，又不致像爱情那样激起一种疯狂的占有欲。

六

在经过种种有趣的讨论之后，莫洛亚得出了一个似乎很平凡的结论：幸福在于爱，在于自我的遗忘。

当然，事情并不这么简单。康德曾经提出理性面临的四大二律背反，我们可以说人生也面临种种二律背反，爱与孤独便是其中之一。莫洛亚引用了拉伯雷《巨人传》中的一则故事。巴奴越去向邦太葛吕哀征询关于结婚的意见，他在要不要结婚的问题上陷入了两难的困境：结婚吧，失去自由，不结婚吧，又会孤独。其实这种困境不独在结婚问题上存在。个体与类的分裂早就埋下了冲突的种子，个体既要通过爱与类认同，但又不愿完全融入类之中而丧失自身。绝对的自我遗忘和自我封闭都不是幸福，并且也是不可能的。在爱之中有许多烦恼，在孤独之中又有许多悲凉。另一方面呢，爱诚然使人陶醉，孤独也未必不使人陶醉。当最热烈的爱受到创伤而返诸自身时，人在孤独中学会了爱自己，也学会了理解别的孤独的心灵和深藏在那些心灵中的深邃的爱，从而体味到一种超越的幸福。

一切爱都基于生命的欲望，而欲望不免造成痛苦。所以，许多哲学家主张节欲或禁欲，视宁静、无纷扰的心境为幸福。但另一些哲学家却认为拼命感受生命的欢乐和痛苦才是幸福，对于一个生命力旺盛的人，爱和孤独都是享受。如果说幸福是一个悖论，那么，这个悖论的解决正存在于争取幸福的过程之中。其中有斗争，有苦恼，但只要希望尚存，就有幸福。所以，我认为莫洛亚这本书的结尾句是说得很精彩的："若将幸福分析成基本原子时，亦可见它是由斗争与苦恼形成的，唯此斗争与苦恼永远被希望所挽救而已。"

1987，3

18

每个人都是一个宇宙

一

我的怪癖是喜欢一般哲学史不屑记载的哲学家，宁愿绕开一个个曾经显赫一时的体系的颓宫，到历史的荒村陌巷去寻找他们的足迹。爱默生就属于这些我颇愿结识一番的哲学家之列。

我对爱默生向往已久。在我的精神旅行图上，我早已标出那个康科德小镇的方位。尼采常常提到他。如果我所喜欢的某位朋友常常情不自禁地向我提起他所喜欢的一位朋友，我知道我也准能喜欢他的这位朋友。

作为美国文艺复兴的领袖和杰出的散文大师，爱默生已名垂史册。作为一名哲学家，他却似乎进不了哲学的"正史"。他是一位长于灵感而拙于体系的哲学家。他的"体系"，所谓超验主义，如今在美国恐怕也没有人认真看待了。如果我试图对他的体系作一番条分缕析的解说，就未免太迂腐了。我只想受他的灵感的启发，随手写下我的感触。超验主义死了，但爱默生的智慧永存。

二

也许没有一个哲学家不是在实际上试图建立某种体系，赋予自己最得意的思想以普遍性形式。声称反对体系的哲学家也不例外。但是，大千世界的神秘不会屈从于任何公式，没有一个体系能够万古长存。幸好真正有生命力的思想不会被体系的废墟掩埋，一旦除去体系的虚饰，它们反以更加纯粹的面貌出现在天空下，显示出它们与阳光、土地、生命的坚实联系，在我们心中唤起亲切的回响。

爱默生相信，人心与宇宙之间有着对应关系，所以每个人凭内心体验就可以认识自然和历史的真理。这就是他的超验主义，有点像主张"吾心即是宇宙"、"心即理"、"致良知"的宋明理学。人心与宇宙之间究竟有没有对应关系，这是永远无法在理论上证实或驳倒的。一种形而上学不过是一种信仰，其作用只是用来支持一种人生态度和价值立场。我宁可直接面对这种人生态度和价值立场，而不去追究它背后的形而上学信仰。于是我看到，爱默生想要表达的是他对人性完美发展的可能性的期望和信心，他的哲学是一首洋溢着乐观主义精神的个性解放的赞美诗。

但爱默生的人道主义不是欧洲文艺复兴的单纯回声。他生活在十九世纪，和同时代少数几个伟大思想家一样，他也是揭露现代资本主义社会异化现象的先知先觉者。每个人都是一个宇宙，但在现实中却成了碎片。"社会是这样一种状态，每一个人都像是从身上锯下来的一段肢体，昂然地走来走去，许多怪物——一个好手指，一个颈项，一个胃，一个肘弯，但是从来不是一个人。"我想起了马克思在一八四四年的手稿中对人的异化的分析。我也想起了尼采的话："我的目光从今天望到过去，发现比比皆是：碎片、断肢和可怕的偶然——可是没有人！"他们的理论归宿当然截然不同，但都同样热烈怀抱着人性全面发展的理想。往往有这种情况：同一种激情驱使人们从事理论探索，结果却找到了不同的理论，甚至彼此成为思想上的敌人。但是，真的是敌人吗？

20

三

每个人都是一个宇宙，每个人的天性中都蕴藏着大自然赋予的创造力。把这个观点运用到读书上，爱默生提倡一种"创造性的阅读"。这就是：把自己的生活当作正文，把书籍当作注解；听别人发言是为了使自己能说话；以一颗活跃的灵魂，为获得灵感而读书。

几乎一切创造欲强烈的思想家都对书籍怀着本能的警惕。蒙田曾谈到"文殇"，即因读书过多而被文字之斧砍伤，丧失了创造力。叔本华把读书太滥譬作将自己的头脑变成别人思想的跑马场。爱默生也说："我宁愿从来没有看见过一本书，而不愿意被它的吸力扭曲过来，把我完全拉到我的轨道外面，使我成为一颗卫星，而不是一个宇宙。"

许多人热心地请教读书方法，可是如何读书其实是取决于整个人生态度的。开卷有益，也可能有害。过去的天才可以成为自己天宇上的繁星，也可以成为压抑自己的偶像。爱默生俏皮地写道："温顺的青年人在图书馆里长大，他们相信他们的责任是应当接受西塞罗、洛克、培根的意见；他们忘了西塞罗、洛克与培根写这些书的时候，也不过是图书馆里的青年人。"我要加上一句：幸好那时图书馆的藏书比现在少得多，否则他们也许成不了西塞罗、洛克、培根了。

好的书籍是朋友，但也仅仅是朋友。与好友会晤是快事，但必须自己有话可说，才能真正快乐。一个愚钝的人，再智慧的朋友对他也是毫无用处的，他坐在一群才华横溢的朋友中间，不过是一具木偶，一个讽刺，一种折磨。每人都是一个神，然后才有奥林匹斯神界的欢聚。

我们读一本书，读到精彩处，往往情不自禁地要喊出声来：这是我的思想，这正是我想说的，被他偷去了！有时候真是难以分清，哪是作者的本意，哪是自己的混入和添加。沉睡的感受唤醒了，失落的记忆找回了，朦胧的思绪清晰了。其余一切，只是死的"知识"，也就是说，只是外在于灵魂有机生长过程的无机物。

我曾经计算过,尽我有生之年,每天读一本书,连我自己的藏书也读不完。何况还不断购进新书,何况还有图书馆里难计其数的书。这真有点令人绝望。可是,写作冲动一上来,这一切全忘了。爱默生说得漂亮:"当一个人能够直接阅读上帝的时候,那时间太宝贵了,不能够浪费在别人阅读后的抄本上。"只要自己有旺盛的创作欲,无暇读别人写的书也许是一种幸运呢。

四

有两种自信:一种是人格上的独立自主,藐视世俗的舆论和功利;一种是理智上的狂妄自大,永远自以为是,自我感觉好极了。我赞赏前一种自信,对后一种自信则总是报以几分不信任。

人在世上,总要有所依托,否则会空虚无聊。有两样东西似乎是公认的人生支柱,在讲究实际的人那里叫职业和家庭,在注重精神的人那里叫事业和爱情。食色性也,职业和家庭是社会认可的满足人的两大欲望的手段,当然不能说它们庸俗。然而,职业可能不称心,家庭可能不美满,欲望是满足了,但付出了无穷烦恼的代价。至于事业的成功和爱情的幸福,尽管令人向往之至,却更是没有把握的事情。而且,有些精神太敏感的人,即使得到了这两样东西,还是不能摆脱空虚之感。

所以,人必须有人格上的独立自主。你诚然不能脱离社会和他人生活,但你不能一味攀援在社会建筑物和他人身上。你要自己在生命的土壤中扎根。你要在人生的大海上抛下自己的锚。一个人如果把自己仅仅依附于身外的事物,即使是极其美好的事物,顺利时也许看不出他的内在空虚、缺乏根基,一旦起了风浪,例如社会动乱,事业挫折,亲人亡故,失恋,等等,就会一蹶不振乃至精神崩溃。正如爱默生所说:"然而事实是:他早已是一只漂流着的破船,后来起的这一阵风不过向他自己暴露出他流浪的状态。"爱默生写有长文热情歌颂爱情的魅力,但我更喜欢他的这首诗:

为爱牺牲一切，

服从你的心；

朋友，亲戚，时日，

名誉，财产，

计划，信用与灵感，

什么都能放弃。

为爱离弃一切；

然而，你听我说：……

你须要保留今天，

明天，你整个的未来，

让它们绝对自由，

不要被你的爱人占领。

如果你心爱的姑娘另有所欢，你还她自由。

你应当知道

半人半神走了，

神就来了。

　　世事的无常使得古来许多贤哲主张退隐自守，清静无为，无动于衷。我厌恶这种哲学。我喜欢看见人们生气勃勃地创办事业，如痴如醉地堕入情网，痛快淋漓地享受生命。但是，不要忘记了最主要的事情：你仍然属于你自己。每个人都是一个宇宙，每个人都应该有一个自足的精神世界。这是一个安全的场所，其中珍藏着你最珍贵的宝物，任何灾祸都不能侵犯它。心灵是一本奇特的账簿，只有收入，没有支出，人生的一切痛苦和欢乐，都化作宝贵的体验记入它的收入栏中。是的，连痛苦也是一种收入。人仿佛有了两个自我，一个自我到世界上去奋斗，去追求，也许凯旋，也许败归，另一个自我便含着宁静的微笑，把这遍体汗水和血迹的哭着笑着的自我迎回家来,把丰厚的战利品指给他看,连败归者也有一份。

爱默生赞赏儿童身上那种不怕没得饭吃、说话做事从不半点随人的王公贵人派头。一到成年,人就注重别人的观感,得失之患多了。我想,一个人在精神上真正成熟之后,又会返璞归真,重获一颗自足的童心。他消化了社会的成规习见,把它们扬弃了。

五

还有一点余兴,也一并写下。有句成语叫大智若愚。人类精神的这种逆反形式很值得研究一番。我还可以举出大善若恶,大悲若喜,大信若疑,大严肃若轻浮。在爱默生的书里,我也找到了若干印证。

悲剧是深刻的,领悟悲剧也须有深刻的心灵。"性情浅薄的人遇到不幸,他的感情仅只是演说式的做作。"然而这不是悲剧。人生的险难关头最能检验一个人的灵魂深浅。有的人一生接连遭到不幸,却未尝体验过真正的悲剧情感。相反,表面上一帆风顺的人也可能经历巨大的内心悲剧。一切高贵的情感都羞于表白,一切深刻的体验都拙于言辞。大悲者会以笑谑嘲弄命运,以欢容掩饰哀伤。丑角也许比英雄更知人生的辛酸。爱默生举了一个例子:正当喜剧演员卡里尼使整个那不勒斯城的人都笑断肚肠的时候,有一个病人去找城里的一个医生,治疗他致命的忧郁症。医生劝他到戏院去看卡里尼的演出,他回答:"我就是卡里尼。"

与此相类似,最高的严肃往往貌似玩世不恭。古希腊人就已经明白这个道理。爱默生引用普鲁塔克的话说:"研究哲理而外表不像研究哲理,在嬉笑中做成别人严肃认真地做的事,这是最高的智慧。"正经不是严肃,就像教条不是真理一样。真理用不着板起面孔来增添它的权威。在那些一本正经的人中间,你几乎找不到一个严肃思考过人生的人。不,他们思考的多半不是人生,而是权力,不是真理,而是利益。真正严肃思考过人生的人知道生命和理性的限度,他能自嘲,肯宽容,愿意用一个玩笑替受窘的对手解围,给正经的论敌一个教训。他以诙谐的口吻谈说真理,仿佛故意要

减弱他的发现的重要性,以便只让它进入真正知音的耳朵。

尤其是在信仰崩溃的时代,那些佯癫装疯的狂人倒是一些太严肃地对待其信仰的人。鲁迅深知此中之理,说嵇康、阮籍表面上毁坏礼教,实则倒是太相信礼教,因为不满意当权者利用和亵渎礼教,才以反礼教的过激行为发泄内心愤想。其实,在任何信仰体制之下,多数人并非真有信仰,只是做出相信的样子罢了。于是过分认真的人就起而论究是非,阐释信仰之真谛,结果被视为异端。一部基督教史就是没有信仰的人以维护信仰之名把有信仰的人当作邪教徒烧死的历史。殉道者多半死于同志之手而非敌人之手。所以,爱默生说,伟大的有信仰的人永远被目为异教徒,终于被迫以一连串的怀疑论来表现他的信念。怀疑论实在是过于认真看待信仰或知识的结果。苏格拉底为了弄明智慧的实质,遍访雅典城里号称有智慧的人,结果发现他们只是在那里盲目自信,其实并无智慧。他到头来认为自己仍然不知智慧为何物,说出了那句著名的话:"我知道我一无所知。"哲学史上的怀疑论者大抵都是太认真地要追究人类认识的可靠性,结果反而疑团丛生。

1987.6

哲学与随感录

我喜欢读哲学家写的随感录。

回想起来,我喜欢上哲学,和随感录不无关系。小时候好奇心强,大部头的哲学书也拿来翻读,但读不懂,只觉得哲学高深莫测,玄妙晦涩。后来有一回,翻开一本北京大学哲学系编译的《古希腊罗马哲学》,却一下子被里面载录的古希腊哲人的"著作残篇"吸引住了。我尤其喜欢赫拉克利特,"博学并不能使人智慧","我寻找过我自己","最美丽的猴子与人类比起来也是丑陋的",尽管刚读到这些格言时也似懂非懂,但朦胧地觉得它们意味不凡,仿佛一下子悟到哲学是什么了。我按照自己的理解把这些格言串在一起,相信哲学就是教人智慧,智慧就在于寻找自己,心中暗自把那些博学而从不寻找自己的人讥为"美丽的猴子"。这种早年的读书印象竟然影响了我一辈子,从此铸成了我对哲学的基本看法。

其实,所谓"著作残篇"的说法是很值得商榷的,仍是用后人著书立说的眼光去看古人的述而不作。朱光潜先生探溯随感录体裁的渊源,中国的溯到《论语》,西方的溯到希腊哲学家,我以为很有道理。我相信哲学与随感录早已结下不解之缘,最早的哲学思考都是直觉和顿悟式的,由之形成的作品必是格言和语录体的。因为言简意赅,为弟子们乐于、也易于传诵,终于流传下来,刊印成文。它们就是本文,而不是"残篇"。

西方哲学朝体系巨构的方向发展,苏格拉底已开其端。苏格拉底本人

擅长格言隽语,且述而不作,不过他重视逻辑的论证和辩驳,为体系哲学埋下了伏线。到他的再传弟子亚里士多德,终于建造起西方哲学史上第一个庞大体系,成为"古代世界的黑格尔"。

我无意小看古代和现代的黑格尔们的哲学成就,但是,就哲学关乎人生智慧而言,我始终偏爱用随感录形式写作的哲学家,例如法国的蒙田、帕斯卡尔、拉罗什福科,英国的培根,德国的叔本华、尼采。人生问题上的一切真知灼见均直接发自作者的真情实感,又诉诸读者的真情实感,本身就具有打动人心的力量,无需种种繁复的分析、推论、解说和引证来助威。如果我喜欢一个思想,多半是因为这个思想在我的切身体验中得到了印证,而不是因为它的这些逻辑附着物。事实上,即使创体系的哲学家,他自己真正心爱的独创的思想也往往如灵感突现,具有随感性质,可是为了供奉他心爱的神灵,他不惜工本建造了体系的巍峨宫殿,也就是加上了一大堆逻辑和历史的证明,结果真不知是突出了还是掩盖了那一点真正独创的东西。随感录的可贵在于真实,如其本然地写出自己的人生感受。在这一点上,我觉得蒙田要胜过培根。培根的随感集在他生前就已风靡一时,多次再版重印,他自己也对之怀着一种个人的偏爱,初版后二十多年间时时带在身边,不断增删修改,精雕细刻,真是字字珠玑,句句格言,聪明美妙的议论俯拾皆是。然而,比起蒙田的无心于问世、只是为自己而写的随感录,读起来钦佩之心有余,却不那么真切感人。当然,求真实并非不讲究语言的技巧,愈是自己喜爱的思想,必定愈舍得花费心血寻找合适的形式,力求表达得凝炼、单纯、达意、传神,所以好的随感录都具有质朴的美。写随感录不易,如今有些人爱写华而不实的人生格言,那样的东西只能哄幼稚的读者,却证明作者自己对人生毫无真实的感受。

每当我捧读一部哲学巨著,即使它极有价值,我也会觉得自己是在做功课,搞学问。读好的随感录,却好像在和作者谈心。随着学术和出版的进步,新的学术译著正如潮水般涌来,面对它们我有时不免惶然,颇有应接不暇、浅尝辄止之感。学问真是做不完,即使是哲学界的朋友,聚在一起摆学术的谱,彼此搞不同的课题,也有隔行之感。但是聊起世态人情来,朋友间时有妙语博人一笑又发人深省,便打破了学术的樊篱,沟通了心灵。于是我想,只要人生智慧相通,学海无边又何足悲叹?读随感录时,我获得的正是类似的慰藉。

我爱读随感录,也爱写随感录。有两样东西,我写时是决没有考虑发表的,即使永无发表的可能也是一定要写的,这就是诗和随感。前者是我的感情日记,后者是我的思想日记。如果我去流浪,只许带走最少的东西,我就带这两样。因为它们是我最真实的东西,有它们,我的生命线索就不致中断。中国也许会出创体系的大哲学家,但我确信我非其人。平生无大志,只求活得真实,并随时记下自己真实的感受,借此留下生命的足迹,这就是我在哲学上的全部野心了。

1987.11

人与书之间

弄了一阵子尼采研究，不免常常有人问我："尼采对你的影响很大吧？"有一回我忍不住答道："互相影响嘛，我对尼采的影响更大。"其实，任何有效的阅读不仅是吸收和接受，同时也是投入和创造。这就的确存在人与他所读的书之间相互影响的问题。我眼中的尼采形象掺入了我自己的体验，这些体验在我接触尼采著作以前就已产生了。

近些年来，我在哲学上的努力似乎有了一个明确的方向，就是要突破学院化、概念化状态，使哲学关心人生根本，把哲学和诗沟通起来。尼采研究无非为我的追求提供了一种方便的学术表达方式而已。当然，我不否认，阅读尼采著作使我的一些想法更清晰了，但同时起作用的还有我的气质、性格、经历等因素，其中包括我过去的读书经历。

有的书改变了世界历史，有的书改变了个人命运。回想起来，书在我的生活中并无此类戏剧性效果，它们的作用是日积月累。我说不出对我影响最大的书是什么，也不太相信形形色色的"世界之最"。我只能说，有一些书，它们在不同方面引起了我的强烈共鸣，在我的心灵历程中留下了痕迹。

中学毕业时，我报考北大哲学系，当时在我就学的上海中学算爆了个冷门，因为该校素有重理轻文传统，全班独我一人报考文科，而我一直是班里数学课代表，理科底子并不差。同学和老师差不多用一种怜悯的眼光看我，惋惜我误入了歧途。我不以为然，心想我反正不能一辈子生活在与人生无关的某个专业小角落里。怀着囊括人类全部知识的可笑的贪欲，我选择哲学这门"凌驾于一切科学的科学"，这门不是专业的专业。

然而，哲学系并不如我想象的那般有意思，刻板枯燥的哲学课程很快就使我厌烦了。我成了最不用功的学生之一，"不务正业"，耽于课外书的阅读。上课时，课桌上摆着艾思奇编的教科书，课桌下却是托尔斯泰、陀思妥耶夫斯基、屠格涅夫、易卜生等等，读得入迷。老师课堂提问点到我，我站起来问他有什么事，引得同学们哄堂大笑。说来惭愧，读了几年哲学系，哲学书没读几本，读得多的却是小说和诗。我还醉心于写诗，写日记，积累感受。现在看来，当年我在文学方面的这些阅读和习作并非徒劳，它们使我的精神趋向发生了一个大转变，不再以知识为最高目标，而是更加珍视生活本身，珍视人生的体悟。这一点认识，对于我后来的哲学追求是重要的。

我上北大正值青春期，一个人在青春期读些什么书可不是件小事，书籍、友谊、自然环境三者构成了心灵发育的特殊氛围，其影响毕生不可磨灭。幸运的是，我在这三方面遭遇俱佳，卓越的外国文学名著、才华横溢的挚友和优美的燕园风光陪伴着我，启迪了我的求真爱美之心，使我愈发厌弃空洞丑陋的哲学教条。如果说我学了这么多年哲学而仍未被哲学败坏，则应当感谢文学。

我在哲学上的趣味大约是受文学熏陶而形成的。文学与人生有不解之缘，看重人的命运、个性和主观心境，我就在哲学中寻找类似的东西。最早使我领悟哲学之真谛的书是古希腊哲学家的一本著作残篇集，赫拉克利特的"我寻找过自己"，普罗塔哥拉的"人是万物的尺度"，苏格拉底的"未经省察的人生不值得一过"，犹如抽象概念迷雾中耸立的三座灯塔，照亮了久被遮蔽的哲学古老航道。我还偏爱具有怀疑论倾向的哲学家，例如笛卡儿、休谟，因为他们教我对一切貌似客观的绝对真理体系怀着戒心。可惜的是，哲学家们在批判早于自己的哲学体系时往往充满怀疑精神，一旦构筑自己的体系却又容易陷入独断论。相比之下，文学艺术作品就更能保持多义性、不确定性、开放性，并不孜孜于给宇宙和人生之谜一个终极答案。

长期的文化禁锢使得我这个哲学系学生竟也无缘读到尼采或其他现代西方人的著作。上学时,只偶尔翻看过萧乾译的《查拉图斯特拉如是说》,因为是用文言翻译,译文艰涩,未留下深刻印象。直到大学毕业以后很久,才有机会系统阅读尼采的作品。我的确感觉到一种发现的喜悦,因为我对人生的思考、对诗的爱好以及对学院哲学的怀疑都在其中找到了呼应。一时兴发,我搞起了尼采作品的翻译和研究,而今已三年有余。现在,我正准备同尼采告别。

读书犹如交友,再情投意合的朋友,在一块耽得太久也会腻味的。书是人生的益友,但也仅止于此,人生的路还得自己走。在这路途上,人与书之间会有邂逅、离散、重逢、诀别、眷恋、反目、共鸣、误解,其关系之微妙,不亚于人与人之间,给人生添上了如许情趣。也许有的人对一本书或一位作家一见倾心,爱之弥笃,乃至白头偕老。我在读书上却没有如此坚贞专一的爱情。倘若临终时刻到来,我相信使我含恨难舍的不仅有亲朋好友,还一定有若干册知己好书。但尽管如此,我仍不愿同我所喜爱的任何一本书或一位作家厮守太久,受染太深,丧失了我自己对书对人的影响力。

1988.5

寻求智慧的人生

在现代哲学家中,罗素是个精神出奇地健全平衡的人。他是逻辑经验主义的开山鼻祖,却不像别的分析哲学家那样偏于学术的一隅,活得枯燥乏味。他喜欢沉思人生问题,却又不像存在哲学家那样陷于绝望的深渊,活得痛苦不堪。他的一生足以令人羡慕,可说应有尽有:一流的学问,卓越的社会活动和声誉,丰富的爱情经历,最后再加上长寿。命运居然选中这位现代逻辑宗师充当西方"性革命"的首席辩护人,让他在大英帝国的保守法庭上经受了一番戏剧性的折磨,也算是一奇。科学理性与情欲冲动在他身上并行不悖,以致我的一位专门研究罗素的朋友揶揄地说:罗素精彩的哲学思想一定是在他五个情人的怀里孕育的。

上世纪后半叶以来,西方大哲内心多半充斥一种紧张的危机感,这原是时代危机的反映。罗素对这类哲人不抱好感,例如,对于尼采、弗洛伊德均有微词。一个哲学家在病态的时代居然能保持心理平衡,我就不免要怀疑他的真诚。不过,罗素也许是个例外。

罗素对于时代的病患并不麻木,他知道现代西方人最大的病痛来自基督教信仰的崩溃,使终有一死的生命失去了根基。在无神的荒原上,现代神学家们凭吊着也呼唤着上帝的亡灵,存在哲学家们诅咒着也讴歌着人生的荒诞。但罗素一面坚定地宣告他不信上帝,一面却不因此堕入病态的悲观或亢奋。他相信人生一切美好的东西不会因为其短暂性而失去价值。

对于死亡，他"以一种坚忍的观点，从容而又冷静地去思考它，并不有意缩小它的重要性，相反地对于能超越它感到一种骄傲"。罗素极其珍视爱在人生中的价值。他所说的爱，不是柏拉图式的抽象的爱，而是"以动物的活力与本能为基础"的爱，尤其是性爱。不过，他主张爱要受理性调节。他的信念归纳在这句话里："高尚的生活是受爱激励并由知识导引的生活。"爱与知识，本能与理智，二者不可或缺。有时他说，与所爱者相处靠本能，与所恨者相处靠理智。也许我们可以引申一句：对待欢乐靠本能，对待不幸靠理智。在性爱的问题上，罗素是现代西方最早提倡性自由的思想家之一，不过浅薄者对他的观点颇多误解。他固然主张婚姻、爱情、性三者可以相对分开，但是他对三者的评价是有高低之分的。在他看来，第一，爱情高于单纯的性行为，没有爱的性行为是没有价值的；第二，"经历了多年考验，而且又有许多深切感受的伴侣生活"高于一时的迷恋和钟情，因为它包含着后者所不具有的丰富内容。我们在理论上可以假定每一个正常的异性都是性行为的可能对象，但事实上必有选择。我们在理论上可以假定每一个中意的异性都是爱情的可能对象，但事实上必有舍弃。热烈而持久的情侣之间有无数珍贵的共同记忆，使他们不肯轻易为了新的爱情冒险而将它们损害。

几乎所有现代大哲都是现代文明的批判者，在这一点上罗素倒不是例外。他崇尚科学，但并不迷信科学。爱与科学，爱是第一位的。科学离开爱的目标，便只会使人盲目追求物质财富的增值。罗素说，在现代世界中，爱的最危险的敌人是工作即美德的信念，是急于在工作和财产上取得成功的贪欲。这种过分膨胀的"事业心"耗尽了人的活动力量，使现代城市居民的娱乐方式趋于消极的和团体的。像历来一切贤哲一样，他强调闲暇对于人生的重要性，为此他主张"开展一场引导青年无所事事的运动"，鼓励人们欣赏非实用的知识如艺术、历史、英雄传记、哲学等等的美味。他相信，从"无用的"知识与无私的爱的结合中便能生出智慧。确实，在匆忙的现代生活的急流冲击下，能够恬然沉思和温柔爱人的心灵愈来愈稀少了。如果说尼采式的敏感哲人曾对此发出振聋发聩的痛苦呼叫，那么，罗素，作为这时代一个心理健康的哲人，我们又从他口中听到了语重心长的明智规劝。但愿这些声音能启发今日性灵犹存的青年去寻求一种智慧的人生。

1988.7

在义与利之外

"君子喻以义,小人喻以利。"中国人的人生哲学总是围绕着义利二字打转。可是,假如我既不是君子,也不是小人呢?

曾经有过一个人皆君子言必称义的时代,当时或许有过大义灭利的真君子,但更常见的是借义逐利的伪君子和假义真情的迂君子。那个时代过去了。曾几何时,世风剧变,义的信誉一落千丈,真君子销声匿迹,伪君子真相毕露,迂君子豁然开窍,都一窝蜂奔利而去。据说观念更新,义利之辩有了新解,原来利并非小人的专利,倒是做人的天经地义。

"时间就是金钱!"这是当今的一句时髦口号。企业家以之鞭策生产,本无可非议。但世人把它奉为指导人生的座右铭,用商业精神取代人生智慧,结果就使自己的人生成了一种企业,使人际关系成了一个市场。

我曾经嘲笑廉价的人情味,如今,连人情味也变得昂贵而罕见了。试问,不花钱你可能买到一个微笑,一句问候,一丁点儿恻隐之心?

不过,无须怀旧。想靠形形色色的义的说教来匡正时弊,拯救世风人心,事实上无济于事。在义利之外,还有别样的人生态度。在君子小人之外,还有别样的人格。套孔子的句式,不妨说:"至人喻以情。"

义和利,貌似相反,实则相通。"义"要求人献身抽象的社会实体,"利"驱使人投身世俗的物质利益,两者都无视人的心灵生活,遮蔽了人的真正的"自我"。"义"教人奉献,"利"诱人占有,前者把人生变成一次义务的履行,后者把人生变成一场权利的争夺,殊不知人生的真价值是超乎义务和权利之外的。义和利都脱不开计较,所以,无论义师讨伐叛臣,还是利欲支配众生,人与人之间的关系总是紧张。

如果说"义"代表一种伦理的人生态度,"利"代表一种功利的人生态度,那么,我所说的"情"便代表一种审美的人生态度。它主张率性而行,适情而止,每个人都保持自己的真性情。你不是你所信奉的教义,也不是你所占有的物品,你之为你仅在于你的真实"自我"。生命的意义不在奉献或占有,而在创造,创造就是人的真性情的积极展开,是人在实现其本质力量时所获得的情感上的满足。创造不同于奉献,奉献只是完成外在的责任,创造却是实现真实的"自我"。至于创造和占有,其差别更是一目了然,譬如写作,占有注重的是作品所带来的名利地位,创造注重的只是创作本身的快乐。有真性情的人,与人相处惟求情感的沟通,与物相触独钟情趣的品味。更为可贵的是,在世人匆忙逐利又为利所逐的时代,他待人接物有一种闲适之情。我不是指中国士大夫式的闲情逸致,也不是指小农式的知足保守,而是指一种不为利驱、不为物役的淡泊的生活情怀。仍以写作为例,我想不通,一个人何必要著作等身呢?倘想流芳千古,一首不朽的小诗足矣。倘无此奢求,则只要活得自在即可,写作也不过是这活得自在的一种方式罢了。

萧伯纳说:"人生有两大悲剧,一是没有得到你心爱的东西,另一是得到了你心爱的东西。"我曾经深以为然,并且佩服他把人生的可悲境遇表述得如此轻松俏皮。但仔细玩味,发现这话的立足点仍是占有,所以才会有占有欲未得满足的痛苦和已得满足的无聊这双重悲剧。如果把立足点移到创造上,以审美的眼光看人生,我们岂不可以反其意而说:人生有两大快乐,一是没有得到你心爱的东西,于是你可以去寻求和创造;另一是得到了你心爱的东西,于是你可以去品味和体验?当然,人生总有其不可消除的痛苦,而重情轻利的人所体味到的辛酸悲哀,更为逐利之辈所梦想不到。但是,摆脱了占有欲,至少可以使人免除许多琐屑的烦恼和渺小的痛苦,活得有气度些。我无意以审美之情为救世良策,而只是表达了一个信念:在义

与利之外，还有一种更值得一过的人生。这个信念将支撑我度过未来吉凶难卜的岁月。

1988.8

性爱五题

一　女人和自然

一个男人真正需要的只是自然和女人。其余的一切，诸如功名之类，都是奢侈品。

当我独自面对自然或面对女人时，世界隐去了。当我和女人一起面对自然时，有时女人隐去，有时自然隐去，有时两者都似隐非隐，朦胧一片。

女人也是自然。

文明已经把我们同自然隔离开来，幸亏我们还有女人，女人是我们与自然之间的最后纽带。

男人抽象而明晰，女人具体而混沌。

所谓形而上的冲动总是骚扰男人，他苦苦寻求着生命的家园。女人并不寻求，因为她从不离开家园，她就是生命、土地、花、草、河流、炊烟。

男人是被逻辑的引线放逐的风筝，他在风中飘摇，向天空奋飞，直到精疲力竭，逻辑的引线断了，终于坠落在地面，回到女人的怀抱。

男人一旦和女人一起生活便自以为已经了解女人了。他忘记了一个真理：我们最熟悉的事物，往往是我们最不了解的。

也许,对待女人的最恰当态度是,承认我们不了解女人,永远保持第一回接触女人时的那种新鲜和神秘的感觉。难道两性差异不是大自然的一个永恒奇迹吗?对此不再感到惊喜,并不表明了解增深,而只表明感觉已被习惯磨钝。

我确信,两性间的愉悦要保持在一个满意的程度,对彼此身心差异的那种惊喜之感是不可缺少的条件。

二　爱和喜欢

"我爱你。"

"不,你只是喜欢我罢了。"她或他哀怨地说。

"爱我吗?"

"我喜欢你。"她或他略带歉疚地回答。

在所有的近义词里,"爱"和"喜欢"似乎被掂量得最多,其间的差别被最郑重其事地看待。这时候男人和女人都成了最一丝不苟的语言学家。

也许没有比"爱"更抽象、更笼统、更歧义、更不可通约的概念了。应该用奥卡姆的剃刀把这个词也剃掉。不许说"爱",要说就说一些比较具体的词眼,例如"想念"、"需要"、"尊重"、"怜悯"等等。这样,事情会简明得多。

怎么,你非说不可?好吧,既然剃不掉,它就属于你。你在爱。

爱就是对被爱者怀着一些莫须有的哀怜,做一些不必要的事情:怕她(他)冻着饿着,担心她遇到意外,好好地突然想到她有朝一日死了怎么办,轻轻地抚摸她好像她是病人又是易损的瓷器。爱就是做被爱者的保护人的冲动,尽管在旁人看来这种保护毫无必要。

三　风骚和魅力

风骚,放荡,性感,这些近义词之间有着细微的差别。

"性感"译自西文 sexappeal,一位朋友说,应该译作汉语中的"骚",其含义正相同。怕未必，只要想想有的女人虽骚却并不性感，就可明白。

"性感"是对一个女人的性魅力的肯定评价，"风骚"则用来描述一个女人在性引诱方面的主动态度。风骚也不无魅力。喜同男性交往的女子，或是风骚的，或是智慧的。你知道什么是尤物吗？就是那种既风骚又智慧的女子。

放荡和贞洁各有各的魅力，但更有魅力的是二者的混合：荡妇的贞洁，或贞女的放荡。

调情之妙，在于情似有似无，若真若假，在有无真假之间。太有太真，认真地爱了起来，或全无全假，一点儿不动情，都不会有调情的兴致。调情是双方认可的意淫，以戏谑的方式表白了也宣泄了对于对方的爱慕或情欲。

昆德拉的定义是颇为准确的：调情是并不兑现的性交许诺。

一个真正有魅力的女人，她的魅力不但能征服男人，而且也能征服女人。因为她身上既有性的魅力，又有人的魅力。

好的女人是性的魅力与人的魅力的统一。好的爱情是性的吸引与人的吸引的统一。好的婚姻是性的和谐与人的和谐的统一。

性的诱惑足以使人颠倒一时，人的魅力方能使人长久倾心。

大艺术家兼有包容性和驾驭力，他既能包容广阔的题材和多样的风格，又能驾驭自己的巨大才能。

好女人也如此。她一方面能包容人生丰富的际遇和体验，其中包括男人们的爱和友谊，另一方面又能驾驭自己的感情，不流于轻浮，不会在情欲的汪洋上覆舟。

四　嫉妒和宽容

性爱的排他性，所欲排除的只是别的同性对手，而不是别的异性对象。它的根据不在性本能中，而在嫉妒本能中。事情够清楚的：自己的所爱再

有魅力,也不会把其他所有异性的魅力都排除掉。在不同异性对象身上,性的魅力并不互相排斥。所以,专一的性爱仅是各方为了照顾自己的嫉妒心理而自觉地或被迫地向对方的嫉妒心理作出的让步,是一种基于嫉妒本能的理智选择。

可是,什么是嫉妒呢? 嫉妒无非是虚荣心的受伤。

虚荣心的伤害是最大的,也是最小的,全看你在乎的程度。

在性爱中,嫉妒和宽容各有其存在的理由。如果你真心爱一个异性,当他(她)与别人发生性爱关系时,你不可能不嫉妒。如果你是一个通晓人类天性的智者,你又不会不对他(她)宽容。这是带着嫉妒的宽容,和带着宽容的嫉妒。二者互相约束,使得你的嫉妒成为一种有尊严的嫉妒,你的宽容也成为一种有尊严的宽容。相反,在此种情境中一味嫉妒,毫不宽容,或者一味宽容,毫不嫉妒,则都是失了尊严的表现。

好的爱情有韧性,拉得开,但又扯不断。

相爱者互不束缚对方,是他们对爱情有信心的表现。谁也不限制谁,到头来仍然是谁也离不开谁,这才是真爱。

五 弹性和灵性

我所欣赏的女人,有弹性,有灵性。

弹性是性格的张力。有弹性的女人,性格柔韧,伸缩自如。她善于妥协,也善于在妥协中巧妙地坚持。她不固执己见,但在不固执中自有一种主见。

都说男性的优点是力,女性的优点是美。其实,力也是好女人的优点。区别只在于,男性的力往往表现为刚强,女性的力往往表现为柔韧。弹性就是女性的力,是化作温柔的力量。

弹性的反面是僵硬或软弱。和僵硬的女人相处,累。和软弱的女人相处,也累。相反,有弹性的女人既温柔,又洒脱,使人感到双倍的轻松。

如果说爱是一门艺术，那么，弹性便是善于爱的女子固有的艺术气质。

灵性是心灵的理解力。有灵性的女人天生慧质，善解人意，善悟事物的真谛。她极其单纯，在单纯中却有一种惊人的深刻。

如果说男性的智慧偏于理性，那么，灵性就是女性的智慧，它是和肉体相融合的精神，未受污染的直觉，尚未蜕化为理性的感性。

灵性的反面是浅薄或复杂。和浅薄的女人相处，乏味。和复杂的女人相处，也乏味。有灵性的女人则以她的那种单纯的深刻使我们感到双倍的韵味。

所谓复杂的女人，既包括心灵复杂，工于利益的算计，也包括头脑复杂，热衷于抽象的推理。在我看来，两者都是缺乏灵性的表现。

有灵性的女子最宜于做天才的朋友，她既能给天才以温馨的理解，又能纠正男性智慧的偏颇。在幸运天才的生涯中，往往有这类女子的影子。未受这类女子滋润的天才，则每每因孤独和偏执而趋于狂暴。

其实，弹性和灵性是不可分的。灵性其内，弹性其外。心灵有理解力，接人待物才会宽容灵活。相反，僵硬固执之辈，天性必愚钝。

灵性与弹性的结合，表明真正的女性智慧也具一种大器，而非琐屑的小聪明。智慧的女子一定有大家风度。

弹性和灵性又是我所赞赏的两性关系的品格。

好的两性关系有弹性，彼此既非僵硬地占有，也非软弱地依附。相爱的人给予对方的最好礼物是自由。两个自由人之间的爱，拥有必要的张力。这种爱牢固，但不板结；缠绵，但不粘滞。没有缝隙的爱太可怕了，爱情在其中失去了自由呼吸的空间，迟早要窒息。

好的两性关系当然也有灵性，双方不但获得官能的满足，而且获得心灵的愉悦。现代生活的匆忙是性爱的大敌，它省略细节，缩减过程，把两性关系简化为短促的发泄。两性的肉体接触更随便了，彼此在精神上却更陌生了。

1988.9

艺术·技术·魔术

艺术、技术、魔术，这是性爱的三种境界。

男女之爱往往从艺术境界开始，靠技术境界维持，到维持不下去时，便转入魔术境界。

恋爱中的男女，谁不是天生的艺术家？他们陶醉在诗的想象中，梦幻的眼睛把情侣的一颦一笑朦胧得意味无穷。一旦结婚，琐碎平凡的日常生活就迫使他们着意练习和睦相处的技巧，家庭稳固与否实赖于此。如果失败，我们的男主角和女主角就可能走火入魔，因其心性高低，或者煞费苦心地互相欺骗，或者心照不宣地彼此宽容。

这也是在性爱上人的三种类型。

不同类型的人在性爱中寻求不同的东西：艺术型的人寻求诗和梦，技术型的人寻求实实在在的家，魔术型的人寻求艳遇、变幻和冒险。

每一类型又有高低雅俗之分。有艺术家，也有爱好艺术的门外汉。有技师，也有学徒工。有魔术大师，也有走江湖的杂耍。

如果命运乱点鸳鸯谱，使不同类型的人相结合，或者使某一类型的人身处与本人类型不合的境界，喜剧性的误会发生了，接着悲剧性的冲突和离异也发生了。

技术型的家庭远比艺术型的家庭稳固。

有些艺术气质极浓的人，也许会做一辈子的梦，醉一辈子的酒，不过多半要变换枕头和酒杯。在长梦酣醉中白头偕老的幸运儿能有几对？两个艺术家的结合往往是脆弱的，因为他们在技术问题上笨拙得可笑，由此生出无休无止的摩擦和冲突，最后只好忍痛分手。

瞧这小两口，男恩女爱，夫唱妇随，配合默契，心满意足。他们是婚姻车间里的熟练技术工人，大故障不出，小故障及时排除。技术熟练到了炉火纯青的地步，真可以造成一种艺术的外观。他们几近于幸福了，因为家庭的幸福岂不就在于日常生活小事的和谐？

有时候，两人中只要一人有娴熟的技巧，就足以维持婚姻的稳固。他天性极不安分，说不清是属于艺术型还是魔术型。她却是一个意志坚强、精明能干的女人，我们多少次担心或庆幸他们会破裂，但每次都被她安全地度过了。尽管他永远是个不熟练的学徒工，可是他的师傅技艺高强，由不得他不乖乖地就范，第一千次从头学起。

艺术型的人落到技术境界里，情形够惨的。一开始，幻想犹存。热恋已经不知不觉地冷却，但他不承认。世上难道有理智的爱、圆形的方？不幸的婚姻触目皆是，但他相信自己是幸运的例外。在每次彬彬有礼的忍让之后，他立刻在自己心里加上一条温情脉脉的注解。他是家庭中的堂·吉诃德，在技术境界里仍然高举艺术的旗帜。

可是，自欺终究不能持久。有朝一日，他看清了自己处境的虚伪和无聊，便会面临抉择。

艺术型的人最容易从技术境界走向魔术境界。如果技术不熟练，不足以维持家庭稳固，他会灰心。如果技术太完备，把家庭维持得过于稳固，他又会厌倦。他的天性与技术格格不入，对于他来说，技术境界既太高又太低，既难以达到又不堪忍受。在技术挫伤了他的艺术之后，他就用魔术来报复技术和治疗艺术。

很难给魔术境界立一清晰的界说。同为魔术，境界相距何其遥远。其间的区别往往取决于人的类型：走江湖的杂耍由技术型的人演变而来，魔术大师骨子里是艺术家。

技术型的人一旦落入魔境，仍然脱不掉那副小家子相。魔术于他仍是一门需要刻苦练习的技术，他兢兢业业，谨小慎微，认真对付每一场演出，生怕戏法戳穿丢了饭碗。他力求面面俱到，猎艳和治家两不误，寻花问柳的风流无损于举案齐眉的体面。他看重的是工作量，勤勤恳恳，多拣一回便宜，就多一份侥幸的欢喜。

相反，魔术大师对于风流韵事却有一种高屋建瓴的洒脱劲儿。他也许独身不婚，也许选择了开放的婚姻。往往是极其痛苦的阅历和内省使他走到这一步。他曾经比别人更深地沉湎于梦，现在梦醒了，但他仍然喜欢梦，于是就醒着做梦。从前他一饮就醉，现在出于自卫，他只让自己半醉，醉话反倒说得更精彩了。他是一个超越了浪漫主义的虚无主义者，又是一个拒斥虚无主义的享乐主义者。在他的貌似玩世不恭背后，隐藏着一种哲学的悲凉。

艺术境界和魔术境界都近乎游戏。区别仅在于，在艺术境界，人像孩子一样忘情于游戏，想象和现实融为一体。在魔术境界，两者的界限是分明的，就像童心不灭而又饱经沧桑的成年人一边兴致勃勃地玩着游戏，一边不无悲哀地想，游戏只是游戏而已。

我无意在三种境界、三种类型之间厚此薄彼。人类性爱的种种景象无不有可观可叹之处。看千万只家庭的航船心满意足无可奈何地在技术境界的宽阔水域上一帆风顺或搁浅挣扎，岂非也是一种壮观？倘若哪只小船偏离了技术的航道，驶入魔境，我同样会感到一种满意，因为一切例外都为世界增色，我宁愿用一打公式换取一个例外。

1989.1

女性拯救人类

女性是一个神秘的性别。在各个民族的神话和宗教传说中，她既是美、爱情、丰饶的象征，又是诱惑、罪恶、堕落的象征。她时而被神化，时而被妖化。诗人们讴歌她，又诅咒她。她长久罩着一层神秘的面纱，掀开面纱，我们看到的仍是神秘莫测的面影和眼波。

有人说，女性是晨雾萦绕的绿色沼泽。这个譬喻形象地道出了男子心目中女性的危险魅力。

也许，对于诗人来说，女性的神秘是不必也不容揭破的，神秘一旦解除，诗意就荡然无存了。但是，觉醒的理性不但向人类、而且向女性也发出了"认识你自己"的召唤，一门以女性自我认识为宗旨的综合学科——女性学——正在兴起并迅速发展。面对这一事实，诗人们倒无须伤感，因为这门新兴学科将充分研究他们作品中所创造的女性形象，他们对女性的描绘也许还从未受到女性自身如此认真地关注呢。

一般来说，认识自己是件难事。难就难在这里不仅有科学与迷信、真理与谬误、良知与偏见的斗争，而且有不同价值取向的冲突。"人是什么"的问题势必与"人应该是什么"、"人能够是什么"的问题紧相纠缠。同样，"女人是什么"的问题总是与"女人应该是什么"、"女人能够是什么"的问题难分难解。正是问题的这一价值内涵使得任何自我认识同时也成了一个永无止境的自我评价、自我设计、自我创造的过程。

在人类之外毕竟不存在一个把人当作认识对象的非人族类，所谓神意也只是人类自我认识的折射。女性的情形就不同了，有一个相异的性类对她进行着认识和评价，因此她的自我认识难以摆脱男性观点的纠缠和影响。人们常常争论：究竟男人更理解女人，还是女人自己更理解女人？也许我们可以说女人"当局者迷"，但是男人并不具有"旁观者清"的优势，因为他在认识女人时恰恰不是旁观者，而也是一个当局者，不可能不受欲念和情感的左右。两性之间事实上不断发生误解，但这种误解又是同各性对自身的误解互为前提的。另一方面，我们即使彻底排除了男权主义的偏见，却终归不可能把男性观点对女性的影响也彻底排除掉。无论到什么时候，女人离开男人就不成其为女人，就像男人离开女人就不成其为男人一样。男人和女人是互相造就的，肉体上如此，精神上也如此。两性存在虽然同属人的存在，但各自性别意识的形成却始终有赖于对立性别的存在及其对己的作用。这种情形既加重了、也减轻了女性自我认识的困难。在各个时代的男性中，始终有一些人超越了社会的政治经济偏见而成为女性的知音，他们的意见是值得女性学家重视的。

对于女人，有两种常见的偏见。男权主义者在"女人"身上只见"女"，不见"人"，把女人只看作性的载体，而不看作独立的人格。某些偏激的女权主义者在"女人"身上只见"人"，不见"女"，只强调女人作为人的存在，抹杀其性别存在和性别价值。后者实际上是男权主义的变种，是男权统治下女性自卑的极端形式。真实的女人当然既是"人"，又是"女"，是人的存在与性别存在的统一。正像一个健全的男子在女人身上寻求的既是同类，又是异性一样，在一个健全的女人看来，倘若男人只把她看作无性别的抽象的人，所受侮辱的程度决不亚于只把她看作泄欲和生育的工具。

值得注意的是，随着西方文明日益暴露其弊病，愈来愈多的有识之士从女性身上发现了一种疗救弊病的力量。对于这种力量，艺术家早有觉悟，所以歌德诗曰："永恒之女性，领导我们走。"与以往不同的是，现在哲学家们也纷纷觉悟了。马尔库塞指出，由于妇女和资本主义异化劳动世界相分离，这就使得她们有可能不被行为原则弄得过于残忍，有可能更多地保持自己的感性,也就是说,比男人更人性化。他得出结论:一个自由的社会将是一个女性社会。法国后结构主义者断言,如果没有人类历史的"女性化",世界就不可能得救。女性本来就比男性更富于人性的某些原始品质,例如情感、直觉和合群性,而由于她们相对脱离社会的生产过程和政治斗争,使这些品质较少受到污染。因此,在"女人"身上,恰恰不是抽象的"人",而是作为性别存在的"女",更多地保存和体现了人的真正本性。同为强调"女人"身上的"女",男权偏见是为了说明女人不是人,现代智慧却是要启示女人更是人。当然,我们说女性拯救人类,并不意味着让女性独担这救世重任,而是要求男性更多地接受女性的熏陶,世界更多地倾听女性的声音,人类更多地具备女性的品格。

1988.4

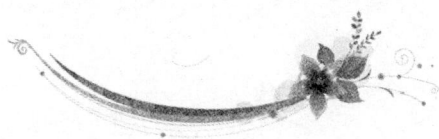

人与永恒

（1983—1991）

▌人

　　人是惟一能追问自身存在之意义的动物。这是人的伟大之处,也是人的悲壮之处。

　　"人是万物的尺度。"人把自己当作尺度去衡量万物,寻求万物的意义。可是,当他寻找自身的意义时,用什么作尺度呢? 仍然用人吗? 尺度与对象同一,无法衡量。用人之外的事物吗? 人又岂肯屈从他物,这本身就贬低了人的存在的意义。意义的寻求使人陷入二律背反。

　　也许,意义永远是不确定的。寻求生命的意义,所贵者不在意义本身,而在寻求,意义就寓于寻求的过程之中。我们读英雄探宝的故事,吸引我们的并不是最后找到的宝物,而是探宝途中惊心动魄的历险情境。寻求意义就是一次精神探宝。

　　人渴望完美而不可得,这种痛苦如何才能解除?

　　我答道:这种痛苦本身就包含在完美之中,把它解除了反而不完美了。

　　我心中想:这么一想,痛苦也就解除了。接着又想:完美也失去了。

　　在极其无聊的时候,有时我会突然想到造物主的无聊。是的,他一定是在最无聊而实在忍受不下去的时候,才造出人来的。人是他的一个恶作剧，造出来替他自己解闷儿。他无休无止地活在一个无始无终的世界上，当然会无聊，当然需要解闷儿。假如我有造物主的本领，当我无聊时说不定也会造一些小生灵给自己玩玩。

让我换一种说法——

这是一个荒谬的宇宙，永远存在着，变化着，又永远没有意义。它为自身的无意义而苦闷。人就是它的苦闷的产物。

所以，人的诞生，本身是对无意义的一个抗议。

人类心目中是一种安慰，由一位神的眼光看来却是一种讽刺。

人这脆弱的芦苇是需要把另一支芦苇想象成自己的根的。

我喜欢的格言：人所具有的我都具有——包括弱点。

我爱躺在夜晚的草地上仰望星宿，但我自己不愿做星宿。

有时候，我们需要站到云雾上来俯视一下自己和自己周围的人们，这样，我们对己对人都不会太苛求了。

既然我们人人注定要下地狱，我们身上怎么会没有这样那样的弱点呢？当然，每人通往地狱的道路是不同的。

有时候，我对人类的弱点怀有如此温柔的同情，远远超过对优点的钦佩。那些有着明显弱点的人更使我感到亲切。

一个太好的女人，我是配不上的。她也不需要我，因为她有天堂等着她。可是，突然发现她有弱点，有致命的会把她送往地狱的弱点，我就依恋她了。我要守在地狱的门前，阻止她进去……

有时候，我会对人这种小动物忽然生出一种古怪的怜爱之情。他们像别的动物一样出生和死亡，可是有着一些别的动物无法想象的行为和嗜好。其中，最特别的是两样东西：货币和文字。这两样东西在养育他们的自然中一丁点儿根据也找不到,却使多少人迷恋了一辈子,一些人热衷于摆弄和积聚货币,另一些人热衷于摆弄和积聚文字。由自然的眼光看,那副热衷的劲头是同样地可笑的!

没有一种人性的弱点是我所不能原谅的,但有的是出于同情,有的是出于鄙夷。

希腊人混合兽性和神性而成为人。中国人排除兽性和神性而成为人。

给人带来最大快乐的是人,给人带来最大痛苦的也是人。

人是一种讲究实际的植物,他忙着给自己浇水、施肥、结果实,但常常忘记了开花。

人在失去较差的之时,就去创造较好的。进步是逼出来的。

人是难变的。走遍天涯海角,谁什么样还是什么样,改变的只是场景和角色。

人不由自主地要把自己的困境美化,于是我们有了"怀才不遇"、"红颜薄命"、"大器晚成"、"好事多磨"等说法。

每个人的个性是一段早已写就的文字,事件则给它打上了重点符号。

肉体使人难堪不在于它有欲望,而在于它迟早有一天会因为疾病和衰老而失去欲望,变成一个奇怪的无用的东西。这时候,再活泼的精神也只能无可奈何地眼看着肉体衰败下去,自己也终将被它拖向衰败,与它同归于尽。一颗仍然生气勃勃的心灵却注定要为背弃它的肉体殉葬,世上没有比这更使精神感到屈辱的事情了。所谓灵与肉的冲突，惟在此时最触目惊心。

自然和生命

每年开春，仿佛无意中突然发现土中冒出了稚嫩的青草，树木抽出了小小的绿芽，那时候会有一种多么纯净的喜悦心情。记得小时候，在屋外的泥地里埋几粒黄豆或牵牛花籽，当看到小小的绿芽破土而出时，感觉到的也是这种心情。也许天下生命原是一家，也许我曾经是这么一棵树，一棵草，生命萌芽的欢欣越过漫长的进化系列，又在我的心里复苏了？

唉，人的心，进化的最高产物，世上最复杂的东西，在这小小的绿芽面前，才恢复了片刻的纯净。

现在，我们与土地的接触愈来愈少了。砖、水泥、钢铁、塑料和各种新型建筑材料把我们包围了起来。我们把自己关在宿舍或办公室的四壁之内。走在街上，我们同样被房屋、商店、建筑物和水泥路面包围着。我们总是活得那样匆忙，顾不上看看天空和土地。我们总是生活在眼前，忘掉了永恒和无限。我们已经不再懂得土地的痛苦和渴望，不再能欣赏土地的悲壮和美丽。

这熟悉的家，街道，城市，这熙熙攘攘的人群，有时候我会突然感到多么陌生，多么不真实。我思念被这一切覆盖着的永恒的土地，思念一切生命的原始的家乡。

久住城市，偶尔来到僻静的山谷湖畔，面对连绵起伏的山和浩淼无际的水，会感到一种解脱和自由。然而我想，倘若在此定居，与世隔绝，心境也许就会变化。尽管看到的还是同样的山水景物，所感到的却不是自由，而是限制了。

人及其产品把我和自然隔离开来了，这是一种寂寞。千古如斯的自然把我和历史隔离开来了，这是又一种寂寞。前者是生命本身的寂寞，后者是野心的寂寞。

那种两相权衡终于承受不了前一种寂寞的人，最后会选择归隐。现代人对两种寂寞都体味甚浅又都急于逃避，旅游业因之兴旺。

生命是一个美丽的词，但它的美被琐碎的日常生活掩盖住了。我们活着，可是我们并不是时时对生命有所体验的。相反，这样的时候很少。大多数时候，我们倒是像无生命的机械一样活着。

人们追求幸福，其实，还有什么时刻比那些对生命的体验最强烈最鲜明的时刻更幸福呢？当我感觉到自己的肢体和血管里布满了新鲜的、活跃的生命之时，我的确认为，此时此刻我是世上最幸福的人了。

痛苦和欢乐是生命力的自我享受。最可悲的是生命力的乏弱，既无欢乐，也无痛苦。

生命平静地流逝，没有声响，没有浪花，甚至连波纹也看不见，无声无息。我多么厌恶这平坦的河床，它吸收了任何感觉。突然，遇到了阻碍，礁岩崛起，狂风大作，抛起万丈浪。我活着吗？是的，这时候我才觉得我活着。

情欲是走向空灵的必由之路。本无情欲，只能空而不灵。

愈是自然的东西，就愈是属于此的生命的本质，愈能牵动我的至深的情感。例如，女人和孩子。

现代人享受的花样愈来愈多了。但是,我深信人世间最甜美的享受始终是那些最古老的享受。

最自然的事情是最神秘的,例如做爱和孕育。各民族的神话岂非都可以追溯到这个源头?

生命与生命之间的互相吸引。我设想,在一个绝对荒芜、没有生命的星球上,一个活人即使看见一只苍蝇,或一只老虎,也会发生亲切之感的。

文化是生命的花朵。离开生命本原,文化不过是人造花束,中西文化之争不过是绢花与塑料花之争。

我骑着自行车,视线越过马路上的车辆和行人,停留在傍晚深蓝色的天空上。

多么深邃的蓝色啊。我的灵魂仿佛不由自主地投入这蓝色的宇宙之海,潜向无底的深渊。天色愈来愈浓,我愈潜愈深,明知没有生还的希望,却仍然放任自己下沉。

橘黄色的路灯,红绿灯,在深蓝色天空的背景下闪着鲜艳的光芒。色彩的魔力,色彩的梦。色彩的力量纯粹是魔术和梦幻的力量,它刺激眼睛,使人想入非非,被光的旋律催眠,陷入幻觉之中。

我想起了亚当斯的黑白摄影。那是另一种力量。除去了色彩的迷惑,物质世界直接呈现在眼前——不,毋宁说是展现在你的手下,视觉成了触觉的替代,你可以触摸到山岭的粗糙,流沙的细腻,树枝的坚硬,草叶的柔软。透过黑白摄影,你不是看到世界的幻象,而是摸到了质料本身。

旅游业发展到哪里,就败坏了哪里的自然风景。

我寻找一个僻静的角落。却发现到处都是广告喇叭、商业性娱乐设施和凑热闹的人群。

我皱着眉头。你问我想干什么？我想把天下发出噪音的金属器具，从刀锯斧刨，到机器马达，统统投进熔炉，然后铸成一座沉默的雕像。

游览名胜，我往往记不住地名和典故。我为我的坏记性找到了一条好理由——

我是一个直接面对自然和生命的人。相对于自然，地理不过是细节。相对于生命，历史不过是细节。

爱

爱的价值在于它自身，而不在于它的结果。结果可能不幸，可能幸福，但永远不会最不幸和最幸福。在爱的过程中间，才会有"最"的体验和想象。

爱情的发生需要适宜的情境。彼此太熟悉，太了解，没有了神秘感，就不易发生爱情。当然，彼此过于陌生和隔膜，也不能发生爱情。爱情的发生，在有所接触又不太稔熟之间，既有神秘感，又有亲切感，既能给想象力留出充分余地，又能使吸引力发挥到最满意的程度。

我不知道什么叫爱情。我只知道，如果那张脸庞没有使你感觉到一种甜蜜的惆怅，一种依恋的哀愁，那你肯定还没有爱。

人们常说，爱情使人丧失自我。但还有相反的情形：爱情使人发现自我。在爱人面前，谁不是突然惊喜地发现，他自己原来还有这么多平时疏忽的好东西？他渴望把自己最好的东西献给爱人，于是他寻找，他果然找到了。呈献的愿望导致了发现。没有呈献的愿望，也许一辈子发现不了。

与其说有理解才有爱，毋宁说有爱才有理解。爱一个人，一本书，一件艺术品，就会反复玩味这个人的一言一行，这本书的一字一句，这件作品的细枝末节,自以为揣摩出了某种深长意味,于是,"理解"了。

爱情是灵魂的化学反应。真正相爱的两人之间有一种"亲和力",不断地分解,化合,更新。"亲和力"愈大,反应愈激烈持久,爱情就愈热烈巩固。

最强烈的爱都根源于绝望,最深沉的痛苦都根源于爱。

幸福是难的。也许,潜藏在真正的爱情背后的是深沉的忧伤,潜藏在现代式的寻欢作乐背后的是空虚。两相比较,前者无限高于后者。

一切终将黯淡,惟有被爱的目光镀过金的日子在岁月的深谷里永远闪着光芒。

爱情与事业,人生的两大追求,其实质为一,均是自我确认的方式。爱情是通过某一异性的承认来确认自身的价值,事业是通过社会的承认来确认自身的价值。

人在爱情中自愿放弃意志自由,在婚姻中被迫放弃意志自由。性是意志自由的天敌吗?

也许,性爱中总是交织着爱的对立面——恨,或者惧。拜伦属于前者,歌德属于后者。

情种爱得热烈,但不专一。君子爱得专一,但不热烈。此事古难全。不过,偶尔有爱得专一的情种,却注定没有爱得热烈的君子。爱一个人,就是心疼一个人。爱得深了,潜在的父性或母性必然会参加进来。只是迷恋,并不心疼,这样的爱还只停留在感官上,没有深入到心窝里,往往不能持久。凡正常人,都兼有疼人和被人疼两种需要。在相爱者之间,如果这两种需要不能同时在对方身上获得满足,便潜伏着危机。那惯常被疼的一方最好不要以为,你遇到了一个只想疼人不想被人疼的纯粹父亲型的男人或纯粹母亲型的女人。在这茫茫宇宙间,有谁不是想要人疼的孤儿?

爱就是对被爱者怀着一些莫须有的哀怜,做一些不必要的事情:怕她(或者他)冻着饿着,担心她遇到意外,好好地突然想到她有朝一日死了怎么办,轻轻地抚摸她好像她是病人又是易损的瓷器。爱就是做被爱者的保护人的冲动,尽管在旁人看来这种保护毫无必要。"我爱你。""不,你只是喜欢我罢了。"她或他哀怨地说。"爱我吗?""我喜欢你。"她或他略带歉疚地说。在所有的近义词里,"爱"和"喜欢"似乎被掂量得最多,其间的差异被最郑重其事地看待。这时男人和女人都成了最一丝不苟的语言学家。给爱情划界时不妨宽容一些,以便为人生种种美好的遭遇保留怀念的权利。让我们承认,无论短暂的邂逅,还是长久的纠缠,无论相识恨晚的无奈,还是终成眷属的有情,无论倾注了巨大激情的冲突,还是伴随着细小争吵的和谐这一切都是爱情。每个活生生的人的爱情经历不是一座静止的纪念碑,而是一道流动的江河。当我们回顾往事时,我们自己不必否认、更不该要求对方否认其中任何一段流程、一条支流或一朵浪花。

爱情不论短暂或长久,都是美好的。甚至陌生异性之间毫无结果的好感,定睛的一瞥,朦胧的激动,莫名的惆怅,也是美好的。因为,能够感受这一切的那颗心毕竟是年轻的。生活中若没有邂逅以及对邂逅的期待,未免太乏味了。人生魅力的前提之一是,新的爱情的可能性始终向你敞开着,哪怕你并不去实现它们。

我不相信人一生只能爱一次,我也不相信人一生必须爱许多次。次数不说明问题。爱情的容量即一个人的心灵的容量。你是深谷,一次爱情就像一道江河,许多次爱情就像许多浪花。你是浅滩,一次爱情只是一条细流,许多次爱情也只是许多泡沫。

不要以成败论人生,也不要以成败论爱情。

现实中的爱情多半是失败的,不是败于难成眷属的无奈,就是败于终成眷属的厌倦。然而,无奈留下了永久的怀恋,厌倦激起了常新的追求,这又未尝不是爱情本身的成功。

说到底,爱情是超越于成败的。爱情是人生最美丽的梦,你能说你做了一个成功的梦或失败的梦吗?

爱情既是在异性世界中的探险,带来发现的惊喜,也是在某一异性身边的定居,带来家园的安宁。但探险不是猎奇,定居也不是占有。毋宁说,好的爱情是双方以自由为最高赠礼的洒脱,以及决不滥用这一份自由的珍惜。

在崇拜者与被崇拜者之间隔着无限的距离,爱便是走完这个距离的冲动。一旦走完,爱也就结束了。

比较起来,以相互欣赏为基础的爱要牢靠得多。在这种情形下,距离本来是有限的,且为双方所乐于保持,从而形成了一个弹性的场。

性爱是人生之爱的原动力。一个完全不爱异性的人不可能爱人生。

人大约都这样:自己所爱的人,如果一定要失去,宁愿给上帝或魔鬼,也不愿给他人。

正像恋爱者夸大自己的幸福一样,失恋者总是夸大自己的痛苦。

在失恋的痛苦中,自尊心的受挫占了很大比重。

我爱她,她成了我的一切,除她之外的整个世界似乎都不存在了。

那么,一旦我失去了她,是否就失去了一切呢?

不。恰恰相反,整个世界又在我面前展现了。我重新得到了一切。

未经失恋的人不懂爱情,未曾失意的人不懂人生。

你是看不到我最爱你的时候的情形的,因为我在看不到你的时候才最爱你。

爱情是人生最美丽的梦。倘用理性的刀刃去解析梦,再美丽的梦也会失去它的美。弗洛伊德对梦和性意识的解析就破坏了不少生活的诗意。当然还有另一种情况:生活本身使梦破灭了,这时候,对梦作理性的反省,认清它的美的虚幻,其实是一种解脱的手段。我相信毛姆就属于这种情况。

心与心之间的距离是最近的,也是最远的。

到世上来一趟,为不多的几颗心灵所吸引,所陶醉,来不及满足,也来不及厌倦,又匆匆离去,把一点迷惘留在世上。

"生命的意义在于爱。"

"不,生命的意义问题是无解的,爱的好处就是使人对这个问题不求甚解。"

食欲引起初级革命,性欲引起高级革命。

一切迷恋都凭借幻觉,一切理解都包含误解,一切忠诚都指望报答,一切牺牲都附有条件。

孤　独

孤独源于爱，无爱的人不会孤独。

也许孤独是爱的最意味深长的赠品，受此赠礼的人从此学会了爱自己，也学会了理解别的孤独的灵魂和深藏于它们之中的深邃的爱。从而为自己建立了一个珍贵的精神世界。

孤独是人的宿命，它基于这样一个事实：我们每个人都是这世界上一个旋生旋灭的偶然存在，从无中来，又要回到无中去，没有任何人任何事情能够改变我们的这个命运。

是的，甚至连爱也不能。凡是领悟人生这样一种根本性孤独的人，便已经站到了一切人间欢爱的上方，爱得最热烈时也不会做爱的奴隶。

和别人混在一起时，我向往孤独。孤独时，我又向往看到我的同类。但解除孤独毕竟只能靠相爱相知的人，其余的人扰乱了孤独，反而使人更感孤独，犹如一种官能，因为受到刺激而更加意识到自己的存在。

孤独和喧嚣都难以忍受。如果一定要忍受，我宁可选择孤独。

每逢节日，独自在灯下，心中就有一种非常浓郁的寂寞，浓郁得无可排

遣,自斟自饮生命的酒,别有一番酩酊。

人生作为过程总要逝去,似乎哪种活法都一个样。但就是不一样。我需要一种内在的沉静,可以以逸待劳地接收和整理一切外来印象。这样,我才觉得自己具有一种连续性和完整性。当我被过于纷繁的外部生活搅得不复安宁时,我就断裂了,破碎了,因而也就失去了吸收消化外来印象的能力。

世界是我的食物。人只用少量时间进食,大部分时间在消化。独处就是我消化世界。

在静与闹、孤独与合群之间,必有一个适合于我的比例或节奏。如果比例失调,节奏紊乱,我就会生病——太静则抑郁,太闹则烦躁。抑郁使我成为诗人,烦躁使我成为庸人。

一个精神上自足的人是不会羡慕别人的好运气的,尤其不羡慕低能儿的好运气。

活动和沉思,哪一种生活更好?

有时候,我渴望活动,漫游,交往,恋爱,冒险,成功。如果没有充分尝试生命的种种可能性就离开人世,未免太遗憾了。但是,我知道,我的天性更适合于过沉思的生活。我必须休养我的这颗自足的心灵,惟有带着这颗心灵去活动,我才心安理得并且确有收获。

如果没有好胃口,天天吃宴席有什么乐趣? 如果没有好的感受力,频频周游世界有什么意思? 反之,天天吃宴席的人怎么会有好胃口,频频周游世界的人怎么会有好的感受力? 心灵和胃一样,需要休息和复原。独处和沉思便是心灵的休养方式。当心灵因充分休息而饱满,又因久不活动而饥渴时,它就能最敏锐地品味新的印象。

所以,问题不在于两者择一。高质量的活动和高质量的宁静都需要,而后者实为前者的前提。

外倾性格的人容易得到很多朋友，但真朋友总是很少的。内倾者孤独，一旦获得朋友，往往是真的。

健谈者往往耐不得寂寞，因为他需要听众。寡言者也需要听众，但这听众多半是他自己，所以他比较安于独处。

有的人只有在沸腾的交往中才能辨认他的自我。有的人却只有在宁静的独处中才能辨认他的自我。

没有自己独居的处所是多么可怕的事，一切都暴露无遗了。在群居中，人不得不掩饰和压抑自己的个性。在别人目光的注视下，谁还能坐在那里恬然沉思，捕捉和记录自己的细微感受。住宅危机导致了诗和哲学的生态危机。学会孤独，学会与自己交谈，听自己说话，——就这样去学会深刻。

当然前提是：如果孤独是可以学会的话。

获得理解是人生的巨大欢乐。然而，一个孜孜以求理解、没有旁人的理解便痛不欲生的人却是个可怜虫。

被人理解是幸运的，但不被理解未必就是不幸。一个把自己的价值完全寄托于他人的理解上面的人往往并无价值。

知道痛苦的价值的人，不会轻易向别人泄露和展示自己的痛苦，哪怕是最亲近的人。

一个特立独行的人而又不陷于孤独，这怎么可能呢？然而，尽管注定孤独，仍然会感觉到孤独的可怕和难以忍受。上帝给了他一颗与众不同的灵魂，却又赋予他与普通人一样的对于人间温暖的需要，这正是悲剧性之所在。

说到底,在这世界上,谁的经历不是平凡而又平凡的?心灵历程的悬殊才在人与人之间铺下了鸿沟。

无聊、寂寞、孤独是三种不同的心境。无聊是把自我消散于他人之中的欲望,它寻求的是消遣。寂寞是自我与他人共在的欲望,它寻求的是普通的人间温暖。

孤独是把他人接纳到自我之中的欲望,它寻求的是理解。

无聊者自厌,寂寞者自怜,孤独者自足。

庸人无聊,天才孤独,人人都有寂寞的时光。

无聊是喜剧性的,孤独是悲剧性的,寂寞是中性的。

无聊属于生物性的人,寂寞属于社会性的人,孤独属于形而上的人。

心灵的孤独与性格的孤僻是两回事。

孤僻属于弱者,孤独属于强者。两者都不合群,但前者是因为惧怕受到伤害,后者是因为精神上的超群卓绝。

寂寞是决定人的命运的情境。一个人忍受不了寂寞,就寻求方便的排遣办法,去会朋友,谈天,打牌,看电视,他于是成为一个庸人。靠内心的力量战胜寂寞的人,必是诗人和哲学家。

老是听别人发表同样的见解和感叹,我会感到乏味。不过我知道,在别人眼里我也许更乏味,他们从我这里甚至连见解和感叹也听不到,我不愿重复,又拿不出新的,于是只把沉默给他们。与人共享沉默未免太古怪,所以,我躲了起来……

我天性不宜交际。在多数场合,我不是觉得对方乏味,就是害怕对方觉得我乏味。可是我既不愿忍受对方的乏味,也不愿费劲使自己显得有趣,那都太累了。我独处时最轻松,因为我不觉得自己乏味,即使乏味,也自己承受,不累及他人,无需感到不安。

一切交往都有不可超越的最后界限。在两个人之间,这种界限是不清晰的,然而又是确定的。一切麻烦和冲突都起于无意中想突破这个界限。但是,一旦这个界限清晰可辨并且严加遵守,那么,交往的全部魅力就丧失了,从此情感退场,理智维持着秩序。

在任何两人的交往中,必有一个适合于彼此契合程度的理想距离,越过这个距离,就会引起相斥和反感。这一点既适用于爱情,也适用于友谊。

也许,两个人之间的外在距离稍稍大于他们的内在距离,能使他们之间情感上的吸引力达到最佳效果。形式应当稍稍落后于内容。

实际上并非心心相印的人,倘若形影不离,难免会互相讨厌。

爱可以抚慰孤独,却不能也不该消除孤独。如果爱妄图消除孤独,就会失去分寸,走向反面。

分寸感是成熟的爱的标志,它懂得遵守人与人之间必要的距离,这个距离意味着对于对方作为独立人格的尊重,包括尊重对方独处的权利。

这是一个孤独的人。有一天,世上许多孤独的人发现了他的孤独,于是争着要同他交朋友。他困惑了:他们因为我的孤独而深信我是他们的朋友,我有了这么多朋友,就不再孤独,如何还有资格做他们的朋友呢?

你们围着他,向他喝彩,他惶恐不安了。你们哪里知道他心中的自卑,他的成就只是做出来给自己看的,绝没有料到会惊动你们。

"假如把你放逐到火星上去,只有你一个人,永远不能再回地球接触人类,同时让你长生不老,那时你做什么?"
"写作。"

"假如你的作品永远没有被人读到的希望？"

"自杀。"

我相信，一颗优秀的灵魂，即使永远孤独，永远无人理解，也仍然能从自身的充实中得到一种满足，它在一定意义上是自足的。但是，前提是人类和人类精神的存在，人类精神的基本价值得到肯定。惟有置身于人类中，你才能坚持对于人类精神价值的信念，从而有精神上的充实自足。优秀灵魂的自爱其实源于对人类精神的泛爱。如果与人类精神永远隔绝，譬如说沦入无人地带或哪怕是野蛮部落之中，永无生还的希望，思想和作品也永无传回人间的可能，那么，再优秀的灵魂恐怕也难以自足了。

孤独者必不合时宜。然而，一切都可以成为时髦，包括孤独。

语言是存在的家。沉默是语言的家。饶舌者扼杀沉默，败坏语言，犯下了双重罪过。

真 实

真实是最难的，为了它，一个人也许不得不舍弃许多好东西：名誉，地位，财产，家庭。但真实又是最容易的，在世界上，惟有它，一个人只要愿意，总能得到和保持。

人不可能永远真实，也不可能永远虚假。许多真实中一点虚假，或许多虚假中一点真实，都是动人的。最令人厌倦的是一半对一半。

一个人可以承认自己有种种缺点，但决不肯承认自己虚伪，不真诚。承认自己不真诚，这本身需要极大的真诚。有时候一个人似乎敢承认自己不真诚了，但同时便从这承认中获得非常的满足，觉得自己在本质上是多么真诚，比别人都真诚：你们不敢承认，我承认了！于是，在承认的同时，也就一笔抹杀了自己的不真诚。归根到底还是不承认。对虚伪的承认本身仍然是一种虚伪。

真正打动人的感情总是朴实无华的，它不出声，不张扬，埋得很深。沉默有一种特别的力量，当一切喧嚣静息下来后，它仍然在工作着，穿透可见或不可见的间隔，直达人心的最深处。

纯洁做不到,退而求其次——真实。真实做不到,再退而求其次——糊涂。可是郑板桥说:难得糊涂。还是太纯洁了。

一个人为了实现自我,必须先在非我的世界里漫游一番。但是,有许多人就迷失在这漫游途中了,沾沾自喜于他们在社会上的小小成功,不再想回到自我。成功使他们离他们的自我愈来愈远,终于成为随波逐流之辈。另有一类灵魂,时时为离家而不安,漫游愈久而思家愈切,惟有他们,无论成功失败,都能带着丰富的收获返回他们的自我。

我心中有一个声音,它是顽强的,任何权势不能把它压灭。可是,在日常的忙碌和喧闹中,它却会被冷落、遗忘,终于暗哑了。

在人生的舞台上,我们每个人都在忙忙碌碌地扮演自己的角色,比真的演员还忙,退场的时间更少。例如,我整天坐在这桌子前,不停地写,为出版物写,按照编辑、读者的需要写。我暗暗怀着一个愿望,有一天能抽出空来,写我自己真正想写的东西,写我心中的那个声音。可是,总抽不出时间。到真空下来的时候,我就会发现,我不知道自己真正想写什么,我心中的那个声音沉寂了,不知去向了。

别老是想,总有一天会写的。自我不是一个可以随意支使的侍从,你老是把它往后推,它不耐烦,一去不返了。

我要为自己定一个原则:每天夜晚,每个周末,每年年底,只属于我自己。在这些时间里,我不做任何履约交差的事情,而只读我自己想读的书,只写我自己想写的东西。如果不想读不想写,我就什么也不做,宁肯闲着,也决不应付差事。差事是应付不完的,惟一的办法是人为地加以限制,确保自己的自由时间。

那个在无尽的道路上追求着的人迷惘了。那个在无路的荒原上寻觅着的人失落了。怪谁呢?谁叫他追求,谁叫他寻觅!

无所追求和寻觅的人们,决不会有迷惘感和失落感,他们活得明智而充实。

我不想知道你有什么，只想知道你在寻找什么，你就是你所寻找的东西。

我们的内心经历往往是沉默的。讲自己不是一件随时随地可以进行的容易的事，它需要某种境遇和情绪的触发，一生难得有几回。那些喜欢讲自己的人多半是在讲自己所扮演的角色。另一方面呢，我们无论讲什么，也总是在曲折地讲自己。

人不易摆脱角色。有时候，着意摆脱所习惯的角色，本身就是在不由自主地扮演另一种角色。反角色也是一种角色。

一种人不自觉地要显得真诚，以他的真诚去打动人并且打动自己。他自己果然被自己感动了。

一种人故意地要显得狡猾，以他的狡猾去魅惑人并且魅惑自己。他自己果然怀疑起自己来了。

潇洒就是自然而不做作，不拘束。然而，在实际上，只要做作得自然，不露拘束的痕迹，往往也就被当成了潇洒。

如今，潇洒成了一种时髦，活得潇洒成了一句口号。人们竞相做作出一种自然的姿态，恰好证明这是一个多么不自然的时代。

什么是虚假？虚假就是不真实，或者，故意真实。"我一定要真实！"——可是你已经在虚假了。

什么是做作？做作就是不真诚，或者，故意真诚。"我一定要真诚！"——可是你已经在做作了。

对于有的人来说，真诚始终只是他所喜欢扮演的一种角色。他极其真诚地进入角色，以至于和角色打成一片，相信角色就是他的真我，不由自主地被自己如此真诚的表演所感动了。

如果真诚为一个人所固有，是出自他本性的行为方式，他就决不会动辄被自己的真诚所感动。犹如血型和呼吸，自己甚至不可觉察，谁会对自己的血型和呼吸顾影自怜呢？（写到这里，发现此喻不妥，因为自从《血型与性格》、《血型与爱情》一类小册子流行以来，果然有人对自己的血型顾影自怜了。姑妄喻之吧。）

由此我获得了一个鉴定真诚的可靠标准，就是看一个人是否被自己的真诚所感动。一感动，就难免包含演戏和做作的成分了。真正有独特个性的人并不竭力显示自己的独特，他不怕自己显得与旁人一样。那些时时处处想显示自己与众不同的人，往往是一些虚荣心十足的平庸之辈。

质朴最不容易受骗，连成功也骗不了它。

"以真诚换取真诚！"——可是，这么一换，双方不是都失去自己的真诚了吗？

真诚如果不讲对象和分寸，就会沦为可笑。真诚受到玩弄，其狼狈不亚于虚伪受到揭露。

文人最难戒的毛病是卖弄。说句公道话，文字本身就诱惑他们这样做。他们惯于用文字表达自己，而文字总是要给人看的，这就很容易使他们的表达变成一种表演，使他们的独白变成一种演讲。他们走近文字如同走近一扇面向公众的窗口，不由自主地要摆好姿势。有时候他们拉上窗帘，但故意让屋里的灯亮着，以便把他们的孤独、忧伤、痛苦等等适当地投在窗帘上，形成一幅优美的剪影。即使他们力戒卖弄，决心真实，也不能担保这诉诸文字的真实不是又一种卖弄。

这是一位多愁善感的作者，并且知道自己多愁善感，被自己的多愁善感所感动，于是愈发多愁善感了。他在想象中看到读者感动的眼泪，自己禁不住也流下感动的眼泪，泪眼朦胧地在稿纸上签下了自己的名字。

有做作的初学者，他其实还是不失真实的本性，仅仅在模仿做作。到了做作而不自知是做作，自己也动了真情的时候，做作便成了本性，这是做作的大师。

真诚者的灵魂往往分裂成一个法官和一个罪犯。当法官和罪犯达成和解时，真诚者的灵魂便得救了。

做作者的灵魂往往分裂成一个戏子和一个观众。当戏子和观众彼此厌倦时，做作者的灵魂便得救了。

角色在何处结束，真实的自我在何处开始，这界限常常是模糊的。有些角色仅是服饰，有些角色却已经和我们的躯体生长在一起，如果把它们一层层剥去，其结果比剥葱头好不了多少。

演员尚有卸装的时候，我们生生死死都离不开社会的舞台。在他人目光的注视下，甚至隐居和自杀都可以是在扮演一种角色。

也许，只有当我们扮演某个角色露出破绽时，我们才得以一窥自己的真实面目。

刻意求真实者还是太关注自己的形象，已获真实者只是活得自在罢了。

在精神领域的追求中，不必说世俗的成功，社会和历史所承认的成功，即便是精神追求本身的成功，也不是主要的目标。在这里，目标即寓于过程之中，对精神价值的追求本身成了生存方式，这种追求愈执著，就愈是超越于所谓成败。一个默默无闻的贤哲也许更是贤哲，一个身败名裂的圣徒也许更是圣徒。如果一定要论成败，一个伟大的失败者岂不比一个渺小的成功者更有权被视为成功者？

美

美是骚动不安的，艺术家却要使它静止。美是稍纵即逝的，艺术家却要使它永存。艺术家负有悲剧性的使命：去做不可能做到的事。

艺术家最易受美的诱惑，有最强烈的占有美的欲望。但美是占有不了的，因为占有就意味着美感的丧失。艺术家被这种无法满足的欲望逼到绝路，才走向艺术，以象征的方式来占有美。他是被逼上象牙塔的。

美的力量是可以致人死命的。美那样脆弱，那样稍纵即逝，可是它却能令人迷乱癫狂，赴汤蹈火，轻抛生命。在美面前，谁不想纵身一跳，与它合为一体，淹死在其中！天知道人的这种不可理喻的天性是从何而来的！

我想起了 Lorelei 的传说，真是深得美之三昧。

然而，做一个艺术家，却不能丢魂失魄地做美的奴隶，当然也不能无动于衷地对美旁观，他要驾驭美，赋予美以形式，形式是他的牛轭，他借此成为美的主人。

尽管美感的根源深植于性欲之中，可是当少年人的性欲刚刚来潮之时，他又会惊慌地预感到这股失去控制的兽性力量破坏了美感，因而出现性亢奋与性反感交错的心理。

对性欲的某种程度的压抑不仅是伦理的需要,也是审美的需要。美感产生于性与性压抑之间的平衡。

审美与功利的对立是一个经验的事实。凡是审美力锐利的人,对功利比较糊涂,而利欲熏心的人则对美不甚留意。有艺术气质的人在社会阅历方面大多处在不成熟的童稚状态。

硬要挖掘审美与功利的历史渊源关系是说明不了什么的。在太初混沌状态,在人类起源时代,何止审美,一切的一切都浑为一体。劳动创造了人,于是也创造了人的一切,于是用劳动来说明一切,这种逻辑固然彻底,却未免太简单了一些。

从宇宙的角度看,美和道德都是没有根据的。宇宙既不爱惜美,也不讲求道德。美是人的心灵的一个幻影,道德是人的生存的一个工具。人是注定要靠药物来维持生命的一种生物,而美就是兴奋剂,道德就是镇静剂。

道德不仅为社会所需要,而且为人生所需要。如果人要为自己的生活寻找一个稳固的支点,就决不能寄希望于美。美是一片浮云,道德却在实践上提供了人与人之间的一种稳定的依赖关系,在心理上提供了一种安全感和自信心。

可是,某些人的天性注定他们是逃不脱美的陷阱的,对美的迷恋乃是他们先天的不治之症。

我喜欢奥尼尔的剧本《天边外》。它使你感到,一方面,幻想毫无价值,美毫无价值,一个幻想家总是实际生活的失败者,一个美的追求者总是处处碰壁的倒霉鬼;另一方面,对天边外的秘密的幻想,对美的憧憬,仍然是人生的最高价值,那种在实际生活中即使一败涂地还始终如一地保持幻想和憧憬的人,才是真正的幸运儿。

在孩子眼里,世界充满着谜语。可是,成人常常用千篇一律的谜底杀死了许多美丽的谜语。

这个世界被孩子的好奇的眼光照耀得色彩绚丽,却在成人洞察一切的眼睛注视下苍白失色了。

唉,孩子的目光,这看世界的第一瞥,当我们拥有它时,我们不知这是幸福,当我们悟到这是幸福时,我们已经永远失去它了。

罂粟花,邪恶的光泽。恶赋予美以魅力,光泽赋予色彩以魅力。相形之下,只有色彩没有光泽的牡丹显得多么平庸。

在人的本能中,既有爱美、占有美的冲动,又有亵渎美、毁坏美的冲动。后一种冲动,也许是因为美无法真正占有而产生的一种绝望,也许是因为美使人丧失理智而产生的一种怨恨。

不纯净的美使人迷乱,纯净的美使人宁静。女人身上兼有这两种美。所以,男人在女人怀里癫狂,又在女人怀里得到安息。女人作为母亲,最接近大自然。大自然的美总是纯净的。

一个爱美的民族总是有希望的,它不会长久忍受丑陋的现实。最可悲的是整个民族对美和丑麻木不仁,置身于这个民族中的个别爱美的灵魂岂能不被绝望所折磨?

许多哲人都预言会有一个审美的时代。我也盼望这这样的时代到来,但又想也许,美永远属于少数人,时代永远属于公众,在任何时代,多数人总是讲究实际的。

有不同的丑。有的丑是生命力的衰竭,有的丑是生命力的扭曲。前者令人厌恶,后者却能引起一种病态的美感。现代艺术所表现的丑多属后者。

"奈此良夜何!"——不怕良夜,一切太美的事物都会使人感到无奈:
这么美,叫人如何是好!

人 生

人生的一切矛盾都不可能最终解决,而只是被时间的流水卷走罢了。

人生中的有些错误也许是不应当去纠正的,一纠正便犯了新的、也许更严重的错误。

生命是短暂的。可是,在短暂的一生中,有许多时间你还得忍,忍着它们慢慢地流过去,直到终于又有事件之石激起生命的浪花。

人生中辉煌的时刻并不多,大多数时间都是在对这种时刻的回忆和期待中度过的。

人永远是孩子,谁也长不大,有的保留着孩子的心灵,有的保留着孩子的脑筋。谁也不相信自己明天会死,人生的路不知不觉走到了尽头,到头来不是老天真,就是老糊涂。

每个人都只有一个人生,她是一个对我们从一而终的女子。我们不妨尽自己的力量引导她,充实她,但是,不管她终于成个什么样子,我们好歹得爱她。

人生是一场无结果的试验。因为无结果，所以怎样试验都无妨。也因为无结果，所以怎样试验都不踏实。

有人说，人生到处是陷阱，从一个陷阱出来，又掉入了另一个陷阱里。可是，尽管如此，你还是想跳，哪怕明知道另一个更深的陷阱在等着你。最不能忍受的是永远待在同一个陷阱里。也许，自由就寓于跳的过程中。

人人都在写自己的历史，但这历史缺乏细心的读者。我们没有工夫读自己的历史，即使读，也是读得何其草率。

对于人生，我们无法想得太多太远。那越过界限的思绪终于惘然不知所之，不得不收回来，满足于知道自己此刻还活着，对于今天和明天的时光作些实际的安排。

历史是无情的，数十年转了个小小的弯子，却改变了个人的一生。历史可以重新纳入轨道，人生却不可能从头开始了。所谓历史的悲剧，牺牲掉的是无数活生生的个人。

有的人总是在寻找，凡到手的，都不是他要的。有的人从来不寻找，凡到手的，都是他要的。
各有各的活法。究竟哪种好，只有天知道。

只有一次生命，做什么都可惜了，但总得做点什么。于是，我们做着微不足道的事情。

在人生的某个时期，行动的愿望是如此强烈，一心打破现状，改变生活，增加体验，往往并不顾忌后果是正是负，只要绝对数字大就行。

在有些人眼里，人生是一碟乏味的菜，为了咽下这碟菜，少不了种种作料，种种刺激。他们的日子过得真热闹。

假如海洋上那一个个旋生旋灭的泡沫有了意识，它们一定会用幻想的彩虹映照自己，给自己涂上绚丽的颜色，它们一定会把自己的迸裂想象成一种悲壮的牺牲，觉得自己是悲剧中的英雄。我赞美这些美丽而崇高的泡沫。

梦是虚幻的，但虚幻的梦所发生的作用却是完全真实的。弗洛伊德业已证明了这一点。美、艺术、爱情、自由、理想、真理，都是人生的大梦。如果没有这一切梦，人生会是一个什么样子啊！

敏感与迟钝殊途同归。前者对人生看得太透，后者对人生看得太浅，两者得出相同的结论：人生没有意思。
要活得有意思，应该在敏感与迟钝之间。

最凄凉的不是失败者的哀鸣，而是成功者的悲叹。在失败者心目中，人间尚有值得追求的东西：成功。但获得成功仍然悲观的人，他的一切幻想都破灭了，他已经无可追求。失败者仅仅悲叹自己的身世；成功者若悲叹，必是悲叹整个人生。

在社交场合我轻易不谈人生。只要一听到那些空洞的感叹，我就立即闭口。越是严肃的思想，深沉的情感，就越是难于诉诸语言。大音稀声。这里甚至有一种神圣的羞怯，使得一个人难于启齿说出自己最隐秘的思绪，因为它是在默默中受孕的，从来不为人所知，于是便像要当众展示私生子一样的难堪。

在这个世界上，一个人重感情就难免会软弱，求完美就难免有遗憾。也许，宽容自己这一点软弱，我们就能坚持；接受人生这一点遗憾，我们就能平静。

命运是不可改变的，可改变的只是我们对命运的态度。

人生没有一个终极背景，这一点既决定了人生的荒谬性，又决定了人的自由。犹如做梦，在梦中一切都是荒谬的，一切又都可以随心所欲。当然，只有知道自己是在做梦的人才能够随心所欲。但在梦中知道自己是在做梦的人太少了。所以，一般人既不感到人生是荒谬的，也不知道自己是自由的。就后者来说，他们是不幸的。就前者来说，他们又是幸运的。

人生的内容：a+b+c+d+……

人生的结局：0

人生的意义：(a+b+c+d+……) × 0=0

尽管如此，人仍然想无限制地延长那个加法运算，不厌其长。这就是生命的魔力。

目的只是手段，过程才是目的。对过程不感兴趣的人，是不会有生存的乐趣的。

人生的终点是死，是虚无，在终点找不到意义。于是我们只好说：意义在于过程。

然而，当过程也背叛我们的时候，我们又把眼光投向终点，安慰自己说：既然结局都一样，何必在乎过程？

生命纯属偶然，所以每个生命都要依恋另一个生命，相依为命，结伴而行。

生命纯属偶然，所以每个生命都不属于另一个生命，像一阵风，无牵无挂。

每一个问题至少有两个相反的答案。

近代浪漫哲人多从诗走向神,但他们终究是诗人,而不是神学家。神,不过是诗的别名。人生要有绝对意义,就必须有神,因为神就是绝对的同义词。但是,必须有,就真有吗?人生的悲剧岂不正在于永远寻找、又永远找不到那必须有的东西?

我不相信一切所谓人生导师。在这个没有上帝的世界上,谁敢说自己已经贯通一切歧路和绝境,因而不再困惑,也不再需要寻找了?

至于我,我将永远困惑,也永远寻找。困惑是我的诚实,寻找是我的勇敢。

在这世界上,谁真正严肃地生活着?难道是那些从不反省人生的浅薄之辈,哪怕他们像钟表一样循规蹈矩,像石像一样不苟言笑,哪怕他们是良民、忠臣、孝子、好丈夫、好父亲?在我看来,对自己的生命不负责任,就无严肃可言,平庸就是最大的不严肃。

狂妄的人自称命运的主人,谦卑的人甘为命运的奴隶。除此之外还有一种人,他照看命运,但不强求,接受命运,但不卑怯。走运时,他会揶揄自己的好运。背运时,他又会调侃自己的厄运。他不低估命运的力量,也不高估命运的价值。他只是做命运的朋友罢了。

塞涅卡说:愿意的人,命运领着走;不愿意的人,命运拖着走。他忽略了第三种情况:和命运结伴而行。

习惯的定义:人被环境同化,与环境生长在一起,成为环境的一部分。所谓环境,包括你所熟悉的地方、人、事业。在此状态下,生命之流失去落差,渐趋平缓,终成死水一潭。

那么,为了自救,告别你所熟悉的环境吧,到陌生的地方去,和陌生的人来往,从事陌生的事业。

人一生中应当有意识地变换环境。能否从零开始,重新开创一种生活,这是测量一个人心灵是否年轻的可靠尺度。

女人和男人

在《战争与和平》中，托尔斯泰让安德列和彼尔都爱上娜塔莎，这是意味深长的。娜塔莎，她整个儿是生命，是活力，是"一座小火山"。对于悲观主义者安德列来说，她是抗衡悲观的欢乐的生命。对于空想家彼尔来说，她是抗衡空想的实在的生活。男人最容易患的病是悲观和空想，因而他最期待于女人的是欢乐而实在的生命。

男人喜欢上天入地，天上太玄虚，地下太阴郁，女人便把他拉回到地面上来。女人使人生更实在，也更轻松了。

女人的肉体和精神是交融在一起的，她的肉欲完全受情感支配，她的精神又带着浓烈的肉体气息。女人之爱文学，是她的爱情的一种方式。她最喜欢的作家，往往是她心目中理想配偶的一个标本。于是，有的喜欢海明威式的硬汉子，有的喜欢拜伦式的悲观主义者。

在男人那里，肉体与精神可以分离得比较远。

男人期待于女人的并非她是一位艺术家，而是她本身是一件艺术品。她会不会写诗无所谓，只要她自己就是大自然创造的一首充满灵感的诗。

当然，女诗人和女权主义者听到这意见是要愤慨的。

女人的聪明在于能欣赏男人的聪明。

男人是孤独的，在孤独中创造文化。女人是合群的，在合群中传播文化。

女人很少悲观，也许会忧郁，但更多的是烦恼。最好的女人一样也不。快乐地生活，一边陶醉，一边自嘲，我欣赏女人的这种韵致。

女人是人类的感官，具有感官的全部盲目性和原始性。只要她们不是自卑地一心要克服自己的"弱点"，她们就能成为抵抗这个世界理性化即贫乏化的力量。

我相信，有两样东西由于与自然一脉相通，因而可以避免染上时代的疾患，这就是艺术和女人。好的女人如同好的艺术一样属于永恒的自然，都是非时代的。

也许有人要反驳说，女人岂非比男人更喜欢赶时髦？但这是表面的，女人多半只在装饰上赶时髦，男人却容易全身心投入时代的潮流。

真正的女性智慧也具一种大器，而非琐屑的小聪明。智慧的女子必有大家风度。

我对女人的要求与对艺术一样：自然，质朴，不雕琢，不做作。对男人也是这样。

女性温柔，男性刚强。但是，只要是自然而然，刚强在女人身上，温柔在男人身上，都不失为美。

卢梭说："女人最使我们留恋的，并不一定在于感官的享受，主要还在于生活在她们身边的某种情趣。"

的确，当我们贪图感官的享受时，女人是固体，诚然是富有弹性的固体，但毕竟同我们只能有体表的接触。然而，在那样一些充满诗意的场合，女人是气体，那样温馨芬芳的气体，她在我们的四周飘荡，沁入我们的肌

肤，弥漫在我们的心灵。一个心爱的女子每每给我们的生活染上一种色彩，给我们的心灵造成一种氛围，给我们的感官带来一种陶醉。

我发现，美丽的女孩子天性往往能得到比较健康的发展。也许这是因为她们从小讨人喜欢，饱吸爱的养料，而她们的错误又容易得到原谅，因而行动较少顾虑，能够自由地生长。犹如一株植物，她们得到了更加充足的阳光和更加开阔的空间，所以不致发生病态。

也许，男人是没救的。一个好女人并不自以为能够拯救男人，她只是用歌声、笑容和眼泪来安慰男人。她的爱鼓励男人自救，或者，坦然走向毁灭。

好女人能刺激起男人的野心，最好的女人却还能抚平男人的野心。

女人搞哲学，对于女人和哲学两方面都是损害。

老天知道，我这样说，是因为我多么爱女人，也多么爱哲学！

好的哲学使人痛苦，坏的哲学使人枯燥，两者都损害女性的美。

我反对女人搞哲学，实出于一种怜香惜玉之心。

我要躲开两种人：浅薄的哲学家和深刻的女人。前者大谈幸福，后者大谈痛苦，都叫我受不了。

有人说，女人所寻求的只是爱情、金钱和虚荣。其实，三样东西可以合并为一样：虚荣。因为，爱情的满足在于向人夸耀丈夫，金钱的满足在于向人夸耀服饰。

当然，这里说的仅是一部分女人。但她们并不坏。

一种女人把男人当作养料来喂她的虚荣，另一种女人把她的虚荣当作养料来喂男人。

对于男人来说,女人的虚荣并非一回事。

侵犯女人的是男人,保护女人的也是男人。女人防备男人,又依赖男人,于是有了双重的自卑。

男人与女人之间有什么是非可说? 只有选择。你选择了谁,你就和谁放弃了是非的评说。

女人总是把大道理扯成小事情。男人总是把小事情扯成大道理。

"女人用心灵思考,男人用头脑思考。"
"不对。女人用肉体思考。"
"那么男人呢? "
"男人用女人的肉体思考。"

两性之间,只隔着一张纸。这张纸是不透明的,在纸的两边,彼此高深莫测。但是,这张纸又是一捅就破的,一旦捅破,彼此之间就再也没有秘密了。

我的一位朋友说:"不对,男人和女人是两种完全不同的动物,永远不可能彼此理解。"

邂逅的魅力在于它的偶然性和一次性,完全出乎意料,毫无精神准备,两个陌生的躯体突然互相呼唤,两颗陌生的灵魂突然彼此共鸣。但是,倘若这种突发的亲昵长久延续下去,绝大部分邂逅都会变得索然无味了。

你占有一个女人的肉体乃是一种无礼。以后你不再去占有却是一种更可怕的无礼。前者只是侵犯了她的羞耻心,后者却侵犯了她的自尊心。

肉体是一种使女人既感到自卑、又感到骄傲的东西。

男人通过征服世界而征服女人,女人通过征服男人而征服世界。

男人凭理智思考,凭感情行动。女人凭感情思考,凭理智行动。所以,在思考时,男人指导女人,在行动时,女人支配男人。

男人总是看透了集合的女人,又不断受个别的女人魅惑。

女人作为整体是浑厚的,所以诗人把她们喻为土地。但个别的女人未必浑厚。

男人是突然老的,女人是逐渐老的。

调情需要旁人凑兴。两人单独相处,容易严肃,难调起情来。一旦调上,又容易半真半假,弄假成真,动起真情。

当众调情是斗智,是演剧,是玩笑。

单独调情是诱惑,是试探,是意淫。

男人和女人的结合,两个稳定得稳定,一个易变、一个稳定得易变,两个易变可得稳定,可得易变。

我最厌恶的缺点,在男人身上是懦弱和吝啬,在女人身上是粗鲁和庸俗。

两个漂亮的姑娘争吵了起来,彼此用恶言中伤。我望着她们那轮廓纤秀的嘴唇,不禁惶惑了:如此美丽的嘴唇,使男人忍不住想去吻它们,有时竟是这么恶毒的东西么?

普天下男人聚集在一起,也不能给女人下一个完整的定义。反之也一样。

男女关系是一个永无止境的试验。

对于异性的评价,在接触之前,最易受幻想的支配,在接触之后,最易受遭遇的支配。

其实,并没有男人和女人,只有这一个男人或这一个女人。

婚 姻

　　如果认为单凭激情就能对付年复一年充满琐碎内容的日常共同生活，未免太天真了。爱情仅是感情的事，婚姻却是感情、理智、意志三方面通力合作的结果。因此，幸福的婚姻必定比幸福的爱情稀少得多。理想的夫妇关系是情人、朋友、伴侣三者合一的关系，兼有情人的热烈、朋友的宽容和伴侣的体贴。三者缺一，便有点美中不足。然而，既然世上许多婚姻竟是三者全无，你若能拥有三者之一也就应当知足了。

　　好的婚姻是人间，坏的婚姻是地狱。别想到婚姻中寻找天堂。
　　人终究是要生活在人间的，而人间也自有人间的乐趣，为天堂所不具有。

　　爱情似花朵，结婚便是它的果实。植物界的法则是，果实与花朵不能两全，一旦结果，花朵就消失了。由此的类比是，一旦结婚，爱情就消失了。有没有两全之策呢？
　　有的，简单极了，只须改变一下比喻的句法：未结婚的爱情如同未结果的花朵的美，而结了婚的爱情则如同花已谢的果实的美。是的，果实与花朵不能两全，果实不具有花朵那种绚烂的美，但果实有果实的美，只要它是一颗饱满的果实，只要你善于欣赏它。

植物不会为花落伤心。人是太复杂了,他在结果以后仍然缅怀花朵,并且用花朵的审美标准批判果实,终于使果实患病而失去了属于它的那一种美。

无论如何,你对一个女人的爱倘若不是半途而废,就不能停留在仅仅让她做情人,还应该让她做妻子和母亲。只有这样,你才亲手把她变成了一个完整的女人,从而完整地得到了她,你们的爱情也才有了一个完整的过程。至于这个过程是否叫作婚姻,倒是一件次要的事情。

婚姻的稳固与其说取决于爱情,不如说取决于日常生活小事的和谐。具有艺术气质的人在后一方面往往笨拙得可笑,所以,两个艺术家的结合多半是脆弱的。

对艺术家的一个忠告:慎勿与同行结婚。
进一步的忠告:慎勿结婚。

有三种婚姻:一、以幻想和激情为基础的艺术型婚姻;二、以欺骗和容忍为基础的魔术型婚姻;三、以经验和方法为基础的技术型婚姻。
就稳固程度而论,技术型最上,魔术型居中,艺术型最下。

人真是什么都能习惯,甚至能习惯和一个与自己完全不同的人生活一辈子。
习惯真是有一种不可思议的力量,甚至能使夫妇两人的面容也渐渐变得相似。

恋爱时闭着的眼睛,结婚使它睁开了。恋爱时披着的服饰,结婚把它脱掉了。她和他惊讶了:"原来你是这样的?"接着气愤了:"原来你是这样的!"而事实上的他和她,诚然比从前想象的差些,却要比现在发现的好些。

如果说短暂的分离促进爱情,长久的分离扼杀爱情,那么,结婚倒是比不结婚占据着一个有利的地位,因为它本身是排除长久的分离的,我们只需要为它适当安排一些短暂的分离就行了。

在别的情形下,仇人可以互相躲开,或者可以决一死战,在婚姻中都不能。明明是冤家,偏偏躲不开,也打不败,非朝夕相处不可。不幸的婚姻之所以可怕,就在于此。这种折磨足以摧垮最坚强的神经。

其实,他们本来是可以不做仇人的,做不了朋友,也可以做路人。冤家路窄,正因为路窄才成冤家。

想开点,路何尝窄?

在夫妻吵架中没有胜利者,结局不是握手言和,就是两败俱伤。

把自己当作人质,通过折磨自己使对方屈服,是夫妇之间争吵经常使用的喜剧性手段。一旦这手段失灵,悲剧就要拉开帷幕了。

美是无法占有的,一个雄辩的证据便是那种娶了一个不爱他的漂亮女人的丈夫,他会深切感到,这朝夕在眼前晃动的美乃是一种异在之物,绝对不属于他,对他毫无意义。这个例子也说明了仅仅根据外貌选择配偶是多么愚蠢。

离婚毕竟是一种撕裂,不能不感到疼痛。当事人愈冷静,疼痛感愈清晰。尤其是忍痛割爱的一方,在她(他)的冷静中自有一种神圣的尊严,差不多可以和从容赴死的尊严媲美。她(他)以这种方式最大限度地抢救了垂危婚姻中一切有价值的东西,将它们保存在双方的记忆中了。相反,战火纷飞,血肉模糊,疼痛感会麻痹,而一切曾经有过的美好的东西连同对它们的记忆也就真正毁灭了。

一个已婚男子为自己订立的两点守则：一、不为了与任何女子有暧昧关系而装出一副婚姻受害者的苦相；二、不因为婚姻的满意而放弃欣赏和结交其他可爱的女性。

圣经记载，上帝用亚当身上的肋骨造成一个女人，于是世上有了第一对夫妇。据说这一传说贬低了女性。可是，亚当说得明白："这是我的骨中之骨，肉中之肉。"今天有多少丈夫能像亚当那样，把妻子带到上帝面前，问心无愧地说出这话呢？

每当看见老年夫妻互相搀扶着，沿着街道缓缓地走来，我就禁不住感动。他们的能力已经很微弱，不足以给别人以帮助。他们的魅力也已经很微弱，不足以吸引别人帮助他们。于是，他们就用衰老的手臂互相搀扶着，彼此提供一点儿尽管太少但极其需要的帮助。年轻人结伴走向生活，最多是志同道合。老年人结伴走向死亡，才真正是相依为命。

死

我最生疏的词：老。我最熟悉的词：死。尽管我时常沉思死的问题，但我从不觉得需要想想防老养老的事情。

中国的圣人说："未知生，焉知死？"西方的哲人大约会倒过来说："未知死，焉知生？"中西人生哲学的分野就在于此。

人人都知道死是必然的，它是一个我们一出生就通报要来访的客人，现正日夜兼程，一步步靠近我们。可是，当它敲响我们的门的时候，我们仍然感到突然，怪它是最唐突的不速之客。

其实，爱算不得永恒的主题。人们可能会厌倦于爱，从爱的魅惑中解脱出来。可是，有谁能摆脱死呢？死是永恒的叹息。它正从书架上挤得紧紧的书册的缝隙里透露出来，写这些书和发这些叹息的文豪哲人如今都已经长眠地下，用死的事实把他们的死的叹息送到我们心里。

可怕的不是有，而是无。烦恼是有，寂寞是无。临终的痛苦是有，死后的灭寂是无。

自我意识过于强烈的人本能地把世界看作他的自我的产物。于是，他无论如何不能设想，他的自我有一天会毁灭，而作为自我的产物的世界却将永远存在。若说他出生之前的世界，尽管也是没有他而永远存在过，他却能够接受，因为那个世界不是他创造的，是与他无关的。

　　我从来不对临终的痛苦感到恐惧，它是可以理解的，因而也是可以接受的。真正令人恐惧的是死后的虚无，那是十足的荒谬，绝对的悖理。而且，恐惧并非来自对这种虚无的思考，而是来自对它的感觉，这种感觉突如其来，常常发生在夜间突然醒来之时。我好像一下子置身于这虚无之中，不，我好像一下子消失在这虚无之中，绝对地消失了，永远地消失了。然后，当我的意识回到当下的现实，我便好像用死过一回的人的眼光看我正在经历的一切，感觉到了它们的虚幻性。好在虚无感的袭击为数有限，大多数时刻我们沉溺在日常生活的波涛里，否则没有一个人能够安然活下去。

　　"我没有死的紧迫感，因为我还年轻。"这同年龄有什么关系呢？哪怕可以活一万岁，一万年后的死仍然是死。我十几岁考虑死的问题所受的震颤并不亚于今天。

　　深夜，我躺在床上，手里拿着一本书。这是我每天留给自己的一点享受。我突然想到，总有一天，我也是这样地躺在床上，然而手里没有书，我不能再为自己安排这样的享受，因为临终的时候已经到来……
　　对于我来说，死的思想真是过于明白、过于具体了。既然这个时刻必然会到来，它与眼前的现实又有多大区别呢？一个人自从想到等待着他的是死亡以及死亡之前的黯淡的没有爱和欢乐的老年，从这一刻起，人生的梦就很难使他入迷了。他做着梦，同时却又知道他不过是在做梦，就像我们睡得不踏实时常有的情形一样。

　　我躺在床上，决定体会一下死的滋味。我果然成功了。我觉得我不由

自主地往下坠。确切地说,是身体在往下坠,灵魂在往上升。不对,无所谓上下。只是在分开,肉体和灵魂在分离,越离越远。过去,我是靠我的灵魂来体会我的肉体的存在,又是靠我的肉体来体会我的灵魂的存在的。现在,由于它们的分离,它们彼此不能感应了,我渐渐既不能体会我的肉体的存在,也不能体会我的灵魂的存在了。它们在彼此分离,同时也就在离我远去,即将消失。我猛然意识到,它们的消失意味着我的消失,而这就是死。我、肉体、灵魂,好像是三个点,当它们重叠时,就形成生命的质点,色浓而清晰;当它们分离时,色调愈来愈淡,终于消失,生命于是解体。我必须阻止它们消失,一使劲,醒过来了。

时间给不同的人带来不同的礼物,而对所有人都相同的是,它然后又带走了一切礼物,不管这礼物是好是坏。

善衣冠楚楚,昂首挺胸地招摇过市。回到家里,宽衣解带,美展现玫瑰色的裸体。进入坟墓,皮肉销蚀,惟有永存的骷髅宣示着真的要义。

活着总是有所遗憾,但最大的遗憾是有一天要死去。

我们拥有的惟一时间是现在。拥有了现在,我们也就拥有了过去和未来。死意味着现在的丧失,同时我们也就丧失了过去,丧失了未来,丧失了时间。

我忧郁地想:“我不该就这么永远地消失。”

我听见一个声音对我说:“人人都得死。”

可是,我的意思是,不仅我,而且每一个人,都不该就这么永远地消失。

我的意思是,不仅我,而且每一个人,都应该忧郁地想:“我不该就这么永远地消失。”

对于一切悲惨的事情,包括我们自己的死,我们始终是又适应又不适应,时而悲观时而达观,时而清醒时而麻木,直到最后都是如此。只有死才能结束这种矛盾状态,而到死时,我们不适应也适应了,不适应也无可奈何了,不适应也死了。

"不知老之将至"——老总是不知不觉地到来的。一个人不到老态龙钟,行将就木,决不肯承认自己老。如果有谁自言其老,千万不要认真附和,那样必定会大大扫他的兴。其实他内心未必当真觉得自己老,才能有这份自言其老的自信。中年与老年之间实在也没有明确的分界线。我们二十来岁时觉得四五十岁的人老了,自己到了四五十岁,又会觉得四五十岁并不老,六七十岁才是老人。我们不断地把老年的起点往后推移,以便保持自己不老的记录。因此,当死神来临时,我们总是感到突然和委屈:还没有老,怎么就要死了?

死是最令人同情的,因为物伤其类:自己也会死。死又是最不令人同情的,因为殊途同归:自己也得死。

我们对于自己活着这件事实在太习惯了,而凡是习惯了的东西,我们就很难想象有朝一日会失去。可是,事实上,死亡始终和我们比邻而居,它来光顾我们就像邻居来串一下门那么容易。所以,许多哲人都主张,我们应当及早对死亡这件事也习惯起来,以免到时候猝不及防。在此意义上,他们把哲学看作一种思考死亡并且使自己对之习以为常的练习。

一辆卡车朝悬崖猛冲。
"刹车!"乘客惊呼。
司机回过头来,笑着说:"你们不是想逃避死吗?在这人间,谁也逃不脱死。要逃避死,只有离开人间。跟我去吧!"
卡车跌下悬崖。我醒来了,若有所悟。

死是荒谬的，但永生也是荒谬的：你将在这个终有一天熟透了的世界上永远活下去，太阳下不再有新的事物，生活中不再有新的诱惑，而你必须永远忍受这无休止的单调。这是人生的大二律背反。

波伏瓦的《人总是要死的》想说明什么呢？是的，不死也是荒谬的。没有死，就没有爱和激情，没有冒险和悲剧，没有欢乐和痛苦，没有生命的魅力。总之，没有死，就没有了生的意义。

最终剥夺了生的意义的死，一度又是它赋予了生的意义。

然而，欲取先予，最终还是剥夺了。

健康的胃不会厌倦进食，健康的肺不会厌倦呼吸，健康的肉体不会厌倦做爱。总之，健全的生命本能不会厌倦日复一日重复的生命活动。我以此论据反驳了所谓永生的厌倦。只要同时赋予不衰的生命力，永生是值得向往的。所谓永生与寂灭的二律背反，也许不过是终将寂灭的人的自我慰藉。

生命是残酷无情的，它本能地厌恶衰老和死亡。当衰老和死亡尚未落到我们自己头上时，我们对于别人包括亲友的衰老和死亡会同情一时，但不会永久哀伤，生命本身催促我们越过它们而前进。因此，当我们自己年老和垂死时，我们理应以宿命的态度忍受孤独，不要去嫉妒和打搅年轻一代的生命欢乐。

各种各样的会议，讨论着种种人间事务。我忽发奇想：倘若让亡灵们开会，它们会发怎样的议论？一定比我们超脱豁达。如果让每人都死一次，也许人人会变得像个哲学家。但是，死而复活，死就不成其为死，那一点彻悟又不会有了。

没有一个死去的人能把他死前片刻之间的思想和感觉告诉活着的人。

但是,他一旦做到这一点,那思想和感觉大约也是很平常的,给不了人深刻印象。不说出来,反倒保持了一种神秘的魅力。

一个人处在巨大的自然灾难之中,面临着死亡的威胁,譬如爱伦·坡所描写的那个老头被卷入大旋涡底的时候,再来回想社会的沉浮(假如当时他有力量回想的话),就会觉得那是多么空泛,多么微不足道。据说,临终的人容易宽恕一切。我想这并非因为他突然良心发现的缘故,而是因为在绝对的虚无面前,一切琐屑的往事对于他都真正无所谓了。

死是哲学、宗教和艺术的共同背景。在死的阴郁的背景下,哲学思索人生,宗教超脱人生,艺术眷恋人生。美感骨子里是忧郁,崇高感骨子里是恐惧。前者是有限者对有限者的哀怜,后者是有限者对无限者的敬畏。死仍然是共同的背景。

时间和永恒

人生的秘密尽在时间，在时间的魔法和骗术，也在时间的真相和实质。时间把种种妙趣赐给人生：回忆，幻想，希望，遗忘……人生是过于依赖时间了，但时间本身又是不折不扣的虚无，是绝对的重复，是人心的一个虚构。哲学中没有比这更难解开的鬼结了。

我的一切都存在时间那里，花掉了不少，还剩下一些，可都是支取的同时就花掉，手上什么也没有。

有时候，我觉得我已经活了很久很久，我的记忆是一座复杂的迷宫。有时候，我又觉得我的生活昨天才开始，我的记忆是一片空白。我知道，这种矛盾的感觉会延续到生命的终结。

记忆是我们体悟时间的惟一手段，可是谁能够从记忆中找出时间的刻度呢？

假如一个人不知道自己的年龄，他能否根据头脑里积累的印象来判断这个年龄呢？几乎不可能。有的人活了很久，印象少得可怜。有的人还年轻，印象却很丰富了。如此看来，寿数实在是无稽的。我比你年轻十岁，假定我们将在同日死，即我比你短十年寿。但此时此刻，我心灵中的体验和大脑中的印象比你丰富得多,你那多活了的十年对于你又有什么意义呢?它们甚至连记忆也不是,因为抽象的绝对时间是无法感受因而也无法记忆的,我们只能记住事件和印象。于是,只剩下了一个"多活十年"或"早生十年"的空洞的观念。

难怪柏格森要谈"绵延的自我",难怪克尔凯郭尔要谈"存在的瞬间"。

每当经过我居住过的房屋或就读过的学校,我总忍不住想走进去,看看从前的那个我是否还在那里。从那时到现在,我到过许多地方,有过许多遭遇,可是这一切会不会是幻觉呢?也许,我仍然是那个我,只不过走了一会儿神?也许,根本没有时间,只有许多个我同时存在,说不定会在哪里突然相遇?

总有一天,我要对时间的魔幻作用作出哲学的解说,如不能,就作出文学的描叙。

我想起一连串往事。我知道它们是我的往事,现在的我与那时的我是同一个我。但我知道这一点,并非靠直接的记忆,而是靠对记忆的记忆,记忆的无限次乘方。记忆不断重复,成了信念,可是离真实事件愈来愈远,愈来愈间接了。自我的统一性包含着这种间接性的骗局。

当我们回忆往事的时候,心灵中总是会出现自己的形象,我们看见自己在某个情境中做某件事。可是,我们真实的眼睛是看不见自己的形象的。那看见自己的形象的眼睛早已不是我们自己的真实的眼睛,而是代表着愿望和舆论的虚构的见证。

记忆是一种加工。一件往事经过不断回忆,也就是经过不断加工,早已面目全非了。

少年人前面的光阴和老年人背后的光阴长度大致相等。但是,少年人往往觉得前面有无限的光阴,老年人却觉得背后的光阴十分有限。

年轻人没有什么可回忆,于是就展望。老年人没有什么可展望,于是

就回忆。

逝去的事件往往在回忆中获得了一种当时并不具备的意义,这是时间的魔力之一。

年龄就像面孔一样,自己是看不到的,必须照镜子,照见了的也只是一种外在的东西。

我不接受年龄就像有时不接受我的面孔一样。

历史是民族的记忆。民族和人一样,只记住自己愿意记住的事情。

无数岁月消失在无底的黑暗中了。可是,我们竟把我们可怜的手电灯光照及的那一小截区域称作历史。

人生的每一个瞬间都是独特的重复。

时间就是生命,时间是我们的全部所有。谁都不愿意时间飞速流逝,一下子就到达生命的终点。可是大家似乎又都在"消磨"时间,也就是说,想办法把时间打发掉。如此宝贵的时间似乎又是一个极其可怕的东西,因而人们要用种种娱乐、闲谈、杂务隔开自己与时间,使自己不至于直接面对这空无所有而又确实在流逝着的时间。

我时刻听见时间的流逝声。这使我与自己的任何眼前经历保持了一段距离,即使在情绪最亢奋时,也对自己的痛苦和欢乐持一种半嘲讽、半悲悯的态度。我既沉溺,又超脱。我常常大悲大欢,但在欢乐时会忽生悲凉,在痛苦时又有所慰藉。我的灵魂不是居于肉体之中,而是凌驾肉体之上,俯视这肉体的遭际。我降生得不完全,有一半留在天堂,于是这另一半也就不能在尘世安居,常常落入地狱。

人生活在时间和空间的交叉点上，向两个方向瞻望永恒，得到的却永远只是瞬息。

希腊人有瞬时，中世纪人有永恒。现代人既没有瞬时，也没有永恒，他生活在两者的交接点上——生活在时间中。

瞬时和永恒都是非时间、超时间的。时间存在于两者的关系之中。

思得永恒和不思永恒的人都是幸福的。不幸的是那些思而不得的人。

但是，一个寻找终极价值而终于没有找到的人，他真的一无所获吗？至少，他获得了超越一切相对价值的眼光和心境，不会再陷入琐屑的烦恼和平庸的忧患之中。不问终极价值的价值哲学只是庸人哲学。

"超越"一词用得愈来愈滥了。其实，按其本义，"超越"是指摆脱人类的根本局限性，达于永恒和绝对。可见，只有在宗教和艺术的幻想中，才可认真谈"超越"。在现实中，只能谈"超脱"，即彻悟人类的根本局限性，对暂时和相对的人生遭际保持心理距离。

一切复活都在回忆中，一切超越都在想象中。

今天我活着

（1991—1992）

等的滋味

人生有许多时光是在等中度过的。有千百种等，等有千百种滋味。等的滋味，最是一言难尽。

我不喜欢一切等。无论所等的是好事，坏事，好坏未卜之事，不好不坏之事，等总是无可奈何的。等的时候，一颗心悬着，这滋味不好受。

就算等的是幸福吧，等本身却说不上幸福。想象中的幸福愈诱人，等的时光愈难挨。例如，"月上柳梢头，人约黄昏后"自是一件美事，可是，性急的情人大约都像《西厢记》里那一对儿，"自从那日初时，想月华，挨一刻似一夏。"只恨柳梢日轮下得迟，月影上得慢。第一次幽会，张生等莺莺，忽而倚门翘望，忽而卧床哀叹，心中无端猜度佳人来也不来，一会儿怨，一会儿谅，那副神不守舍的模样委实惨不忍睹。我相信莺莺就不至于这么惨。幽会前等的一方要比赴的一方更受煎熬，就像惜别后留的一方要比走的一方更觉凄凉一样。那赴的走的多少是主动的，这等的留的却完全是被动的。赴的未到，等的人面对的是静止的时间。走的去了，留的人面对的是空虚的空间。等得可怕，在于等的人对于所等的事完全不能支配，对于其它的事又完全没有心思，因而被迫处在无所事事的状态。有所期待使人兴奋，无所事事又使人无聊，等便是混合了兴奋和无聊的一种心境。随着等的时间延长，兴奋转成疲劳，无聊的心境就会占据优势。如果佳人始终不来，才子只要不是愁得竟吊死在那棵柳树上，恐怕就只有在月下伸懒腰打呵欠的份了。

人等好事嫌姗姗来迟，等坏事同样也缺乏耐心。没有谁愿意等坏事，坏事而要等，是因为在劫难逃，实出于不得已。不过，既然在劫难逃，一般人的心理便是宁肯早点了结，不愿无谓拖延。假如我们所爱的一位亲人患了必死之症，我们当然惧怕那结局的到来。可是，再大的恐惧也不能消除久等的无聊。在《战争与和平》中，娜塔莎一边守护着弥留之际的安德列，一边在编一只袜子。她爱安德列胜于世上的一切，但她仍然不能除了等心上人死之外什么事也不做。一个人在等自己的死时会不会无聊呢？这大约首先要看有无足够的精力。比较恰当的例子是死刑犯，我揣摩他们只要离刑期还有一段日子，就不可能一门心思只想着那颗致命的子弹。恐惧如同一切强烈的情绪一样难以持久，久了会麻痹，会出现间歇。一旦试图做点什么事填充这间歇，阵痛般发作的恐惧又会起来破坏任何积极的念头。一事不做地坐等一个注定的灾难发生，这种等实在荒谬，与之相比，灾难本身反倒显得比较好忍受一些了。

无论等好事还是等坏事，所等的那个结果是明确的。如果所等的结果对于我们关系重大，但吉凶未卜，则又别是一番滋味在心头。这时我们宛如等候判决，心中焦虑不安。焦虑实际上是由彼此对立的情绪纠结而成，其中既有对好结果的盼望，又有对坏结果的忧惧。一颗心不仅悬在半空，而且七上八下，大受颠簸之苦。说来可怜，我们自幼及长，从做学生时的大小考试，到毕业后的就业、定级、升迁、出洋等等，一生中不知要过多少关口，等候判决的滋味真没有少尝。当然，一个人如果有足够的悟性，就迟早会看淡浮世功名，不再把自己放在这个等候判决的位置上。但是，若非修炼到类似涅槃的境界，恐怕就总有一些事情的结局是我们不能无动于衷的。此刻某机关正在研究给不给我加薪，我可以一哂置之。此刻某医院正在给我的妻子动剖腹产手术，我还能这么豁达吗？到产科手术室门外去看看等候在那里的丈夫们的冷峻脸色，我们就知道等候命运判决是多么令人心焦的经历了。在人生的道路上，我们难免会走到某几扇陌生的门前等候开启，那心情便接近于等在产科手术室门前的丈夫们的心情。

不过，我们一生中最经常等候的地方不是门前，而是窗前。那是一些非常窄小的小窗口，有形的或无形的，分布于商店、银行、车站、医院等与生计有关的场所，以及办理种种烦琐手续的机关衙门。我们为了生存，不得不耐着性子，排着队，缓慢地向它们挪动，然后屈辱地侧转头颅，以便能够把我们的视线、手和手中的钞票或申请递进那个窄洞里，又摸索着取出我们所需要的票据文件等等。这类小窗口常常无缘无故关闭，好在我们的忍耐力磨炼得非常发达，已经习惯于默默地无止境地等待了。

等在命运之门前面，等的是生死存亡，其心情是焦虑，但不乏悲壮感。等在生计之窗前面，等的是柴米油盐，其心情是烦躁，掺和着屈辱感。前一种等，因为结局事关重大，不易感到无聊。然而，如果我们的悟性足以平息焦虑，那么，在超脱中会体味一种看破人生的大无聊。后一种等，因为对象平凡琐碎，极易感到无聊，但往往是一种习以为常的小无聊。

说起等的无聊，恐怕没有比逆旅中的迫不得已的羁留更甚的了。所谓旅人之愁，除离愁、乡愁外，更多的成分是百无聊赖的闲愁。譬如，由于交通中断，不期然被耽搁在旅途某个荒村野店，通车无期，举目无亲，此情此境中的烦闷真是难以形容。但是，若把人生比作一逆旅，我们便会发现，途中耽搁实在是人生的寻常遭际。我们向理想生活进发，因了种种必然的限制和偶然的变故，或早或迟在途中某一个点上停了下来。我们相信这是暂时的，总在等着重新上路，希望有一天能过自己真正想过的生活，殊不料就在这个点上永远停住了。有些人渐渐变得实际，心安理得地在这个点上安排自己的生活。有些人仍然等啊等，岁月无情，到头来悲叹自己被耽误了一辈子。

那么，倘若生活中没有等，又怎么样呢？在说了等这么多坏话之后，我忽然想起等的种种好处，不禁为我的忘恩负义汗颜。

我曾经在一个农场生活了一年半。那是湖中的一个孤岛，四周只见茫茫湖水，不见人烟。我们在岛上种水稻，过着极其单调的生活。使我终于忍受住这单调生活的正是等——等信。每天我是怀着怎样殷切的心情等送信人到来的时刻呵，我仿佛就是为这个时刻活着的，尽管等常常落空，但是等本身就为一天的生活提供了色彩和意义。

我曾经在一间地下室里住了好几年。日复一日，只有我一个人。当我伏案读书写作的时候，我不由自主地在等——等敲门声。我期待我的同类访问我，这期待使我感到我还生活在人间，地面上的阳光也有我一份。我不怕读书写作被打断，因为无需来访者，极度的寂寞早已把它们打断一次又一次了。

不管等多么需要耐心，人生中还是有许多值得等的事情的：等冬夜里情人由远及近的脚步声，等载着久别好友的列车缓缓进站，等第一个孩子出生，等孩子咿呀学语偶然喊出一声爸爸后再喊第二第三声，等第一部作品发表，等作品发表后读者的反响和共鸣……

可以没有爱情，但如果没有对爱情的憧憬，哪里还有青春？可以没有理解，但如果没有对理解的期待，哪里还有创造？可以没有所等的一切，但如果没有等，哪里还有人生？活着总得等待什么，哪怕是等待戈多。有人问贝克特，戈多究竟代表什么，他回答道："我要是知道，早在剧中说出来了。"事实上，我们一生都在等待自己也不知道的什么，生活就在这等待中展开并且获得了理由。等的滋味不免无聊，然而，一无所等的生活更加无聊。不，一无所等是不可能的。即使在一无所等的时候，我们还是在等，等那个有所等的时刻到来。一个人到了连这样的等也没有的地步，就非自杀不可。所以，始终不出场的戈多先生实在是人生舞台的主角，没有他，人生这场戏是演不下去的。

人生惟一有把握不会落空的等是等那必然到来的死。但是，人人都似乎忘了这一点而在等着别的什么，甚至死到临头仍执迷不悟。我对这种情形感到悲哀又感到满意。

1991.1

孔子的洒脱

我喜欢读闲书，即使是正经书，也不妨当闲书读。譬如说《论语》，林语堂把它当作孔子的闲谈读，读出了许多幽默，这种读法就很对我的胃口。近来我也闲翻这部圣人之言，发现孔子乃是一个相当洒脱的人。

在我的印象中，儒家文化一重事功，二重人伦，是一种很入世的文化。然而，作为儒家始祖的孔子，其实对于功利的态度颇为淡泊，对于伦理的态度又颇为灵活。这两个方面，可以用两句话来代表，便是"君子不器"和"君子不仁"。

孔子是一个读书人。一般读书人寒窗苦读，心中都悬着一个目标，就是有朝一日成器，即成为某方面的专门家，好在社会上混一个稳定的职业。说一个人不成器，就等于说他没出息，这是很忌讳的。孔子却坦然说，一个真正的人本来就是不成器的。也确实有人讥他博学而无所专长，他听了自嘲说，那么我就以赶马车为专长罢。

其实，孔子对于读书有他自己的看法。他主张读书要从兴趣出发，不赞成为求知而求知的纯学术态度（"知之者不如好之者，好之者不如乐之者"）。他还主张读书是为了完善自己，鄙夷那种沽名钓誉的庸俗文人（"古之学者为己，今之学者为人"）。他一再强调，一个人重要的是要有真才实学，而无须在乎外在的名声和遭遇，类似于"不患莫己知，求为可知也"这样的话，《论语》中至少重复了四次。

"君子不器"这句话不仅说出了孔子的治学观，也说出了他的人生观。

有一回,孔子和他的四个学生聊天,让他们谈谈自己的志向。其中三人分别表示想做军事家、经济家和外交家。惟有曾点说,他的理想是暮春三月,轻装出发,约了若干大小朋友,到河里游泳,在林下乘凉,一路唱歌回来。孔子听罢,喟然叹曰:"我和曾点想的一样。"圣人的这一叹,活泼泼地叹出了他的未染的性灵,使得两千年后一位最重性灵的文论家大受感动,竟改名"圣叹",以志纪念。人生在世,何必成个什么器,做个什么家呢,只要活得悠闲自在,岂非胜似一切?

学界大抵认为"仁"是孔子思想的核心,至于什么是"仁",众说不一,但都不出伦理道德的范围。孔子重人伦是一个事实,不过他到底是一个聪明人,而一个人只要足够聪明,就决不会看不透一切伦理规范的相对性质。所以,"君子而不仁者有矣夫"这句话竟出自孔子之口,他不把"仁"看作理想人格的必备条件,也就不足怪了。有人把仁归结为忠恕二字,其实孔子决不主张愚忠和滥恕。他总是区别对待"邦有道"和"邦无道"两种情况,"邦无道"之时,能逃就逃("乘桴浮于海"),逃不了则少说话为好("言孙"),会装傻更妙("愚不可及"这个成语出自《论语》,其本义不是形容愚蠢透顶,而是孔子夸奖某人装傻装得高明极顶的话,相当于郑板桥说的"难得糊涂")。他也不像基督那样,当你的左脸挨打时,要你把右脸也送上去。有人问他该不该"以德报怨",他反问:那么用什么来报德呢?然后说,应该是用公正回报怨仇,用恩德回报恩德。

孔子实在是一个非常通情达理的人,他有常识,知分寸,丝毫没有偏执狂。"信"是他亲自规定的"仁"的内涵之一,然而他明明说:"言必信,行必果",乃是僵化小人的行径("硁硁然小人哉")。要害是那两个"必"字,毫无变通的余地,把这位老先生惹火了。他还反对遇事过分谨慎。我们常说"三思而后行",这句话也出自《论语》,只是孔子并不赞成,他说再思就可以了。

也许孔子还有不洒脱的地方,我举的只是一面。有这一面毕竟是令人高兴的,它使我可以放心承认孔子是一位够格的哲学家了,因为哲学家就是有智慧的人,而有智慧的人怎么会一点不洒脱呢?

1991.8

平淡的境界

一

很想写好的散文，一篇篇写，有一天突然发现竟积了厚厚一摞。这样过日子，倒是很惬意的。至于散文怎么算好，想来想去，还是归于"平淡"二字。

以平淡为散文的极境，这当然不是什么新鲜的见解。苏东坡早就说过"寄至味于淡泊"一类的话。今人的散文，我喜欢梁实秋的，读起来真是非常舒服，他追求的也是"绚烂之极归于平淡"的境界。不过，要达到这境界谈何容易。"作诗无古今，惟造平淡难。"之所以难，我想除了在文字上要下千锤百炼的功夫外，还因为这不是单单文字功夫能奏效的。平淡不但是一种文字的境界。更是一种胸怀，一种人生的境界。

仍是苏东坡说的："大凡为文，当使气象峥嵘，五色绚烂，渐老渐熟，乃造平淡。"所谓老熟，想来不光指文字，也包含年龄阅历。人年轻时很难平淡，譬如正走在上山的路上，多的是野心和幻想。直到攀上绝顶，领略过了天地的苍茫和人生的限度，才会生出一种散淡的心境，不想再匆匆赶往某个目标，也不必再担心错过什么，下山就从容多了。所以，好的散文大抵出在中年之后，无非是散淡人写的散淡文。

当然，年龄不能担保平淡，多少人一辈子蝇营狗苟，死不觉悟。说到文人，最难戒的却是卖弄，包括我自己在内。写文章一点不卖弄殊不容易，而一有卖弄之心，这颗心就已经不平淡了。举凡名声、地位、学问、经历，还有那一副多愁善感的心肠，都可以拿来卖弄。不知哪里吹来一股风，散文中开出了许多顾影自怜的小花朵。读有的作品，你可以活脱看到作者多么知道自己多愁善感，并且被自己的多愁善感所感动，于是愈发多愁善感了。戏演得愈真诚，愈需要观众。他确实在想象中看到了读者的眼泪，自己禁不住也流泪，泪眼朦胧地在稿子上签下了自己的名字。

好的散文家是旅人，他只是如实记下自己的人生境遇和感触。这境遇也许很平凡，这感触也许很普通，然而是他自己的，他舍不得丢失。他写时没有想到读者，更没有想到流传千古。他知道自己是易朽的，自己的文字也是易朽的，不过他不在乎。这个世界已经有太多的文化，用不着他再来添加点什么。另一方面呢，他相信人生最本质的东西终归是单纯的，因而不会永远消失。他今天所拣到的贝壳，在他之前一定有许多人拣到过，在他之后一定还会有许多人拣到。想到这一点，他感到很放心。

有一年我到云南大理，坐在洱海的岸上，看白云在蓝天缓缓移动，白帆在蓝湖缓缓移动，心中异常宁静。这景色和这感觉千古如斯，毫不独特，却很好。那时就想，刻意求独特，其实也是一种文人的做作。

活到今天，我觉得自己已经基本上（不是完全）看淡了功名富贵，如果再放下那一份"语不惊人死不休"的虚荣心，我想我一定会活得更自在，那么也许就具备了写散文的初步条件。

二

当然，要写好散文，不能光靠精神涵养，文字上的功夫也是缺不了的。

散文最讲究味。一个人写散文，是因为他品尝到了某种人生滋味，想把它说出来。散文无论叙事、抒情、议论，或记游、写景、咏物，目的都是说出这个味来。说不出一个味，就不配叫散文。譬如说，游记写得无味，就只

好算导游指南。再也没有比无味的散文和有学问的诗更让我厌烦的了。

平淡而要有味，这就难了。酸甜麻辣，靠的是作料。平淡之为味，是以原味取胜，前提是东西本身要好。林语堂有一妙比：只有鲜鱼才可清蒸。袁中郎云："凡物酿之得甘，炙之得苦，惟淡也不可造，不可造，是文之真性灵也。"平淡是真性灵的流露，是本色的自然呈现，不能刻意求得。庸僧谈禅，与平淡沾不上边儿。

说到这里，似乎说的都是内容问题，其实，文字功夫的道理已经蕴含在其中了。

如何做到文字平淡有味呢？

第一，家无鲜鱼，就不要宴客。心中无真感受，就不要作文。不要无病呻吟，不要附庸风雅，不要敷衍文债，不要没话找话。尊重文字，不用文字骗人骗己，乃是学好文字功夫的第一步。

第二，有了鲜鱼，就得讲究烹调了，目标只有一个，即保持原味。但怎样才能保持原味，却是说不清的，要说也只能从反面来说，就是千万不要用不必要的作料损坏了原味。作文也是如此。林语堂说行文要"来得轻松自然，发自天籁，宛如天地间本有此一句话，只是被你说出而已"。话说得极漂亮，可惜做起来只有会心者知道，硬学是学不来的。我们能做到的是谨防自然的反面，即不要做作，不要着意雕琢，不要堆积辞藻，不要故弄玄虚，不要故作高深，等等，由此也许可以逐渐接近一种自然的文风了。爱护文字，保持语言在日常生活中的天然健康，不让它被印刷物上的流行疾患侵染和扭曲，乃是文字上的养身功夫。

第三，只有一条鲜鱼，就不要用它熬一大锅汤，冲淡了原味。文字贵在凝练，不但在一篇文章中要尽量少说和不说废话，而且在一个句子里也要尽量少用和不用可有可无的字。文字的平淡得力于自然质朴，有味则得力于凝聚和简练了。因为是原味，所以淡，因为水分少，密度大，所以又是很浓的原味。事实上，所谓文字功夫，基本上就是一种删除废话废字的功夫。陀思妥耶夫斯基在谈到普希金的诗作时说："这些小诗之所以看起来好像是一气呵成的，正是因为普希金把它们修改得太久了的缘故。"梁实秋也是一个极知道割爱的人,所以他的散文具有一种简练之美。世上有一挥而就的佳作,但一定没有未曾下过锤炼功夫的文豪。灵感是石头中的美,不知要凿去多少废料,才能最终把它捕捉住。

如此看来,散文的艺术似乎主要是否定性的。这倒不奇怪,因为前提是有好的感受,剩下的事情就只是不要把它损坏和冲淡。换一种比方,有了真性灵和真体验,就像是有了良种和肥土,这都是文字之前的功夫,而所谓文字功夫无非就是对长出的花木施以防虫和剪枝的护理罢了。

1991.6/1992

人生贵在行胸臆

一

读袁中郎全集,感到清风徐徐扑面,精神阵阵爽快。

明末的这位大才子一度做吴县县令,上任伊始,致书朋友们道:"吴中得若令也,五湖有长,洞庭有君,酒有主人,茶有知己,生公说法石有长老。"开卷读到这等潇洒不俗之言,我再舍不得放下了,相信这个人必定还会说出许多妙语。

我的期望没有落空。

请看这一段:"天下有大败兴事三,而破国亡家不与焉。山水朋友不相凑,一败兴也。朋友忙,相聚不久,二败兴也。游非及时,或花落山枯,三败兴也。"

真是非常的飘逸。中郎一生最爱山水,最爱朋友,难怪他写得最好的是游记和书信,

不过,倘若你以为他只是个耽玩的倜傥书生,未免小看了他。《明史》记载,他在吴县任上"听断敏决,公庭鲜事",遂整日"与士大夫谈说诗文,以风雅自命"。可见极其能干,游刃有余。但他是真个风雅,天性耐不得官场俗务,终于辞职。后来几度起官,也都以谢病归告终。

在明末文坛上,中郎和他的两位兄弟是开一代新风的人物。他们的风格,用他评其弟小修诗的话说,便是"独抒性灵,不拘格套,非从自己胸臆流出,不肯下笔"。其实,这话不但说出了中郎的文学主张,也说出了他的人生态度。他要依照自己的真性情生活,活出自己的本色来。他的潇洒绝非表面风流,而是他的内在性灵的自然流露。性者个性,灵者灵气,他实在是个极有个性极有灵气的人。

二

每个人一生中,都曾经有过一个依照真性情生活的时代,那便是童年。孩子是天真烂漫,不肯拘束自己的。他活着整个儿就是在享受生命,世俗的利害和规矩暂时还都不在他眼里。随着年龄增长,染世渐深,俗虑和束缚愈来愈多,原本纯真的孩子才被改造成了俗物。

那么,能否逃脱这个命运呢? 很难,因为人的天性是脆弱的,环境的力量是巨大的。随着童年的消逝,倘若没有一种成年人的智慧及时来补救,几乎不可避免地会失掉童心。所谓大人先生者不失赤子之心,正说明智慧是童心的守护神。凡童心不灭的人,必定对人生有着相当的彻悟。

所谓彻悟,就是要把生死的道理想明白。名利场上那班人不但没有想明白,只怕连想也不肯想。袁中郎责问得好:"天下皆知生死,然未有一人信生之必死者……趋名骛利,惟曰不足,头白面焦,如虑铜铁之不坚,信有死者,当如是耶? "名利的追求是无止境的,官做大了还想更大,钱赚多了还想更多。"未得则前涂为究竟,涂之前又有涂焉,可终究钦? 已得则即景为寄寓,寓之中无非寓焉,故终身驰逐而已矣。"在这终身的驰逐中,不再有工夫做自己真正感兴趣的事,接着连属于自己的真兴趣也没有了,那颗以享受生命为最大快乐的童心就这样丢失得无影无踪了。

事情是明摆着的:一个人如果真正想明白了生之必死的道理,他就不会如此看重和孜孜追逐那些到头来一场空的虚名浮利了。他会觉得,把有限的生命耗费在这些事情上,牺牲了对生命本身的享受,实在是很愚蠢的。

人生有许多出于自然的享受，例如爱情、友谊、欣赏大自然、艺术创造等等，其快乐远非虚名浮利可比，而享受它们也并不需要太多的物质条件。在明白了这些道理以后，他就会和世俗的竞争拉开距离，借此为保存他的真性情赢得了适当的空间。而一个人只要依照真性情生活，就自然会努力去享受生命本身的种种快乐。用中郎的话说，这叫做："退得一步，即为稳实，多少受用。"

当然，一个人彻悟了生死的道理，也可能会走向消极悲观。不过，如果他是一个热爱生命的人，这一前途即可避免。他反而会获得一种认识：生命的密度要比生命的长度更值得追求。从终极的眼光看，寿命是无稽的，无论长寿短寿，死后都归于虚无。不止如此，即使用活着时的眼光作比较，寿命也无甚意义。中郎说："试令一老人与少年并立，问彼少年，尔所少之寿何在，觅之不得。问彼老人，尔所多之寿何在，觅之亦不得。少者本无，多者亦归于无，其无正等。"无论活多活少，谁都活在此刻，此刻之前的时间已经永远消逝，没有人能把它们抓在手中。所以，与其贪图活得长久，不如争取活得痛快。中郎引惠开的话说："人生不得行胸臆，纵年百岁犹为天。"就是这个意思。

三

我们或许可以把袁中郎称作享乐主义者，不过他所提倡的乐，乃是合乎生命之自然的乐趣，体现生命之质量和浓度的快乐。在他看来，为了这样的享乐，付出什么代价也是值得的，甚至这代价也成了一种快乐。

有两段话，极能显出他的个性的光彩。

在一处他说："世人所难得者惟趣"，尤其是得之自然的趣。他举出童子的无往而非趣，山林之人的自在度日，愚不肖的率心而行，作为这种趣的例子。然后写道："自以为绝望于世，故举世非笑之不顾也，此又一趣也。"凭真性情生活是趣，因此遭到全世界的反对又是趣，从这趣中更见出了怎样真的性情！

另一处谈到人生真乐有五，原文太精彩，不忍割爱，照抄如下：

目极世间之色，耳极世间之声，身极世间之鲜，口极世间之谭，一快活也。堂前列鼎，堂后度曲，宾客满席，男女交舄，烛气熏天，珠翠委地，皓魄入帐，花影流衣，二快活也。箧中藏万卷书，书皆珍异。宅畔置一馆，馆中约真正同心友十余人，人中立一识见极高，如司马迁、罗贯中、关汉卿者为主，分曹部署，各成一书，远文唐宋酸儒之陋，近完一代未竟之篇，三快活也。千金买一舟，舟中置鼓吹一部，妓妾数人，游闲数人，泛家浮宅，不知老之将至，四快活也。然人生受用至此，不及十年，家资田产荡尽矣。然后一身狼狈，朝不谋夕，托钵歌妓之院，分餐孤老之盘，往来乡亲，恬不知耻，五快活也。

前四种快活，气象已属不凡，谁知他笔锋一转，说享尽人生快乐以后，一败涂地，沦为乞丐，又是一种快活！中郎文中多这类飞来之笔，出其不意，又顺理成章。世人常把善终视作幸福的标志，其实经不起推敲。若从人生终结看，善不善终都是死，都无幸福可言。若从人生过程看，一个人只要痛快淋漓地生活过，不管善不善终，都称得上幸福了。对于一个洋溢着生命热情的人来说，幸福就在于最大限度地穷尽人生的各种可能性，其中也包括困境和逆境。极而言之，乐极生悲不足悲，最可悲的是从来不曾乐过，一辈子稳稳当当，也平平淡淡，那才是白活了一场。

中郎自己是个充满生命热情的人，他做什么事都兴致勃勃，好像不要命似的。爱山水，便说落雁峰"可值百死"。爱朋友，便叹"以友为性命"。他知道"世上希有事，未有不以死得者"，值得要死要活一番。读书读到会心处，便"灯影下读复叫，叫复读，童仆睡者皆惊起"，真是忘乎所以。他爱女人，坦陈有"青娥之癖"。他甚至发起懒来也上瘾，名之"懒癖"。

关于癖，他说过一句极中肯的话："余观世上语言无味面目可憎之人，皆无癖之人耳。若真有所癖，将沉湎酣溺，性命死生以之，何暇及钱奴宦贾之事。"有癖之人，哪怕有的是怪癖恶癖，终归还保留着一种自己的真兴趣

120

真热情,比起那班名利俗物来更是一个活人。当然,所谓癖是真正着迷,全心全意,死活不顾。譬如巴尔扎克小说里的于洛男爵,爱女色爱到财产名誉地位性命都可以不要,到头来穷困潦倒,却依然心满意足,这才配称好色,那些只揩油不肯作半点牺牲的偷香窃玉之辈是不够格的。

四

一面彻悟人生的实质,一面满怀生命的热情,两者的结合形成了袁中郎的人生观。他自己把这种人生观与儒家的谐世、道家的玩世、佛家的出世并列为四,称作适世。若加比较,儒家是完全入世,佛家是完全出世,中郎的适世似与道家的玩世相接近,都在入世出世之间。区别在于,玩世是入世者的出世法,怀着生命的忧患意识逍遥世外,适世是出世者的入世法,怀着大化的超脱心境享受人生。用中郎自己的话说,他是想学"凡间仙,世中佛,无律度的孔子"。

明末知识分子学佛参禅成风,中郎是不以为然的。他"自知魔重","出则为湖魔,入则为诗魔,遇佳友则为谈魔",舍不得人生如许乐趣,绝不肯出世。况且人只要生命犹存,真正出世是不可能的。佛祖和达摩舍太子出家,中郎认为是没有参透生死之理的表现。他批评道:"当时便在家何妨,何必掉头不顾,为此偏枯不可训之事?似亦不圆之甚矣。"人活世上,如空中鸟迹,去留两可,无须拘泥区区行藏的所在。若说出家是为了离生死,你总还带着这个血肉之躯,仍是跳不出生死之网。若说已经看破生死,那就不必出家,在网中即可作自由跳跃。死是每种人生哲学不可回避的根本问题。中郎认为,儒道释三家,至少就其门徒的行为看,对死都不甚了悟。儒生"以立言为不死,是故著书垂训",道士"以留形为不死,是故锻金炼气",释子"以寂灭为不死,是故耽心禅观",他们都企求某种方式的不死。而事实上,"茫茫众生,谁不有死,堕地之时,死案已立。"不死是不可能的。

那么,依中郎之见,如何才算了悟生死呢?说来也简单,就是要正视生之必死的事实,放下不死的幻想。他比较赞赏孔子的话:"朝闻道,夕死可矣。"一个人只要明白了人生的道理,好好地活过一场,也就死而无憾了。既然死是必然的,何时死,缘何死,便完全不必在意。他曾患呕血之病,担心必死,便给自己讲了这么一个故事:有人在家里藏一笔钱,怕贼偷走,整日提心吊胆,频频查看。有一天携带着远行,回来发现,钱已不知丢失在途中何处了。自己总担心死于呕血,而其实迟早要生个什么病死去,岂不和此人一样可笑?这么一想,就宽心了。

总之,依照自己的真性情痛快地活,又抱着宿命的态度坦然地死,这大约便是中郎的生死观。

未免太简单了一些!然而,还能怎么样呢?我自己不是一直试图对死进行深入思考,而结论也仅是除了平静接受,别无更好的法子?许多文人,对于人生问题作过无穷的探讨,研究过各种复杂的理论,在兜了偌大圈子以后,往往回到一些十分平易质朴的道理上。对于这些道理,许多文化不高的村民野夫早已了然于胸。不过,倘真能这样,也许就对了。罗近溪说:"圣人者,常人而肯安心者也。"中郎赞"此语抉圣学之髓",实不为过誉。我们都是有生有死的常人,倘若我们肯安心做这样的常人,顺乎天性之自然,坦然于生死,我们也就算得上是圣人了。只怕这个境界并不容易达到呢。

1992.3

家

如果把人生譬作一种漂流——它确实是的,对于有些人来说是漂过许多地方,对于所有人来说是漂过岁月之河——那么,家是什么呢?

一　家是一只船

南方水乡,我在湖上荡舟。迎面驶来一只渔船,船上炊烟袅袅。当船靠近时,我闻到了饭菜的香味,听到了孩子的嬉笑。这时我恍然悟到,船就是渔民的家。

以船为家,不是太动荡了吗? 可是,我亲眼看到渔民们安之若素,举止泰然,而船虽小,食住器具,一应俱全,也确实是个家。

于是我转念想,对于我们,家又何尝不是一只船? 这是一只小小的船,却要载我们穿过多么漫长的岁月。岁月不会倒流,前面永远是陌生的水域,但因为乘在这只熟悉的船上,我们竟不感到陌生。四周时而风平浪静,时而波涛汹涌,但只要这只船是牢固的,一切都化为美丽的风景。人世命运莫测,但有了一个好家,有了命运与共的好伴侣,莫测的命运仿佛也不复可怕。

我心中闪过一句诗:"家是一只船,在漂流中有了亲爱。"

望着湖面上缓缓而行的点点帆影,我暗暗祝祷,愿每张风帆下都有一个温馨的家。

二 家是温暖的港湾

正当我欣赏远处美丽的帆影时,耳畔响起一位哲人的讽喻:"朋友,走近了你就知道,即使在最美丽的帆船上也有着太多琐屑的噪音!"

这是尼采对女人的讥评。

可不是吗,家太平凡了,再温馨的家也难免有俗务琐事、闲言碎语乃至小吵小闹。

那么,让我们扬帆远航,

然而,凡是经历过远洋航行的人都知道,一旦海平线上出现港口朦胧的影子,寂寞已久的心会跳得多么欢快。如果没有一片港湾在等待着拥抱我们,无边无际的大海岂不令我们绝望? 在人生的航行中,我们需要冒险,也需要休憩,家就是供我们休憩的温暖的港湾。在我们的灵魂被大海神秘的涛声陶冶得过分严肃以后,家中琐屑的噪音也许正是上天安排来放松我们精神的人间乐曲。

傍晚,征帆纷纷归来,港湾里灯火摇曳,人声喧哗,把我对大海的沉思冥想打断了。我站起来,愉快地问候:"晚安,回家的人们! "

三 家是永远的岸

我知道世上有一些极骄傲也极荒凉的灵魂,他们永远无家可归,让我们不要去打扰他们。作为普通人,或早或迟,我们需要一个家。

荷马史诗中的英雄奥德修斯长年漂泊在外,历尽磨难和诱惑,正是回家的念头支撑着他,使他克服了一切磨难,抵御了一切诱惑。最后,当女神卡吕浦索劝他永久留在她的小岛上时,他坚辞道:"尊贵的女神,我深知我的老婆在你的光彩下只会黯然失色,你长生不老,她却注定要死。可是我仍然天天想家,想回到我的家。"

自古以来，无数诗人咏唱过游子的思家之情。"渔灯暗，客梦回，一声声滴人心碎。孤舟五更家万里，是离人几行情泪。"家是游子梦魂萦绕的永远的岸。

不要说"赤条条来去无牵挂"。至少，我们来到这个世界，是有一个家让我们登上岸的。当我们离去时，我们也不愿意举目无亲，没有一个可以向之告别的亲人。倦鸟思巢，落叶归根，我们回到故乡故土，犹如回到从前靠岸的地方，从这里启程驶向永恒。我相信，如果灵魂不死，我们在天堂仍将怀念留在尘世的这个家。

1992.4

失去的岁月

一

上大学时，常常当我在灯下聚精会神读书时，灯突然灭了。这是全宿舍同学针对我一致作出的决议：遵守校规，按时熄灯。我多么恨那只拉开关的手，咔嚓一声，又从我的生命线上割走了一天。怔怔地坐在黑暗里，凝望着月色朦胧的窗外，我委屈得泪眼汪汪。

年龄愈大，光阴流逝愈快，但我好像愈麻木了。一天又一天，日子无声无息地消失，就像水滴消失于大海。蓦然回首，我在世上活了一万多个昼夜，它们都已经不知去向。

"子在川上曰：逝者如斯夫，不舍昼夜。"其实，光阴何尝不是这样一条河，可以让我们伫立其上，河水从身边流过，而我却依然故我？时间不是某种从我身边流过的东西，而就是我的生命。弃我而去的不是日历上的一个个日子，而是我生命中的岁月；甚至也不仅仅是我的岁月，而就是我自己。我不但找不回逝去的年华，而且也找不回从前的我了。

当我回想很久以前的我，譬如说，回想大学宿舍里那个泪眼汪汪的我的时候，在我眼前出现的总是一个孤儿的影子，他被无情地遗弃在过去的

岁月里了。他孑然一身，举目无亲，徒劳地盼望回到活人的世界上来，而事实上却不可阻挡地被过去的岁月带往更远的远方。我伸出手去，但是我无法触及他并把他领回。我大声呼唤，但是我的声音到达不了他的耳中。我不得不承认这是一种死亡，从前的我已经成为一个死者，我对他的怀念与对一个死者的怀念有着相同的性质。

二

自古以来，不知多少人问过：时间是什么？它在哪里？人们在时间中追问和苦思，得不到回答，又被时间永远地带走了。

时间在哪里？被时间带走的人在哪里？

为了度量时间，我们的祖先发明了日历，于是人类有历史，个人有年龄。年龄代表一个人从出生到现在所拥有的时间。真的拥有吗？它们在哪里？

总是这样：因为失去童年，我们才知道自己长大；因为失去岁月，我们才知道自己活着；因为失去，我们才知道时间。

我们把已经失去的称作过去，尚未得到的称作未来，停留在手上的称作现在。但时间何尝停留，现在转瞬成为过去，我们究竟有什么？

多少个深夜，我守在灯下，不甘心一天就此结束。然而，即使我通宵不眠，一天还是结束了。我们没有任何办法能留住时间。

我们永远不能占有时间，时间却掌握着我们的命运。在它宽大无边的手掌里，我们短暂的一生同时呈现，无所谓过去、现在、未来，我们的生和死、幸福和灾祸早已记录在案。

可是，既然过去不复存在，现在稍纵即逝，未来尚不存在，世上真有时间吗？这个操世间一切生灵生杀之权的隐身者究竟是谁？

我想象自己是草地上的一座雕像，目睹一代又一代孩子嬉闹着从远处走来，渐渐长大，在我身旁谈情说爱，寻欢作乐，又慢慢衰老，蹒跚着向远处走去。我在他们中间认出了我自己的身影，他走着和大家一样的路程。我焦急地朝他瞪眼，示意他停下来，但他毫不理会。现在他已经越过我，继续向前走去了。我悲哀地看着他无可挽救地走向衰老和死亡。

三

许多年以后，我回到我出生的那个城市，一位小学时的老同学陪伴我穿越面貌依旧的老街。他突然指着坐在街沿屋门口的一个丑女人悄悄告诉我，她就是我们的同班同学某某。我赶紧转过脸去，不敢相信我昔日心目中的偶像竟是这般模样。我的心中保存着许多美丽的面影，然而一旦邂逅重逢，没有不立即破灭的。

我们总是觉得儿时尝过的某样点心最香甜，儿时听过的某支曲子最美妙，儿时见过的某片风景最秀丽。"幸福的岁月是那失去的岁月。"你可以找回那点心、曲子、风景，可是找不回岁月。所以，同一样点心不再那么香甜，同一支曲子不再那么美妙，同一片风景不再那么秀丽。

当我坐在电影院里看电影时，我明明知道，人类的彩色摄影技术已经有了非凡的长进，但我还是找不回像幼时看的幻灯片那么鲜亮的色彩了。失去的岁月便如同那些幻灯片一样，在记忆中闪烁着永远不可企及的幸福的光华。

每次回母校，我都要久久徘徊在我过去住的那间宿舍的窗外。窗前仍是那株木槿，隔了这么些年居然既没有死去，也没有长大。我很想进屋去，看看从前那个我是否还在那里。从那时到现在，我到过许多地方，有过许多遭遇，可是这一切会不会是幻觉呢？也许，我仍然是那个我，只不过走了一会儿神？也许，根本没有时间，只有许多个我同时存在，说不定会在哪里突然相遇？但我终于没有进屋，因为我知道我的宿舍已被陌生人占据，他们会把我看作入侵者，尽管在我眼中，他们才是我的神圣的青春岁月的入侵者。

在回忆的引导下，我们寻访旧友，重游故地，企图找回当年的感觉，然

而徒劳。我们终于怅然发现，与时光一起消逝的不仅是我们的童年和青春，而且是由当年的人、树木、房屋、街道、天空组成的一个完整的世界，其中也包括我们当年的爱和忧愁，感觉和心情，我们当年的整个心灵世界。

四

可是，我仍然不相信时间带走了一切。逝去的年华，我们最珍贵的童年和青春岁月，我们必定以某种方式把它们保存在一个安全的地方了。我们遗忘了藏宝的地点，但必定有这么一个地方，否则我们不会这样苦苦地追寻。或者说，有一间心灵的密室，其中藏着我们过去的全部珍宝，只是我们竭尽全力也回想不起开锁的密码了。然而，可能会有一次纯属偶然，我们漫不经心地碰对了这密码，于是密室开启，我们重新置身于从前的岁月。

当普鲁斯特的主人公口含一块泡过茶水的玛德莱娜小点心，突然感觉到一种奇特的快感和震颤的时候，便是碰对了密码。一种当下的感觉，也许是一种滋味，一阵气息，一个旋律，石板上的一片阳光，与早已遗忘的那个感觉巧合，因而混合进了和这感觉联结在一起的昔日的心境，于是昔日的生活情景便从这心境中涌现出来。

其实，每个人的生活中都不乏这种普鲁斯特式幸福的机缘，在此机缘触发下，我们会产生一种对某样东西似曾相识又若有所失的感觉。但是，很少有人像普鲁斯特那样抓住这种机缘，促使韶光重现。我们总是生活在眼前，忙碌着外在的事务。我们的日子是断裂的，缺乏内在的连续性。逝去的岁月如同一张张未经显影的底片，杂乱堆积在暗室里。它们仍在那里，但和我们永远失去了它们又有什么区别？

五

诗人之为诗人，就在于他对时光的流逝比一般人更加敏感，诗便是他为逃脱这流逝自筑的避难所。摆脱时间有三种方式:活在回忆中,把过去永恒化;活在当下的激情中,把现在永恒化;活在期待中,把未来永恒化。然而,想象中的永恒并不能阻止事实上的时光流逝。所以,回忆是忧伤的,期待是迷惘的,当下的激情混合着狂喜和绝望。难怪一个最乐观的诗人也如此喊道:

"时针指示着瞬息,但什么能指示永恒呢?"

诗人承担着悲壮的使命:把瞬间变成永恒,在时间之中摆脱时间。

谁能生活在时间之外,真正拥有永恒呢?

孩子和上帝。

孩子不在乎时光流逝。在孩子眼里,岁月是无穷无尽的。童年之所以令人怀念,是因为我们在童年曾经一度拥有永恒。可是,孩子会长大,我们终将失去童年。我们的童年是在我们明白自己必将死去的那一天结束的。自从失去了童年,我们也就失去了永恒。

从那以后,我所知道的惟一的永恒便是我死后时间的无限绵延,我的永恒的不存在。

还有上帝呢? 我多么愿意和圣奥古斯丁一起歌颂上帝:"你的岁月无往无来,永是现在,我们的昨天和明天都在你的今天之中过去和到来。"我多么希望世上真有一面永恒的镜子,其中映照着被时间劫走的我的一切珍宝,包括我的生命。可是,我知道,上帝也只是诗人的一个避难所!

在很小的时候,我就自己偷偷写起了日记。一开始的日记极幼稚,只是写些今天吃了什么好东西之类。我仿佛本能地意识到那好滋味容易消逝,于是想用文字把它留住。年岁渐大,我用文字留住了许多好滋味:爱,友谊,孤独,欢乐,痛苦……在青年时代的一次劫难中,我烧掉了全部日记。后来我才知道此举的严重性,为我的过去岁月的真正死亡痛哭不止。但是,写作的习惯延续下来了。我不断把自己最好的部分转移到我的文字中去,到最后,罗马不在罗马了,我借此逃脱了时光的流逝。

仍是想象中的？可是，在一个已经失去童年而又不相信上帝的人，此外还能怎样呢？

1992.5

父亲的死

　　一个人无论多大年龄上没有了父母,他都成了孤儿。他走入这个世界的门户,他走出这个世界的屏障,都随之塌陷了。父母在,他的来路是眉目清楚的,他的去路则被遮掩着。父母不在了,他的来路就变得模糊,他的去路反而敞开了。

　　我的这个感觉,是在父亲死后忽然产生的。我说忽然,因为父亲活着时,我丝毫没有意识到父亲的存在对于我有什么重要。从少年时代起,我和父亲的关系就有点疏远。那时候家里子女多,负担重,父亲心情不好,常发脾气。每逢这种情形,我就当他面抄起一本书,头不回地跨出家门,久久躲在外面看书,表示对他的抗议。后来我到北京上学,第一封家信洋洋洒洒数千言,对父亲的教育方法进行了全面批判。听说父亲看了后,只是笑一笑,对弟妹们说:"你们的哥哥是个理论家。"

　　年纪渐大,子女们也都成了人,父亲的脾气是愈来愈温和了。然而,每次去上海,我总是忙于会朋友,很少在家。就是在家,和父亲好像也没有话可说,仍然有一种疏远感。有一年他来北京,一个天气晴朗的日子,他突然提议和我一起去游香山。我有点惶恐,怕一路上两人相对无言,彼此尴尬,就特意把一个小侄子也带了去。

　　我实在是个不孝之子,最近十余年里,只给家里写过一封信。那是在妻子怀孕以后,我知道父母一直盼我有个孩子,便把这件事当作好消息报

告了他们。我在信中说，我和妻子都希望生个女儿。父亲立刻给我回了信，说无论生男生女，他都喜欢。他的信确实洋溢着欢喜之情，我心里明白，他也是在为好不容易收到我的信而高兴。谁能想到，仅仅几天之后，就接到了父亲的死讯。

父亲死得很突然。他身体一向很好，谁都断言他能长寿。那天早晨，他像往常一样提着菜篮子，到菜场取奶和买菜。接着，步行去单位处理一件公务。然后，因为半夜里曾感到胸闷难受，就让大弟陪他到医院看病。一检查，广泛性心肌梗塞，立即抢救，同时下了病危通知。中午，他对守在病床旁的大弟说，不要大惊小怪，没事的。他真的不相信他会死。可是，一小时后，他就停止了呼吸。

父亲终于没能看到我的孩子出生。如我所希望的，我得到了一个可爱的女儿。谁又能想到，我的女儿患有绝症，活到一岁半也死了。每想到我那封报喜的信和父亲喜悦的回应，我总感到对不起他。好在父亲永远不会知道这幕悲剧了，这于他又未尝不是件幸事。但我自己做了一回父亲，体会了做父亲的心情，才内疚地意识到父亲其实一直有和我亲近一些的愿望，却被我那么矜持地回避了。

短短两年里，我被厄运纠缠着，接连失去了父亲和女儿。父亲活着时，尽管我也时常沉思死亡问题，但总好像和死还隔着一道屏障。父母健在的人，至少在心理上会有一种离死尚远的感觉。后来我自己做了父亲，却未能为女儿做好这样一道屏障。父亲的死使我觉得我住的屋子塌了一半，女儿的死又使我觉得我自己成了一间徒有四壁的空屋子。我一向声称一个人无须历尽苦难就可以体悟人生的悲凉，现在我知道，苦难者的体悟毕竟是有着完全不同的分量的。

1992.3

自我二重奏

一　有与无

日子川流不息。我起床,写作,吃饭,散步,睡觉。在日常的起居中,我不怀疑有一个我存在着。这个我有名有姓,有过去的生活经历,现在的生活圈子。我忆起一些往事,知道那是我的往事。我怀着一些期待,相信那是我的期待。尽管我对我的出生毫无印象,对我的死亡无法预知,但我明白这个我在时间上有始有终,轮廓是清楚的。

然而,有时候,日常生活的外壳仿佛突然破裂了,熟悉的环境变得陌生,我的存在失去了参照系,恍兮惚兮,不知身在何处,我是谁,世上究竟有没有一个我。

庄周梦蝶,醒来自问:"不知周之梦为蝴蝶与,蝴蝶之梦为周与?"这一问成为千古迷惑。问题在于,你如何知道你现在不是在做梦?你又如何知道你的一生不是一个漫长而短促的梦?也许,流逝着的世间万物,一切世代,一切个人,都只是造物主的梦中景象?

我的存在不是一个自明的事实,而是需要加以证明的,于是有笛卡儿的命题:"我思故我在。"

但我听见佛教导说:"诸法无我,一切众生都只是随缘而起的幻像。"

正当我为我存在与否苦思的时候,电话铃响了,听筒里叫着我的名字,我不假思索地应道:

"是我。"

二　轻与重

我活在世上,爱着,感受着,思考着。我心中有一个世界,那里珍藏着许多往事,有欢乐的,也有悲伤的。它们虽已逝去,却将永远活在我心中,与我终身相伴。

一个声音对我说:在无限宇宙的永恒岁月中,你不过是一个顷刻便化为乌有的微粒,这个微粒的悲欢甚至连一丝微风、一缕轻烟都算不上,刹那间就会无影无踪。你如此珍惜的那个小小的心灵世界,究竟有何价值?

我用法国作家辛涅科尔的话回答:"是的,对于宇宙,我微不足道;可是,对于我自己,我就是一切。"

我何尝不知道,在宇宙的生成变化中,我只是一个极其偶然的存在,我存在与否完全无足轻重。面对无穷,我确实等于零。然而,我可以用同样的道理回敬这个傲慢的宇宙:倘若我不存在,你对我来说岂不也等于零?倘若没有人类及其众多自我的存在,宇宙的永恒究竟有何意义?而每一个自我一旦存在,便不能不从自身出发估量一切,正是这估量的总和使本无意义的宇宙获得了意义。

我何尝不知道,在人类的悲欢离合中,我的故事极其普通。然而,我不能不对自己的故事倾注更多的悲欢。对于我来说,我的爱情波折要比罗密欧更加惊心动魄,我的苦难要比俄狄浦斯更加催人泪下。原因很简单,因为我不是罗密欧,不是俄狄浦斯,而是我自己。事实上,如果人人看轻一己的悲欢,世上就不会有罗密欧和俄狄浦斯了。

我终归是我自己。当我自以为跳出了我自己时,仍然是这个我在跳。我无法不成为我的一切行为的主体,我对世界的一切关系的中心。当然,同时我也知道每个人都有他的自我,我不会狂妄到要充当世界和他人的中心。

三　灵与肉

　　我站在镜子前,盯视着我的面孔和身体,不禁惶惑起来。我不知道究竟盯视者是我,还是被盯视者是我。灵魂和肉体如此不同,一旦相遇,彼此都觉陌生。我的耳边响起帕斯卡尔的话语:肉体不可思议,灵魂更不可思议,最不可思议的是肉体居然能和灵魂结合在一起。

　　人有一个肉体似乎是一件尴尬事。那个丧子的母亲终于停止哭泣,端起饭碗,因为她饿了。那个含情脉脉的姑娘不得不离开情人一小会儿,她需要上厕所。那个哲学家刚才还在谈论面对苦难的神明般的宁静,现在却因为牙痛而呻吟不止。当我们的灵魂在天堂享受幸福或在地狱体味悲剧时,肉体往往不合时宜地把它拉回到尘世。

　　马雅可夫斯基在列车里构思一首长诗,眼睛心不在焉地盯着对面的姑娘。那姑娘惊慌了。马雅可夫斯基赶紧声明:"我不是男人,我是穿裤子的云。"为了避嫌,他必须否认肉体的存在。

　　我们一生中不得不花费许多精力来伺候肉体:喂它,洗它,替它穿衣,给它铺床。博尔赫斯屈辱地写道:"我是他的老护士,他逼我为他洗脚。"还有更屈辱的事:肉体会背叛灵魂。一个心灵美好的女人可能其貌不扬,一个灵魂高贵的男人可能终身残疾。荷马是瞎子,贝多芬是聋子,拜伦是跛子。而对一切人相同的是,不管我们如何精心调理,肉体仍不可避免地要走向衰老和死亡,拖着不屈的灵魂同归于尽。

　　那么,不要肉体如何呢? 不,那更可怕,我们将不再能看风景,听音乐,呼吸新鲜空气,读书,散步,运动,宴饮,尤其是——世上不再有男人和女人,不再有爱情这件无比美妙的事儿。原来,灵魂的种种愉悦根本就离不开肉体,没有肉体的灵魂不过是幽灵,不复有任何生命的激情和欢乐,比死好不了多少。

　　所以,我要修改帕斯卡尔的话:肉体是奇妙的,灵魂更奇妙,最奇妙的是肉体居然能和灵魂结合在一起。

四　动与静

　　喧哗的白昼过去了,世界重归于宁静。我坐在灯下,感到一种独处的满足。

　　我承认,我需要到世界上去活动,我喜欢旅行、冒险、恋爱、奋斗、成功、失败。日子过得平平淡淡,我会无聊,过得冷冷清清,我会寂寞。但是,我更需要宁静的独处,更喜欢过一种沉思的生活。总是活得轰轰烈烈热热闹闹,没有时间和自己待一会儿,我就会非常不安,好像丢了魂一样。

　　我身上必定有两个自我。一个好动,什么都要尝试,什么都想经历。另一个喜静,对一切加以审视和消化。这另一个自我,如同罗曼·罗兰所说,是"一颗清明宁静而非常关切的灵魂"。仿佛是它把我派遣到人间活动,鼓励我拼命感受生命的一切欢乐和苦难,同时又始终关切地把我置于它的视野之内,随时准备把我召回它的身边。即使我在世上遭受最悲惨的灾难和失败,只要我识得返回它的途径,我就不会全军覆没。它是我的守护神,为我守护着一个任何风雨都侵袭不到也损坏不了的家园,使我在最风雨飘摇的日子里也不致无家可归。

　　耶稣说:"一个人赚得了整个世界,却丧失了自我,又有何益?"他在向其门徒透露自己的基督身份后说这话,可谓意味深长。真正的救世主就在我们每个人身上,便是那个清明宁静的自我。这个自我即是我们身上的神性,只要我们能守住它,就差不多可以说上帝和我们同在了。守不住它,一味沉沦于世界,我们便会浑浑噩噩,随波飘荡,世界也将沸沸扬扬,永无得救的希望。

五　真与伪

　　我走在街上,一路朝熟人点头微笑;我举起酒杯,听着应酬话,用笑容答谢;我坐在一群妙语连珠的朋友中,自己也说着俏皮话,赞赏或得意地大笑……

在所有这些时候,我心中会突然响起一个声音:"这不是我!"于是,笑容冻结了。莫非笑是社会性的,真实的我永远悲苦,从来不笑?

多数时候,我是独处的,我曾庆幸自己借此避免了许多虚伪。可是,当我关起门来写作时,我怎能担保已经把公众的趣味和我的虚荣心也关在了门外,因而这个正在写作的人必定是真实的我呢?

"成为你自己!"——这句话如同一切道德格言一样知易行难。我甚至无法判断,我究竟是否已经成为了我自己。角色在何处结束,真实的我在何处开始,这界限是模糊的。有些角色仅是服饰,有些角色却已经和我们的躯体生长在一起,如果把它们一层层剥去,其结果比剥葱头好不了多少。

演员尚有卸妆的时候,我们却生生死死都离不开社会的舞台。在他人目光的注视下,甚至隐居和自杀都可以是在扮演一种角色。也许,只有当我们扮演某个角色露出破绽时,我们才得以一窥自己的真实面目。

卢梭说:"大自然塑造了我,然后把模子打碎了。"这话听起来自负,其实适用于每一个人。可惜的是,多数人忍受不了这个失去了模子的自己,于是又用公共的模子把自己重新塑造一遍,结果彼此变得如此相似。

我知道,一个人不可能也不应该脱离社会而生活。然而,有必要节省社会的交往。我不妨和他人交谈,但要更多地直接向上帝和自己说话。我无法一劳永逸地成为真实的自己,但是,倘若我的生活中充满着仅仅属于我的不可言说的特殊事物,我也就在过一种非常真实的生活了。

六　逃避与寻找

我是喜欢独处的,不觉得寂寞。我有许多事可做:读书,写作,回忆,遐想,沉思,等等。做着这些事的时候,我相当投入,乐在其中,内心很充实。

但是,独处并不意味着和自己在一起。在我潜心读书或写作时,我很可能是和想象中的作者或读者在一起。

直接面对自己似乎是一件令人难以忍受的事，所以人们往往要设法逃避。逃避自我有二法，一是事务，二是消遣。我们忙于职业上和生活上的种种事务，一旦闲下来，又用聊天、娱乐和其他种种消遣打发时光。对于文人来说，读书和写作也不外是一种事务或一种消遣，比起斗鸡走狗之辈，诚然有雅俗之别，但逃避自我的实质则为一。

然而，有这样一种时候，我翻开书，又合上，拿起笔，又放下，不知道自己究竟要什么，找不到一件自己真正想做的事，只觉得心中弥漫着一种空虚怅惘之感。这是无聊袭来的时候。

当一个人无所事事而直接面对自己时，便会感到无聊。在通常情况下，我们仍会找些事做，尽快逃脱这种境遇。但是，也有无可逃脱的时候，我就是百事无心，不想见任何人，不想做任何事。

自我似乎喜欢捉迷藏，如同蒙田所说："我找我的时候找不着；我找着我由于偶然的邂逅比由于有意的搜寻多。"无聊正是与自我邂逅的一个契机。这个自我，摆脱了一切社会的身份和关系，来自虚无，归于虚无。难怪我们和它相遇时，不能直面相视太久，便要匆匆逃离。可是，让我多坚持一会儿吧，我相信这个可怕的自我一定会教给我许多人生的真理。

自古以来，哲人们一直叮咛我们："认识你自己！"卡莱尔却主张代之以一个"最新的教义"："认识你要做和能做的工作！"因为一个人永远不可能认识自己，而通过工作则可以使自己成为完人。我承认认识自己也许是徒劳之举，但同时我也相信，一个人倘若从来不想认识自己，从来不肯从事一切无望的精神追求，那么，工作决不会使他成为完人，而只会使他成为庸人。

七 爱与孤独

凡人群聚集之处，必有孤独。我怀着我的孤独，离开人群，来到郊外。我的孤独带着如此浓烈的爱意，爱着田野里的花朵、小草、树木和河流。

原来，孤独也是一种爱。

爱和孤独是人生最美丽的两支曲子，两者缺一不可。无爱的心灵不会孤独，未曾体味过孤独的人也不可能懂得爱。

由于怀着爱的希望，孤独才是可以忍受的，甚至是甜蜜的。当我独自在田野里徘徊时，那些花朵、小草、树木、河流之所以能给我以慰藉，正是因为我隐约预感到，我可能会和另一颗同样爱它们的灵魂相遇。

不止一位先贤指出，一个人无论看到怎样的美景奇观，如果他没有机会向人讲述，他就决不会感到快乐。人终究是离不开同类的。一个无人分享的快乐决非真正的快乐，而一个无人分担的痛苦则是最可怕的痛苦。所谓分享和分担，未必要有人在场。但至少要有人知道。永远没有人知道，绝对的孤独，痛苦便会成为绝望，而快乐——同样也会变成绝望！

交往为人性所必需，它的分寸却不好掌握。帕斯卡尔说："我们由于交往而形成了精神和感情，但我们也由于交往而败坏着精神和感情。"我相信，前一种交往是两个人之间的心灵沟通，它是马丁·布伯所说的那种"我与你"的相遇，既充满爱，又尊重孤独；相反，后一种交往则是熙熙攘攘的利害交易，它如同尼采所形容的"市场"，既亵渎了爱，又羞辱了孤独。相遇是人生莫大的幸运，在此时刻。两颗灵魂仿佛同时认出了对方，惊喜地喊出："是你！"人一生中只要有过这个时刻，爱和孤独便都有了着落。

1992.6

探究存在之谜

一

　　如同一切"文化热"一样，所谓"昆德拉热"也是以误解为前提的。人们把道具看成了主角，误以为眼前正在上演的是一出政治剧，于是这位移居巴黎的捷克作家便被当作一个持不同政见的文学英雄受到了欢迎或者警惕。

　　现在，随着昆德拉的文论集《小说的艺术》中译本的出版，我祝愿他能重获一位智者应得的宁静。

　　昆德拉最欣赏的现代作家是卡夫卡。当评论家们纷纷把卡夫卡小说解释为一种批评资本主义异化的政治寓言的时候，昆德拉却赞扬它们是"小说的彻底自主性的出色样板"，指出其意义恰恰在于它们的"不介入"，即在所有政治纲领和意识形态面前保持完全的自主。

　　"不介入"并非袖手旁观，"自主"并非中立。卡夫卡也好，昆德拉也好，他们的作品即使在政治的层面上也是富于批判意义的。但是，他们始终站得比政治更高，能够超越政治的层面而达于哲学的层面。如同昆德拉自己所说，在他的小说中，历史本身是被当作存在境况而给予理解和分析的。正因为如此，他们的政治批判也就具有了超出政治的人生思考的意义。

高度政治化的环境对于人的思考力具有一种威慑作用,一个人哪怕他是笛卡儿,在身历其境时恐怕也难以怡然从事"形而上学的沉思"。面对血与火的事实,那种对于宇宙和生命意义的"终极关切"未免显得奢侈。然而,我相信,一个人如果真是一位现代的笛卡儿,那么,无论他写小说还是研究哲学,他都终能摆脱政治的威慑作用,使得异乎寻常的政治阅历不是阻断而是深化他的人生思考。

鲁迅曾经谈到一种情况:呼唤革命的作家在革命到来时反而沉寂了。我们可以补充一种类似的情况:呼唤自由的作家在自由到来时也可能会沉寂。仅仅在政治层面上思考和写作的作家,其作品的动机和效果均系于那个高度政治化的环境,一旦政治淡化(自由正意味着政治淡化),他们的写作生命就结束了。他们的优势在于敢写不允许写的东西,既然什么都允许写,他们还有什么可写的呢?

比较起来,立足于人生层面的作家有更耐久的写作生命,因为政治淡化原本就是他们的一个心灵事实。他们的使命不是捍卫或推翻某种教义,而是探究存在之谜。教义会过时,而存在之谜的谜底是不可能有朝一日被穷尽的。

所以,在移居巴黎之后,昆德拉的作品仍然源源不断地问世,我对此丝毫不感到奇怪。

二

在《小说的艺术》中,昆德拉称小说家为"存在的勘探者",而把小说的使命确定为"通过想象出的人物对存在进行深思","揭示存在的不为人知的方面"。

昆德拉所说的"存在",直接引自海德格尔的《存在与时间》。尽管这部巨著整个儿是在谈论"存在",却始终不曾给"存在"下过一个定义。海德格尔承认:"'存在'这个概念是不可定义的。"我们只能约略推断,它是一个关涉人和世界的本质的范畴。正因为如此,存在是一个永恒的谜。

按照尼采的说法,哲学家和诗人都是"猜谜者",致力于探究存在之谜。那么,小说的特点何在? 在昆德拉看来,小说的使命与哲学、诗并无二致,只是小说拥有更丰富的手段,它具有"非凡的合并能力",能把哲学和诗包容在自身中,而哲学和诗却无能包容小说。

在勘探存在方面,哲学和诗的确各有自己的尴尬。哲学的手段是概念和逻辑,但逻辑的绳索不能套住活的存在。诗的手段是感觉和意象,但意象的碎片难以映显完整的存在。很久以来,哲学和诗试图通过联姻走出困境,结果好像并不理想,我们读到了许多美文和玄诗,也就是说,许多化装为哲学的诗和化装为诗的哲学。我不认为小说是惟一的乃至最后的出路,然而,设计出一些基本情境或情境之组合,用它们来包容、连接、贯通哲学的体悟和诗的感觉,也许是值得一试的途径。

昆德拉把他小说里的人物称作"实验性的自我",其实质是对存在的某个方面的疑问。例如,在《不能承受的存在之轻》中,托马斯大夫是对存在之轻的疑问,特丽莎是对灵与肉的疑问。事实上,它们都是作者自己的疑问,推而广之,也是每一个自我对于存在所可能具有的一些根本性困惑,昆德拉为之设计了相应的人物和情境,而小说的展开便是对这些疑问的深入追究。

关于"存在之轻"的译法和含义,批评界至今众说纷纭。其实,只要考虑到昆德拉使用的"存在"一词的海德格尔来源,许多无谓的争论即可避免。"存在之轻"就是人生缺乏实质,人生的实质太轻飘,所以使人不能承受。在《小说的艺术》中,昆德拉自己有一个说明:"如果上帝已经走了,人不再是主人,谁是主人呢? 地球没有任何主人,在空无中前进。这就是存在的不可承受之轻。"可见其涵义与"上帝死了"命题一脉相承,即指人生根本价值的失落。对于托马斯来说,人生实质的空无尤其表现在人生受偶然性支配,使得一切真正的选择成为不可能,而他所爱上的特丽莎便是绝对偶然性的化身。另一方面,特丽莎之受灵与肉问题的困扰,又是和托马斯既爱她又同众多女人发生性关系这一情形分不开的。两个主人公各自代表对存在的一个基本困惑,同时又构成诱发对方困惑的一个基本情境。在这样一种颇为巧妙的结构中，昆德拉把人物的性格和存在的思考同步推向了深入。

我终归相信，探究存在之谜还是可以用多种方式的，不必是小说；用小说探究存在之谜还是可以有多种写法的，不必如昆德拉。但是，我同时也相信昆德拉的话："没有发现过去始终未知的一部分存在的小说是不道德的。"不但小说，而且一切精神创作，惟有对人生基本境况作出了新的揭示，才称得上伟大。

三

昆德拉之所以要重提小说的使命问题，是因为他看到了现代人的深刻的精神危机，这个危机可以用海德格尔的一句名言来概括，就是"存在的被遗忘"。

存在是如何被遗忘的？昆德拉说："人处在一个真正的缩减的旋涡中，胡塞尔所讲的'生活世界'在旋涡中宿命般地黯淡，存在坠入遗忘。"

缩减仿佛是一种宿命。我们刚刚告别生活一切领域缩减为政治的时代，一个新的缩减旋涡又更加有力地罩住了我们。在这个旋涡中，爱情缩减为性，友谊缩减为交际和公共关系，读书和思考缩减为看电视，大自然缩减为豪华宾馆里的室内风景，对土地的依恋缩减为旅游业，真正的精神冒险缩减为假冒险的游乐设施。要之，一切精神价值都缩减成了实用价值，永恒的怀念和追求缩减成了当下的官能享受。当我看到孩子们不再玩沙和泥土，而是玩电子游戏机，不再知道白雪公主，而是津津乐道卡通片里的机器人的时候，我心中明白一个真正可怕的过程正在地球上悄悄进行。我也懂得了昆德拉说这话的沉痛："明天当自然从地球上消失的时候，谁会发现呢？……末日并不是世界末日的爆炸，也许没有什么比末日更为平静的了。"我知道他绝非危言耸听，因为和自然一起消失的还有我们的灵魂，我们的整个心灵生活。上帝之死不足以造成末日，真正的世界末日是在人不图自救、不复寻求生命意义的那一天到来的。

可悲的是,包括小说在内的现代文化也卷入了这个缩减的旋涡,甚至为之推波助澜。文化缩减成了大众传播媒介,人们不复孕育和创造,只求在公众面前频繁亮相。小说家不甘心于默默无闻地在存在的某个未知领域里勘探,而是把眼睛盯着市场,揣摩和迎合大众心理,用广告手段提高知名度,热衷于挤进影星、歌星、体育明星的行列,和他们一起成为电视和小报上的新闻人物。如同昆德拉所说,小说不再是作品,而成了一种动作,一个没有未来的当下事件。他建议比自己的作品聪明的小说家改行,事实上他们已经改行了——他们如今是电视制片人,文化经纪人,大腕,款爷。

正是面对他称之为"媚俗"的时代精神,昆德拉举起了他的堂·吉诃德之剑,要用小说来对抗世界性的平庸化潮流,唤回对被遗忘的存在的记忆。

四

然而,当昆德拉谴责媚俗时,他主要还不是指那种制造大众文化消费品的通俗畅销作家,而是指诸如阿波利奈尔、兰波、马雅可夫斯基、未来派、前卫派这样的响当当的现代派。这里我不想去探讨他对某个具体作家或流派的评价是否公正,只想对他抨击"那些形式上追求现代主义的作品的媚俗精神"表示一种快意的共鸣。当然,艺术形式上的严肃的试验是永远值得赞赏的,但是,看到一些艺术家怀着惟恐自己不现代的焦虑和力争最现代超现代的激情,不断好新骛奇,渴望制造轰动效应,我不由得断定,支配着他们的仍是大众传播媒介的那种哗众取宠精神。

现代主义原是作为对现代文明的反叛崛起的,它的生命在于真诚,即对虚妄信仰的厌恶和对信仰失落的悲痛。曾几何时,现代主义也成了一种时髦,做现代派不再意味着超越于时代之上,而是意味着站在时代前列,领受的不是冷落,而是喝彩。于是,现代世界的无信仰状态不再使人感到悲凉,反倒被标榜为一种新的价值大放其光芒,而现代主义也就蜕变成了掩盖现代文明之空虚的花哨饰物,所以,有必要区分两种现代主义。一种是向现代世界认同的时髦的现代主义,另一种是批判现代世界的"反现代的现代主义"。昆德拉强调后一种现代主义的反激情性质,指出现代最伟大的小说家都是反激情的,并且提出一个公式:"小说=反激情的诗。"一般而言,艺术作品中激情外露终归是不成熟的表现,无论在艺术史上还是对于艺术家个人,浪漫主义均属于一个较为幼稚的阶段。尤其在现代,面对无信仰,一个人如何能怀有以信仰为前提的激情? 其中包含着的矫情和媚俗是不言而喻的了。一个严肃的现代作家则敢于正视上帝死后重新勘探存在的艰难使命,他是现代主义的,因为他怀着价值失落的根本性困惑,他又是反现代的,因为他不肯在根本价值问题上随波逐流。那么,由于在价值问题上的认真态度,毋宁说"反现代的现代主义"蕴含着一种受挫的激情。这种激情不外露,默默推动着作家在一个没有上帝的世界上继续探索存在的真理。

倘若一个作家清醒地知道世上并无绝对真理,同时他又不能抵御内心那种形而上的关切,他该如何向本不存在的绝对真理挺进呢? 昆德拉用他的作品和文论告诉我们,小说的智慧是非独断的智慧,小说对存在的思考是疑问式的、假说式的。我们确实看到,昆德拉在他的小说中是一位调侃能手,他调侃一切神圣和非神圣的事物,调侃历史、政治、理想、爱情、性、不朽,借此把一切价值置于问题的领域。然而,在这种貌似玩世不恭下面,却蕴藏着一种根本性的严肃,便是对于人类存在境况的始终一贯的关注。他自己不无理由地把这种写作风格称作"轻浮的形式与严肃的内容的结合"。说到底,昆德拉是严肃的,一切伟大的现代作家是严肃的。倘无这种内在的严肃,轻浮也可流为媚俗。在当今文坛上,那种借调侃一切来取悦公众的表演不是正在走红吗?

1992.11

男人眼中的女人

一

女人是男人的永恒话题。

男人不论雅俗智愚,聚在一起谈得投机时,话题往往落到女人身上。由谈不谈女人,大致可以判断出聚谈者的亲密程度。男人很少谈男人。女人谈女人却不少于谈男人,当然,她们更投机的话题是时装。有两种男人最爱谈女人:女性蔑视者和女性崇拜者。两者的共同点是欲望强烈。历来关于女人的最精彩的话都是从他们口中说出的。那种对女性持公允折中立场的人说不出什么精彩的话,女人也不爱听,她们很容易听出公允折中背后的欲望乏弱。

二

古希腊名妓弗里妮被控犯有不敬神之罪,审判时,律师解开她的内衣,法官们看见她的美丽的胸脯,便宣告她无罪。

这个著名的例子只能证明希腊人爱美,不能证明他们爱女人。

相反,希腊人往往把女人视为灾祸。在荷马史诗中,海伦私奔导致了长达十年的特洛伊战争。按照赫西俄德的神话故事,宙斯把女人潘多拉赐给男人乃是为了惩罪和降灾。阿耳戈的英雄伊阿宋祈愿人类有别的方法生育,使男人得以摆脱女人的祸害。爱非斯诗人希波纳克斯在一首诗里刻毒地写道:女人只能带给男人两天快活,"第一天是娶她时,第二天是葬她时。"

倘若希腊男人不是对女人充满了欲望,并且惊恐于这欲望,女人如何成其为灾祸呢?

不过,希腊男人能为女人拿起武器,也能为女人放下武器。在阿里斯托芬的一个剧本中,雅典女人讨厌丈夫们与斯巴达人战火不断,一致拒绝同房,并且说服斯巴达女人照办,结果奇迹般地平息了战争。

我们的老祖宗也把女人说成是祸水,区别在于,女人使希腊人亢奋,大动干戈,却使我们的殷纣王、唐明皇们萎靡,国破家亡。其中的缘由,想必不该是女人素质不同罢。

<h2 style="text-align:center">三</h2>

孔子说:"惟女子与小人为难养也,近之则不孙,远之则怨。"

这话对女人不公平。"近之则不孙"几乎是人际关系的一个规律,太近了,没有距离,谁都会被惯成或逼成小人,彼此不逊起来,不独女人如此。所以,两性交往,不论是恋爱、结婚还是某种亲密的友谊,都以保持适当距离为好。

君子远小人是容易的,要怨就让他去怨。男人远女人就难了,孔子心里明白:"吾未见好德如好色者也。"既不能近之,又不能远之,男人的处境何其尴尬。那么,孔子的话是否反映了男人的尴尬,却归罪于女人?

"为什么女人和小人难对付?女人受感情支配,小人受利益支配,都不守游戏规则。"一个肯反省的女人对我如是说。大度之言,不可埋没,录此备考。

四

女性蔑视者只把女人当做欲望的对象。他们或者如叔本华,终身不恋爱不结婚,但光顾妓院,或者如拜伦、莫泊桑,一生中风流韵事不断,但决不真正堕入情网。

叔本华说:"女性的美只存在于男人的性欲冲动之中。"他要男人不被性欲蒙蔽,能禁欲就更好。

拜伦简直是一副帝王派头:"我喜欢土耳其对女人的做法:拍一下手,'把她们带进来!'又拍一下手,'把她们带出去!'"女人只为供他泄欲而存在。

女人好像不在乎男人蔑视她,否则拜伦、莫泊桑身边就不会美女如云了。虚荣心(或曰纯洁的心灵)使她仰慕男人的成功(或曰才华),本能又使她期待男人性欲的旺盛。一个好色的才子使她获得双重的满足,于是对她就有了双重的吸引力。

但好色者未必蔑视女性。有一个意大利登徒子如此说:"女人是一本书,她们时常有一张引人的扉页。但是,如果你想享受,必须揭开来仔细读下去。"他对赐他以享受的女人至少怀着欣赏和感激之情。

女性蔑视者往往是悲观主义者,他的肉体和灵魂是分裂的,肉体需要女人,灵魂却已离弃尘世,无家可归。由于他只带着肉体去女人那里,所以在女人那里也只看到肉体。对于他,女人是供他的肉体堕落的地狱。女性崇拜者则是理想主义者,他透过升华的欲望看女人,在女人身上找到了尘世的天国。对于一般男人来说,女人就是尘世和家园。凡不爱女人的男人,必定也不爱人生。

只用色情眼光看女人,近于无耻。但身为男人,看女人的眼光就不可能完全不含色情。我想不出在滤尽色情的中性男人眼里,女人该是什么样子。

五

"你去女人那里吗？别忘了你的鞭子！"——《查拉图斯特拉如是说》中的这句恶毒的话,使尼采成了有史以来最臭名昭著的女性蔑视者,世世代代的女人都不能原谅他。

然而,在该书的"老妇与少妇"一节里,这句话并非出自代表尼采的查拉图斯特拉之口,而是出自一个老妇之口,这老妇如此向查氏传授对付少妇的诀窍。

是衰老者嫉妒青春,还是过来人的经验之谈？

这句话的含义是清楚的:女人贱。在同一节里,尼采确实又说:"男人骨子里坏,女人骨子里贱。"但所谓坏,是想要女人,所谓贱,是想被男人要,似也符合事实。

尼采自己到女人那里去时,带的不是鞭子,而是"致命的羞怯",乃至于谈不成恋爱,只好独身。

代表尼采的查拉图斯特拉是如何谈女人的呢？

"当女人爱时,男人当知畏惧:因为这时她牺牲一切,别的一切她都认为毫无价值。"

尼采知道女人爱得热烈和认真。

"女人心中的一切都是一个谜,谜底叫做怀孕。男人对于女人是一种手段,目的总在孩子。"

尼采知道母性是女人最深的天性。

他还说:真正的男人是战士和孩子,作为战士,他渴求冒险;作为孩子,他渴求游戏。因此他喜欢女人,犹如喜欢一种"最危险的玩物"。

把女人当做玩物,不是十足的蔑视吗？可是,尼采显然不是只指肉欲,更多是指与女人恋爱的精神乐趣,男人从中获得了冒险欲和游戏欲的双重满足。

人们常把叔本华和尼采并列为蔑视女人的典型。其实,和叔本华相

比,尼采是更懂得女人的。如果说他也蔑视女人,他在蔑视中仍带着爱慕和向往。叔本华根本不可能恋爱,尼采能,可惜的是运气不好。

六

有一回,几个朋友在一起谈女人,托尔斯泰静听良久,突然说:"等我一只脚踏进坟墓时,再说出关于女人的真话。"说完立即跳到棺材里,砰的一声把盖碰上。"来捉我吧!"据在场的高尔基说,当时他的眼光又调皮,又可怕,使大家沉默了好一会儿。

还有一回,有个德国人编一本名家谈婚姻的书,向萧伯纳约稿,萧回信说:"凡人在其太太未死时,没有能老实说出他对婚姻的意见的。"这是俏皮话,但俏皮中有真实,包括萧伯纳本人的真实。

一个要自己临终前说,一个要太太去世后说,可见说出的决不是什么好话了。

不过,其间又有区别。自己临终前说,说出的多半是得罪一切女性的冒天下大不韪之言。太太去世后说,说出的必定是不利于太太的非礼的话了。有趣的是,托尔斯泰年轻时极放荡,一个放荡男人不能让天下女子知道他对女人的真实想法;萧伯纳一生恪守规矩,一个规矩丈夫不能让太太知道他对婚姻的老实意见。那么,一个男人要对女性保有美好的感想,他的生活是否应该在放荡与规矩之间,不能太放荡,也不该太规矩呢?

七

亚里士多德把女性定义为残缺不全的性别,这个谬见流传甚久,但在生理学发展的近代,是愈来愈不能成立了。近代的女性蔑视者便转而断言女人在精神上发育不全,只停留在感性阶段,未上升到理性阶段,所以显得幼稚、浅薄、愚蠢。叔本华不必提了,连济慈这位英年早逝的诗人也不屑地说:"我觉得女人都像小孩,我宁愿给她们每人一颗糖果,也不愿把时间花在她们身上。"

然而,正是同样的特质,却被另一些男人视为珍宝。如席勒所说,女人最大的魅力就在于天性纯正。一个女人愈是赋有活泼的直觉,未受污染的感性,就愈具女性智慧的魅力。

理性决非衡量智慧的惟一尺度,依我看也不是最高尺度。叔本华引沙弗茨伯利的话说:"女人仅为男性的弱点和愚蠢而存在,却和男人的理性毫无关系。"照他们的意思,莫非要女人也具备发达的逻辑思维,可以来和男人讨论复杂的哲学问题,才算得上聪明?我可没有这么蠢!真遇见这样热衷于抽象推理的女人,我是要躲开的。我同意瓦莱里订的标准:"聪明女子是这样一种女性,和她在一起时,你想要多蠢就可以多蠢。"我去女人那里,是为了让自己的理性休息,可以随心所欲地蠢一下,放心从她的感性获得享受和启发。一个不能使男人感到轻松的女人,即使她是聪明的,至少她做得很蠢。

女人比男人更属于大地。一个男人若终身未受女人熏陶,他的灵魂便是一颗飘荡天外的孤魂。惠特曼很懂得这个道理,所以他对女人说:"你们是肉体的大门,你们也是灵魂的大门。"当然,这大门是通向人间而不是通向虚无缥缈的天国的。

八

男人常常责备女人虚荣。女人的确虚荣,她爱打扮,讲排场,喜欢当沙龙女主人。叔本华为此瞧不起女人。他承认男人也有男人的虚荣,不过,在他看来,女人是低级虚荣,只注重美貌、虚饰、浮华等物质方面,男人是高级虚荣,倾心于知识、才华、勇气等精神方面。反正是男优女劣。

同一个现象,到了英国作家托马斯·萨斯笔下,却是替女人叫屈了:"男人们多么讨厌妻子购买衣服和零星饰物时的长久等待;而女人们又多么讨厌丈夫购买名声和荣誉时的无尽等待——这种等待往往耗费了她们大半生的光阴!"

　　男人和女人，各有各的虚荣。世上也有一心想出名的女人，许多男人也很关心自己的外表。不过，一般而论，男人更渴望名声，炫耀权力，女人更追求美貌，炫耀服饰，似乎正应了叔本华的话，其间有精神和物质的高下之分。但是，换个角度看，这岂不恰好表明女人的虚荣仅是表面的，男人的虚荣却是实质性的？女人的虚荣不过是一条裙子，一个发型，一场舞会，她对待整个人生并不虚荣，在家庭、儿女、婚丧等大事上抱着相当实际的态度。男人虚荣起来可不得了，他要征服世界，扬名四海，流芳百世，为此不惜牺牲掉一生的好光阴。

　　当然，男人和女人的虚荣又不是彼此孤立的，他们实际上在互相鼓励。男人以娶美女为荣，女人以嫁名流为荣，各自的虚荣助长了对方的虚荣。如果没有异性的目光注视着，女人们就不会这么醉心于时装，男人们追求名声的劲头也要大减了。

　　虚荣难免，有一点无妨，还可以给人生增添色彩，但要适可而止。为了让一个心爱的女人高兴，我将努力去争取成功。然而，假如我失败了，或者我看穿了名声的虚妄而自甘淡泊，她仍然理解我，她在我眼中就更加可敬了。男人和女人之间，毕竟有比名声或美貌更本质更长久的东西存在着。

九

　　莎士比亚借哈姆雷特之口叹道："软弱，你的名字是女人！"他是指女人经不住诱惑。女人误解了这话，每每顾影自怜起来，愈发觉得自己弱不禁风，不堪一击。可是，我们看到女人在多数场合比男人更能适应环境，更经得住灾难的打击。这倒不是说女人比男人刚强，毋宁说，女人柔弱，但柔者有韧性，男人刚强，但刚者易摧折。大自然是公正的，不教某一性别占尽风流，它又是巧妙的，处处让男女两性互补。

　　在男人眼里，女人的一点儿软弱时常显得楚楚动人。有人说俏皮话："当女人的美眸被泪水蒙住时，看不清楚的是男人。"一个女人向伏尔泰透露同性的秘密："女人在用软弱武装自己时最强大。"但是，不能说女人的软弱都是装出来的,她不过是巧妙地利用了自己固有的软弱罢了。女人的软弱,说到底,就是渴望有人爱她,她比男人更不能忍受孤独。对于这一点儿软弱,男人倒是乐意成全。但是,超乎此,软弱到不肯自立的地步,多数男人是要逃跑的。

如果说男人喜欢女人弱中有强,那么,女人则喜欢男人强中有弱。女人本能地受强有力的男子吸引,但她并不希望这男子在她面前永远强有力。一个窝囊废的软弱是可厌的,一个男子汉的软弱却是可爱的。正像罗曼·罗兰所说:"在女人眼里,男人的力遭摧折是特别令人感动的。"她最骄傲的事情是亲手包扎她所崇拜的英雄的伤口,亲自抚慰她所爱的强者的弱点。这时候,不但她的虚荣和软弱,而且她的优点——她的母性本能,也得到了满足。母性是女人天性中最坚韧的力量,这种力量一旦被唤醒,世上就没有她承受不了的苦难。

1992.5

守望的距离

（1993—1995）

习惯于失去

出门时发现,搁在楼道里的那辆新自行车不翼而飞了。两年之中,这已是第三辆。我一面为世风摇头,一面又感到内心比前两次失窃时要平静得多。莫非是习惯了?

也许是。近年来,我的生活中接连遭到惨重的失去,相比之下,丢辆把自行车真是不足挂齿。生活的劫难似乎使我悟出了一个道理:人生在世,必须习惯于失去。

一般来说,人的天性是习惯于得到,而不习惯于失去的。呱呱坠地,我们首先得到了生命。自此以后,我们不断地得到:从父母得到衣食、玩具、爱和抚育,从社会得到职业的训练和文化的培养。长大成人以后,我们靠着自然的倾向和自己的努力继续得到:得到爱情、配偶和孩子,得到金钱、财产、名誉、地位,得到事业的成功和社会的承认,如此等等。

当然,有得必有失,我们在得到的过程中也确实不同程度地经历了失去。但是,我们比较容易把得到看作是应该的,正常的,把失去看作是不应该的,不正常的。所以,每有失去,仍不免感到委屈。所失愈多愈大,就愈委屈。我们暗暗下决心要重新获得,以补偿所失。在我们心中的蓝图上,人生之路仿佛是由一系列的获得勾画出来的,而失去则是必须涂抹掉的笔误。总之,不管失去是一种多么频繁的现象,我们对它反正不习惯。

道理本来很简单:失去当然也是人生的正常现象。整个人生是一个不断地得而复失的过程,就其最终结果看,失去反比得到更为本质。我们迟早要失去人生最宝贵的赠礼——生命,随之也就失去了在人生过程中得到的一切。有些失去看似偶然,例如天灾人祸造成的意外损失,但也是无所不包的人生的题中应有之义。"人有旦夕祸福",既然生而为人,就得有承受旦夕祸福的精神准备和勇气。至于在社会上的挫折和失利,更是人生在世的寻常遭际了。由此可见,不习惯于失去,至少表明对人生尚欠觉悟。一个只求得到不肯失去的人,表面上似乎富于进取心,实际上是很脆弱的,很容易在遭到重大失去之后一蹶不振。

为了习惯于失去,有时不妨主动地失去。东西方宗教都有布施一说。照我的理解,布施的本义是教人去除贪鄙之心,由不执著于财物,进而不执著于一切身外之物,乃至于这尘世的生命。如此才可明白,佛教何以把布施列为"六度"之首,即从迷惑的此岸渡向觉悟的彼岸的第一座桥梁。俗众借布施积善图报,寺庙靠布施敛财致富,实在是小和尚念歪了老祖宗的经。我始终把佛教看作古今中外最透彻的人生哲学,对它后来不伦不类的演变深不以为然。佛教主张"无我",既然"我"不存在,也就不存在"我的"这回事了。无物属于自己,连自己也不属于自己,何况财物。明乎此理,人还会有什么得失之患呢?

当然,佛教毕竟是一种太悲观的哲学,不宜提倡。只是对于入世太深的人,它倒是一帖必要的清醒剂。我们在社会上尽可以积极进取,但是,内心深处一定要为自己保留一份超脱。有了这一份超脱,我们就能更加从容地品尝人生的各种滋味,其中也包括失去的滋味。

由丢车引发这么多议论,可见还不是太不在乎。如果有人嘲笑我阿 Q 精神,我乐意承认。试想,对于人生中种种不可避免的失去,小至破财,大至死亡,没有一点阿 Q 精神行吗?由社会的眼光看,盗窃是一种不义,我们理应与之作力所能及的斗争,而不该摆出一副哲人的姿态容忍姑息。可是,倘若社会上有更多的人了悟人生根本道理,世风是否会好一些呢?那么,这也许正是我对不义所做的一种力所能及的斗争罢。

1993.1

时光村落里的往事

——蓝蓝《人间情书》序

一

人分两种，一种人有往事，另一种人没有往事。

有往事的人爱生命，对时光流逝无比痛惜，因而怀着一种特别的爱意，把自己所经历的一切珍藏在心灵的谷仓里。

世上什么不是往事呢？此刻我所看到、听到、经历到的一切，无不转瞬即逝，成为往事。所以，珍惜往事的人便满怀爱怜地注视一切，注视即将被收割的麦田，正在落叶的树，最后开放的花朵，大路上边走边衰老的行人。这种对万物的依依惜别之情是爱的至深源泉。由于这爱，一个人才会真正用心在看，在听，在生活。

是的，只有珍惜往事的人才真正在生活。

没有往事的人对时光流逝毫不在乎，这种麻木使他轻慢万物，凡经历的一切都如过眼烟云，随风飘散，什么也留不下。他根本没有想到要留下。他只是貌似在看、在听、在生活罢了，实际上早已是一具没有灵魂的空壳。

二

珍惜往事的人也一定有一颗温柔爱人的心。

当我们的亲人远行或故世之后,我们会不由自主地百般追念他们的好处,悔恨自己的疏忽和过错。然而,事实上,即使尚未生离死别,我们所爱的人何尝不是在时时刻刻离我们而去呢?

浩渺宇宙间,任何一个生灵的降生都是偶然的,离去却是必然的;一个生灵与另一个生灵的相遇总是千载一瞬,分别却是万劫不复。说到底,谁和谁不同是这空空世界里的天涯沦落人?

在平凡的日常生活中,你已经习惯了和你所爱的人的相处,仿佛日子会这样无限延续下去。忽然有一天,你心头一惊,想起时光在飞快流逝,正无可挽回地把你、你所爱的人以及你们共同拥有的一切带走。于是,你心中升起一股柔情,想要保护你的爱人免遭时光劫掠。你还深切感到,平凡生活中这些最简单的幸福也是多么宝贵,有着稍纵即逝的惊人的美……

三

人是怎样获得一个灵魂的?

通过往事。

正是被亲切爱抚着的无数往事使灵魂有了深度和广度,造就了一个丰满的灵魂。在这样一个灵魂中,一切往事都继续活着:从前的露珠在继续闪光,某个黑夜里飘来的歌声在继续回荡,曾经醉过的酒在继续芳香,早已死去的亲人在继续对你说话……你透过活着的往事看世界,世界别具魅力。活着的往事——这是灵魂之所以具有孕育力和创造力的秘密所在。

在一切往事中,童年占据着最重要的篇章。童年是灵魂生长的源头。我甚至要说,灵魂无非就是一颗成熟了的童心,因为成熟而不会再失去。圣埃克苏佩里创作的童话中的小王子说得好:"使沙漠显得美丽的,是它在

什么地方藏着一口水井。"我相信童年就是人生沙漠中的这样一口水井。始终携带着童年走人生之路的人是幸福的,由于心中藏着永不枯竭的爱的源泉,最荒凉的沙漠也化作了美丽的风景。

四

"上帝创造了乡村,人类创造了城市。"这是英国诗人库柏的诗句。我要补充说:在乡村中,时间保持着上帝创造时的形态,它是岁月和光阴;在城市里,时间却被抽象成了日历和数字。

在城市里,光阴是停滞的。城市没有季节,它的春天没有融雪和归来的候鸟,秋天没有落叶和收割的庄稼。只有敏感到时光流逝的人才有往事,可是,城里人整年被各种建筑物包围着,他对季节变化和岁月交替会有什么敏锐的感觉呢?

何况在现代商业社会中,人们活得愈来愈匆忙,哪里有工夫去注意草木发芽、树叶飘落这种小事! 哪里有闲心用眼睛看,用耳朵听,用心灵感受! 时间就是金钱,生活被简化为尽快地赚钱和花钱。沉思未免奢侈,回味往事简直是浪费。一个古怪的矛盾:生活节奏加快了,然而没有生活。天天争分夺秒,岁岁年华虚度,到头来发现一辈子真短。怎么会不短呢? 没有值得回忆的往事,一眼就望到了头。

五

就在这样一个愈来愈没有往事的世界上,一个珍惜往事的人悄悄写下了她对往事的怀念。这是一些太细小的往事,就像她念念不忘的小花、甲虫、田野上的炊烟、井台上的绿苔一样细小。可是,在她心目中,被时光带来又带走的一切都是造物主写给人间的情书,她用情人的目光从其中读出了无穷的意味,并把它们珍藏在忠贞的心中。

这就是摆在你们面前的这本《人间情书》。你们将会发现,我的序中的许多话都是蓝蓝说过的,我只是稍作概括罢了。

蓝蓝上过大学,出过诗集,但我觉得她始终只是个乡下孩子。她的这本散文集也好像是乡村田埂边的一朵小小的野花,在温室鲜花成为时髦礼品的今天也许是很不起眼的。但是,我相信,一定会有读者喜欢它,并且想起泰戈尔的著名诗句——

"我的主,你的世纪,一个接着一个,来完成一朵小小的野花。"

1993.1

救世和自救

　　精神生活的普遍平庸化是我们时代的一个明显事实。这个事实是如此明显，以至于一个人并不需要有多么敏锐的心灵，就可以感受到了。其主要表现是：一、信仰生活的失落。人生缺乏一个精神目标，既无传统的支持，又无理想的引导。尤其可悲的是，人们甚至丧失了对信仰问题的起码认真态度，对之施以哄笑，以无信仰自夸。二、情感生活的缩减。畸形都市化堵塞了人与自然的交感，功利意识扩张导致人与人之间真情淡薄。情感体验失去个性和实质，蜕化为可模仿的雷同的流行歌词和礼品卡语言。三、文化生活的粗鄙。诉诸官能的大众消费文化泛滥，诉诸心灵的严肃文化陷入困境。娱乐性传播媒介冒充为文化主流，绝无文化素养的记者和明星冒充为文化主角，几有席卷天下之势。

　　毫无疑问，对于这种平庸化现象，凡注重精神生活的人都是持否定和批判的态度的。不过，其中又有区别。据我观察，可分为两大类。

　　一类人具有强烈的社会责任感，以拯救天下为己任，他们的反应又因性情和观念的差异而有区别。大抵而论，宗教和道德型的人主要表现为愤怒，视这个世道为末世，对之发出正义的谴责乃至神圣的诅咒，欲以此警醒世人，寻回盛世，或者——审判世人，以先知的口吻预言某种末日审判。张承志是当今最典型的代表。理智型的人主要表现为忧虑，视这个世道为乱世，试图规划出某种救世方案，以重建精神生活的秩序，恢复或营造他们心目中的治世。相当一批人文学者正在为此竭精殚虑，摇唇鼓舌。不论愤怒还是忧虑，救世是共同的立场，所以我把两者归作一个类别。

另一类人是比较个人化的知识分子，相对而言，他们没有太直接的救世抱负，而是更加关注自己独立的精神探索和文化创造活动。他们对于作为一种社会现实的精神平庸化过程同样反感，但似乎不像前一类人那样有切肤之痛，如坐针毡，为之寝食不安。由于他们更多地生活在一个相当稳固的属于自己的精神世界里，因而在一定程度上隔膜于或超脱于他们所反感的那种外部变化了。他们的反应主要不是愤怒或忧虑，而更多地表现为一种近乎宽容的淡漠和蔑视。属于这一类的大抵是一些真正迷于艺术的艺术家，真正迷于学术的学者，以及执著于人生和人类根本问题之思索的哲人智者。在这样的人看来，末世论或乱世论似乎都有些危言耸听，这个世道和别的世道没有本质的不同，不过是一个俗世罢了。时代变迁，俗的表现形式相异，或官或商，无精神性则为一。所以，他们始终与俗世保持距离，而把精神上的独立追求和自我完善视为人生在世的安身立命之本。在此意义上，他们的立场可归结为自救。

当然，上述划分只是相对的，毕竟可能有一些个人性和社会性皆很强的知识分子，在他们身上，自救和救世的立场会发生重叠。我无意在这两种立场之间评优劣，以我之见，真诚的救世者和自救者都是宝贵的，我们之缺乏有感召力的传道士和启蒙思想家，一如缺乏埋头于自己园地的耕耘者。不过，就目前而言，说句老实话，我实在听厌了各种名目的文化讨论，从这些热闹中只听出了一种浮躁和空洞。无论是标榜为"新国学"的复古主张，还是以"后现代"名义装饰现状的学术拼贴，事实上都没有提出切实的救世良策，很可能只是成全了个人的一种功利欲望。至于种种关于"文化失落"、"人文精神失落"的喟叹，透出的多是一种焦躁不安的心态。在这种情况下，我宁愿为自救的立场作一辩护，尽管真正的自救者是不需要任何理论上的辩护的。

一个人立志从事精神探索和文化创造的事业，应该是出于自身最内在的精神需要。他在精神生活的范围内几乎一定有很重大的困惑，所以对于

他来说,不管世道如何,他都非自救不可,惟自救才有生路。可是,在精神生活与世俗的功利生活之间,他的价值取向是明确而坚定的,不会有任何实质性的困惑。张三不耐贫困,弃文经商,成了大款,李四文人无行,媚俗哗众,成了大腕,这一切与他何干?他自己是在做着他今生今世最想做、不能不做的一件事,只要环境还允许(事实上允许)他做下去,何失落之有?立足于自救的人,他面对外部世界时的心态是平静的。那些面对浮躁世态而自己心态也失衡的人,他们也许救世心切也心诚,但同时我又很怀疑他们自己内心缺乏精神生活的牢固根基,要不何至于如此惶惶不安。

在当今时代,最容易产生失落感的或许是一些有着强烈的精英意识和济世雄心的知识分子。他们想做民众的思想领袖和精神导师,可是商业化大潮把他们冲刷到了社会的边缘地带,抛掷在一个尴尬的位置上。他们是很难自甘寂寞的,因为他们恰好需要一个轰轰烈烈的舞台才能发挥作用。我不认为知识分子应该脱离社会实践,但是,我觉得在中国的知识分子中,精英或想当精英的人太多,而智者太少了。我所说的智者是指那样一种知识分子,他们与时代潮流保持着一定的距离,并不看重事功,而是始终不渝地思考着人类精神生活的基本问题,关注着人类精神生活的基本走向。他们在寂寞中守护圣杯,使之不被汹涌的世俗潮流淹没。我相信,这样的人的存在本身就会对社会进程发生有益的制衡作用。智者是不会有失落感的。领袖无民众不成其领袖,导师无弟子不成其导师,可是,对于智者来说,只要他守护着人类最基本的精神价值,即使天下无一人听他,他仍然是一个智者。

我确实相信,至少在精神生活领域内,自救是更为切实的救世之道。当今之世不像是一个能诞生新救主和新信仰的时代,但这并不妨碍每一个热爱精神文化事业的人在属于自己的领域里从事独立的探索和创造。这样的人多了,时代的精神文化水准自然会提高。遗憾的是,我们拥有许多不甘寂寞的信仰呼唤者、精神呐喊者和文化讨论者,少的是宗教、哲学、艺术上的真信徒甚至真虚无主义者。透底地说,真正精神性的东西是完全独立于时代的,它的根子要深邃得多,植根于人类与大地的某种永恒关系之中。惟有从这个根源中才能生长出天才和精神杰作,他(它)们不属于时代,而时代将跟随他(它)们。当然,一个人是否天才,能否创造出精神杰作,这是无把握的,其实也是不重要的。重要的是不失去与这个永恒源泉的联系,如果这样,他就一定会怀有与罗曼·罗兰同样的信念:"这里无所谓精神的死亡或新生,因为它的光明从未消失,它只是熄隐了又在别处重新闪耀而已。"于是他就不会在任何世道下悲观失望了,因为他知道,人类精神生活作为一个整体从未也决不会中断,而他的看来似乎孤独的精神旅程便属于这个整体,没有任何力量能使之泯灭。

1994.8

守望的角度

若干年前，我就想办一份杂志，刊名也起好了，叫《守望者》，但一直未能如愿。我当然不是想往色彩缤纷的街头报摊上凑自己的一份热闹，也不是想在踌躇满志的文化精英中挤自己的一块地盘。正好相反，在我的想象中，这份杂志应该是很安静的，与世无争的，也因此而在普遍的热闹和竞争中有了存在的价值。我只想开一个小小的园地，可以让现代的帕斯卡尔们在这里发表他们的思想录。

我很喜欢"守望者"这个名称，它使我想起守林人。守林人的心境总是非常宁静的，他长年与树木、松鼠、啄木鸟这样一些最单纯的生命为伴，他自己的生命也变得单纯了。他的全部生活就是守护森林，瞭望云天，这守望的生涯使他心明眼亮，不染尘嚣。"守望者"的名称还使我想起守灯塔人。在奔流的江河中，守灯塔人日夜守护灯塔，瞭望潮汛，保护着船只的安全航行。当然，与都市人相比，守林人的生活未免冷清。与弄潮儿相比，守灯塔人的工作未免平凡。可是，你决不能说他们是人类中可有可无的一员。如果没有这些守望者的默默守望，森林消失，地球化为沙漠，都市人到哪里去寻欢作乐，灯塔熄灭，航道成为墓穴，弄潮儿如何还能大出风头？

在历史的进程中，我们同样需要守望者。守望是一种角度。当我这样说时，我已经承认对待历史进程还可以有其他的角度，它们也都有存在的理由。譬如说，你不妨做一个战士，甚至做一个将军，在时代的战场上冲锋陷阵,发号施令。你不妨投身到任何一种潮流中去,去经商,去从政,去称霸学术,统帅文化,叱咤风云,指点江山,去充当各种名目的当代英雄。但是,在所有这些显赫活跃的身影之外,还应该有守望者的寂寞的身影。守望者是这样一种人,他们并不直接投身于时代的潮流,毋宁说往往与一切潮流保持着一个距离。但他们也不是旁观者,相反对于潮流的来路和去向始终怀着深深的关切。他们关心精神价值甚于关心物质价值,在他们看来,无论个人还是人类,物质再繁荣,生活再舒适,如果精神流于平庸,灵魂变得空虚,就绝无幸福可言。所以,他们虔诚地守护着他们心灵中那一块精神的园地,其中珍藏着他们所看重的人生最基本的精神价值,同时警惕地瞭望着人类前方的地平线,注视着人类精神生活的基本走向。在天空和土地日益被拥挤的高楼遮蔽的时代,他们怀着忧虑之心仰望天空,守卫土地。他们守的是人类安身立命的生命之土,望的是人类超凡脱俗的精神之天。

说到"守望者",我总是想起塞林格的名作《麦田里的守望者》。许多年前,当我还是一个大学生的时候,这部小说的中译本印着"内部发行"的字样,曾在小范围内悄悄流传,也在我手中停留过。"守望者"这个名称给我留下印象,最初就缘于这部小说。小说的主人公是一个被学校开除的中学生,他貌似玩世不恭,厌倦现存的平庸的一切,但他并非没有理想。他想象悬崖边有一大块麦田,一大群孩子在麦田里玩,而他的理想就是站在悬崖边做一个守望者,专门捕捉朝悬崖边上乱跑的孩子,防止他们掉下悬崖。后来我发现,在英文原作中,被译为"守望者"的那个词是 Catcher,直译应是"捕捉者"、"棒球接球手"。不过,我仍觉得译成"守望者"更传神,意思也好。今日的孩子们何尝不是在悬崖边的麦田里玩,麦田里有天真、童趣和自然,悬崖下是空虚和物欲的深渊。当此之时,我希望世上多几个志愿的守望者,他们能以智慧和爱心守护着麦田和孩子,守护着我们人类的未来。

1995.4

被废黜的国王

帕斯卡尔说：人是一个被废黜的国王，否则就不会因为自己失了王位而悲哀了。所以，从人的悲哀也可证明人的伟大。借用帕斯卡尔的这个说法，我们可以把人类的精神史看作为恢复失去的王位而奋斗的历史。当然，人曾经拥有王位并非一个历史事实，而只是一个譬喻，其含义是：人的高贵的灵魂必须拥有配得上它的精神生活。

我不相信上帝，但我相信世上必定有神圣。如果没有神圣，就无法解释人的灵魂何以会有如此执拗的精神追求。用感觉、思维、情绪、意志之类的心理现象完全不能概括人的灵魂生活，它们显然属于不同的层次。灵魂是人的精神生活的真正所在地，在这里，每个人最内在深邃的"自我"直接面对永恒，追问有限生命的不朽意义。灵魂的追问总是具有形而上的性质，不管现代哲学家们如何试图证明形而上学问题的虚假性，也永远不能平息人类灵魂的这种形而上追问。

我们当然可以用不同的尺度来衡量历史的进步，例如物质财富的富裕，但精神圣洁肯定也是必不可少的一维。正如黑格尔所说："一个没有形而上学的民族就像一座没有祭坛的神庙。"没有祭坛，也就是没有信仰，没有神圣的价值，没有敬畏之心，没有道德的约束，人生惟剩纵欲和消费，人与人之间只有利益的交易和争斗。它甚至不再是一座神庙，而成了一个吵吵闹闹的市场。事实上，不仅在比喻的意义上，而且按照字面的意思理解，在今日中国,这种沦落为乌烟瘴气的市场的所谓神庙,我们见得还少吗?

在一个功利至上、精神贬值的社会里,适应取代创造成了才能的标志,消费取代享受成了生活的目标。在许多人心目中,"理想"、"信仰"、"灵魂生活"都是过时的空洞词眼。可是,我始终相信,人的灵魂生活比外在的肉身生活和社会生活更为本质,每个人的人生质量首先取决于他的灵魂生活的质量。一个经常在阅读和沉思中与古今哲人文豪倾心交谈的人,和一个沉湎在歌厅、肥皂剧以及庸俗小报中的人,他们肯定生活在两个绝对不同的世界上。

人是一个被废黜的国王,被废黜的是人的灵魂。由于被废黜,精神有了一个多灾多难的命运。然而,不论怎样被废黜,精神终归有着高贵的王室血统。在任何时代,总会有一些人默记和继承着精神的这个高贵血统,并且为有朝一日恢复它的王位而努力着。我愿把他们恰如其分地称作"精神贵族"。"精神贵族"曾经是一个大批判词汇,可是真正的"精神贵族"何其稀少!尤其在一个精神遭到空前贬值的时代,倘若一个人仍然坚持做"精神贵族",以精神的富有而坦然于物质的清贫,我相信他就必定不是为了虚荣,而是真正出于精神上的高贵和诚实。

1995.4

170

在沉默中面对

两位未曾晤面的朋友远道而来，因为读过我的论人生的书，要与我聊一聊人生。他们自己谈得很热烈，可是我却几乎一言不发，想必让他们失望了。我不是不愿说，而确实是不知道该说什么，怎么说。应约谈论人生始终是一件使我狼狈的事。

最真实最切己的人生感悟是找不到言词的。对于人生最重大的问题，我们每个人都只能在沉默中独自面对。我们可以一般地谈论爱情、孤独、幸福、苦难、死亡等等，但是，倘若这些词眼确有意义，那属于每个人自己的真正的意义始终在话语之外。我无法告诉别人我的爱情有多温柔，我的孤独有多绝望，我的幸福有多美丽，我的苦难有多沉重，我的死亡有多荒谬。我只能把这一切藏在心中。我所说出写出的东西只是思考的产物，而一切思考在某种意义上都是一种逃避，从最个别的逃向最一般的，从命运逃向生活，从沉默的深渊逃向语言的岸。如果说它们尚未沦为纯粹的空洞观念，那也只是因为它们是从沉默中挣扎出来的，身上还散发着深渊里不可名状的事物的气息。

有的时候，我会忽然觉得一切观念、话语、文字都变得异常疏远和陌生，惶然不知它们为何物，一向信以为真的东西失去了根据，于是陷入可怕的迷茫之中。包括读我自己过去所写的文字时，也常常会有这种感觉。这使我几乎丧失了再动笔的兴致和勇气，而我也确实很久没有认真地动笔了。之所以又拿起笔,实在是因为别无更好的办法,使我得以哪怕用一种极不可靠的方式保存沉默的收获,同时也摆脱沉默的压力。

　　我不否认人与人之间沟通的可能,但我确信其前提是沉默而不是言词。梅特林克说得好:沉默的性质揭示了一个人的灵魂的性质。在不能共享沉默的两个人之间,任何言辞都无法使他们的灵魂发生沟通。对于未曾在沉默中面对过相同问题的人来说,再深刻的哲理也只是一些套话。事实上,那些浅薄的读者的确分不清深刻的感悟和空洞的感叹,格言和套话,哲理和老生常谈,平淡和平庸,佛性和故弄玄虚的禅机,而且更经常地是把鱼目当作珍珠,搜集了一堆破烂。一个人对言辞理解的深度取决于他对沉默理解的深度,归根结蒂取决于他的沉默亦即他的灵魂的深度。所以,在我看来,凡有志于探究人生真理的人,首要的功夫便是沉默,在沉默中面对他灵魂中真正属于他自己的重大问题。到他有了足够的孕育并因此感到不堪其重负时,一切语言之门便向他打开了,这时他不但理解了有限的言词,而且理解了言词背后沉默着的无限的存在。

1995.12

心疼这个家

有一种曾经广泛流传的理论认为，家庭是社会经济发展一定阶段上的产物，所以必将随着经济的高度发展而消亡。这种理论忽视了一点：家庭的存在还有着人性上的深刻根据。有人称之为人的"家庭天性"，我很赞赏这个概念。我相信，在人类历史中，家庭只会改变其形式，不会消亡。

人的确是一种很贪心的动物，他往往想同时得到彼此矛盾的东西。譬如说，他既想要安宁，又想要自由，既想有一个温暖的窝，又想作浪漫的漂流。他很容易这山望那山高，不满足于既得的这一面而向往未得的那一面，于是便有了进出"围城"的迷乱和折腾。不过，就大多数人而言，是宁愿为了安宁而约束一下自由的。一度以唾弃家庭为时髦的现代人，现在纷纷回归家庭，珍视和谐的婚姻，也正证明了这一点。原因很简单，人终究是一种社会性的动物，而作为社会之细胞的家庭能使人的社会天性得到最经常最切近的满足。

活在世上，没有一个人愿意完全孤独。天才的孤独是指他的思想不被人理解，在实际生活中，他却也是愿意有个好伴侣的，如果没有，那是运气不好，并非他的主动选择。人不论伟大平凡，真实的幸福都是很平凡很实在的。才赋和事业只能决定一个人是否优秀，不能决定他是否幸福。我们说贝多芬是一个不幸的天才，泰戈尔是一个幸福的天才，其根据就是他们在婚爱和家庭问题上的不同遭遇。讲究实际的中国人把婚姻和家庭关系推崇为人伦之首，敬神的希伯来人把一个好伴侣看作神赐的礼物，把婚姻看作生活的最高成就之一，均自有其道理。家庭是人类一切社会组织中最自然的社会组织，是把人与大地、与生命的源头联结起来的主要纽带。有一个好伴侣，筑一个好窝，生儿育女，恤老抚幼，会给人一种踏实的生命感觉。无家的人倒是一身轻，只怕这轻有时难以承受，容易使人陷入一种在这世上没有根基的虚无感觉之中。

当然，我不是不分青红皂白地为婚姻唱赞歌。我的价值取向是，最好是有一个好伴侣，其次是没有伴侣，最糟是有一个坏伴侣。伴侣好不好，标准是有没有爱情。建设一个好家不容易，前提当然是要有爱情，但又不是单靠爱情就能成功的。也许更重要的是，还必须有珍惜这个家的心意和行动。美丽的爱情之花常常也会结出苦涩的婚姻之果，开始饱满的果实也可能会半途蛀坏腐烂，原因之一便是不珍惜。为了树立珍惜之心，我要提出一个命题：家是一个活的有生命的东西。所以，我们要把它作为活的有生命的东西那样，怀着疼爱之心去珍惜它。

家的确不仅仅是一个场所，而更是一个本身即具有生命的活体。两个生命因相爱而结合为一个家，在共同生活的过程中，他们的生命随岁月的流逝而流逝，流归何处？我敢说，很大一部分流入这个家，转化为这个家的生命了。共同生活的时间愈长，这个家就愈成为一个有生命的东西，其中交织着两人共同的生活经历和命运，无数细小而宝贵的共同记忆，在多数情况下还有共同抚育小生命的辛劳和欢乐。正因为如此，即使在爱情已经消失的情况下，离异仍然会使当事人感觉到一种撕裂的痛楚。此时不是别的东西，而正是家这个活体，这个由双方生命岁月交织成的生命体在感到疼痛。古犹太法典告诉我们，当一个人和他的结发妻子离婚时，甚至圣坛也会为他们哭泣。如果我们时时记住家是一个有生命的东西，它也知道疼，它也畏惧死，我们就会心疼它，更加细心地爱护它了。那么，我们也许就可以避免一些原可避免的家庭破裂的悲剧了。

人的天性是需要一个家的，家使我们感觉到生命的温暖和实在，也凝聚了我们的生命岁月。心疼这个家吧，如同心疼一个默默护佑着也铭记着我们的生命岁月的善良的亲人。

1994.7

爱情不风流

有一个字,内心严肃的人最不容易说出口,有时是因为它太假,有时是因为它太真。

爱情不风流,爱情是两性之间最严肃的一件事。

调情是轻松的,爱情是沉重的。风流韵事不过是躯体的游戏,至多还是感情的游戏。可是,当真的爱情来临时,灵魂因恐惧和狂喜而战栗了。

爱情不风流,因为它是灵魂的事。真正的爱情是灵魂与灵魂的相遇,肉体的亲昵仅是它的结果。不管持续时间是长是短,这样的相遇极其庄严,双方的灵魂必深受震撼。相反,在风流韵事中,灵魂并不真正在场,一点儿小感情只是肉欲的作料。

爱情不风流,因为它极认真。正因为此,爱情始终面临着失败的危险,如果失败又会留下很深的创伤,这创伤甚至可能终身不愈。热恋者把自己全身心投入对方并被对方充满,一旦爱情结束,就往往有一种被掏空的感觉。风流韵事却无所谓真正的成功或失败,投入甚少,所以退出也甚易。

爱情不风流,因为它其实是很谦卑的。"爱就是奉献"——如果除去这句话可能具有的说教意味,便的确是真理,准确地揭示了爱这种情感的本质。爱是一种奉献的激情,爱一个人,就会遏制不住地想为她(他)做些什么,想使她快乐,而且是绝对不求回报的。爱者的快乐就在这奉献之中,在他所创造的被爱者的快乐之中。最明显的例子是父母对幼仔的爱,推而广

之，一切真爱均应如此。可以用这个标准去衡量男女之恋中真爱所占的比重，剩下的就只是情欲罢了。

爱情不风流，因为它需要一份格外的细致。爱是一种了解的渴望，爱一个人，就会不由自主地想了解她的一切，把她所经历和感受的一切当作最珍贵的财富接受过来，精心保护。如果你和一个异性发生了很亲密的关系，但你并没有这种了解的渴望，那么，我敢断定你并不爱她，你们之间只是又一段风流因缘罢了。

爱情不风流，因为它虽甜犹苦，使人销魂也令人断肠，同时是天堂和地狱。正如纪伯伦所说——

"爱虽给你加冠，它也要把你钉在十字架上。它虽栽培你，它也刈剪你。

"它虽升到你的最高处，抚惜你在日中颤动的枝叶。它也要降到你的根下，摇动你的根柢的一切关节，使之归土。"

所以，内心不严肃的人，内心太严肃而又被这严肃吓住的人，自私的人，懦弱的人，玩世不恭的人，饱经风霜的人，在爱情面前纷纷逃跑了。

所以，在这人际关系日趋功利化、表面化的时代，真正的爱情似乎越来越稀少了。有人愤激地问我："这年头，你可听说某某恋爱了，某某又失恋了？"我一想，果然少了，甚至带有浪漫色彩的风流韵事也不多见了。在两性交往中，人们好像是越来越讲究实际，也越来越潇洒了。

也许现代人真是活得太累了，所以不愿再给自己加上爱情的重负，而宁愿把两性关系保留为一个轻松娱乐的园地。也许现代人真是看得太透了，所以不愿再徒劳地经受爱情的折磨，而宁愿不动感情地面对异性世界。然而，逃避爱情不会是现代人精神生活空虚的一个征兆吗？爱情原是灵肉两方面的相悦，而在普遍的物欲躁动中，人们尚且无暇关注自己的灵魂，又怎能怀着珍爱的情意去发现和欣赏另一颗灵魂呢？

可是，尽管真正的爱情确实可能让人付出撕心裂肺的代价，却也会使人得到刻骨铭心的收获。逃避爱情的代价更大。就像一万部艳情小说也不能填补《红楼梦》的残缺一样，一万件风流韵事也不能填补爱情的空白。如果男人和女人之间不再信任和关心彼此的灵魂，肉体徒然亲近，灵魂终是陌生,他们就真正成了大地上无家可归的孤魂了。如果亚当和夏娃互相不再有真情甚至不再指望真情,他们才是真正被逐出了伊甸园。

爱情不风流,因为风流不过尔尔,爱情无价。

1994.5

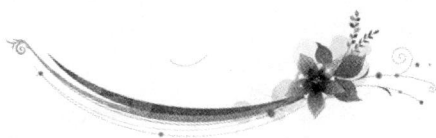

精神的故乡

（1996）

人的高贵在于灵魂

法国思想家帕斯卡尔有一句名言："人是一支有思想的芦苇。"他的意思是说，人的生命像芦苇一样脆弱，宇宙间任何东西都能致人于死地。可是，即使如此，人依然比宇宙间任何东西高贵得多，因为人有一颗能思想的灵魂。我们当然不能也不该否认肉身生活的必要，但是，人的高贵却在于他有灵魂生活。作为肉身的人，人并无高低贵贱之分。惟有作为灵魂的人，由于内心世界的巨大差异，人才分出了高贵和平庸，乃至高贵和卑鄙。

两千多年前，罗马军队攻进了希腊的一座城市，他们发现一个老人正蹲在沙地上专心研究一个图形。他就是古代最著名的物理学家阿基米德。他很快便死在了罗马军人的剑下，当剑朝他劈来时，他只说了一句话："不要踩坏我的圆！"在他看来，他画在地上的那个图形是比他的生命更加宝贵的。更早的时候，征服了欧亚大陆的亚历山大大帝视察希腊的另一座城市，遇到正躺在地上晒太阳的哲学家第欧根尼，便问他："我能替你做些什么？"得到的回答是："不要挡住我的阳光！"在他看来，面对他在阳光下的沉思，亚历山大大帝的赫赫战功显得无足轻重。这两则传为千古美谈的小故事表明了古希腊优秀人物对于灵魂生活的珍爱，他们爱思想胜于爱一切包括自己的生命，把灵魂生活看得比任何外在的事物包括显赫的权势更加高贵。

珍惜内在的精神财富甚于外在的物质财富，这是古往今来一切贤哲的共同特点。英国作家王尔德到美国旅行，入境时，海关官员问他有什么东西要报关，他回答："除了我的才华，什么也没有。"使他引以自豪的是，他没有什么值钱的东西，但他拥有不能用钱来估量的艺术才华。正是这位骄傲的作家在他的一部作品中告诉我们："世间再没有比人的灵魂更宝贵的东西，任何东西都不能跟它相比。"

其实，无需举这些名人的事例，我们不妨稍微留心观察周围的现象。我常常发现，在平庸的背景下，哪怕是一点不起眼的灵魂生活的迹象，也会闪放出一种很动人的光彩。有一回，我乘车旅行。列车飞驰，车厢里闹哄哄的，旅客们在聊天、打牌、吃零食。一个少女躲在车厢的一角，全神贯注地读着一本书。她读得那么专心，还不时地往随身携带的一个小本子上记些什么，好像完全没有听见周围嘈杂的人声。望着她仿佛沐浴在一片光辉中的安静的侧影，我心中充满感动，想起了自己的少年时代。那时候我也和她一样，不管置身于多么混乱的环境，只要拿起一本好书，就会忘记一切。如今我自己已经是一个作家，出过好几本书了，可是我却羡慕这个埋头读书的少女，无限缅怀已经渐渐远逝的有着同样纯正追求的我的青春岁月。

每当北京举办世界名画展览时，便有许多默默无闻的青年画家节衣缩食，自筹旅费，从全国各地风尘仆仆来到首都，在名画前流连忘返。我站在展厅里，望着这一张张热忱仰望的年轻的面孔，心中也会充满感动。我对自己说：有着纯正追求的青春岁月的确是人生最美好的岁月。

若干年过去了，我还会常常不由自主地想起列车上的那个少女和展厅里的那些青年，揣摩他们现在不知怎样了。据我观察，人在年轻时多半是富于理想的，随着年龄增长就容易变得越来越实际。由于生存斗争的压力和物质利益的诱惑，大家都把眼光和精力投向外部世界，不再关注自己的内心世界。其结果是灵魂日益萎缩和空虚，只剩下了一个在世界上忙碌不止的躯体。对于一个人来说，没有比这更可悲的事情了。我暗暗祝愿他们仍然保持着纯正的追求，没有走上这条可悲的路。

梦并不虚幻

那是一个非常美丽的真实的故事——

在巴黎，有一个名叫夏米的老清洁工，他曾经替朋友抚育过一个小姑娘。为了给小姑娘解闷，他常常讲故事给她听，其中讲了一个金蔷薇的故事。他告诉她，金蔷薇能使人幸福。后来，这个名叫苏珊娜的小姑娘离开了他，并且长大了。有一天，他们偶然相遇。苏珊娜生活得并不幸福。她含泪说："要是有人送我一朵金蔷薇就好了。"从此以后，夏米就把每天在首饰坊里清扫到的灰尘搜集起来，从中筛选金粉，决心把它们打成一朵金蔷薇。金蔷薇打好了，可是，这时他听说，苏珊娜已经远走美国，不知去向。不久后，人们发现，夏米悄悄地死去了，在他的枕头下放着用皱巴巴的蓝色发带包扎的金蔷薇，散发出一股老鼠的气味。

送给苏珊娜一朵金蔷薇，这是夏米的一个梦想。使我们感到惋惜的是，他终于未能实现这个梦想。也许有人会说：早知如此，他就不必年复一年徒劳地筛选金粉了。可是，我倒觉得，即使夏米的梦想毫无结果，这寄托了他的善良和温情的梦想本身已经足够美好，给他单调的生活增添了一种意义，把他同那些没有任何梦想的普通清洁工区分开来了。

说到梦想，我发现和许多大人真是讲不通。他们总是这样提问题：梦想到底有什么用？在他们看来，一样东西，只要不能吃，不能穿，不能卖钱，就是没有用。他们比起一则童话故事里的小王子可差远了，这位小王子从一颗外星落在地球的一片沙漠上，感到渴了，寻找着一口水井。他一边寻找，一边觉得沙漠非常美丽，明白了一个道理："使沙漠显得美丽的，是它在什么地方藏着一口水井。"沙漠中的水井是看不见的，我们也许能找到，也许找不到。可是，正是对看不见的东西的梦想驱使我们去寻找，去追求，在看得见的事物里发现隐秘的意义，从而觉得我们周围的世界无比美丽。

其实，诗、童话、小说、音乐等等都是人类的梦想。印度诗人泰戈尔说得好："如果我小时候没有听过童话故事，没有读过《一千零一夜》和《鲁滨逊漂流记》，远处的河岸和对岸辽阔的田野景色就不会如此使我感动，世界对我就不会这样富有魅力。"英国诗人雪莱肯定也听到过人们指责诗歌没有用，他反驳说：诗才"有用"呢，因为它"创造了另一种存在，使我们成为一个新世界的居民"。的确，一个有梦想的人和一个没有梦想的人，他们是生活在完全不同的世界里的。如果你和那种没有梦想的人一起旅行，你一定会觉得乏味透顶。一轮明月当空，他们最多说月亮像一张烧饼，压根儿不会有"把酒问青天，明月几时有"的豪情。面对苍茫大海，他们只看到一大滩水，决不会像安徒生那样想到海的女儿，或像普希金那样想到渔夫和金鱼的故事。唉，有时我不免想，与只知做梦的人比，从来不做梦的人是更像白痴的。

精神栖身于茅屋

如果你爱读人物传记，你就会发现，许多优秀人物生前都非常贫困。就说说那位最著名的印象派画家凡·高吧，现在他的一幅画已经卖到了几千万美元，可是，他活着时，他的一张画连一餐饭钱也换不回，经常挨饿，一生穷困潦倒，终致精神失常，在三十七岁时开枪自杀了。要论家境，他的家族是当时欧洲最大的画商，几乎控制着全欧洲的美术市场。作为一名画家，他有得天独厚的便利条件，完全可以像那些平庸画家那样迎合时尚以谋利，成为一个富翁，但他不屑于这么做。他说，他可不能把他惟一的生命耗费在给非常愚蠢的人画非常蹩脚的画上面，做艺术家并不意味着卖好价钱，而是要去发现一个未被发现的新世界。确实，凡·高用他的作品为我们发现了一个全新的世界，一个万物在阳光中按照同一节奏舞蹈的世界。另一个荷兰人斯宾诺莎是名垂史册的大哲学家，他为了保持思想的自由，宁可靠磨镜片的收入维持最简单的生活，谢绝了海德堡大学以不触犯宗教为前提要他去当教授的聘请。

我并不是提倡苦行僧哲学。问题在于，如果一个人太看重物质享受，就必然要付出精神上的代价。人的肉体需要是很有限的，无非是温饱，超于此的便是奢侈，而人要奢侈起来却是没有尽头的。温饱是自然的需要，奢侈的欲望则是不断膨胀的市场刺激起来的。你本来习惯于骑自行车，不觉得有什么欠缺，可是，当你看到周围不少人开上了汽车，你就会觉得你缺汽车,有必要也买一辆。富了总可以更富,事实上也必定有人比你富,于是你永远不会满足,不得不去挣越来越多的钱。这样,赚钱便成了你的惟一目的。即使你是画家,你哪里还顾得上真正的艺术追求;即使你是学者,你哪里还会在乎科学的良心?

所以,自古以来,一切贤哲都主张一种简朴的生活方式,目的就是为了不当物质欲望的奴隶,保持精神上的自由。古罗马哲学家塞涅卡说得好:"自由人以茅屋为居室,奴隶才在大理石和黄金下栖身。"柏拉图也说:胸中有黄金的人是不需要住在黄金屋顶下面的。或者用孔子的话说:"君子居之,何陋之有?"我非常喜欢关于苏格拉底的一个传说,这位被尊称为"师中之师"的哲人在雅典市场上闲逛,看了那些琳琅满目的货摊后惊叹:"这里有多少我用不着的东西呵!"的确,一个热爱精神事物的人必定是淡然于物质的奢华的,而一个人如果安于简朴的生活,他即使不是哲学家,也相去不远了。

成为你自己

　　童年和少年是充满美好理想的时期。如果我问你们，你们将来想成为怎样的人，你们一定会给我许多漂亮的回答。譬如说，想成为拿破仑那样的伟人，爱因斯坦那样的大科学家，曹雪芹那样的文豪，等等。这些回答都不坏，不过，我认为比这一切都更重要的是：首先应该成为你自己。

　　姑且假定你特别崇拜拿破仑，成为像他那样的盖世英雄是你最大的愿望。好吧，我问你：就让你完完全全成为拿破仑，生活在他那个时代，有他那些经历，你愿意吗？你很可能会激动得喊起来：太愿意啦！我再问你：让你从身体到灵魂整个儿都变成他，你也愿意吗？这下你或许有些犹豫了，会这么想：整个儿变成了他，不就是没有我自己了吗？对了，我的朋友，正是这样。那么，你不愿意了？当然喽，因为这意味着世界上曾经有过拿破仑，这个事实没有改变，惟一的变化是你压根儿不存在了。

　　由此可见，对于每一个人来说，最宝贵的还是他自己。无论他多么羡慕别的什么人，如果让他彻头彻尾成为这个别人而不再是自己，谁都不肯了。

　　也许你会反驳我说：你说的真是废话，每个人都已经是他自己了，怎么会彻头彻尾成为别人呢？不错，我只是在假设一种情形，这种情形不可能完全按照我所说的方式发生。不过，在实际生活中，类似情形却常常在以稍微不同的方式发生着。真正成为自己可不是一件容易的事。世上有许多人,你可以说他是随便什么东西,例如是一种职业,一种身份,一个角色,惟独不是他自己。如果一个人总是按照别人的意见生活,没有自己的独立思考,总是为外在的事务忙碌,没有自己的内心生活,那么,说他不是他自己就一点儿也没有冤枉他。因为确确实实,从他的头脑到他的心灵,你在其中已经找不到丝毫真正属于他自己的东西了,他只是别人的一个影子和事务的一架机器罢了。

那么,怎样才能成为自己呢?这是真正的难题,我承认我给不出一个答案。我还相信,不存在一个适用于一切人的答案。我只能说,最重要的是每个人都要真切地意识到他的"自我"的宝贵,有了这个觉悟,他就会自己去寻找属于他的答案。在茫茫宇宙间,每个人都只有一次生存的机会,都是一个独一无二、不可重复的存在。正像卢梭所说的,上帝把你造出来后,就把那个属于你的特定的模子打碎了。名声、财产、知识等等是身外之物,人人都可求而得之,但没有人能够代替你感受人生。你死之后,没有人能够代替你再活一次。如果你真正意识到了这一点,你就会明白,活在世上,最重要的事就是活出你自己的特色和滋味来。

你的人生是否有意义,衡量的标准不是外在的成功,而是你对人生意义的独特领悟和坚守,从而使你的自我闪放出个性的光华。

在历史上,每当世风腐败之时,人们就会盼望救世主出现。其实,救世主就在每个人的心中。耶稣是基督教徒公认的救世主,可是连他也说:"一个人得到了整个世界,却失去了自我,又有何益?"这一句话值得我们永远牢记。

第一重要的是做人

人活世上，除吃睡之外，不外乎做事情和与人交往，它们构成了生活的主要内容。做事情，包括为谋生需要而做的，即所谓本职业务，也包括出于兴趣、爱好、志向、野心、使命感等等而做的，即所谓事业。与人交往，包括同事、邻里、朋友关系以及一般所谓的公共道德，也包括由性和血缘所联结的爱情、婚姻、家庭等关系。这两者都是人的看得见的行为，并且都有一个是否成功的问题，而其成功与否也都是看得见的。如果你在这两方面都顺利，譬如说，一方面事业兴旺，功成名就，另一方面婚姻美满，朋友众多，就可以说你在社会上是成功的，甚至可以说你的生活是幸福的。在别人眼里，你便是一个令人羡慕的幸运儿。如果相反，你在自己和别人心目中就都会是一个倒霉蛋。这么说来，做事和交人的成功似乎应该是衡量生活质量的主要标准。

然而，在看得见的行为之外，还有一种看不见的东西，依我之见，那是比做事和交人更重要的，是人生第一重要的东西，这就是做人。当然，实际上做人并不是做事和交人之外的一个独立的行为，而是蕴涵在两者之中的，是透过做事和交人体现出来的一种总体的生活态度。

就做人与做事的关系来说，做人主要并不表现于做的什么事和做了多少事，例如是做学问还是做生意，学问或者生意做得多大，而是表现在做事的方式和态度上。一个人无论做学问还是做生意，无论做得大还是做得小，他做人都可能做得很好，也都可能做得很坏，关键就看他是怎么做事的。学界有些人很贬薄别人下海经商，而因为自己仍在做学问就摆出一副大义凛然的气势。其实呢，无论商人还是学者中都有君子，也都有小人，实在不可一概而论。有些所谓的学者，在学术上没有自己真正的追求和建树，一味赶时髦，抢风头，惟利是图，骨子里比一般商人更是一个市侩。

从一个人如何与人交往，尤能见出他的做人。这倒不在于人缘好不好，朋友多不多，各种人际关系是否和睦。人缘好可能是因为性格随和，也可能是因为做人圆滑，本身不能说明问题。在与人交往上，孔子最强调一个"信"字，我认为是对的。待人是否诚实无欺，最能反映一个人的人品是否光明磊落。一个人哪怕朋友遍天下，只要他对其中一个朋友有背信弃义的行径，我们就有充分的理由怀疑他是否真爱朋友，因为一旦他认为必要，他同样会背叛其他的朋友。"与朋友交而不信"，只能得逞一时之私欲，却是做人的大失败。

做事和交人是否顺利，包括地位、财产、名声方面的遭际，也包括爱情、婚姻、家庭方面的遭际，往往受制于外在的因素，非自己所能支配，所以不应该成为人生的主要目标。一个人当然不应该把非自己所能支配的东西当作人生的主要目标。一个人能支配的惟有对这一切外在遭际的态度，简言之，就是如何做人。人生在世最重要的事情不是幸福或不幸，而是不论幸福还是不幸都保持做人的正直和尊严。我确实认为，做人比事业和爱情都更重要。不管你在名利场和情场上多么春风得意，如果你做人失败了，你的人生就在总体上失败了。最重要的不是在世人心目中占据什么位置，和谁一起过日子，而是你自己究竟是一个什么样的人。

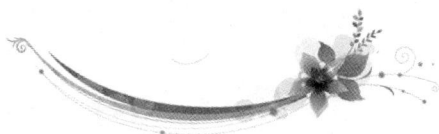

各自的朝圣路

（1996—1998）

私人写作

一

一八六二年秋天的一个夜晚,托尔斯泰几乎通宵失眠,心里只想着一件事:明天他就要向索菲亚求婚了。他非常爱这个比他小十六岁、年方十八的姑娘,觉得即将来临的幸福简直难以置信,因此兴奋得睡不着觉了。

求婚很顺利。可是,就在求婚被接受的当天,他想到的是:"我不能为自己一个人写日记了。我觉得,我相信,不久我就不再会有属于一个人的秘密,而是属于两个人的,她将看我写的一切。"

当他在日记里写下这段话时,他显然不是为有人将分享他的秘密而感到甜蜜,而是为他不再能独享仅仅属于他一个人的秘密而感到深深的不安。这种不安在九个月后完全得到了证实,清晰成了一种强烈的痛苦和悔恨:"我自己喜欢并且了解的我,那个有时整个地显身、叫我高兴也叫我害怕的我,如今在哪里? 我成了一个渺小的微不足道的人。自从我娶了我所爱的女人以来,我就是这样一个人。这个簿子里写的几乎全是谎言——虚伪。一想到她此刻就在我身后看我写东西,就减少了、破坏了我的真实性。"

托尔斯泰并非不愿对他所爱的人讲真话。但是,面对他人的真实是一回事,面对自己的真实是另一回事,前者不能代替后者。作为一个珍惜内心生活的人,他从小就养成了写日记的习惯。如果我们不把记事本、备忘录之类和日记混为一谈的话,就应该承认,日记是最纯粹的私人写作,是个人精神生活的隐秘领域。在日记中,一个人只面对自己的灵魂,只和自己的上帝说话。这的确是一个神圣的约会,是决不容许有他人在场的。如果写日记时知道所写的内容将被另一个人看到,那么,这个读者的无形在场便不可避免地会改变写作者的心态,使他有意无意地用这个读者的眼光来审视自己写下的东西。结果,日记不再成其为日记,与上帝的密谈蜕变为向他人的倾诉和表白,社会关系无耻地占领了个人的最后一个精神密室。当一个人在任何时间内,包括在写日记时,面对的始终是他人,不复能够面对自己的灵魂时,不管他在家庭、社会和一切人际关系中是一个多么诚实的人,他仍然失去了最根本的真实,即面对自己的真实。

因此,无法只为自己写日记,这一境况成了托尔斯泰婚后生活中的一个持久的病痛。三十四年后,他还在日记中无比沉痛地写道:"我过去不为别人写日记时有过的那种宗教感情,现在都没有了。一想到有人看过我的日记而且今后还会有人看,那种感情就被破坏了。而那种感情是宝贵的,在生活中帮助过我。"这里的"宗教感情"是指一种仅仅属于每个人自己的精神生活,因为正像他在生命最后一年给索菲亚的一封信上所说的:"每个人的精神生活是这个人与上帝之间的秘密,别人不该对它有任何要求。"在世间一切秘密中,惟此种秘密最为神圣,别种秘密的被揭露往往提供事情的真相,而此种秘密的受侵犯却会扼杀灵魂的真实。

可是,托尔斯泰仍然坚持写日记,直到生命的最后日子,而且在我看来,他在日记中仍然是非常真实的,比我所读到过的任何作家日记都真实。他把他不能真实地写日记的苦恼毫不隐讳地诉诸笔端,也正证明了他的真实。真实是他的灵魂的本色,没有任何力量能使他放弃,他自己也不能。

二

似乎也是出于对真实的热爱,萨特却反对一切秘密。他非常自豪他面对任何人都没有秘密,包括托尔斯泰所异常珍视的个人灵魂的秘密。他的口号是用透明性取代秘密。在他看来,写作的使命便是破除秘密,每个作家都完整地谈论自己,如此缔造一个一切人对一切人都没有秘密的完全透明的理想社会。

我不怀疑萨特对透明性的追求是真诚的,并且出于一种高尚的动机。但是,它显然是乌托邦。如果不是,就更可怕,因为其惟一可能的实现方式是奥威尔的《一九八四》和中国的"文化大革命",即一种禁止个人秘密的恐怖的透明性。不过,这是题外话。对于我们来说,重要的是:写作的真实存在于透明性之中吗?

当然,写作总是要对人有所谈论。在此意义上,萨特否认有为自己写作这种事。他断言:"一旦你开始写作,不管你愿意不愿意,你已经介入了。"可是,问题在于,在"介入"之前,作家所要谈论的问题已经存在了,它并不是在作家开口向人谈论的时候才突然冒出来的。一个真正的作家必有一个或者至多几个真正属于他的问题,这些问题往往伴随他的一生,它们的酝酿和形成恰好是他的灵魂的秘密。他的作品并非要破除这个秘密,而只是从这个秘密中生长出来的看得见的作物罢了。就写作是一个精神事件,作品是一种精神产品而言,有没有真正属于自己灵魂的问题和秘密便是写作的真实的一个基本前提。这样的问题和秘密会引导写作者探索存在的未经勘察的领域,发现一个别人尚未发现的仅仅属于他的世界,他作为一个作家的存在理由和价值就在于此。没有这样的问题和秘密的人诚然也可以写点什么,甚至写很多的东西,然而,在最好的情况下,他们只是在传授知识,发表意见,报告新闻,编讲故事,因而不过是教师、演说家、记者、故事能手罢了。

第二次世界大战期间,加缪出于对法西斯的义愤加入了法国抵抗运动。战后,在回顾这一经历时,他指责德国人说:"你们强迫我进入了历史,使我五年中不能享受鸟儿的歌鸣。可是,历史有一种意义吗?"针对这一说法,萨特批评道:"问题不在于是否愿意进入历史和历史是否有意义,而在于我们已经身在历史中,应当给它一种我们认为最好的意义。"他显然没有弄懂加缪苦恼的真正缘由:对于真正属于自己灵魂的问题的思考被外部的历史事件打断了。他太多地生活在外部的历史中,因而很难理解一个沉湎于内心生活的人的特殊心情。

我相信萨特是不为自己写日记的,他的日记必定可以公开,至少可以向波伏瓦公开,因此他完全不会有托尔斯泰式的苦恼。我没有理由据此断定他不是一个好作家。不过,他的文学作品,包括小说和戏剧,无不散发着浓烈的演讲气息,而这不能不说与他主张并努力实行的透明性有关。昆德拉在谈到萨特的《恶心》时挖苦说,这部小说是存在主义哲学穿上了小说的可笑服装,就好像一个教师为了给打瞌睡的学生开心,决定用小说的形式上一课。的确,我们无法否认萨特是一个出色的教师。

三

对于我们今天的作家来说,托尔斯泰式的苦恼就更是一种陌生的东西了。一个活着时已被举世公认的文学泰斗和思想巨人,却把自己的私人日记看得如此重要,这个现象似乎只能解释为一种个人癖好,并无重要性。据我推测,今天以写作为生的大多数人是不写日记的,至少是不写灵魂密谈意义上的私人日记的。有些人从前可能写过,一旦成了作家,就不写了。想要或预约要发表的东西尚且写不完,哪里还有工夫写不发表的东西呢?

一位研究宗教的朋友曾经不胜感慨地向我诉苦:他忙于应付文债,几乎没有喘息的工夫,只在上厕所时才得到片刻的安宁。我笑笑说:可不,在这个忙碌的时代,我们只能在厕所里接待上帝。上帝在厕所里——这不是一句单纯的玩笑,而是我们这个时代的真实写照,厕所是上帝在这个喧嚣世界里的最后避难所。这还算好的呢,多少人即使在厕所里也无暇接待上帝,依然忙着尘世的种种事务,包括写作!

是的,写作成了我们在尘世的一桩事务。这桩事务又派生出了许多别的事务,于是我们忙于各种谈话:与同行、编辑、出版商、节目主持人等等。其实,写作也只是我们向公众谈话的一种方式而已。最后,我们干脆抛开

纸笔，直接在电视台以及各种会议上频频亮相和发表谈话，并且仍然称这为写作。

曾经有一个时代，那时的作家、学者中出现了一批各具特色的人物，他们每个人都经历了某种独特的精神历程，因而都是一个独立的世界。在他们的一生中，对世界、人生、社会的观点也许会发生重大的变化，不论这些变化的促因是什么，都同时是他们灵魂深处的变化。我们尽可以对这些变化评头论足，但我们不得不承认，由这些变化组成的他们的精神历程在我们眼前无不呈现为一种独特的精神景观，闪耀着个性的光华。可是，今日的精英们却只是在无休止地咀嚼从前的精英留下的东西，名之曰文化讨论，并且人人都以能够在这讨论中插上几句话而自豪。他们也在不断改变着观点，例如昨天鼓吹革命，今天讴歌保守，昨天崇洋，今天尊儒，但是这些变化与他们的灵魂无关，我们从中看不到精神历程，只能看到时尚的投影。他们或随波逐流，或标新立异，而标新立异也无非是随波逐流的夸张形式罢了。把他们先后鼓吹过的观点搜集到一起，我们只能得到一堆意见的碎片，用它们是怎么也拼凑不出一个完整的个性的。

四

我把一个作家不为发表而从事的写作称为私人写作，它包括日记、笔记、书信等等。这是一个比较宽泛的定义，哪怕在写时知道甚至期待别人——例如爱侣或密友——读到的日记也包括在内，因为它们起码可以算是情书和书信。当然，我所说的私人写作肯定不包括预谋要发表的日记、公开的情书、登在报刊上的致友人书之类，因为这些东西不符合我的定义。要言之，在进行私人写作时，写作者所面对的是自己或者某一个活生生的具体的个人，而不是抽象的读者和公众。因而，他此刻所具有的是一个生活、感受和思考着的普通人的心态，而不是一个专业作家的职业心态。

毫无疑问，最纯粹、在我看来也最重要的私人写作是日记。我甚至相信，一切真正的写作都是从写日记开始的，每一个好作家都有一个相当长久的纯粹私人写作的前史,这个前史决定了他后来之成为作家不是仅仅为了谋生,也不是为了出名,而是因为写作乃是他的心灵的需要,至少是他的改不掉的积习。他向自己说了太久的话,因而很乐意有时候向别人说一说。

私人写作的反面是公共写作,即为发表而从事的写作,这是就发表终究是一种公共行为而言的。对于一个作家来说,为发表的写作当然是不可避免也无可非议的,而且这是他锤炼文体功夫的主要领域,传达的必要促使他寻找贴切的表达,尽量把话说得准确生动。但是,他首先必须有话要说,这是非他说不出来的独一无二的话,是发自他心灵深处的话,如此他才会怀着珍爱之心为它寻找最好的表达,生怕它受到歪曲和损害。这样的话在向读者说出来之前,他必定已经悄悄对自己说过无数遍了。一个忙于向公众演讲而无暇对自己说话的作家,说出的话也许漂亮动听,但几乎不可能是真切感人的。

托尔斯泰认为,写作的职业化是文学堕落的主要原因。此话愤激中带有灼见。写作成为谋生手段,发表就变成了写作的最直接的目的,写作遂变为制作,于是文字垃圾泛滥。不被写作的职业化败坏是一件难事,然而仍是可能的,其防御措施之一便是适当限制职业性写作所占据的比重,为自己保留一个纯粹私人写作的领域。私人写作为作家提供了一个必要的空间,使他暂时摆脱职业,回到自我,得以与自己的灵魂会晤。他从私人写作中得到的收获必定会给他的职业性写作也带来好的影响,精神的洁癖将使他不屑于制作文字垃圾。我确实相信,一个坚持为自己写日记的作家是不会高兴去写仅仅被市场所需要的东西的。

五

一九一〇年的一个深秋之夜,离那个为求婚而幸福得睡不着觉的秋夜快半个世纪了,对于托尔斯泰来说,这是又一个不眠之夜。这天深夜,这位八十二岁的老翁悄悄起床,离家出走,十天后病死在一个名叫阿斯塔波沃的小车站上。

关于托尔斯泰晚年的出走，后人众说纷纭。最常见的说法是，他试图以此表明他与贵族生活——以及不肯放弃这种生活的托尔斯泰夫人——的决裂，走向已经为时过晚的自食其力的劳动生活。因此，他是为平等的理想而献身的。然而，事实上，托尔斯泰出走的真正原因也就是四十八年前新婚燕尔时令他不安的那个原因：日记。

如果说不能为自己写日记是托尔斯泰的一块心病，那么，不能看丈夫的日记就是索菲亚的一块心病，夫妇之间围绕日记展开了旷日持久的战争。到托尔斯泰晚年，这场战争达到了高潮。为了有一份只为自己写的日记，托尔斯泰真是费尽了心思，伤透了脑筋。有一段时间，这个举世闻名的大文豪竟然不得不把日记藏在靴筒里，连他自己也觉得滑稽。可是，最后还是被索菲亚翻出来了。索菲亚又要求看他其余的日记，他坚决不允，把他最后十年的日记都存进了一家银行。索菲亚为此不断地哭闹，她想不通做妻子的为什么不能看丈夫的日记，对此只能有一个解释：那里面一定写了她的坏话。在她又一次哭闹时，托尔斯泰喊了起来：

"我把我的一切都交了出来：财产，作品……只把日记留给了自己。如果你还要折磨我，我就出走，我就出走！"

说得多么明白。这话可是索菲亚记在她自己的日记里的，她不可能捏造对她不利的话。那个夜晚她又偷偷翻寻托尔斯泰的文件，终于促使托尔斯泰把出走的决心付诸行动。把围绕日记的纷争解释为争夺遗产继承权的斗争，未免太势利眼了。对于托尔斯泰来说，他死后日记落在谁手里是一件相对次要的事情，他不屈不挠争取的是为自己写日记的权利。这位公共写作领域的巨人同时也是一位为私人写作的权利献身的烈士。

1996.3

苦难的精神价值

维克多·弗兰克是意义治疗法的创立者,他的理论已成为弗洛伊德、阿德勒之后维也纳精神治疗法的第三学派。第二次世界大战期间,他曾被关进奥斯维辛集中营,受尽非人的折磨,九死一生,只是侥幸地活了下来。在《活出意义来》这本小书中,他回顾了当时的经历。作为一名心理学家,他并非像一般受难者那样流于控诉纳粹的暴行,而是尤能细致地捕捉和分析自己的内心体验以及其他受难者的心理现象,许多章节读来饶有趣味,为研究受难心理学提供了极为生动的材料。不过,我在这里想着重谈的是这本书的另一个精彩之处,便是对苦难的哲学思考。

对意义的寻求是人的最基本的需要。当这种需要找不到明确的指向时,人就会感到精神空虚,弗兰克称之为"存在的空虚"。这种情形普遍地存在于当今西方的"富裕社会"。当这种需要有明确的指向却不可能实现时,人就会有受挫之感,弗兰克称之为"存在的挫折"。这种情形发生在人生的各种逆境或困境之中。

寻求生命意义有各种途径,通常认为,归结起来无非一是创造,以实现内在的精神能力和生命的价值,二是体验,藉爱情、友谊、沉思、对大自然和艺术的欣赏等美好经历获得心灵的愉悦。那么,倘若一个人落入了某种不幸境遇,基本上失去了积极创造和正面体验的可能,他的生命是否还有一种意义呢? 在这种情况下,人们一般是靠希望活着的,即相信或至少说服自己相信厄运终将过去，然后又能过一种有意义的生活。然而，第一，人生中会有一种可以称作绝境的境遇，所遭遇的苦难是致命的，或者是永久性的，人不复有未来，不复有希望。这正是弗兰克曾经陷入的境遇，因为对于奥斯维辛集中营的战俘来说，煤气室和焚尸炉几乎是不可逃脱的结局。我们还可以举出绝症患者，作为日常生活中的一个相关例子。如果苦难本身毫无价值，则一旦陷入此种境遇，我们就只好承认生活没有任何意义了。第二，不论苦难是否暂时的，如果把眼前的苦难生活仅仅当作一种虚幻不实的生活，就会如弗兰克所说忽略了苦难本身所提供的机会。他以狱中亲历指出，这种态度是使大多数俘虏丧失生命力的重要原因，他们正因此而放弃了内在的精神自由和真实自我，意志消沉，一蹶不振，彻底成为苦难环境的牺牲品。

所以，在创造和体验之外，有必要为生命意义的寻求指出第三种途径，即肯定苦难本身在人生中的意义。一切宗教都很重视苦难的价值，但认为这种价值仅在于引人出世，通过受苦，人得以救赎原罪，进入天国（基督教），或看破红尘，遁入空门（佛教）。与它们不同，弗兰克的思路属于古希腊以来的人文主义传统，他是站在肯定人生的立场上来发现苦难的意义的。他指出，即使处在最恶劣的境遇中，人仍然拥有一种不可剥夺的精神自由，即可以选择承受苦难的方式。一个人不放弃他的这种"最后的内在自由"，以尊严的方式承受苦难，这种方式本身就是"一项实实在在的内在成就"，因为它所显示的不只是一种个人品质，而且是整个人性的高贵和尊严，证明了这种尊严比任何苦难更有力，是世间任何力量不能将它剥夺的。正是由于这个原因，在人类历史上，伟大的受难者如同伟大的创造者一样受到世世代代的敬仰。也正是在这个意义上，陀斯妥耶夫斯基说出了这句耐人寻味的话："我只担心一件事，就是怕我配不上我所受的苦难。"

我无意颂扬苦难。如果允许选择，我宁要平安的生活，得以自由自在地创造和享受。但是，我赞同弗兰克的见解，相信苦难的确是人生的必含内容，一旦遭遇，它也的确提供了一种机会。人性的某些特质，惟有藉此机会才能得到考验和提高。一个人通过承受苦难而获得的精神价值是一笔特殊的财富,由于它来之不易,就决不会轻易丧失。而且我相信,当他带着这笔财富继续生活时,他的创造和体验都会有一种更加深刻的底蕴。

1996.10

在黑暗中并肩行走

人们常常说，人与人之间，尤其相爱的人之间，应该互相了解和理解，最好做到彼此透明，心心相印。史怀泽却在《我的青少年时代》(中译文见陈泽环译《敬畏生命》一书)中说，这是不可能的，即使可能，任何人也无权对别人提出这种要求。"不仅存在着肉体上的羞耻，而且还存在着精神上的羞耻，我们应该尊重它。心灵也有其外衣，我们不应脱掉它。"如同对于上帝的神秘一样，对于他人灵魂的神秘，我们同样不能像看一本属于自己的书那样去阅读和认识，而只能给予爱和信任。每个人对于别人来说都是一个秘密，我们应该顺应这个事实。相爱的人们也只是"在黑暗中并肩行走"，所能做到的仅是各自努力追求心中的光明，并互相感受到这种努力，互相鼓励，而"不需要注视别人的脸和探视别人的心灵"。

读着这些精彩无比的议论，我无言而折服，它们使我瞥见了史怀泽的"敬畏生命"伦理学的深度。凡是有着深刻而丰富的内心生活的人，必然会深知一切精神事物的神秘性并对之充满敬畏之情，史怀泽就是这样的一个人。在他看来，一切生命现象都是世界某种神秘的精神本质的显现，由此他提出了敬畏一切生命的主张。在一切生命现象中，尤以人的心灵生活最接近世界的这种精神本质。因而，他认为对于敬畏世界之神秘本质的人来说，"敬畏他人的精神本质"乃是不言而喻的事情。

以互相理解为人际关系为鹄的，其根源就在于不懂得人的心灵生活的神秘性。按照这一思路,人们一方面非常看重别人是否理解自己,甚至公开索取理解。至少在性爱中,索取理解似乎成了一种最正当的行为,而指责对方不理解自己则成了最严厉的谴责,有时候还被用作破裂前的最后通牒。另一方面,人们又非常踊跃地要求理解别人,甚至以此名义强迫别人袒露内心的一切,一旦遭到拒绝,便斥以缺乏信任。在爱情中,在亲情中,在其他较亲密的交往中,这种因强求理解和被理解而造成的有声或无声的战争,我们见得还少吗?可是,仔细想想,我们对自己又真正理解了多少?一个人懂得了自己理解自己之困难,他就不会强求别人完全理解自己,也不会奢望自己完全理解别人了。

在最内在的精神生活中,我们每个人都是孤独的,爱并不能消除这种孤独,但正因为由己及人地领悟到了别人的孤独,我们内心才会对别人充满最诚挚的爱。我们在黑暗中并肩而行,走在各自的朝圣路上,无法知道是否在走向同一个圣地,因为我们无法向别人甚至向自己说清心中的圣地究竟是怎样的。然而,同样的朝圣热情使我们相信,也许存在着同一个圣地。作为有灵魂的存在物,人的伟大和悲壮尽在于此了。

1997.3

孤独的价值

一

我很有兴味地读完了英国医生安东尼·斯托尔所著的《孤独》一书。在我的概念中,孤独是一种具有形而上意味的人生境遇和体验,为哲学家、诗人所乐于探究或描述。我曾担心,一个医生研究孤独,会不会有职业偏见,把它仅仅视为一种病态呢? 令我满意的是,作者是一位有着相当人文修养的精神科医生,善于把开阔的人文视野和精到的专业眼光结合起来,因此不但没有抹杀、反而更有说服力地揭示了孤独在人生中的价值,其中也包括它的心理治疗作用。

事实上,精神科医学的传统的确是把孤独仅仅视为一种病态的。按照这一传统的见解,亲密的人际关系是精神健全的最重要标志,是人生意义和幸福的主要源泉甚至惟一源泉。反之,一个成人倘若缺乏建立亲密的人际关系的能力,便表明他的精神成熟进程受阻,亦即存在着某种心理疾患,需要加以治疗。斯托尔写这本书的主旨正是要反对这种偏颇性,在自己的专业领域内为孤独"正名"。他在肯定人际关系的价值的同时,着重论证了孤独也是人生意义的重要源泉,对于具有创造天赋的人来说,甚至是决定性的源泉。

其实,对孤独的贬损并不限于今天的精神科医学领域。早在《伊利亚特》中,荷马已经把无家无邦的人斥为自然的弃物。亚里士多德在他的《政治学》中据以发挥,断言人是最合群的动物,接着说出了一句名言:"离群索居者不是野兽,便是神灵。"这话本身说得很漂亮,但他的用意是在前半句,拉扯开来大做文章,压根儿不再提后半句。后来培根引用这话时,干脆说只有前半句是真理,后半句纯属邪说。既然连某些大哲学家也对孤独抱有成见,我就很愿意结合着读斯托尔的书的心得,来说一说我对孤独的价值的认识。

二

交往和独处原是人在世上生活的两种方式,对于每个人来说,这两种方式都是必不可少的,只是比例很不相同罢了。由于性格的差异,有的人更爱交往,有的人更喜独处。人们往往把交往看作一种能力,却忽略了独处也是一种能力,并且在一定意义上是比交往更为重要的一种能力。反过来说,不擅交际固然是一种遗憾,不耐孤独也未尝不是一种很严重的缺陷。

从心理学的观点看,人之需要独处,是为了进行内在的整合。所谓整合,就是把新的经验放到内在记忆中的某个恰当位置上。惟有经过这一整合的过程,外来的印象才能被自我所消化,自我也才能成为一个既独立又生长着的系统。所以,有无独处的能力,关系到一个人能否真正形成一个相对自足的内心世界,而这又会进而影响到他与外部世界的关系。斯托尔引用温尼考特的见解指出,那种缺乏独处能力的人只具有"虚假的自我",因此只是顺从、而不是体验外部世界,世界对于他仅是某种必须适应的对象,而不是可以满足他的主观性的场所,这样的人生当然就没有意义。

事实上,无论活得多么热闹,每个人都必定有最低限度的独处时间,那便是睡眠。不管你与谁同睡,你都只能独自进入你的梦乡。同床异梦是一切人的命运,同时却也是大自然的恩典,在心理上有其必要性。据有的心理学家推测,梦具有与独处相似的整合功能,而不能正常做梦则可能造成

某些精神疾患。另一个例子是居丧。对丧亲者而言,最重要的不是他人的同情和劝慰,而是在独处中顺变。正像斯托尔所指出的:"这种顺变的过程非常私密,因为事关丧亲者与死者之间的亲密关系,这种关系别人没有分享过,也不能分享。"居丧的本质是面对亡灵时"一个人内心孤独的深处所发生的某件事"。如果人为地压抑这个哀伤过程,则也会导致心理疾病。

关于孤独对于心理健康的价值,书中还有一些有趣的谈论。例如,对外界刺激作出反应是动物的本能,"不反应的能力"则是智慧的要素。又例如,"感觉过剩"的祸害并不亚于"感觉剥夺"。总之,我们不能一头扎在外部世界和人际关系里,而放弃了对内在世界的整合。斯托尔的结论是:内在的心理经验是最奥妙、最有疗效的。荣格后期专门治疗中年病人,他发现,他的大多数病人都很能适应社会,且有杰出的成就,"中年危机"的原因就在于缺少内心的整合,通俗地说,也就是缺乏个性,因而仍然不免感觉人生的空虚。他试图通过一种所谓"个性化过程"的方案加以治疗,使这些病人找到真正属于自己的人生意义。我怀疑这个方案是否当真有效,因为我不相信一个人能够通过心理治疗而获得他本来所没有的个性。不过,有一点倒是可以确定的,即个性以及基本的孤独体验乃是人生意义问题之思考的前提。

三

人类精神创造的历史表明,孤独更重要的价值在于孕育、唤醒和激发了精神的创造力。我们难以断定,这一点是否对所有的人都适用,抑或仅仅适用于那些有创造天赋的人。我们至少应该相信,凡正常人皆有创造力的潜质,区别仅在量的大小而已。

一般而论,人的天性是不愿忍受长期的孤独的,长期的孤独往往是被迫的。然而,正是在被迫的孤独中,有的人的创造力意外地得到了发展的机会。一种情形是牢狱之灾,文化史上的许多传世名作就诞生在牢狱里。例如,波伊提乌斯的《哲学的慰藉》,莫尔的《纾解忧愁之对话》,雷利的《世界史》,都是作者在被处死刑之前的囚禁期内写作的。班扬的《天路历程》、陀斯妥耶夫斯基的《死屋手记》也是在牢狱里酝酿的。另一种情形是疾病。斯托尔举了耳聋造成的孤独的例子,这种孤独反而激发了贝多芬、戈雅的艺术想象力。在疾病促进创作方面,我们可以续上一个包括尼采、普鲁斯特在内的长长的名单。太史公所说"左丘失明,厥有国语,孙子膑脚,兵法修列"等等,也涉及了牢狱和疾病之灾与创作的关系,虽然他更多地着眼于苦难中的发愤。强制的孤独不只是造成了一种必要,迫使人把被压抑的精力投于创作,而且我相信,由于牢狱或疾病把人同纷繁的世俗生活拉开了距离,人是会因此获得看世界和人生的一种新的眼光的,而这正是孕育出大作品的重要条件。

不过,对于大多数天才来说,他们之陷于孤独不是因为外在的强制,而是由于自身的气质。大体说来,艺术的天才,例如作者所举的卡夫卡、吉卜林,多是忧郁型气质,而孤独中的写作则是一种自我治疗的方式。如同一位作家所说:"我写忧郁,是为了使自己无暇忧郁。"只是一开始作为一种补偿的写作,后来便获得了独立的价值,成了他们乐在其中的生活方式。创作过程无疑能够抵御忧郁,所以,据精神科医生们说,只有那些创作力衰竭的作家才会找他们去治病。但是,据我所知,这时候的忧郁往往是不治的,这类作家的结局不是潦倒便是自杀。另一类是思想的天才,例如作者所举的牛顿、康德、维特根斯坦,则相当自觉地选择了孤独,以便保护自己的内在世界,可以不受他人干扰地专注于意义和秩序的寻求。这种专注和气功状态有类似之处,所以,包括这三人在内的许多哲学家都长寿,也许不是偶然的。

让我回到前面所引的亚里士多德的名言。一方面,孤独的精神创造者的确是野兽,也就是说,他们在社会交往的领域里明显地低于一般人的水平,不但相当无能,甚至有着难以克服的精神障碍。在社交场合,他们往往笨拙而且不安。有趣的是,人们观察到,他们倒比较容易与小孩或者动物相处,那时候他们会感到轻松自在。另一方面,他们却同时又是神灵,也就是说,他们在某种意义上已经超出和不很需要通常的人际交往了,对于他

们来说,创造而不是亲密的依恋关系成了生活意义的主要源泉。所以,还是尼采说得贴切,他在引用了"离群索居者不是野兽,便是神灵"一语之后指出:亚里士多德"忽略了第三种情形:必须同时是二者——哲学家……"

<h1 style="text-align:center">四</h1>

孤独之为人生的重要体验,不仅是因为惟有在孤独中,人才能与自己的灵魂相遇,而且是因为惟有在孤独中,人的灵魂才能与上帝、与神秘、与宇宙的无限之谜相遇。正如托尔斯泰所说,在交往中,人面对的是部分和人群,而在独处时,人面对的是整体和万物之源。这种面对整体和万物之源的体验,便是一种广义的宗教体验。

在世界三大宗教的创立过程中,孤独的经验都起了关键作用。释迦牟尼的成佛,不但是在出家以后,而且是在离开林中的那些苦行者以后,他是独自在雅那河畔的菩提树下连日冥思,而后豁然彻悟的。耶稣也是在旷野度过了四十天,然后才向人宣示救世的消息。穆罕默德在每年的斋月期间,都要到希拉山的洞窟里隐居。

我相信这些宗教领袖决非故弄玄虚。斯托尔所举的例子表明,在自愿的或被迫的长久独居中,一些普通人同样会产生一种与宇宙融合的"忘形的一体感",一种"与存在本身交谈"的体验。而且,曾经有过这种体验的人都表示,那些时刻是一生中最美妙的,对于他们的生活观念发生着永久的影响。一个人未必因此就要皈依某一宗教,其实今日的许多教徒并没有真正的宗教体验,一个确凿的证据是,他们不是在孤独中、而必须是在寺庙和教堂里,在一种实质上是公众场合的仪式中,方能领会一点宗教的感觉。然而,这种所谓的宗教感,与始祖们在孤独中感悟的境界已经风马牛不相及了。

真正的宗教体验把人超拔出俗世琐事,倘若一个人一生中从来没有过类似的体验,他的精神视野就未免狭隘。尤其是对于一个思想家来说,这肯定是一种精神上的缺陷。一个恰当的例子是弗洛伊德。在与他的通信中，罗曼·罗兰指出：宗教感情的真正来源是"对永恒的一种感动，也就是一种无边无际的大洋似的感觉"。弗洛伊德承认他毫无此种体验，而按照他的解释，所谓与世界合为一体的感觉仅是一种逃避现实的自欺，犹如婴儿在母亲怀中寻求安全感一样，属于精神退化现象。这位目光锐利的医生总是习惯于把一切精神现象还原成心理现象，所以，他诚然是一位心理分析大师，却终究不是真正意义上的大思想家。

五

在斯托尔的书中，孤独的最后一种价值好像是留给人生的最后一个阶段的。他写道："虽然疾病和伤残使老年人在肉体上必须依赖他人，但是感情上的依赖却逐渐减少。老年人对人际关系经常不大感兴趣，较喜欢独处，而且渐渐地较专注于自己的内心。"作者显然是赞赏这一变化的，因为它有助于老年人摆脱对人世的依恋，为死亡做好准备。

中国的读者也许会提出异议。我们目睹的事实是，今天中国的老年人比年轻人更喜欢集体活动，他们聚在一起扭秧歌，跳交谊舞，活得十分热闹，成为中国街头一大景观。然而，凡是到过欧美的人都知道，斯托尔的描述至少对于西方人是准确的，那里的老年人都很安静，绝无扎堆喧闹的癖好。他们或老夫老妻做伴，或单独一人，坐在公园里晒太阳，或者作为旅游者去看某处的自然风光。当然，我们不必在中西养老方式之间进行褒贬。老年人害怕孤独或许是情有可原的，孤独使他们清醒地面对死亡的前景，而热闹则可使他们获得暂时的忘却和逃避。问题在于，死亡终究不可逃避，而有尊严地正视死亡是人生最后的一项光荣。所以，我个人比较欣赏西方人那种平静度过晚年的方式。

对于精神创造者来说，如果他们能够活到老年，老年的孤独心境就不但有助于他们与死亡和解，而且会使他们的创作进入一个新的境界。斯托尔举了贝多芬、李斯特、巴赫、勃拉姆斯等一系列作曲家的例子，证明他们的晚年作品都具有更加深入自己的精神领域、不太关心听众的接受的特

点。一般而言，天才晚年的作品是更空灵、更超脱、更形而上的，那时候他们的灵魂已经抵达天国的门口，人间的好恶和批评与他们无关了。歌德从三十八岁开始创作《浮士德》，直到临死前夕即他八十二岁时才完成，应该不是偶然的。

1997.10

现代技术的危险何在？

现代技术正在以令人瞠目的速度发展，不断创造出令人瞠目的奇迹。人们奔走相告：数字化生存来了，克隆来了……接下来还会有什么东西来了？尽管难以预料，但一切都是可能的，现代技术似乎没有什么事情是它办不到的。面对这个无所不能的怪兽，人们兴奋而又不安，欢呼声和谴责声此起彼伏，而它对这一切置若罔闻，依然迈着它的目空一切的有力步伐。

按照通常的看法，技术无非是人为了自己的目的而改变事物的手段，手段本身无所谓好坏，它之造福还是为祸，取决于人出于什么目的来发明和运用它。乐观论者相信，人有能力用道德约束自己的目的，控制技术的后果，使之造福人类，悲观论者则对人的道德能力不抱信心。仿佛全部问题在于人性的善恶，由此而导致技术服务于善的目的还是恶的目的。然而，有一位哲学家，他越出了这一通常的思路，在五十年代初便从现代技术的早期演进中看到了真正的危险所在，向技术的本质发出了追问。

在海德格尔看来，技术不仅仅是手段，更是一种人与世界之关系的构造方式。在技术的视野里，一切事物都只是材料，都缩减为某种可以满足人的需要的功能。技术从来就是这样的东西，不过，在过去的时代，技术的方式只占据非常次要的地位，人与世界的关系主要是一种非技术的、自然的关系。对于我们的祖先来说，大地是化育万物的母亲，他们怀着感激的心情接受土地的赠礼，守护存在的秘密。现代的特点在于技术几乎成了惟

一的方式,实现了"对整个地球的无条件统治",因而可以用技术来命名时代,例如原子能时代、电子时代等等。现代人用技术的眼光看一切,神话、艺术、历史、宗教和朴素自然主义的视野趋于消失。在现代技术的统治下,自然万物都失去了自身的丰富性和本源性,仅仅成了能量的提供者。譬如说,大地不复是母亲,而只是任人开发的矿床和地产。畜禽不复是独立的生命和人类的伙伴,而只是食品厂的原料。河流不复是自然的风景和民族的摇篮,而只是水压的供应者。海德格尔曾经为莱茵河鸣不平,因为当人们在河上建造发电厂之时,事实上是把莱茵河建造到了发电厂里,使它成了发电厂的一个部件。那么,想一想我们的长江和黄河吧,在现代技术的视野中,它们岂不也只是发电厂的巨大部件,它们的自然本性和悠久历史何尝有一席位置?

现代技术的真正危险并不在于诸如原子弹爆炸之类可见的后果,而在于它的本质中业已包含着的这种对待事物的方式,它剥夺了一切事物的真实存在和自身价值,使之只剩下功能化的虚假存在。这种方式必定在人身上实行报复,在技术过程中,人的个性差别和价值也不复存在,一切人都变成了执行某种功能的技术人员。事情不止于此,人甚至还成了有朝一日可以按计划制造的"人力物质"。不管幸运还是不幸,海德格尔活着时赶上了人工授精之类的发明,化学家们已经预言人工合成生命的时代即将来临,他对此评论道:"对人的生命和本质的进攻已在准备之中,与之相比较,氢弹的爆炸也算不了什么了。"现代技术"早在原子弹爆炸之前就毁灭了事物本身"。总之,人和自然事物两方面都丧失了自身的本质,如同里尔克在一封信中所说的,事物成了"虚假的事物",人的生活只剩下了"生活的假象"。

技术本质在现代的统治是全面的,它占领了一切存在领域,也包括文化领域。在过去的时代,学者都是博学通才,有着自己的个性和广泛兴趣,现在这样的学者消失了,被分工严密的专家即技术人员所取代。在文学史专家的眼里,历史上的一切伟大文学作品都只是有待从语法、词源学、比较语言史、文体学、诗学等角度去解释的对象,即所谓文学,失去了自身的实质。艺术作品也不复是它们本身所是的作品,而成了收藏、展览、销售、评论、研究等各种活动的对象。海德格尔问道："然而，在这种种活动中，我们遇到作品本身了吗？"海德格尔还注意到了当时已经出现的信息理论和电脑技术，并且尖锐地指出，把语言对象化为信息工具的结果将是语言机器对人的控制。

既然现代技术的危险在于人与世界之关系的错误建构，那么，如果不改变这种建构，仅仅克服技术的某些不良后果，真正的危险就仍未消除。出路在哪里呢？有一个事实看来是毋庸置疑的：没有任何力量能够阻止现代技术发展的步伐，人类也决不可能放弃已经获得的技术文明而复归田园生活。其实，被讥为"黑森林的浪漫主义者"的海德格尔也不存此种幻想。综观他的思路，我们可以看出，虽然现代技术的危险包含在技术的本质之中，但是，技术的方式之成为人类主导的乃至惟一的生存方式却好像并不具有必然性。也许出路就在这里。我们是否可以在保留技术的视野的同时，再度找回其他的视野呢？如果说技术的方式根源于传统的形而上学，在计算性思维中遗忘了存在，那么，我们能否从那些歌吟家园的诗人那里受到启示，在冥想性思维中重新感悟存在？当然，这条出路未免抽象而渺茫，人类的命运仍在未定之中。于是我们便可以理解，为何海德格尔留下的最后手迹竟是一个没有答案的问题——

"在技术化的千篇一律的世界文明的时代中，是否和如何还能有家园？"

1997.11

┃ "己所欲，勿施于人"

中外圣哲都教导我们："己所不欲，勿施于人。"这是要我们将心比心，不把自己视为恶、痛苦、灾祸的东西强加于人。己所不欲却施于人，损人利己，把自己的快乐建立在别人的痛苦之上，这种行径当然是对别人的严重侵犯。然而，这只是事情的一个方面。

另一方面，自己视为善、快乐、幸福的东西，难道就可以强加于人了吗？要是别人并不和你一样认为它们是善、快乐、幸福，这样做岂不也是对别人的一种严重侵犯？在实际生活中，更多的纷争的确起于强求别人接受自己的趣味、观点、立场等等。大至在信仰问题上，试图以自己所信奉的某种教义统一天下，甚至不惜为此发动战争。小至在思维方式上，在生活习惯上，在艺术欣赏上，在文学批评上，人们很容易以自己所是为是，斥别人所是为非。即使在一个家庭的内部，夫妇间改造对方趣味的斗争也是屡见不鲜的。

事情的这一个方面往往遭到了忽视。人们似乎认为，以己不欲施于人是明显的恶，出发点就是害人，以己所欲施于人的动机却是好的，是为了助人、救人、造福于人。殊不知在人类历史上，以救世主自居的世界征服者们造成的苦难远远超过普通的歹徒。我们应该记住，己所欲未必是人所欲，同样不可施于人。如果说"己所不欲，勿施于人"是一个文明人的起码品德，它反对的是对他人的故意伤害，主张自己活也让别人活，那么，"己所欲，勿施于人"便是一个文明人的高级修养，它尊重的是他人的独立人格和精神自由,进而提倡自己按自己的方式活,也让别人按别人的方式活。

现代社会是一个价值多元的社会,在遵守法律的前提下,人们在精神信仰领域和私生活领域都享有了越来越多的自由。在我看来, 这是一个合理化的进程,而那些以己所欲施于人者则是这个进程中的消极因素,倘若他们被越来越多的人们宣布为不受欢迎的人,我是丝毫不会感到意外的。

1997.11

记住回家的路

生活在今日的世界上，心灵的宁静不易得。这个世界既充满着机会，也充满着压力。机会诱惑人去尝试，压力逼迫人去奋斗，都使人静不下心来。我不主张年轻人拒绝任何机会，逃避一切压力，以闭关自守的姿态面对世界。年轻的心灵本不该静如止水，波澜不起。世界是属于年轻人的，趁着年轻到广阔的世界上去闯荡一番，原是人生必要的经历。所须防止的只是，把自己完全交给了机会和压力去支配，在世界上风风火火或浑浑噩噩，迷失了回家的路途。

每到一个陌生的城市，我的习惯是随便走走，好奇心驱使我去探寻这里的热闹的街巷和冷僻的角落。在这途中，难免暂时地迷路，但心中一定要有把握，自信能记起回住处的路线，否则便会感觉不踏实。我想，人生也是如此。你不妨在世界上闯荡，去建功创业，去探险猎奇，去觅情求爱，可是，你一定不要忘记了回家的路。这个家，就是你的自我，你自己的心灵世界。

寻求心灵的宁静，前提是首先要有一个心灵。在理论上，人人都有一个心灵，但事实上却不尽然。有一些人，他们永远被外界的力量左右着，永远生活在喧闹的外部世界里，未尝有真正的内心生活。对于这样的人，心灵的宁静就无从谈起。一个人惟有关注心灵，才会因为心灵被扰乱而不安，才会有寻求心灵的宁静之需要。所以，具有过内心生活的禀赋，或者养成这样的习惯,这是最重要的。有此禀赋或习惯的人都知道,其实内心生活与外部生活并非互相排斥的,同一个人完全可能在两方面都十分丰富。区别在于,注重内心生活的人善于把外部生活的收获变成心灵的财富,缺乏此种禀赋或习惯的人则往往会迷失在外部生活中,人整个儿是散的。自我是一个中心点,一个人有了坚实的自我,他在这个世界上便有了精神的坐标,无论走多远都能够找到回家的路。换一个比方,我们不妨说,一个有着坚实的自我的人便仿佛有了一个精神的密友,他无论走到哪里都带着这个密友,这个密友将忠实地分享他的一切遭遇,倾听他的一切心语。

如果一个人有自己的心灵追求,又在世界上闯荡了一番,有了相当的人生阅历,那么,他就会逐渐认识到自己在这个世界上的位置。世界无限广阔,诱惑永无止境,然而,属于每一个人的现实可能性终究是有限的。你不妨对一切可能性保持着开放的心态,因为那是人生魅力的源泉,但同时你也要早一些在世界之海上抛下自己的锚,找到最适合自己的领域。一个人不论伟大还是平凡,只要他顺应自己的天性,找到了自己真正喜欢做的事,并且一心把自己喜欢做的事做得尽善尽美,他在这世界上就有了牢不可破的家园。于是,他不但会有足够的勇气去承受外界的压力,而且会有足够的清醒来面对形形色色的机会的诱惑。我们当然没有理由怀疑,这样的一个人必能获得生活的充实和心灵的宁静。

1998.5

愉快是基本标准

　　读了大半辈子书，倘若有人问我选择书的标准是什么，我一定会毫不犹豫地回答：愉快是基本标准。一本书无论专家们说它多么重要，排行榜说它多么畅销，如果读它不能使我感到愉快，我就宁可不去读它。

　　人做事情，或是出于利益，或是出于性情。出于利益做的事情，当然就不必太在乎是否愉快。我常常看见名利场上的健将一面叫苦不迭，一面依然奋斗不止，对此我完全能够理解。我并不认为他们的叫苦是假，因为我知道利益是一种强制力量，而就他们所做的事情的性质来说，利益的确比愉快更加重要。相反，凡是出于性情做的事情，亦即仅仅为了满足心灵而做的事情，愉快就都是基本的标准。属于此列的不仅有读书，还包括写作、艺术创作、艺术欣赏、交友、恋爱、行善等等，简言之，一切精神活动。如果在做这些事情时不感到愉快，我们就必须怀疑是否有利益的强制在其中起着作用，使它们由性情生活蜕变成了功利行为。

　　读书惟求愉快，这是一种很高的境界。关于这种境界，陶渊明做了最好的表述："好读书，不求甚解。每有会意，便欣然忘食。"不过，我们不要忘记，在《五柳先生传》中，这句话前面的一句话是："闲静少言，不慕荣利。"可见要做到出于性情而读书，其前提是必须有真性情。那些躁动不安、事事都想发表议论的人，那些渴慕荣利的人，一心以求解的本领和真理在握的姿态夸耀于人，哪里肯甘心于自个儿会意的境界。

以愉快为基本标准，这也是在读书上的一种诚实的态度。无论什么书，只有你读时感到了愉快，使你发生了共鸣和获得了享受，你才应该承认它对于你是一本好书。在这一点上，毛姆说得好："你才是你所读的书对于你的价值的最后评定者。"尤其是文学作品，本身并无实用，惟能使你的生活充实，而要做到这一点，前提是你喜欢读。没有人有义务必须读诗、小说、散文。哪怕是专家们同声赞扬的名著，如果你不感兴趣，便与你无干。不感兴趣而硬读，其结果只能是不懂装懂，人云亦云。相反，据我所见，凡是真正把读书当作享受的人，往往能够直抒己见。譬如说，蒙田就敢于指责柏拉图的对话录和西塞罗的著作冗长拖沓，坦然承认自己欣赏不了，赫尔博斯甚至把弥尔顿的《复乐园》和歌德的《浮士德》称作最著名的引起厌倦的方式，宣布乔伊斯作品的费解是作者的失败。这两位都是学者型的作家，他们的博学无人能够怀疑。我们当然不必赞同他们对于那些具体作品的意见，我只是想藉此说明，以读书为乐的人必有自己鲜明的好恶，而且对此心中坦荡，不屑讳言。

我不否认，读书未必只是为了愉快，出于利益的读书也有其存在的理由，例如学生的做功课和学者的做学问。但是，同时我也相信，在好的学生和好的学者那里，愉快的读书必定占据着更大的比重。我还相信，与灌输知识相比，保护和培育读书的愉快是教育的更重要的任务。所以，如果一种教育使学生不能体会和享受读书的乐趣，反而视读书为完全的苦事，我们便可以有把握地判断它是失败了。

1998.6

医学的人文品格

一

现代人是越来越离不开医院了。从前,人在土地上生息,得了病也只是听天由命,顺其自然。现在,生老病死,每一环节几乎都与医院难解难分。我们在医院里诞生,从此常常出入其中,年老时去得更勤,最后还往往是在医院里告别人世。在我们的生活中,医院、医生、医学占据了太重要的位置。

然而,医院带给我们的美好回忆却是如此稀少。女人分娩,病人求医,老人临终,都是生命中最脆弱的时刻,最需要人性的温暖。可是,在医院里,我们很少感觉到这种温暖。尤其在今日中国的许多医院里,我们感觉到的更多是世态炎凉,人心冷漠。可以毫不夸张地说,医院如今是最令人望而生畏的地方之一。

一个问题使我困惑良久:以拯救生命为使命的医学,为什么如此缺少抚慰生命的善意?没有抚慰的善意,能有拯救的诚意吗?

正是在这困惑中,甚至困惑已经变成了愤慨、愤慨已经变成了无奈和淡漠的时候,我读到了刘易斯·托马斯所著《最年轻的科学——观察科学的札记》一书,真有荒漠遇甘泉之感。托马斯是美国著名的医学家和医生,已于一九九三年病故。在他写的这本自传性著作中，我见识了一个真正杰出的医生，他不但有学术上和医术上的造诣，而且有深刻的睿智、广阔的人文视野和丰富的同情心。诺贝尔物理奖得主费因曼曾言，科学这把钥匙既可开启天堂大门，也可开启地狱大门，究竟打开哪扇门，则有赖于人文指导。我相信，医学要能真正造福人类，也必须具备人文品格。当然，医学的人文品格是由那些研究和运用它的人赋予它的，也就是说，前提是要拥有许多像托马斯这样的具备人文素养的医学家和医生。托马斯倡导和率先实施了医学和哲学博士双学位教育计划，正显示了他在这方面的眼光。

二

在这本书里，托马斯依据亲身经历回顾了医学发展的历史。他不在乎什么职业秘密，非常诚实地告诉我们，直到他青年时代学医时为止，医学在治疗方面是完全无知的，惟一的本领是给病人吃治不好也治不坏的安慰剂，其效力相当于宗教仪式中的符咒。最高明的医生也不过是善于判断病的名称和解释病的后果罢了。一种病无论后果好坏，医生都无法改变它的行程，只能让它自己走完它的行程。医学之真正能够医治疾病，变得名副其实起来，是一九三七年发明了磺胺药以后的事情。在此意义上，托马斯称医学为"最年轻的科学"。

从那以来，人类拥有了越来越多的从前无法想象的治疗技术。作为一个科学家，托马斯对技术的进步持充分肯定的态度。但是，同时他认为，代价是巨大的，这代价便是医疗方式的"非人化"，医生和病人之间的亲密关系一去不返了。譬如说，触摸和谈话曾是医生的两件法宝，虽无真正的医疗作用，但病人却藉之得到了安慰和信心。现在，医生不再需要把自己的手放到病人的身体上，也不再有兴趣和工夫与病人谈话了。取而代之的是各种复杂的机器，它们横在医生和病人之间，把两者的距离越拉越大。住院病人仿佛不再是人，而只成了一个号码。在医院这个迷宫里，他们随时

有迷失的危险,不知什么时候会被放在担架上推到一个不该去的地方。托马斯懂得,技术再发达,病人仍然需要医生那种给人以希望的温柔的触摸,那种无所不包的从容的长谈,但他知道要保留这些是一件难事,在今天惟有"最好的医生"才能做到。"最好的医生"——他正是这么说的。我敢断定,倘若他不是一个公认的医学权威,他的同行一定会对他的标准哗然了。这没有什么可奇怪的,因为制定这标准的那种神圣感情在今天已经成了人们最陌生的东西。

托马斯还有别的怪论也会令他的同行蹙额。譬如说,他好像对医生自己不患重病感到遗憾。从前,患重病是很普遍的事情,医生也不能幸免。现在,由于医学的进步,这种机会大为减少了。问题在于,没有亲身经历,医生很难知道做病人的感觉。他不知道病人受疾病袭击时的痛苦,面临生命危险时的悲伤,对于爱抚和同情的渴望。他很容易不把病人当作一个真实的人,而只当作一个抽象的疾病标本,一个应用他从教科书上学来的知识的对象。生病是一种特别的个人经历,有助于加深一个人对生命、苦难、死亡的体验。一个自己有过患重病经历的医生,往往是更富有人性的。所以,托马斯半开玩笑地建议,既然现在最有机会使人体会生病滋味的只有感冒了,在清除人类其他疾病的进程中,就把感冒保留下来吧,把它塞进医学生的课程表里,让他们每年两次处在患流感并且受不到照顾的境地,这对他们今后做人和做医生都有好处。

很显然,在托马斯看来,人生体悟和人道精神应是医生的必备品质,其重要性至少不在医术之下。其实道理很简单,医生自己必须是一个人性丰满的人,他才可能把病人看作一个人而不只是疾病的一个载体。

三

托马斯毕生从医,但他谈论起医学之外的事情来也充满智慧。我只举两个例子。

其一是关于电脑。他说,人脑与电脑的区别有二,一是容易遗忘,二是容易出错。这看起来是缺点，其实是优点。遗忘是自动发生的，这使我们可以不费力气就把多余的信息清除出去，给不期而至的好思想腾出空间。倘若没有这样的空间，好思想就会因为找不到栖息地而又飞向黑暗之中。让关系出错更是人脑的一个美妙天赋，靠了它我们往往会有意外的发现，在没有关联之处邂逅崭新的思想。这两个区别说明了同一件事，便是电脑的本领仅到信息为止，人脑的本领却是要让信息导致思想。电脑的本领常常使人惊奇，这很可能使一般人得出电脑胜于人脑的结论，但托马斯却从自己的惊奇中看到了人的优越，因为电脑没有惊奇的能力。

第二个例子是他对女性的评价。他非常感谢女性在幼儿教育方面的贡献，认为这是她们给予文明的厚礼，证明了她们才是记录和传递文化基础的功臣。由于女性对儿童的天然喜爱和理解，她们是更善于开启年幼的头脑的。他还看到，女性虽然容易为生活中的小事和事物的外表烦恼，但是面对极其重大的事情却十分沉着。形象地说，女性的头脑只是外部多变，其中枢却相当稳定。相比之下，男性的那个深处中枢始终是不成熟的，需要不断地重新定向。因此，托马斯相信，在涉及人类命运的大事上，女性是更值得信任的。

这两个例子都表明，托马斯对于人性有多么亲切的理解。人脑优于电脑、女性优于男性的地方，不都是在于人性么？我们不妨说，与女性相比，男性的抽象头脑更像是一种电脑。写到这里，我忍不住还要提一下托马斯的另一个感想，它也许能帮助我们猜测他的智慧的源头。作为一个医生，他有许多机会通过仪器看见自己的体内。然而，他说，他并不因此感到与自己更靠近了，相反觉得距离更远，更有了两重性。那个真正的"我"并不在这些松软的构件中，其间并没有一个可以安顿"我"的中心，它们自己管理着自己，而"我"是一个局外人。托马斯所谈到的这个与肉体判然有别的"我"，除了称之为灵魂，我们就无以名之。不难想见，一个有这样强烈的灵魂感觉的人，当然会对人性的高贵和神秘怀着敬意，不可能陷入技术的狂热之中。

四

我们不可能要求每一个医生都具备托马斯这样的人文素养,这是不现实的,甚至也是不必要的。但是,中国当今的医疗腐败已经到了令绝大多数人忍无可忍的地步,凡是不享有特权的普通人,在这方面都一定有惨痛或沮丧的经验。人们之恐惧在医院里受到非人道的待遇,已甚于对疾病本身的恐惧。这就使得医学的人文品格之话题有了极大的迫切性。

毫无疑问,医疗腐败仅是社会腐败的一个组成部分,因而其整治有赖于整个社会状况的改善。但是,由于它直接关系到每一个人的生死安危,医疗权利实质上就是生存权利,所以有理由得到特别的关注。问题的解决无非是从两方面入手,一是他律,包括医生资格的从严审定,有关医生责任和病人权利的立法,医疗事故的公正鉴定和制裁等等,另一是自律,即医生的人文素养和道德水准的提高。

在我与医院打交道的经历中,有一个现象令我非常吃惊,便是一些很年轻的从医学院毕业不久的医生,显得比年长的医生更加冷漠、无所谓和不负责任。有一回,我的怀孕的妻子发热到四十度,住进我家附近的一所医院。因为青霉素皮试过敏,那个值班的年轻女医生便一筹莫展,入院数小时未采取任何治疗措施。征得她的同意,我通过电话向一家大医院求援,试图从那里得到某种批号的青霉素,我的妻子当天上午曾在那家医院注射过这种批号的青霉素,已被证明不会引起过敏。可是,我的联系很快被这个女医生制止了,理由竟是这会增加她们科的电话费支出。面对高热不退的妻子和吉凶未卜的胎儿,我心急如焚,这理由如此荒唐,使我无法置信,以至于说不出话来。我只好要求出院而去那家离家较远的大医院,谁知这个女医生听罢,白了我一眼,就不知去向了。剩下若干同样年轻的医生,皆作壁上观,对我的焦急的请求一律不予理睬。在走投无路的情况下,我不得不说出类似情形使我失去一个女儿的遭遇,这才得以办成出院手续。

记载我的丧女经历的《妞妞》一书拥有许多读者,而这些年轻的医生都不曾听说过，对此我没有什么好指责的。我感到寒心的是，虽然他们名义上也是知识分子，我却觉得自己是面对着一群野蛮人。直觉告诉我，他们是没有真正意义上的读书生活的，因而我无法用我熟悉的语言对他们说话。托马斯谈到，他上大学时在一家医院实习，看见一位年轻医生为一个病人的死亡而哭泣，死亡的原因不是医疗事故而只是医学的无能，于是对这家医院肃然起敬。爱心和医德不是孤立之物，而是在深厚的人文土壤上培育出来的。在这方面，我们的医学院肯定存在着严重的缺陷。我只能期望，有一天，在我们的医学院培养出的医生中，多一些有良知和教养的真正的知识分子，少一些穿白大褂的蒙昧人。

1998.11

婚姻中的爱情

关于婚姻应当以爱情为基础，人们已经说得很多了。关于婚姻是爱情的坟墓，人们也已经说得很多了。这两种说法显然是互相矛盾的。如果婚姻的确是爱情的坟墓，而爱情又的确是婚姻的基础，那就等于说，婚姻必然自毁基础，自掘坟墓，真是一点出路也没有了。

解决这个矛盾可以有两种相反的思路。有一些人（包括有一些哲学家）认为，婚姻和爱情在本性上就是冲突的，因此必须为婚姻寻找别的基础，例如习惯、利益、义务、抚育后代之类。与此不同，我仍想坚持婚姻以爱情为基础的价值立场，只是要对作为婚姻之基础的爱情重新进行定义。

一个真正值得深思的问题：婚姻中的爱情究竟应该是怎样的？

我发现，人们之所以视婚姻与爱情为彼此冲突，一个重要原因便是对爱情的理解过于狭窄，仅限于男女之间的浪漫之情。这种浪漫之情依赖于某种奇遇和新鲜感，其表现形式是一见钟情，销魂断肠，如痴如醉，难解难分。这样一种感情诚然也是美好的，但肯定不能持久，并且这与婚姻无关，即使不结婚也一样持久不了。因为一旦持久，任何奇遇都会归于平凡，任何陌生都会变成熟悉。试图用婚姻的形式把这种浪漫之情延续下去，结果当然会失败，但其咎不在婚姻。

如果我们把爱情理解为男女之间的极其深笃的感情，那么，我们就会看到，它决不仅限于浪漫之情，事实上还有别样的形态。一般来说，浪漫之情往往存在于婚姻前或婚姻外，至多还存在于婚姻的初期。随着婚龄增长，浪漫之情必然会递减，然而，倘若这一结合的质量确实是好的，就会有另一种感情渐渐生长起来。这种新的感情由原来的恋情转化而来，似乎不如恋情那么热烈和迷狂，却有了恋情所不具备的许多因素，最主要的便是在长期共同生活中形成的互相的信任感、行为方式上的默契、深切的惦念以及今生今世的命运与共之感。我们不妨把这种感情看作亲情的一种，不过它不同于血缘性质的亲情，而的确是在性爱基础上产生的亲情。我认为它完全有资格被承认为爱情的一种形态，而且是一种成熟的形态。为了与那种浪漫式的爱情相区别，我称之为亲情式的爱情。婚姻中的爱情，便是以这样的形态存在的。按照这一思路，婚姻就不但不是爱情的坟墓，反倒是爱情——亲情式的爱情——生长的土壤了。

大千世界里，许多浪漫之情产生了，又消失了。可是，其中有一些幸运地活了下来，成熟了，变成了无比踏实的亲情。好的婚姻使爱情走向成熟，而成熟的爱情是更有分量的。当我们把一个异性唤做恋人时，是我们的激情在呼唤。当我们把一个异性唤做亲人时，却是我们的全部人生经历在呼唤。

1997.12

人人都是孤儿

我们为什么会渴望爱？我们心中为什么会有爱？我的回答是：因为我们人人都是孤儿。

当然，除了极少数的例外，我们每个人降生时都是有父有母的，随后又都在父母的抚养下逐渐长大成人。可是，仔细想想，父母之孕育我们是一件多么偶然的事啊。大千世界里，凭什么说那个后来成为你父亲的男人与那个后来成为你母亲的女人就一定会相识，一定会结合，并且又一定会在那个刚好能孕育你的时刻做爱？而倘若他们没有相识，或相识了没有结合，或结合了没有在那个时刻做爱，就压根儿不会有你！这个道理可以一直往上推，只要你的祖先中有一对未在某个特定的时刻做爱，就不会有后来导致你诞生的所有世代，也就不会有你。如此看来，我们每一个人都是茫茫宇宙间极其偶然的产物，造化只是借了同样是偶然产物的我们父母的身躯把我们从虚无中产生了出来。

父母既不是我们在这个世界上诞生的必然根据，也不能成为保护我们免受人世间种种苦难的可靠屏障。也许在童年的短暂时间里，我们相信在父母的怀抱中找到了万无一失的安全。然而，终有一天，我们会明白，凡降于我们身上的苦难，不论是疾病、精神的悲伤还是社会性的挫折，我们都必须自己承受，再爱我们的父母也是无能为力的。最后，当死神召唤我们的时候，世上决没有一个父母的怀抱可以使我们免于一死。

因此，从茫茫宇宙的角度看，我们每一个人的确都是无依无靠的孤儿，偶然地来到世上，又必然地离去。正是因为这种根本性的孤独境遇，才有了爱的价值，爱的理由。人人都是孤儿，所以人人都渴望有人爱，都想要有人疼。我们并非只在年幼时需要来自父母的疼爱，即使在年长时从爱侣那里，年老时从晚辈那里，孤儿寻找父母的隐秘渴望都始终伴随着我们，我们仍然期待着父母式的疼爱。另一方面，如果我们想到与我们一起暂时居住在这颗星球上的任何人，包括我们的亲人，都是宇宙中的孤儿，我们心中就会产生一种大悲悯，由此而生出一种博大的爱心。我相信，爱心最深厚的基础是在这种大悲悯之中，而不是在别的地方。譬如说性爱，当然是离不开性欲的冲动或旨趣的相投的，但是，假如你没有那种把你的爱侣当作一个孤儿来疼爱的心情，我敢断定你的爱情还是比较自私的。即使是子女对父母的爱，其中最刻骨铭心的因素也不是受了养育之后的感恩，而是无法阻挡父母老去的绝望，在这种绝望之中，父母作为无人能够保护的孤儿的形象清晰地展现在了你的眼前。

1998.1

安 静

（1999—2001）

安静的位置

前些时候,有一阵听说我的书卖得挺好。一个人写书当然希望爱读的人越多越好,我也不例外,所以心里是高兴的。但是,接踵而来的热闹,诸如记者采访、电视亮相、大学讲座之类,我就非常不习惯了。我尽量推辞,有时盛情难却答应了,结果多半是后悔。人各有志,我不反对别人追求和享受所谓文化的社会效应,只是觉得这种热闹与我的天性太不合。我的性格决定我不能做一个公众人物。做公众人物一要自信,相信自己真是一个人物,二要有表演欲,一到台上就来情绪。我偏偏既自卑又怯场,面对摄像机和麦克风没有一次不感到是在受难。因此我想,万事不可勉强,就让我顺应天性过我的安静日子吧。如果确实有人喜欢我的书,他们喜欢的也一定不是这种表面的热闹,就让我们的心灵在各自的安静中相遇吧。

世上从来不缺少热闹,因为一旦缺少,便必定会有不甘心的人去把它制造出来。不过,大约只是到了今日的商业时代,文化似乎才必须成为一种热闹,不热闹就不成其为文化。譬如说,从前,一个人不爱读书就老老实实不读,如果爱读,必是自己来选择要读的书籍,在选择中贯彻了他的个性乃至怪癖。现在,媒体担起了指导公众读书的职责,畅销书推出一轮又一轮,书目不断在变,不变的是全国热心读者同一时期仿佛全在读相同的书。与此相映成趣的是,这些年来,学界总有一两个当红的热门话题,话题不断在变,不变的是不同学科的学者同一时期仿佛全在研究相同的课题。我不怀疑仍有认真的研究者，但更多的却只是凭着新闻记者式的嗅觉和喉咙，用以代替学者的眼光和头脑，正是他们的起哄把任何学术问题都变成了热门话题，亦即变成了过眼烟云的新闻。

在这个热闹的世界上，我尝自问：我的位置究竟在哪里？我不属于任何主流的、非主流的和反主流的圈子，我也不是现在有些人很喜欢标榜的所谓另类，因为这个名称也太热闹，使我想起了集市上的叫卖声。那么，我根本不属于这个热闹的世界吗？可是，我绝不是一个出世者。对此我只能这样解释：不管世界多么热闹，热闹永远只占据世界的一小部分，热闹之外的世界无边无际，那里有着我的位置，一个安静的位置。这就好像在海边，有人弄潮，有人嬉水，有人拾贝壳，有人聚在一起高谈阔论，而我不妨找一个安静的角落独自坐着。是的，一个角落——在无边无际的大海边，哪里找不到这样一个角落呢——但我看到的却是整个大海，也许比那些热闹地聚玩的人看得更加完整。

在一个安静的位置上，去看世界的热闹，去看热闹背后的无限广袤的世界，这也许是最适合我的性情的一种活法吧。

1999.1

灵魂的在场

　　人皆有灵魂,但灵魂未必总是在场的。现代生活的特点之一是灵魂的缺席,它表现在各个方面,例如使人不得安宁的快节奏,远离自然,传统的失落,人与人之间亲密关系的丧失,等等。因此,现代人虽然异常忙碌,却仍不免感到空虚。

　　一个人无论怎样超凡脱俗,总是要过日常生活的,而日常生活又总是平凡的。所以,灵魂的在场未必表现为隐居修道之类的极端形式,在绝大多数情形下,恰恰是表现为日常生活中的精神追求和精神享受。能够真正享受日常生活并不是一件容易的事。尤其是在今天,日常生活变成了无休止的劳作和消费,那本应是享受之主体的灵魂往往被排挤得没有容足之地了。

　　日常生活是包罗万象的,包括工作与闲暇、自然与居住、独处与交往等。在人生的所有这些场景中,生活的质量都取决于灵魂是否在场。

　　在时间上,一个人的生活可分为两部分,即工作与闲暇。最理想的工作是那种能够体现一个人的灵魂的独特倾向的工作。当然,远非所有的人都能从事自己称心的职业的,但是,一个人只要真正优秀,他就多半能够突破职业的约束,对于他来说,他的心血所倾注的事情才是他的真正的工作,哪怕是在业余所为。同时,我也赞成这样的标准:一个人的工作是否值得尊敬,取决于他完成工作的精神而非行为本身。这就好比造物主在创造万物之时，是以同样的关注之心创造一朵野花、一只小昆虫或一头巨象的。无论做什么事情，都力求尽善尽美，并从中获得极大的快乐，这样的工作态度中的确蕴涵着一种神性，不是所谓职业道德或敬业精神所能概括的。度闲的质量亦应取决于灵魂所获得的愉悦，没有灵魂的参与，再高的消费也只是低质量地消度了宝贵的闲暇时间。

在空间上，可以把环境划分为自然和人工两种类型。如果说自然是灵魂的来源和归宿，那么，人工建筑的屋宇就应该是灵魂在尘世的家园。无论是与自然，还是与人工的建筑，都应该有一种亲密的关系。空间具有一种神圣性，但现代人对此已经完全陌生了。对于过去许多世代的人来说，不但人在屋宇之中，而且屋宇也在人之中，它们是历史和记忆，血缘和信念。正像有人诗意地表达的那样："旧建筑在歌唱"。可是现在，人却迷失在了高楼的迷宫之中，不管我们为装修付出了多少金钱和力气，屋宇仍然是外在于我们的，我们仍然是居无定所的流浪者。

说到人与人的关系，则不外是独处和社会交往两种状态。交往包括婚姻和家庭，也包括友谊、邻里以及更广泛的人际关系。令人担忧的也是人与人之间的亲密关系的消失。譬如说，论及婚姻问题，从前的大师们关注的是灵魂，现在的大师们却大谈心理分析和治疗。书信、日记、交谈——这些亲切的表达方式是更适合于灵魂需要的，现在也已成为稀有之物，而被公关之类的功利行动或上网之类的虚拟社交取代了。应该承认，现代人是孤独的。但是，由于灵魂的缺席，这种孤独就成了单纯的惩罚。相反，倘若灵魂在场，我们就会体验到独处时的充实，从而把孤独也看作人生不可缺少的享受。

2001.6

纪念所掩盖的

在尼采逝世一百周年的日子来临之际,世界各地的哲学教授们都在筹备纪念活动。对于这个在哲学领域发生了巨大影响的人物,哲学界当然有纪念他的充足理由。我的担心是,如果被纪念的真正是一位精神上的伟人,那么,任何外在的纪念方式都可能与他无关,而成了活着的人的一种职业性质的或者新闻性质的热闹。

我自己做过一点尼采研究,知道即使从学理上看,尼采的哲学贡献也是非常了不起的。打一个比方,西方哲学好像一个长途跋涉的寻宝者,两千年来苦苦寻找着一件据认为性命攸关的宝物——世界的某种终极真理,康德把这个人唤醒了,喝令他停下来,以令人信服的逻辑向他指出,他所要寻找的宝物藏在一间凭人类的能力绝对进入不了的密室里。于是,迷途者一身冷汗,颓然坐在路旁,失去了继续行走的目标和力量。这时候尼采来了,向迷途者揭示了一个更可怕的事实:那件宝物根本就不存在,连那间藏宝物的密室也是康德杜撰出来的。但是,他接着提醒这个绝望的迷途者:世上本无所谓宝物,你的使命就是为事物的价值立法,创造出能够神化人类生存的宝物。说完这话,他越过迷途者,向道路尽头的荒野走去。迷途者望着渐渐隐入荒野的这位先知的背影,若有所悟,站起来跟随而行,踏上了寻找另一种宝物的征途。

在上述比方中,我大致概括了尼采在破和立两个方面的贡献,即一方面最终摧毁了始自柏拉图的西方传统形而上学,另一方面开辟了立足于价值重估对世界进行多元解释的新方向。不能不提及的是,在这破立的过程中,他充分显示了自己的哲学天才。譬如说,他对现象是世界惟一存在方式的观点的反复阐明,他对语言在形而上学形成中的误导作用的深刻揭露,表明他已经触及了二十世纪两个最重要的哲学运动——现象学和语言哲学——的基本思想。

然而,尼采最重要的意义还不在于学理的探讨,而在于精神的示范。他是一个真正把哲学当作生命的人。我始终记着他在投身哲学之初的一句话:"哲学家不仅是一个大思想家,而且也是一个真实的人。"这句话是针对康德的。康德证明了形而上学作为科学真理的不可能,尼采很懂得这一论断的分量,指出它是康德之后一切哲学家都无法回避的出发点。令他不满甚至愤慨的是,康德对自己的这个论断抱一种不偏不倚的学者态度,而康德之后的绝大多数哲学家也就心安理得地放弃了对根本问题的思考,只满足于枝节问题的讨论。在尼采看来,对世界和人生的某种最高真理的寻求乃是灵魂的需要,因而仍然是哲学的主要使命,只是必须改变寻求的路径。因此,他一方面是传统形而上学的无情批判者,另一方面又是怀着广义的形而上学渴望的热情探索者。如果忽视了这后一方面,我们就可能在纪念他的同时把他彻底歪曲。

我的这种担忧是事出有因的。当今哲学界的时髦是所谓后现代,而且各种后现代思潮还纷纷打出尼采的旗帜,在这样的热闹中,尼采也被后现代化了。于是,价值重估变成了价值虚无,解释的多元性变成了解释的任意性,酒神精神变成了佯醉装疯。后现代哲学家把反形而上学的立场推至极端,被解构掉的不仅是世界本文,而且是哲学本身。尼采要把哲学从绝路领到旷野,再在旷野上开出一条新路,他们却兴高采烈地撺掇哲学吸毒和自杀,可是他们居然还自命是尼采的精神上的嫡裔。尼采一生不断生活在最高问题的风云中,孜孜于为世界和人生寻找一种积极的总体解释,与他们何尝有相似之处。据说他们还从尼采那里学来了自由的文风,然而,尼采的自由是涌流,是阳光下的轻盈舞蹈,他们的自由却是拼贴,是彩灯下

238

的胡乱手势。依我之见，尼采在死后的一百年间遭到了两次最大的歪曲，第一次是被法西斯化，第二次便是被后现代化。我之怀疑后现代哲学家还有一个理由，就是他们太时髦了。他们往往是一些喜欢在媒体上露面的人。尼采生前的孤独是尽人皆知的。虽说时代不同了，但是，一个哲学家、一种哲学变成时髦终究是可疑的事情。

两年前，我到过瑞士境内一个名叫西尔斯—玛丽亚的小镇，尼采曾在那里消度八个夏天，现在他居住过的那栋小楼被命名为了尼采故居。当我进到里面参观，看着游客们购买各种以尼采的名义出售的纪念品时，不禁心想，所谓纪念掩盖了多少事实真相啊。当年尼采在这座所谓故居中只是一个贫穷的寄宿者，双眼半盲，一身是病，就着昏暗的煤油灯写着那些没有一个出版商肯接受的著作，勉强凑了钱自费出版以后，也几乎找不到肯读的人。他从这里向世界发出过绝望的呼喊，但无人应答，正是这无边的沉默和永久的孤独终于把他逼疯了。而现在，人们从世界各地来这里参观他的故居，来纪念他。真的是纪念吗？西尔斯—玛丽亚是阿尔卑斯山麓的一个风景胜地，对于绝大多数游客来说，所谓尼采故居不过是一个景点，所谓参观不过是一个旅游节目罢了。

所以，在尼采百年忌日来临之际，我心怀猜忌地远离各种外在的纪念仪式，宁愿独自默温这位真实的人的精神遗产。

2000.8

对自己的人生负责

我们活在世上,不免要承担各种责任,小至对家庭、亲戚、朋友,对自己的职务,大至对国家和社会。这些责任多半是应该承担的。不过,我们不要忘记,除此之外,我们还有一项根本的责任,便是对自己的人生负责。

每个人在世上都只有活一次的机会,没有任何人能够代替他重新活一次。如果这惟一的一次人生虚度了,也没有任何人能够真正安慰他。认识到这一点,我们对自己的人生怎么能不产生强烈的责任心呢?在某种意义上,人世间各种其他的责任都是可以分担或转让的,惟有对自己的人生的责任,每个人都只能完全由自己来承担,一丝一毫依靠不了别人。

不止于此,我还要说,对自己的人生的责任心是其余一切责任心的根源。一个人惟有对自己的人生负责,建立了真正属于自己的人生目标和生活信念,他才可能由之出发,自觉地选择和承担起对他人和社会的责任。正如歌德所说:"责任就是对自己要求去做的事情有一种爱。"因为这种爱,所以尽责本身就成了生命意义的一种实现,就能从中获得心灵的满足。相反,我不能想象,一个不爱人生的人怎么会爱他人和爱事业,一个在人生中随波逐流的人怎么会坚定地负起生活中的责任。实际情况往往是,这样的人把尽责不是看作从外面加给他的负担而勉强承受,便是看作纯粹的付出而索求回报。

一个不知对自己的人生负有什么责任的人,他甚至无法弄清他在世界

上的责任是什么。有一位小姐向托尔斯泰请教，为了尽到对人类的责任，她应该做些什么。托尔斯泰听了非常反感，因此想到：人们为之受苦的巨大灾难就在于没有自己的信念，却偏要做出按照某种信念生活的样子。当然，这样的信念只能是空洞的。这是一种情况。更常见的情况是，许多人对责任的关系确实是完全被动的，他们之所以把一些做法视为自己的责任，不是出于自觉的选择，而是由于习惯、时尚、舆论等原因。譬如说，有的人把偶然却又长期从事的某一职业当作了自己的责任，从不尝试去拥有真正适合自己本性的事业。有的人看见别人发财和挥霍，便觉得自己也有责任拼命挣钱花钱。有的人十分看重别人尤其上司对自己的评价，谨小慎微地为这种评价而活着。由于他们不曾认真地想过自己的人生使命究竟是什么，在责任问题上也就必然是盲目的了。

所以，我们活在世上，必须知道自己究竟想要什么。一个人认清了他在这世界上要做的事情，并且在认真地做着这些事情，他就会获得一种内在的平静和充实。他知道自己的责任之所在，因而关于责任的种种虚假观念都不能使他动摇了。我还相信，如果一个人能对自己的人生负责，那么，在包括婚姻和家庭在内的一切社会关系上，他对自己的行为都会有一种负责的态度。如果一个社会是由这样对自己的人生负责的成员组成的，这个社会就必定是高质量的有效率的社会。

2001.7

海滩上的五百六十二枚贝壳

——（插图珍藏版）《妞妞》序

一

四月即将来临，空气里飘荡着春天的气息。妞妞出生在十年前的四月。这个时候，我无法拒绝这样一个建议：给《妞妞：一个父亲的札记》出版一个插图珍藏本。

在我一生中，我从未觉得岁月像最近十年这样倏忽易逝。我还是我，但生活的场景已经完全改变，和妞妞一起度过的五百六十二个日日夜夜被无情地推向远方，宛如被潮汐推到海滩上的五百六十二枚贝壳，那海滩绵亘在死寂的月光下，无人能够到达。我知道，所有的贝壳已经不再属于我，我不可能把其中的任何一枚拾起来握在手里。当我自己偶尔翻开这本书的时候，我仍然会流泪，但泪水仿佛是在为轮回转世前的另一个我而流了。上帝啊，你让人老，让人死，你怎么能不让人麻木！人的麻木是怎样地无奈，我们没有任何办法留住人生中最珍贵的东西，我们只能把它转换成所谓文本，用文本来证明我们曾经拥有，同时也证明我们已经永远失去。

既然文本是惟一能够持久的存在，我何必要拒绝给它一个隆重的形式呢？

二

其实，作为文本的《妞妞》从来就不是属于我个人的。我的意思是说，它真正讲述的不是一个小家庭的隐私，而是人类生存的普遍境遇。对于这一点，我自己曾经不太自信，在某些责难面前感到过惶惑，是来自读者的声音给了我一个坚定的认识，从而也给了我坦然。

请允许我从偶然读到的报刊评论中摘引一些话——

"我觉得，周国平为他女儿著这部书是他为捍卫生命的尊严以笔为刀与死亡所做的一场肉搏战。"（朱海军，《今晚报》1997 年 4 月 11 日）

"当我买下了那本摆在书架上的《妞妞》，读完了周国平满纸的冷峻和温柔，我想说的是，在这个世界上，其实，我们都是妞妞。"（柳松，《南昌晚报》1997 年 7 月 17 日）

"《妞妞》是为除周国平之外的另一个或其他许多的寂寞而写的。周国平大概永远不会知道，陪着他的寂寞坐着的，另外还有很多寂寞。"（黄集伟，《齐鲁晚报》1997 年 8 月 23 日）

"作为妞妞的生父，周国平有着许多难以超越的亲子之情，所以他不可能奢谈意义。而作为没有过妞妞的我们，又无从超越。但我们渴望超越，渴望通过意义引渡我们。这才是我们的痛点……"（陈荷，《文艺报》1997 年 8 月 30 日）

这些话所表达的当然不是对一个私人不幸事件的同情，而是对人的一种存在境况的共感。我默默感谢这些评论的作者，他们的理解使我相信了《妞妞》的意义不限于妞妞。

三

也是从报刊上知道，《妞妞》作为一个文本，还有另外的解读方式，我且在这里一并录下备案。

首先传递有关信息的是王一方先生，他在主持一次书面座谈时提到：《妞妞》一书"被美国医学人文学专家奉为当代中国人文医学的启蒙之作"。（《中国文化报》1998 年 10 月 1 日）后来，听说又有一些报刊报道了类似消息，但我没有读到。直到前不久，读到了一则稍微详细一点的报道，其中说："在美国，有两所著名的医学院——得克萨斯大学医学院和明尼苏达大学医学院——已将《妞妞》一书作为案例编进了讲义，讲义科目为医学伦理学。所以在美国，《妞妞》被称为'中国医学人文学的重要作品'。如此判断理由充分：《妞妞》不仅仅是一个作者亲历的悲情故事，而且它还展现出一个鲜活的病人世界。"（《北京晚报》2000 年 1 月 10 日）紧接着另一则呼吁"医学需要人文关怀"的报道也认为，《妞妞》一书"给中国公众提供了一个反省现代医学观念与制度的生动案例"。（《中华读书报》2000 年 1 月 12 日）

我没有对上述消息进行核实。我自己明白，我的书当不起相关的评价。不过，如果它真能推动人们反省今日医学的非人道状况，我当然觉得是好事。

四

在中国大陆，《妞妞》一书出过两种版本，一种是收进陕西人民出版社1996 年 6 月出版的《周国平文集》第 5 卷中的本子，另一种是上海人民出版社 1996 年 11 月出版的单行本。后者在出版时被做了少许删节，现在的这个版本悉数予以复原，因而是第一个完整的单行本。

使我感到欣慰的是，没有书商的炒作，没有媒体的吆喝，《妞妞》自己走进了读者中间——

1998 年的一天，我意外地获悉，它获得了首届全国优秀青年读物一等奖；

来自全国的千百封读者来信；

早出的两种版本，三年累计印数已达 9 万 5 千册。

当然，还有盗版。《中国图书商报》1998 年 1 月 16 日报道："保守的估计，《妞妞》一书的盗版数至少在 20 万以上。"有一个时期，我自己目睹盗版本遍布北京的书摊。直到现在,各地仍不断有新的盗版本流向市场。我之所以愿意出版这个新版本,也是希望它的发行能对盗版起一定的抑制作用。

我听到过一个很个别也很刺耳的声音,但我不想复述。大江健三郎应该庆幸自己没有结识类似的心灵,否则他也会被讥讽为依靠儿子的残疾赚取了诺贝尔奖金。

<h2 style="text-align:center">五</h2>

最后我要告诉读者,现在我又有了一个女儿,和妞妞一样可爱,但拥有妞妞所没有的健康。当然,我非常爱她,丝毫不亚于当初爱妞妞。我甚至要说,现在她占据了我的全部父爱,因为在此时此刻,她就是我的惟一的孩子,就是世界上的一切孩子,就像那时候妞妞是惟一的和一切的孩子一样。

这没有什么不对。一切新生命都来自同一个神圣的源泉,都是令人不得不惊喜的奇迹,不得不爱的宝贝。

可是,当我看着我的女儿一天天成长,接近然后越过了妞妞最后的年龄,当我因为她的聪明活泼而欢笑时,常常会有一个声音在我心中响起:妞妞,妞妞太可怜了!于是我知道了,尽管我今天有幸再为人父,经历过沧桑的心毕竟是不一样的了。妞妞并未远离,她只是潜入了我心中最深的深处,她始终在那里为自己的人间命运而叹息。

我感谢上苍又赐给了我做父亲的天伦之乐。但是,请不要说这是对我曾经丧女的一个补偿吧,请不要说新来的小生命是对失去的小生命的一个替代吧。我宁可认为,新生命的到来是我生活中的一个独立的事件,与我过去的经历没有任何因果联系。妞妞依然是不可替代的,而我现在的女儿不能、不应该、并且我也无权要她成为一个替代。

所以,无论我的家庭状况已经和将会发生怎样的变化,《妞妞》始终是一个独立的文本,它的存在不会也不应受到丝毫影响。

2000.3

在维纳斯脚下哭泣

一八四八年五月,海涅五十一岁,当时他流亡巴黎,贫病交加,久患的脊髓病已经开始迅速恶化。怀着一种不祥的预感,他拖着艰难的步履,到罗浮宫去和他所崇拜的爱情女神告别。一踏进那间巍峨的大厅,看见屹立在台座上的维纳斯雕像,他就禁不住号啕痛哭起来。他躺在雕像脚下,仰望着这个无臂的女神,哭泣良久。这是他最后一次走出户外,此后瘫痪在床八年,于五十九岁溘然长逝。

海涅是我十八岁时最喜爱的诗人,当时我正读大学二年级,对于规定的课程十分厌烦,却把这位德国诗人的几本诗集拿在手里翻来覆去地吟咏,自己也写了许多海涅式的爱情小诗。可是,在那以后,我便与他阔别了,三十多年里几乎没有再去探望过他。最近几天,因为一种非常偶然的机缘,我又翻开了他的诗集。现在我已经超过了海涅最后一次踏进罗浮宫的年龄,这个时候读他,就比较懂得他在维纳斯脚下哀哭的心情了。

海涅一生写得最多的是爱情诗,但是他的爱情经历说得上悲惨。他的恋爱史从他爱上两个堂妹开始,这场恋爱从一开始就是无望的,两姐妹因为他的贫寒而从未把他放在眼里,先后与凡夫俗子成婚。然而,正是这场单相思成了他的诗才的触媒,使他的灵感一发而不可收拾,写出了大量脍炙人口的诗歌,奠定了他在德国的爱情诗之王的地位。可是,虽然在艺术上得到了丰收,屈辱的经历却似乎在他的心中刻下了永久的伤痛。在他诗

名业已大振的壮年,他早年热恋的两姐妹之一苔莱丝特意来访他,向他献殷勤。对于这位苔莱丝,当年他曾献上许多美丽的诗,最有名的一首据说先后被音乐家们谱成了二百五十种乐曲,我把它引在这里——

> 你好像一朵花,
> 这样温情,美丽,纯洁;
> 我凝视着你,我的心中
> 不由涌起一阵悲切。
>
> 我觉得,我仿佛应该
> 用手按住你的头顶,
> 祷告天主永远保你
> 这样纯洁,美丽,温情。

　　真是太美了。然而,在后来的那次会面之后,他写了一首题为《老蔷薇》的诗,大意是说:她曾是最美的蔷薇,那时她用刺狠毒地刺我,现在她枯萎了,刺我的是她下巴上那颗带硬毛的黑痣。结语是:"请往修道院去,或者去用剃刀刮一刮光。"把两首诗放在一起,其间的对比十分残忍,无法相信它们是写同一个人的。这首诗实在恶毒得令人吃惊,不过我知道,它同时也真实得令人吃惊,最诚实地写下了诗人此时此刻的感觉。
　　对两姐妹的爱恋是海涅一生中最投入的情爱体验,后来他就不再有这样的痴情了。我们不妨假设,倘若苔莱丝当初接受了他的求爱,她人老珠黄之后下巴上那颗带硬毛的黑痣还会不会令他反感?从他对美的敏感来推测,恐怕也只是程度的差异而已。其实,就在他热恋的那个时期里,他的作品就已常含美易消逝的忧伤,上面所引的那首名诗也是例证之一。不过,在当时的他眼里,美正因为易逝而更珍贵,更使人想要把它挽留住。他当时是一个痴情少年,而痴情之为痴情,就在于相信能使易逝者永存。对美的敏感原是这种要使美永存的痴情的根源,但是,它同时又意味着对美已经消逝也敏感,因而会对痴情起消解的作用,在海涅身上发生的正是这个过程。后来,他好像由一个爱情的崇拜者变成了一个爱情的嘲讽者,他的爱情诗出现了越来越强烈的自嘲和讽刺的调子。嘲讽的理由却与从前崇拜的理由相同,从前,美因为易逝而更珍贵,现在,却因此而不可信,遂使爱情也成了只能姑妄听之的谎言。这时候,他已名满天下,在风月场上春风得意,读一读《群芳杂咏》标题下的那些猎艳诗吧,真是写得非常轻松潇洒,他好像真的从爱情中拔出来了。可是,只要仔细品味,你仍可觉察出从前的那种忧伤。他自己承认:"尽管饱尝胜利滋味,总缺少一种最要紧的东西",就是"那消失了的少年时代的痴情"。由对这种痴情的怀念,我们可以看出海涅骨子里仍是一个爱情的崇拜者。

在海涅一生与女人的关系中,事事都没有结果,除了年轻时的单恋,便是成名以后的逢场作戏。惟有一个例外,就是在流亡巴黎后与一个他名之为玛蒂尔德的鞋店女店员结了婚。我们可以想见,在他们之间毫无浪漫的爱情可言。海涅年少气盛时曾在一首诗中宣布,如果他未来的妻子不喜欢他的诗,他就要离婚。现在,这个女店员完全不通文墨,他却容忍下来了。后来的事实证明,在他瘫痪卧床以后,她不愧是一个任劳任怨的贤妻。在他最后的诗作中,有两首是写这位妻子的,读了真是令人唏嘘。一首写他想象自己的周年忌日,妻子来上坟,他看见她累得脚步不稳,便嘱咐她乘出租车回家,不可步行。另一首写他哀求天使,在他死后保护他的孤零零的遗孀。这无疑是一种生死相依的至深感情,但肯定不是他理想中的爱情。在他穷困潦倒的余生,爱情已经成为一种遥远的奢侈。

即使在诗人之中,海涅的爱情遭遇也应归于不幸之列。但是,我相信问题不在于遭遇的幸与不幸,而在于他所热望的那种爱情是根本不可能实现的。在他的热望中,世上应该有永存的美,来保证爱的长久,也应该有长久的爱,来保证美的永存。在他五十一岁的那一天,当他拖着病腿走进罗浮宫的时候,他在维纳斯脸上看到的正是美和爱的这个永恒的二位一体,于是最终确信了自己的寻求是正确的。但是,他为这样的寻求已经筋疲力尽,马上就要倒下了。这时候,他一定很盼望女神给他以最后的帮助,却瞥

见了女神没有双臂。米罗的维纳斯在出土时就没有了双臂，这似乎是一个象征，表明连神灵也不拥有在人间实现最理想的爱情的那种力量。当此之时，海涅是为自己也为维纳斯痛哭，他哭他对维纳斯的忠诚，也哭维纳斯没有力量帮助他这个忠诚的信徒。

2001.1

能使男人受孕的女人

这个题目是从萨尔勃(L.Salber)所著莎乐美(Lou Salome)传中的一段评语概括而来,徐菲在《一个非凡女人的一生:莎乐美》中引用了此段话。不过,现在我以之为标题,她也许会不以为然,徐菲是一位旗帜鲜明的女性主义者,她对文化史上诸多杰出女性情有独钟,愤慨于她们之被"他的故事"遮蔽,决心要还她们以"她的故事"的本来面貌,于是我们读到了由她主编的"永恒的女性"丛书,其中包括她自己执笔的《莎乐美》这本书。

我承认,我知道莎乐美其人,一开始的确是通过若干个"他的故事"。在尼采的故事中,她正值青春妙龄,天赋卓绝,使这位比她年长 18 岁的孤独的哲学家一生中惟一一次真正堕入了情网。在里尔克的故事中,她年届中年,魅力不减,仍令这位比她小 15 岁的诗人爱得如痴如醉。在弗洛伊德的故事中,她以知天命之年拜师门下,其业绩令这位比她年长 6 岁的大师刮目相看, 誉为精神分析学派的巨大荣幸。单凭与这三位天才的特殊交往,莎乐美的名字在我的心中就已足够辉煌了。所以,当我翻开这第一本用汉语出版的莎乐美传记时,不由得兴味盎然。

莎乐美无疑极具女性的魅力,因而使许多遇见她的男子神魂颠倒。但是,与一般漂亮风流女子的区别在于,她还是一个对于精神事物具有非凡理解力的女人。正因为此,她便能够使得像尼采和里尔克这样的天才男人在精神上受孕。尼采对她的不成功的热恋只维持了半年,两人终于不欢而

散。然而，对于尼采来说，与一个"智性和趣味深相沟通"（尼采语）的可爱女子亲密相处的经验是非同寻常的。这个孩子般天真的姑娘一眼就看到了他的深不可测的孤独，他心中的阴暗的土牢和秘密的地窖，同时却又懂得欣赏他的近于女性的温柔和优雅的风度。莎乐美后来在一部专著中这样评论尼采："他的全部经历都是一种如此深刻的内在经历"，"不再有另一个人，外在的精神作品与内在的生命图像如此完整地融为一体。"虽然这部专著发表时尼采已患精神病，因而不能阅读了，可是，其中所贯穿着的对他的理解想必是他早已领略过且为之怦然心动的。如果说他生平所得到的最深刻理解竟来自一个异性，这使他感受到了胜似交欢的极乐，那么，最后所备尝的失恋的痛苦则几乎立即就转变成了产前的阵痛，在被爱情和人寰遗弃的彻底孤独中，一部最奇特的作品《查拉图斯特拉如是说》脱胎而出了。

里尔克的情形有很大不同。与里尔克相遇时，莎乐美已是一个成熟的妇人，她便把这成熟也带给了初出茅庐的诗人。同为知音，在尼采那里，她是学生辈，在里尔克这里，她是老师辈了。她与里尔克延续了三年的情人关系，友谊则保持终身，直到诗人去世。从年龄看，他们的情人关系几近于乱伦，但她自己对此有一个合理的解释，说他们是"乱伦还不算是犯下渎神罪的世纪前的兄弟姐妹"。在某种意义上，她对里尔克在精神上的关系也像是一位年长的性爱教师，她帮助他克服感情上的夸张，与他一起烧毁早期那些矫揉造作的诗，带领他游历世界和贴近生活，引导他走向事物的本质和诗的真实。里尔克自己说，正是在莎乐美的指引下，他变得成熟，学会了表达质朴的东西。如果没有莎乐美，尼采肯定仍然是一个大哲学家，但里尔克能否成长为二十世纪最优秀的德语诗人就不好说了。

我们也许要问，莎乐美对尼采和里尔克如此心有灵犀，为何却始则断然拒绝了尼采的求爱，继而冷静地离开了始终依恋她的里尔克？作者在引言中有一句评语，我觉得颇为中肯："莎乐美对男人们经久不衰的魅力在于：她懂得怎样去理解他们，同时又保持自己的独立性。"心灵相通，在实际生活中又保持距离，的确最能使彼此的吸引力耐久。当然，莎乐美这样做不是故意要吊男人们的胃口，而是她自己也不肯受任何一个男人支配。一位同时代人曾把她的独立不羁的个性喻为一种自然力,一道急流,汹涌向前,不问结果是凶是吉。想必她对自己的天性是有所了解的,因此,在处理婚爱问题时反倒显得相当明智。她的婚姻极其稳定,长达43年之久,直到她的丈夫去世,只因为这位丈夫完全不干涉她的任何自由。她一生中最持久的性爱伴侣也不是什么哲学家或艺术家,而是一个待人宽厚的医生。不难想象,敏感如尼采和里尔克,诚然欣赏她的特立独行,但若长期朝夕厮守,这同样的个性就必定会成为一种伤害。两个独特的个性最能互相激励,却最难在一起过日子。所以,莎乐美之离开尼采和里尔克,何尝不也是在替他们考虑。

写到这里,我发现自己已难逃男性偏见之讥。在作者所叙述的"她的故事"之中,我津津乐道的怎么仍旧是与"他的故事"纠缠在一起的"她"呢?让我赶快补充说,莎乐美不但能使男人受孕,而且自己也是一个多产的作家,写过许多小说和论著。她有两部长篇小说的主人公分别以尼采《为上帝而战》和里尔克的《屋子》为原型,她的论著的主题先后是易卜生、尼采、里尔克、弗洛伊德的思想或艺术……唉,又是这些男人!看来这是没有办法的:男人和女人互相是故事,我们不可能读到纯粹的"他的故事"或"她的故事",人世间说不完的永远是"她和他的故事"。我非常赞赏作者所引述的莎乐美对两性的看法:两性有着不同的生活形式,要辨别何种形式更有价值是无聊的,两性的差异本身就是价值,藉此才能把生活推进到最高层次。我相信,虽然莎乐美的哲学和文学成就肯定比不上尼采和里尔克,但是,莎乐美一生的精彩却不亚于他们。我相信,无须用女性主义眼光改写历史,我们仍可对历史上的许多杰出女性深怀敬意。这套丛书以歌德的诗句命名是发人深省的。在《浮士德》中,"永恒的女性"不是指一个女人,甚至也不是指一个性别。细读德文原著可知,歌德的意思是说,"永恒的"与"女性的"乃同义语,在我们所追求的永恒之境界中,无物消逝,一切既神秘又实在,恰似女性一般圆融。也就是说,正像男人和女人的肉体不分性别都孕育于子宫一样,男人和女人的灵魂也不分性别都向往着天母之怀抱。女性的伟大是包容万物的,与之相比,形形色色的性别之争不过是一些好笑的人间喜剧罢了。

2000.1

欣赏另一半

一个女精神分析学家告诉我们：精子是一个前进的箭头，卵子是一个封闭的圆圈，所以，男人好斗外向，女人温和内向。她还告诉我们：在性生活中，女性的快感是全身心的，男性的快感则集中于性器官，所以，女性在整体性方面的能力要高于男性。

一个男哲学家告诉我们：男人每隔几天就能产生出数亿个精子，女人将近一个月才能产生出一个卵子，所以，一个男人理应娶许多妻子，而一个女人则理应忠于一个丈夫。

都是从性生理现象中找根据，结论却互相敌对。

我要问这位女精神分析学家：精子也很像一条轻盈的鱼，卵子也很像一只迟钝的水母，这是否意味着男人比女人活泼可爱？我还要问她：在性生活中，男人射出精子，而女人接受，这是否意味着女性的确是一个被动的性别？

我要问这位男哲学家：在一次幸运的性交中，上亿个精子里只有一个被卵子接受，其余均遭淘汰，这是否意味着男人在数量上过于泛滥，应当由女人来对他们加以筛选而淘汰掉大多数？

我真正要说的是：性生理现象的类比不能成为性别褒贬的论据。

在日常生活中，我们也常常会听到在男女之间分优劣比高低的议论，虽然不像这样披着一层学问的外衣。两性之间在生理上和心理上的差异是一个明显的事实，否认这种差异当然是愚蠢的，但是，试图论证在这种差异中哪一性更优秀却是无聊的。正确的做法是把两性的差异本身当作价值，用它来增进共同的幸福。

超出一切性别论争的一个事实是，自有人类以来，男女两性就始终互相吸引和寻找，不可遏止地要结合为一体。对于这个事实，柏拉图的著作里有一种解释：很早的时候，人都是双性人，身体像一只圆球，一半是男一半是女，后来被从中间劈开了，所以每个人都竭力要找回自己的另一半，以重归于完整。我曾经认为这种解释太幼稚，而现在，听多了现代人的性别论争，我忽然领悟了它的深刻的寓意。

寓意之一：无论是男性特质还是女性特质，孤立起来都是缺点，都造成了片面的人性，结合起来便都是优点，都是构成健全人性的必需材料。譬如说，如果说男性刚强，女性温柔，那么，只刚不柔便成脆，只柔不刚便成软，刚柔相济才是韧。

寓意之二：两性特质的区分仅是相对的，从本原上说，它们并存于每个人身上。一个刚强的男人也可以具有内在的温柔，一个温柔的女人也可以具有内在的刚强。一个人越是蕴含异性特质，在人性上就越丰富和完整，也因此越善于在异性身上认出和欣赏自己的另一半。相反，那些性别优劣争吵不休的人（当然更多是男人），容我直说，他们的误区不只在理论上，真正的问题很可能出在他们的人性已经过于片面化了。借用柏拉图的寓言来说，他们是被劈开得太久了，以至于只能僵持于自己的这一半，认不出自己的另一半了。

2000.10

神圣的交流

——《亲历死亡丛书》总序

一个人患了绝症,确知留在世上的时日已经不多,这种情形十分普通。我说它十分普通,是因为这是我们周围每天都在发生的事情,也是可能落到我们每一个人头上的命运。然而,它同时又是极其特殊的情形,因为在一个人的生命中,还有什么事情比生命行将结束这件事情更加重大和不可思议呢?

在通常情况下,我们会发现,这时候在患者与亲人、朋友、熟人之间,立即笼罩了一种忌讳的气氛,人人都知道那正在发生的事情,但人人都小心翼翼地加以回避。这似乎是自然而然的。可是,这种似乎自然而然形成的气氛本身就是最大的不自然,如同一堵墙将患者封锁起来,阻止了他与世界之间的交流,把他逼入了仿佛遭到遗弃似的最不堪的孤独之中。

事实上,恰恰是当一个人即将告别人世的时候,他与世界之间最有可能产生一种非常有价值的交流。这种死别时刻的精神交流几乎具有一种神圣的性质。中国古语说:"人之将死,其言也善。"我是相信这句话的。一个人在大限面前很可能会获得一种不同的眼光,比平常更真实也更超脱。当然,前提是他没有被死亡彻底击败,仍能进行活泼的思考。有一些人是能够凭借自身内在的力量做到这一点的。就整个社会而言,为了使更多的人做到这一点，便有必要改变讳言死亡的陋习，形成一种生者与将死者一起坦然面对死亡的健康氛围。在这样的氛围中，将死者不再是除了等死别无事情可做，而是可以做他一生中最后一件有意义的事，便是成为一个哲学家。我这么说丝毫不是开玩笑。一个人不管他的职业是什么，他的人生的最后阶段都应该是哲学阶段。在这个阶段，死亡近在眼前，迫使他不得不面对这个最大的哲学问题。只要他能够正视和思考，达成一种恰当的认识和态度，他也就是一个事实上的哲学家了。如果他有一定的写作能力，那么，在他力所能及的时候，也还可以把他走向死亡过程中的感觉、体验、思想写下来，这对于他自己是一个人生总结，对于别人则会是一笔精神遗产。

值得欢迎的是，在中国大陆，也已经有人在这方面做出了榜样。一般来说，我不赞成在生前发表死亡日记一类的东西，因为媒体的介入可能会影响写作者的心态，损害他的感受和思想的真实性。这种写作必须首先是为了自己的，是一个人最后的灵魂生活的方式。当然，它同时也是一种交流，但作为交流未必要马上广泛地兑现，而往往是依据其真实价值在作者身后启迪人心。不过，如果作者确实是出于强烈的内在需要而写作的，那么，他仍能抵御外来的干扰而言其心声。我相信陆幼青就属于这种情况，并对他的勇气和智慧怀着深深的敬意。

中国城市出版社选择类似题材中近些年来比较有影响的德语著作翻译出版，编成《亲历死亡丛书》，我便写了以上的想法。我读了所选书籍的部分内容，觉得德语民族不愧是哲学民族，一些普通人在面对死亡时的态度和思索也富有哲学意味。那么我想，这套书不但能够推动我们深入思考死亡问题，而且可能会帮助我们中间的一些人在人生最后阶段也写出有哲学深度的著作，给人间留下高质量的精神遗产的吧。

2001.5

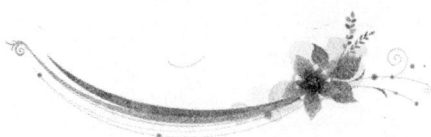

风中的纸屑

（1992—2001）

和命运结伴而行

命运主要由两个因素决定:环境和性格。环境规定了一个人的遭遇的可能范围,性格则规定了他对遭遇的反应方式。由于反应方式不同,相同的遭遇就有了不同的意义,因而也就成了本质上不同的遭遇。我在此意义上理解赫拉克利特的这一名言:"性格即命运"。

但是,这并不说明人能决定自己的命运,因为人不能决定自己的性格。

性格无所谓好坏,好坏仅在于人对自己的性格的使用,在使用中便有了人的自由。

就命运是一种神秘的外在力量而言,人不能支配命运,只能支配自己对命运的态度。一个人愈是能够支配自己对于命运的态度,命运对于他的支配力量就愈小。

"愿意的人,命运领着走。不愿意的人,命运拖着走。"太简单一些了吧? 活生生的人总是被领着也被拖着,抗争着但终于不得不屈服。

昔日的同学走出校门,各奔东西,若干年后重逢,便会发现彼此在做着很不同的事,在名利场上的沉浮也相差悬殊。可是,只要仔细一想,你会进一步发现,各人所走的道路大抵有线索可寻,符合各自的人格类型和性格逻辑,说得上各得其所。

上帝借种种偶然性之手分配人们的命运,除开特殊的天灾人祸之外,它的分配基本上是公平的。

偶然性是上帝的心血来潮，它可能是灵感喷发，也可能只是一个恶作剧，可能是神来之笔，也可能只是一个笔误。因此，在人生中，偶然性便成了一个既诱人又恼人的东西。我们无法预测会有哪一种偶然性落到自己头上，所能做到的仅是——如果得到的是神来之笔，就不要辜负了它；如果得到的是笔误，就精心地修改它，使它看起来像是另一种神来之笔，如同有的画家把偶然落到画布上的污斑修改成整幅画的点睛之笔那样。当然，在实际生活中，修改上帝的笔误绝非一件如此轻松的事情，有的人为此付出了毕生的努力，而这努力本身便展现为辉煌的人生历程。

人活世上，第一重要的还是做人，懂得自爱自尊，使自己有一颗坦荡又充实的灵魂，足以承受得住命运的打击，也配得上命运的赐予。倘能这样，也就算得上做命运的主人了。

浮生若梦，何妨就当它是梦，尽兴地梦它一场？世事如云，何妨就当它是云，从容地观它千变？

事情对人的影响是与距离成反比的，离得越近，就越能支配我们的心情。因此，减轻和摆脱其影响的办法就是寻找一个立足点，那个立足点可以使我们拉开与事情之间的距离。如果那个立足点仍在人世间，与事情拉开了一个有限的距离，我们便会获得一种明智的态度。如果那个立足点被安置在人世之外，与事情隔开了一个无限的距离，我们便会获得一种超脱的态度。

大损失在人生中的教化作用：使人对小损失不再计较。

爱与孤独

孤独中有大快乐，沟通中也有大快乐，两者都属于灵魂。一颗灵魂发现、欣赏、享受自己所拥有的财富，这是孤独的快乐。如果这财富也被另一颗灵魂发现了，便有了沟通的快乐。所以，前提是灵魂的富有。对于灵魂空虚之辈，不足以言这两种快乐。

在舞曲和欢笑声中，我思索人生。在沉思和独处中，我享受人生。

你与你的亲人、友人、熟人、同时代人一起穿过岁月，你看见他们在你的周围成长和衰老。可是，你自己依然是在孤独中成长和衰老的，你的每一个生命年代仅仅属于你，你必须独自承担岁月在你的心灵上和身体上的刻痕。

有两种孤独。

灵魂寻找自己的来源和归宿而不可得，感到自己是茫茫宇宙中的一个没有根据的偶然性，这是绝对的、形而上的、哲学性质的孤独。灵魂寻找另一颗灵魂而不可得，感到自己是人世间的一个没有旅伴的漂泊者，这是相对的、形而下的、社会性质的孤独。

前一种孤独使人走向上帝和神圣的爱，或者遁入空门。后一种孤独使人走向他人和人间的爱，或者陷入自恋。

一切人间的爱都不能解除形而上的孤独。然而，谁若怀着形而上的孤独，人间的爱在他眼里就有了一种形而上的深度。当他爱一个人时，他心中会充满佛一样的大悲悯。在他所爱的人身上,他又会发现神的影子。

当一个孤独寻找另一个孤独时,便有了爱的欲望。可是,两个孤独到了一起就能够摆脱孤独了吗?

孤独之不可消除,使爱成了永无止境的寻求。在这条无尽的道路上奔走的人,最终就会看破小爱的限度,而寻求大爱,或者——超越一切爱,而达于无爱。

人在世上是需要有一个伴的。有人在生活上疼你,终归比没有好。至于精神上的幸福,这只能靠你自己,永远如此。只要你心中的那个美好的天地完好无损,那块新大陆常新,就没有人能夺走你的幸福。

有邂逅才有人生魅力。有时候,不必更多,不知来自何方的脉脉含情的一瞥,就足以驱散岁月的阴云,重新唤起我们对幸福的信心。

那些不幸的天才,例如尼采和凡·高,他们最大的不幸并不在于无人理解,因为精神上的孤独是可以用创造来安慰的,而恰恰在于得不到普通的人间温暖,活着时就成了被人群遗弃的孤魂。

独身的最大弊病是孤独,乃至在孤独中死去。可是,孤独既是一种痛苦,也是一种享受,而再好的婚姻也不能完全免除孤独的痛苦,却多少会损害孤独的享受。至于死,任何亲人的在场都不能阻挡它的必然到来,而且死在本质上总是孤独的。

当我们知道了爱的难度,或者知道了爱的限度,我们就谈论友谊。当我们知道了友谊的难度,或者知道了友谊的限度,我们就谈论孤独。可是,谈论孤独仍然是一件非常奢侈的事情。

"有人独倚晚妆楼"——何等有力的引诱!她以醒目的方式提示了爱的缺席。女人一孤独,就招人怜爱了。

相反,在某种意义上,孤独是男人的本分。

自我和他人

托尔斯泰在谈到独处和交往的区别时说："你要使自己的理性适合整体,适合一切的源,而不是适合部分,不是适合人群。"说得好。

对于一个人来说,独处和交往均属必需。但是,独处更本质,因为在独处时,人是直接面对世界的整体,面对万物之源的。相反,在交往时,人却只是面对部分,面对过程的片断。人群聚集之处,只有凡人琐事,过眼烟云,没有上帝和永恒。

也许可以说,独处是时间性的,交往是空间性的。

乘飞机,突发奇想:如果在临死前,譬如说这架飞机失事了,我从空中摔落,而这时我看到了极美的景色,获得了极不寻常的体验,这经历和体验有没有意义呢? 由于我不可能把它们告诉别人,它们对于别人当然没有意义。对于我自己呢? 人们一定会说:既然你顷刻间就死了,这种经历和体验亦随你而毁灭,在世上不留任何痕迹,它们对你也没有意义。可是,同样的逻辑难道不是适用于我一生中任何时候的经历和体验吗? 不对,你过去的经历和体验或曾诉诸文字,或曾传达给他人,因而已经实现了社会的功能。那么,意义的尺度归根结底是社会的吗?

看破红尘易,忍受孤独难。在长期远离人寰的寂静中,一个人不可能做任何事,包括读书、写作、思考。甚至包括禅定,因为禅定也是一种人类活动,惟有在人类的氛围中才能进行。难怪住在冷清古寺里的老僧要自叹:"怎生教老僧禅定?"

独特,然后才有沟通。毫无特色的平庸之辈厮混在一起,只有委琐,岂可与语沟通。每人都展现出自己独特的美,开放出自己的奇花异卉,每人也都欣赏其他一切人的美,人人都是美的创造者和欣赏者,这样的世界才是赏心悦目的人类家园。

怎样算是替他人着想,有两种截然相反的理解。在一种人看来,这意味着尊重他人的个别性,不把自己的愿望强加于人,不随意搅扰别人,不使他人为难。在另一种人看来,这意味着乐于助人,频频向人表示关心,一种异乎寻常的热心肠。两者的差异源于个性和观念的不同,他们要求于他人的东西也同样是不同的。

人与人之间应当保持一定距离,这是每个人的自我的必要的生存空间。缺乏自我的人不懂得这个道理。你因为遭受某种痛苦而独自躲了起来,这时候,往往是这时候,你的门敲响了,那班同情者络绎不绝地到来,把你连同你的痛苦淹没在同情的吵闹声中了。

自爱者才能爱人,富裕者才能馈赠。给人以生命欢乐的人,必是自己充满着生命欢乐的人。一个不爱自己的人,既不会是一个可爱的人,也不可能真正爱别人。他带着对自己的怨恨到别人那里去,就算他是去行善的吧,他的怨恨仍会在他的每一件善行里显露出来,加人以损伤。受惠于一个自怨自艾的人,还有比这更不舒服的事吗?

孤独与创造,孰为因果?也许是互为因果。一个疏于交往的人会更多地关注自己的内心世界,一个人专注于创造也会导致人际关系的疏远。

在体察别人的心境方面,我们往往都很粗心。人人都有自己的烦恼事,都不由自主地被琐碎的日常生活推着走,谁有工夫来注意你的心境,注意到了又能替你做什么呢?当心灵的重负使你的精神濒于崩溃,只要减一分便能得救时,也未必有人动这一举手之劳,因为具备这个能力的人多半觉得自己有更重要的事要做,压根儿想不到那一件他轻易能做的小事竟会决定你的生死。

心境不能沟通,这是人类生存的基本境遇之一,所以每个人在某个时

刻都会觉得自己是被弃的孤儿。

　　人与人之间有同情，有仁义，有爱。所以，世上有克己助人的慈悲和舍己救人的豪侠。但是，每一个人终究是一个生物学上和心理学上的个体，最切己的痛痒惟有自己能最真切地感知。在这个意义上，对于每一个人来说，他最关心的还是他自己，世上最关心他的也还是他自己。要别人比他自己更关心他，要别人比关心每人自己更关心他，都是违背作为个体的生物学和心理学本质的。结论是：每个人都应该自立。

性爱哲学

世上并无命定的姻缘,但是,那种一见倾心、终生眷恋的爱情的确具有一种命运般的力量。

爱情是盲目的,只要情投意合,仿佛就一丑遮百丑。爱情是心明眼亮的,只要情深意久,确实就一丑遮百丑。

一个爱情的生存时间或长或短,但必须有一个最短限度,这是爱情之为爱情的质的保证。小于这个限度,两情无论怎样热烈,也只能算作一时的迷恋,不能称作爱情。

初恋的感情最单纯也最强烈,但同时也最缺乏内涵,几乎一切初恋都是十分相像的。因此,尽管人们难以忘怀自己的初恋经历,却又往往发现可供回忆的东西很少。

我相信成熟的爱情是更有价值的,因为它是全部人生经历发出的呼唤。

我爱故我在。

两人再相爱,乃至结了婚,他们仍然应该有分居和各自独处的时间。分居的危险是增加了与别的异性来往和受诱惑的机会,取消独处的危险是丧失自我,成为庸人。后一种危险当然比前一种危险更可怕。与其平庸地苟合,不如有个性而颠簸,而离异,而独身。何况有个性是真爱情的前提,有个性才有爱的能力和被爱的价值。好的爱情原是两个独特的自我之间的互相惊奇、欣赏和沟通。在两个有个性的人之间,爱情也许会经历种种

曲折甚至可能终于失败，可是，在两个毫无个性的人之间，严格意义上的爱情根本就不可能发生。

心灵相通，在实际生活中又保持距离，最能使彼此的吸引力耐久。

只爱自己的人不会有真正的爱，只有骄横的占有。不爱自己的人也不会有真正的爱，只有谦卑的奉献。

如果说爱是一门艺术，那么，恰如其分的自爱便是一种素质，惟有具备这种素质的人才能成为爱的艺术家。

爱是一种精神素质，而挫折则是这种素质的试金石。

大自然提供的只是素材，惟有爱才能把这素材创造成完美的作品。

凭人力可以成就和睦的婚姻，得到幸福的爱情却要靠天意。

对于灵魂的相知来说，最重要的是两颗灵魂本身的丰富以及由此产生的互相吸引，而决非彼此的熟稔乃至明察秋毫。

看两人是否相爱，一个可靠尺度是看他们是否互相玩味和欣赏。两个相爱者之间必定是常常互相玩味的，而且是不由自主地要玩，越玩越觉得有味。如果有一天觉得索然无味，毫无玩兴，爱就荡然无存了。

优异易夭折，平庸能长寿。爱情何尝不是如此？

一万件风流韵事也不能治愈爱的创伤，就像一万部艳情小说也不能填补《红楼梦》的残缺。

婚姻与爱情

再好的婚姻也不能担保既有的爱情永存，杜绝新的爱情发生的可能性。不过，这没有什么不好。世上没有也不该有命定的姻缘。靠闭关自守而得维持其专一长久的爱情未免可怜，惟有历尽诱惑而不渝的爱情才富有生机，真正值得自豪。

我一直认为，结婚和独身各有利弊，而只要相爱，无论结不结婚都是好的。我不认为婚姻能够保证爱情的稳固，但我也不认为婚姻会导致爱情的死亡。一个爱情的生命取决于它自身的质量和活力，事实上与婚姻无关。既然如此，就不必刻意追求或者拒绝婚姻的形式了。

当然，婚姻有一个最大的弊病，就是对独处造成威胁。对于一个珍爱心灵生活的人来说，独处无疑是一种神圣的需要。不过，如果双方都能够领会此种需要，并且作出适当的安排，我相信是可以把婚姻对独处的威胁减低到最小限度的。

正像恋爱能激发灵感一样，婚姻会磨损才智。家庭幸福是一种动物式的满足状态。要求两个人天天生活在一起，既融洽相处，又保持独特，未免太苛求了。

家太平凡了，再温馨的家也充满琐碎的重复，所以家庭生活是难以入诗的。相反，羁旅却富有诗意。可是，偏偏在羁旅诗里，家成了一个中心意象。只有在"孤舟五更家万里"的情境中，我们才真正感受到家的可贵。

性是肉体生活,遵循快乐原则。爱情是精神生活,遵循理想原则。婚姻是社会生活,遵循现实原则。这是三个完全不同的东西。婚姻的困难在于,如何在同一个异性身上把三者统一起来,不让习以为常麻痹性的诱惑和快乐,不让琐碎现实损害爱的激情和理想。

可以用两个标准来衡量婚姻的质量,一是它的爱情基础,二是它的稳固程度。这两个因素之间未必有因果关系,所谓"佳偶难久",热烈的爱情自有其脆弱的方面,而婚姻的稳固往往更多地取决于一些实际因素。两者俱佳,当然是美满姻缘。然而,如果其中之一甚强而另一稍弱,也就算得上是合格的婚姻了。

"我们两人都变傻了。"

"这是我们婚姻美满的可靠标志。"

人们常说,牢固的婚姻要以互相信任为前提。这当然不错,但还不够,必须再加上互相宽容才行。

在两人相爱的情形下,各人的确仍然可能和别的异性发生瓜葛,这是一个可在理论上证明并在经验中证实的确凿事实。由于不宽容,本来可以延续的爱情和婚姻毁于一旦了。

所以,我主张:相爱者在最基本的方面互相信任,即信任彼此的爱,同时在比较次要的方面互相宽容,即宽容对方偶然的越轨行为。惟有如此,才能保证婚姻的稳固,避免不该发生的破裂。

人得救靠本能

习惯，疲倦，遗忘，生活琐事……苦难有许多貌不惊人的救星。人得救不是靠哲学和宗教，而是靠本能，正是生存本能使人类和个人历尽劫难而免于毁灭，各种哲学和宗教的安慰也无非是人类生存本能的自勉罢了。

人都是得过且过，事到临头才真急。达摩克利斯之剑悬在头上，仍然不知道疼。砍下来，只要不死，好了伤疤又忘疼。最拗不过的是生存本能以及由之产生的日常生活琐事，正是这些琐事分散了人对苦难的注意，使苦难者得以休养生息，走出泪谷。

我们不可能持之以恒地为一个预知的灾难结局悲伤。悲伤如同别的情绪一样，也会疲劳，也需要休息。

以旁观者的眼光看死刑犯，一定会想象他们无一日得安生，其实不然。因为，只要想一想我们自己，谁不是被判了死刑的人呢？

许多时候人需要遗忘，有时候人还需要装做已经遗忘——我当然是指在自己面前，而不只是在别人面前。

身处一种旷日持久的灾难之中，为了同这灾难拉开一个心理距离，可以有种种办法。乐观者会尽量"朝前看"，把眼光投向雨过天晴的未来，看到灾难的暂时性，从而怀抱一种希望。悲观者会尽量居高临下地"俯视"灾难，把它放在人生虚无的大背景下来看，看破人间祸福的无谓，从而产生一种超脱的心境。倘若我们既非乐观的诗人，亦非悲观的哲人，而只是得过

且过的普通人，我们仍然可以甚至必然有意无意地掉头不看眼前的灾难，尽量把注意力放在生活中尚存的别的欢乐上，哪怕是些极琐屑的欢乐，只要我们还活着，这类欢乐是任何灾难都不能把它们彻底消灭掉的。所有这些办法，实质上都是逃避，而逃避常常是必要的。

如果我们骄傲得不肯逃避，或者沉重得不能逃避，怎么办呢？

剩下的惟一办法是忍。咬牙忍受，世上并无不可忍受的灾难。

古人曾云：忍为众妙之门。事实上，对于人生种种不可躲避的灾祸和不可改变的苦难，除了忍，别无他法。忍也不是什么妙法，只是非如此不可罢了。不忍又能怎样？所谓超脱，不过是寻找一种精神上的支撑，从而较能够忍，并非不需要忍了。一切透彻的哲学解说都改变不了任何一个确凿的灾难事实。佛教教人看透生老病死之苦，但并不能消除生老病死本身，苦仍然是苦，无论怎么看透，身受时还是得忍。

当然，也有忍不了的时候，结果是肉体的崩溃——死亡，精神的崩溃——疯狂，最糟则是人格的崩溃——从此萎靡不振。如果不想毁于灾难，就只能忍。忍是一种自救，即使自救不了，至少也是一种自尊。以从容平静的态度忍受人生最悲惨的厄运，这是处世做人的基本功夫。

张鸣善《普天乐》："风雨儿怎当？风雨儿定当。风雨儿难当！"这三句话说出了人们对于苦难的感受的三个阶段：事前不敢想象，到时必须忍受，过后不堪回首。

人生无非是等和忍的交替。有时是忍中有等，绝望中有期待。到了一无可等的时候，就最后忍一忍，大不了是一死，就此彻底解脱。

着眼于过程，人生才有幸福或痛苦可言。以死为背景，一切苦乐祸福的区别都无谓了。因此，当我们身在福中时，我们尽量不去想死的背景，以免败坏眼前的幸福。一旦苦难临头，我们又尽量去想死的背景，以求超脱当下的苦难。

生命连同它的快乐和痛苦都是虚幻的——这个观念对于快乐是一个打击，对于痛苦未尝不是一个安慰。用终极的虚无淡化日常的苦难，用彻底的悲观净化尘世的哀伤，这也许是悲观主义的智慧吧。

对于一切悲惨的事情，包括我们自己的死，我们始终是又适应又不适应，有时悲观有时达观，时而清醒时而麻木，直到最后都是如此。说到底，人的忍受力和适应力是惊人的，几乎能够在任何境遇中活着，或者——死去，而死也不是不能忍受和适应的。到死时，不适应也适应了，不适应也无可奈何了，不适应也死了。

金钱与生命

有钱又有闲当然幸运，倘不能，退而求其次，我宁做有闲的穷人，不做有钱的忙人。我爱闲适胜于爱金钱。金钱终究是身外之物，闲适却使我感到自己是生命的主人。

有人说："有钱可以买时间。"这话当然不错。但是，如果大前提是"时间就是金钱"，买得的时间又追加为获取更多金钱的资本，则一生劳碌便永无终时。

所以，应当改变大前提：时间不仅是金钱，更是生命，而生命的价值是金钱无法衡量的。

人们不妨赞美清贫，却不可讴歌贫困。人生的种种享受是需要好的心境的，而贫困会剥夺好的心境，足以扼杀生命的大部分乐趣。

金钱的好处便是使人免于贫困。

但是，在提供积极的享受方面，金钱的作用极其有限。人生最美好的享受，包括创造、沉思、艺术欣赏、爱情、亲情等等，都非金钱所能买到。原因很简单，所有这类享受皆依赖于心灵的能力，而心灵的能力是与钱包的鼓瘪毫不相干的。

只有一次的生命是人生最宝贵的财富，但许多人宁愿用它来换取那些次宝贵或不甚宝贵的财富，把全部生命耗费在学问、名声、权力或金钱的积聚上。他们临终时当如此悔叹："我只是使用了生命，而不曾享受生命！"

一个人可以凭聪明、勤劳和运气挣许多钱,但如何花掉这些钱却要靠智慧了。

如何花钱比如何挣钱更能见出一个人的品位高下。

金钱,消费,享受,生活质量——当我把这些相关的词排列起来时,我忽然发现它们好像有一种递减关系:金钱与消费的联系最为紧密,与享受的联系要弱一些,与生活质量的联系就更弱。因为至少,享受不限于消费,还包括创造,生活质量不只看享受,还要看承受苦难的勇气。在现代社会里,金钱的力量当然是有目共睹的,但是这种力量肯定没有大到足以修改我们对生活的基本理解。

在五光十色的现代世界中,让我们记住一个古老的真理:活得简单才能活得自由。

一切奢侈品都给精神活动带来不便。

坚守精神的家园

现代世界是商品世界，我们不能脱离这个世界求个人的生存和发展，这是一个事实。但是，这不是全部事实。我们同时还生活在历史和宇宙中，生活在自己惟一的一次生命过程中。所以，对于我们的行为，我们不能只用交换价值来衡量，而应有更加开阔久远的参照系。在投入现代潮流的同时，我们要有所坚守，坚守那些永恒的人生价值。一个不能投入的人是一个落伍者，一个无所坚守的人是一个随波逐流者。前者令人同情，后者令人鄙视。也许有人两者兼顾，成为一个高瞻远瞩的弄潮儿，那当然就是令人钦佩的了。

"人是要有一点精神的。"——在一切"最高指示"中，至少这一句的确不会过时。

在那个"突出政治"的年代，我对它有自己的读法，我把它读作：人不该只有政治狂热，把自己的灵魂淹没在红彤彤的标语口号海洋里。

在如今崇拜金钱的氛围中，我又想起了这句话，并且给它加上新的注解：人不该只求物质奢华，把自己的灵魂淹没在花花绿绿的商品海洋里。

世事无常，潮流变迁。相同的是，凡潮流都可能（当然不是必定）会淹没人的那一颗脆弱的灵魂。因此，愿我们投入任何潮流时都永远保持这一种清醒："人是要有一点精神的。"

天下滔滔，象牙塔一座接一座倾塌了。我平静地望着它们的残骸随波漂走，庆幸许多被囚的普通灵魂获得了解放。

可是，当我发现还有若干象牙塔依然零星地竖立着时，禁不住向它们深深鞠躬了。我心想，坚守在其中的不知是一些怎样奇特的灵魂呢。

休说精神永存，我知道万有皆逝，精神也不能幸免。然而，即使岁月的洪水终将荡尽地球上一切生命的痕迹，罗丹的雕塑仍非徒劳；即使徒劳，罗丹仍要雕塑。那么，一种不怕徒劳仍要闪光的精神岂不超越了时间的判决，因而也超越了死亡？

所以，我仍然要说：万有皆逝，惟有精神永存。

世纪已临近黄昏，路上的流浪儿多了。我听见他们在焦灼地发问：物质的世纪，何处是精神的家园？

我笑答：既然世上还有如许关注着精神命运的心灵，精神何尝无家可归？

世上本无家，渴望与渴望相遇，便有了家。

人类精神始终在追求某种永恒的价值，这种追求已经形成为一种持久的精神事业和传统。当我也以自己的追求加入这一事业和传统时，我渐渐明白，这一事业和传统超越于一切优秀个人的生死而世代延续，它本身就具有一种永恒的价值，甚至是人世间惟一可能和真实的永恒。

人生境界的三项指标：生活情趣，文化品位，精神视野。

倾听沉默

让我们学会倾听沉默——

因为在万象喧嚣的背后，在一切语言消失之处，隐藏着世界的秘密。倾听沉默，就是倾听永恒之歌。

因为我们最真实的自我是沉默的，人与人之间真正的沟通是超越语言的。倾听沉默，就是倾听灵魂之歌。

世界无边无际，有声的世界只是其中很小一部分。只听见语言不会倾听沉默的人是被声音堵住了耳朵的聋子。

当少男少女由两小无猜的嬉笑转入羞怯的沉默时，最初的爱情来临了。

当诗人由热情奔放的高歌转入忧郁的沉默时，真正的灵感来临了。

沉默是神的来临的永恒仪式。

在两性亲昵中，从温言细语到甜言蜜语到花言巧语，语言愈夸张，爱情愈稀薄。达到了顶点，便会发生一个转折，双方恶言相向，爱变成了恨。

真实的感情往往找不到语言，真正的两心契合也不需要语言，谓之默契。

人生中最美好的时刻都是"此时无声胜有声"的，不独爱情如此。

世上一切重大的事情，包括阴谋与爱情，诞生与死亡，都是在沉默中孕育的。

在家庭中，夫妇吵嘴并不可怕，倘若相对无言，你就要留心了。

在社会上,风潮迭起并不可怕,倘若万马齐喑,你就要留心了。

艾略特说,世界并非在惊天动地的"砰"的一声中,而是在几乎听不见的"哧"的一声中完结的。末日的来临往往悄无声息。死神喜欢蹑行,当我们听见它的脚步声时,我们甚至来不及停住唇上的生命之歌,就和它打了照面。

当然,真正伟大的作品和伟大的诞生也是在沉默中酝酿的。广告造就不了文豪。哪个自爱并且爱孩子的母亲会在分娩前频频向新闻界展示她的大肚子呢?

在最深重的苦难中,没有呻吟,没有哭泣。沉默是绝望者最后的尊严。

在最可怕的屈辱中,没有诅咒,没有叹息。沉默是复仇者最高的轻蔑。

沉默是语言之母,一切原创的、伟大的语言皆孕育于沉默。但语言自身又会繁殖语言,与沉默所隔的世代越来越久远,其品质也越来越蜕化。

还有比一切语言更伟大的真理,沉默把它们留给了自己。

话语是一种权力——这个时髦的命题使得那些爱说话的人欣喜若狂,他们越发爱说话了,在说话时还摆出了一副大权在握的架势。

我的趣味正相反。我的一贯信念是:沉默比话语更接近本质,美比权力更有价值。在这样的对比中,你们应该察觉我提出了一个相反的命题:沉默是一种美。

自己对自己说话的需要。谁在说? 谁在听? 有时候是灵魂在说,上帝在听。有时候是上帝在说,灵魂在听。自己对自己说话——这是灵魂与上帝之间的交流,在此场合之外,既没有灵魂,也没有上帝。

如果生活只是对他人说话和听他人说话,神圣性就荡然无存。

所以,我怀疑现代哲学中的一切时髦的对话理论,更不必说现代媒体上的一切时髦的对话表演了。

沉默就是不说,但不说的原因有种种,例如:因为不让说而不说,那是顺从或者愤懑;因为不敢说而不说,那是畏怯或者怨恨;因为不便说而不说,那是礼貌或者虚伪;因为不该说而不说,那是审慎或者世故;因为不必说而不说,那是默契或者隔膜;因为不屑说而不说,那是骄傲或者超脱。这

些都还不是与语言相对立的意义上的沉默，因为心中已经有了话，有了语言，只是不说出来罢了。倘若是因为不可说而不说，那至深之物不能浮现为语言，那至高之物不能下降为语言，或许便是所谓存在的沉默了吧。

风中的纸屑

真理在天外盘旋了无数个世纪,而这些渴求者摊开的手掌始终空着。

每个人一辈子往往只在说很少的几句话。

极端然后丰富。

苏格拉底、孔子、释迦牟尼、基督都不留文字,却招来了最多的文字。

人都是崇高一瞬间,平庸一辈子。

单纯的人也许傻,复杂的人才会蠢。

偶尔真诚一下、进入了真诚角色的人,最容易被自己的真诚感动。

有大气象者,不讲排场。讲大排场者,露小气象。

恶德也需要实践。初次做坏事会感到内心不安,做多了,便习惯成自然了,而且不觉其坏。

阴暗的角落里没有罪恶,只有疾病。罪恶也有它的骄傲。

知识关心人的限度之内的事,智慧关心人的限度之外的事。

成熟了,却不世故,依然一颗童心。成功了,却不虚荣,依然一颗平常心。兼此二心者,我称之为慧心。

对人生的觉悟来自智慧,倘若必待大苦大难然后开悟,慧根也未免太浅。

人心的境界:从野心出发,经过慧心,回到平常心。

我对任何出众的才华无法不持欣赏的态度,哪怕它是在我的敌人身上。

对于我来说,谎言重复十遍未必成为真理,真理重复十遍(无须十遍)就肯定成为废话。

我本能地怀疑一切高调,不相信其背后有真实的激情。

亲爱的,我不能想象有一天我会离开你,但我也不能想象我的生活中再没有新的战栗。

谁老了,世界,还是我?

曾经有无数的人受难和死去,而我现在坐在这里,看着电视,笑着……

有一个东西在内部生长,我常常于无声处听见它说话……

即使在悲伤的时候,打开窗户,有新鲜空气涌入,仍然会禁不住感到一阵舒畅。

心中不是乱,就是空。不乱不空,宁静又充实,谓之澄明。

荒山秃岭,大地沉默的心事,另一种生命的存在。

有谁懂得群山的心事?

黑夜迷失在一缕蛛丝般飘悠的光线里了。

夜是不会消失的。我知道,它藏在白天的心里。

许多夜幕下的灿烂,在白昼就显形为杂乱了。

昙花一现,流星一闪。

哪朵花不是昙花,哪颗星不是流星?

有哪一只蚂蚁死了还能复活?

是的,人生是很简单的。可是,如果一个人麻木了,对于他一切都是很简单的。

即使在黑夜里,地球仍然绕着太阳旋转。

一片空地,几间空屋,有人来到这里,贴上标签,于是为家。

狡猾的美是危险的,因为它会激起不可遏止的好奇心。

胖女人的气味像面包房,瘦女人的气味像白菜窖。

强奸和诱奸——除此之外,公牛还能有什么别的法子得到母牛呢?

洗脑子和砍脑袋——除此之外,强权还能有什么别的法子消灭异端呢?

水上的落叶

一

终于安静了。许多天来,我一直盼望着这一刻圣洁的安静,为了在其中安放你的童话。

我知道,成人的故事全是虚构,孩子的童话全是真实。

所以,我要伸出孩子一样诚实的手,捧接这一朵晶莹的雪花。

二

通宵达旦地坐在喧闹的电视机前,他们把这叫作过年。

我躲在我的小屋里,守着我今年的最后一刻寂寞。当岁月的闸门一年一度打开时,我要独自坐在坝上,看我的生命的河水汹涌流过。这河水流向永恒,我不能想象我缺席,使它不带着我的虔诚,也不能想象有宾客,使它带着酒宴的污秽。

可是,当我转过头来,发现你也在岸上默默注视这河水的时候,我向你投去了感谢的一瞥。

三

深夜，我在睡眠中梦见永恒的神秘图像，并且在梦呓中把它泄露了出来。我的梦呓沿着许多朦胧的嘴唇传入你耳中。你惊呼道："这是神谕呀！"于是你出发去寻找说出这神谕的梦者。

天亮了，我已经忘记我的梦呓，和所有的人一样过着平淡的日子。

那么，你还能认出我吗？

四

我把我的孤独丢失在路上了。许多热心人围着我，要帮我寻找。我等着他们走开。如果他们不走开，我怎么能找回我的孤独呢？如果找不回我的孤独，我又怎么来见你呢？

五

我想即刻上路，沿着你的盼望去寻找你，叩响你的屋门，然而我不能。但我也不愿你经受无尽的盼望的折磨。

世界很大，请你锁上屋门，到广阔的世界上去漫游，在漫游中把我暂忘。

世界很小，我们一定会在某个街角相逢。

六

在这个世界上，没有一座屋宇属于我，我只生活在我的心灵的屋宇里。

所以，不要再在世界的无数岔路口等我，不要让我为你的焦急的等待而担忧，不要逼我走出我心灵的屋宇而迷失在寻找你的途中。

七

萨特说：他人是地狱。我说：地狱在自己心中。我曾经堕入我心中的地狱，领教了其中的一切鬼怪，目睹了其中的一切惨象，经受了其中的一切酷刑。最后，我逃出来了，用一把大锁锁住了地狱的门。

请不要对我说："钥匙还在你手中呢。"

八

人们常说：爱与死。的确，相爱到死，乃至为爱而死，是美好的。但是，为了爱，首先应该活，活着才能爱。我不愿把死浪漫化。死是一切的毁灭，包括爱。

使爱我的人感到轻松，更加恋生，这是我对爱的回赠。

九

我生活在我的思想和文字之中，并不期望它们会给我带来成功和荣誉。现在，倘若它们已经走进了如许可爱的心灵，我就更不必在乎它们是否会带给我成功和荣誉了。

我仿佛看见我的书在你的手中，宛如融入一片美丽的风景。在你的眼光的抚爱下，它的真理变得谦虚了，它的谎言也变得诚实了。

十

我渴望走进你的屋宇。可是，在你门前的广场上，聚集着各色的人群，他们的眼光满含嫉妒、愤恨和幸灾乐祸的快意，一旦我出现，他们就会向我投来怒骂和哄笑。叫我怎么穿过这片广场呢？

我听见你对我说："只要你走得足够快,他们的眼光就只有很低的命中率。只要你走得足够远,他们的眼光就只有很短的射程。"渴望使我终于鼓起勇气向你走来。果然,当我穿越广场的时候,笑骂四起。我迟疑了,想举步返回,他们的笑骂反而更加嚣张。这倒使我横下了一条心,不再理睬,勇往直前。

现在,我已经进到你的屋宇里,与你会合。门外的喧嚣突然沉寂了,那些形形色色的眼光也如同黎明时分的路灯一样统统熄灭了。

十一

列车徐徐开动,我看见你用手指在车窗上写了一个字。远去的列车把这个字带走了。

我仿佛听见你说："不对,我已经把这个字留给了你。"

这是一个什么字呢?

我猜不出。

我只知道,正当我怀疑自己渐渐衰老的时候,你来了,为了向我证明我始终是一个孩子,并把我领回到那个与时间和解的古老家族中去。

我只知道,正当我害怕自己变得平庸的时候,你来了,为了提醒我一件尚未完成的事业。

于是我放心了,因为我的沉默有了自己的歌声,我的孤独有了自己的山林。

假如没有你,我该怎么办呢?

可是,你的到来是这样自然而然,我怎么会没有你呢?

十二

你一出现,我立刻一身清新。你的美丝毫没有沾染人间的虚荣,她把一切美都当作她的姐妹亲切致意。

你从你的深山里采摘了一束小野花，把它们递给我。我立刻认出它们是地球上最古老的花朵，只因为如今人们眼里只有名贵的温室鲜花，它们才被遗忘而竟然成了你的私产。

十三

你看他这样，像个已经成功或将要成功的人吗？即使有人相信，我不会相信，你也不要相信。

他与成功无缘，因为他永远对自己没有把握，——对别人也没有。

既然成功属于尘世，完美属于天国，他与完美的距离就更遥远了，但因此毕竟可以梦想。怀着这梦想，他就更不把成功放在眼里了。

十四

她走过漫长的纯洁，终于找到我，带来了祖先的消息，带来了森林和溪流的遗产。

于是我沿着她的干净的目光和手臂，沿着她的虔诚的祝福，回到了童年的屋宇。

于是在地球的一隅，古老家族的最后一支后裔平静地唱歌和消失。

十五

节日是神的到来，把两只疲惫的手挽到一起，是命定的邂逅，无数次迷失后的相遇，流浪的孩子围坐在冬天的炉火旁，听复活的外祖母讲故事。

节日是盼望喧闹的宴席散去，独自留在寂静里，虔诚地杜撰比历史更真实的记忆，和远方的亲人相对无语，唱同一支忧伤的歌曲。

节日是船只偏离航道，漂向似曾相识的岛屿，那个为你加冕的少女用

一种失传的方言宣示最后的神谕。

节日是神的到来,在两个萍水相逢的人之间确认一种古老的谱系,于是消失在海面上的所有那些平淡无奇的日子突然获得了意义。

十六

一个小姑娘从麦田里走来,她向我走来,给我带来了季节的礼物和生命的果实。

她在一张纸上写字,她写绿叶、雪花、梦和呼唤,我问她写了什么,她说,她写的都是我的名字。

她爱着,祝福着,可是她自己并不知道。她也不知道自己有多么好,只是虔诚地感激那因为她的爱和祝福而变得美好的世界。

十七

连绵多日的阴冷的冬雨终于消散了,我展开晴朗的手心,让最轻的风栖息在上面。

湖面的冰在一点一点融化,我想起了春天给我的许诺。草和树叶快变绿了吧?

那些性别不明的哲学家正在用复杂的逻辑表达复杂的情绪,我听不懂,像一个原始人。可是我不害羞。

部落里那个最善良的少女每时每刻在向我走来。她永远单纯永远与众不同,她的问候像春天一样质朴而又新鲜,她的祝福使我心明眼亮,不会看不见春天正在向我走来。

十八

你望着塞外的荒漠落日,我在你的目光里渐渐苍老了。

于是我知道，我在这世界上不会没有清泉和草坡。

也不会没有我的小木屋。

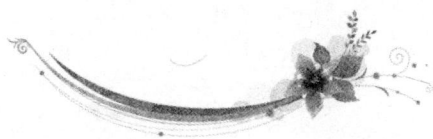

读《圣经》札记

（2001）

不可发誓

古训说："不可违背誓言；在主面前所发的誓必须履行。"耶稣针对此却说："你们根本不可以发誓。你们说话，是，就说是，不是，就说不是；再多说便是出于那邪恶者。"

只听真话，除此之外的多一句也不听，包括誓言，——这才是我心目中的上帝。

同样，一个人面对他的上帝的时候，他也只需要说出真话。超出于此，他就不是在对上帝说话，而是在对别的什么说话，例如对权力、舆论或市场。

有真信仰的人满足于说出真话，喜欢发誓的人往往并无真信仰。

发誓者竭力揣摩对方的心思，他发誓要做的不是自己真正想做的事情，而是他以为对方希望自己做的事情。如果他揣摩的是地上的人的心思，那是卑怯。如果他揣摩的是天上的神的心思，那就是亵渎了。

有时候，一个人说了真话，他仍然可能会发誓。他担心听的人不相信或者不重视他说了真话这件事，所以要就此发誓，加以强调。他把别人的相信和重视看得比说真话本身更加重要，仿佛说真话的价值取决于别人是否相信和重视似的。因此，如果得不到预期的效果，他就随时可能放弃说真话。一个直接面对上帝的人是不会这样的，因为他无论对谁说话，都同时是在对上帝说话，上帝听见了他说的真话，他就问心无愧了。

恨是狭隘，爱是超越

耶稣反对复仇，提倡博爱。针对"以眼还眼，以牙还牙"的旧训，他主张："有人打你的右脸，连左脸也让他打吧。"针对"爱朋友，恨仇敌"的旧训，他主张："要爱你们的仇敌。"他的这类言论最招有男子气概或斗争精神的思想家反感，被斥为奴隶哲学。我也一直持相似看法，而现在，我觉得有必要来认真地考查一下他的理由——

"因为，天父使太阳照好人，也同样照坏人；降雨给行善的，也给作恶的。假如你们只爱那些爱你们的人，上帝又何必奖赏你们呢？……你们要完全，正像你们的天父是完全的。"

从这段话中，我读出了一种真正博大的爱的精神。

人与人之间，部落与部落之间，种族与种族之间，国家与国家之间，为什么会仇恨？因为利益的争夺，观念的差异，隔膜，误会，等等。一句话，因为狭隘。一切恨都溯源于人的局限，都证明了人的局限。爱在哪里？就在超越了人的局限的地方。

只爱你的亲人和朋友是容易的，恨你的仇敌也是容易的，因为这都是出于一个有局限性的人的本能。做一个父亲爱自己的孩子，做一个男人爱年轻漂亮的女人，做一个处在种种人际关系中的人爱那些善待自己的人，这有什么难呢？作为某族的一员恨敌族，作为某国的臣民恨敌国，作为正宗的信徒恨异教徒，作为情欲之人恨伤了你的感情、损了你的利益的人，这

有什么难呢？难的是超越所有这些局限，不受狭隘的本能和习俗的支配，作为宇宙之子却有宇宙之父的胸怀，爱宇宙间的一切生灵。

有人打了你的右脸，你就一定要回打他吗？你回打了他，他再回打你，仇仇相生，冤冤相报，何时了结？那打你的人在打你的时候是狭隘的，被胸中的怒气支配了，你又被他激怒，你们就一齐在狭隘中走不出来了。耶稣要你把左脸也送上去，这也许只是一个比喻，意思是要你丝毫不存计较之心，远离狭隘。当你这样做的时候，你已经上升得很高，你真正做了被打的你的肉躯的主人。相反，那计较的人只念着自己被打的右脸，他的心才成了他的右脸的奴隶。我开始相信，在右脸被打后把左脸送上去的姿态也可以是充满尊严的。

行淫的女人

有一天，耶稣在圣殿里讲道，几个企图找把柄陷害他的经学教师和法利赛人带来了一个女人，问他："这个女人在行淫时被抓到。摩西法律规定，这样的女人应该用石头打死。你认为怎样？"耶稣弯着身子，用指头在地上画字。那几个人不停地问，他便直起身来说："你们当中谁没有犯过罪，谁就可以先拿石头打她。"说了这话，他又弯下身在地上画字。所有的人都溜走了，最后，只剩下了耶稣和那个女人。这时候，耶稣就站起来，问她："妇人，他们都哪里去了？没有人留下来定你的罪吗？"

女人说："先生，没有。"

耶稣便说："好，我也不定你的罪。去吧，别再犯罪。"

约翰福音记载的这个故事使我对耶稣倍生好感，一个智慧、幽默、通晓人性的智者形象跃然眼前。想一想他弯着身子用指头在地上画字的样子，既不看恶意的告状者，也不看可怜的被告，他心里正不知转着怎样愉快的念头呢。他多么轻松地既击败了经学教师和法利赛人陷害他的阴谋，又救了那个女人的性命，而且，更重要的是，还破除了犹太教的一条残酷的法律。

在任何专制体制下，都必然盛行严酷的道德法庭，其职责便是以道德的名义把人性当作罪恶来审判。事实上，用这样的尺度衡量，每个人都是有罪的，至少都是潜在的罪人。可是，也许正因为如此，道德审判反而更能够激起疯狂的热情。据我揣摩，人们的心理可能是这样的：一方面，自己想

做而不敢做的事,竟然有人做了,于是嫉妒之情便化装成正义的愤怒猛烈喷发了,当然啦,决不能让那个得了便宜的人有好下场;另一方面,倘若自己也做了类似的事,那么,坚决向法庭认同,与罪人划清界线,就成了一种自我保护的本能反应,仿佛谴责的调门越高,自己就越是安全。因此,凡道德法庭盛行之处,人与人之间必定充满残酷的斗争,人性必定扭曲,爱必定遭到扼杀。耶稣的聪明在于,他不对这个案例本身作评判,而是给犹太教传统的道德法庭来一个釜底抽薪:既然人人都难免人性的弱点,在这个意义上人人都有罪,那么,也就没有人有权充当判官了。

经由这个故事,我还非常羡慕当时的世风人心。听了耶稣的话,居然在场的人个个扪心自问,知罪而退,可见天良犹在。换一个时代,譬如说,在我们的文化大革命中,会出现什么情景呢?可以断定,耶稣的话音刚落,人们就会立刻争先恐后地用石头打那个女人,以此证明自己的清白,那个女人会立刻死于乱石之下。至于耶稣自己,也一定会顶着淫妇的黑后台和辩护士之罪名,被革命群众提前送上十字架。

狂妄者最无信仰

耶稣说了一个比喻:"一个人有一百只羊,其中一只迷失了,他找到了时的高兴,比有那没有迷失的九十九只更强烈。"

为什么呢? 看重财产的人一定会说:这还不简单,因为他避免了这一只羊的损失,而那九十九只羊反正没有迷失,就不存在损失的问题。如果是这个看重财产的人丢失了一只羊,你送给他两只羊,让他不再去寻找那一只迷失的羊,他一定会喜出望外的。

着眼于财产的得失,当然完全不能领会耶稣的这个比喻。耶稣接着告诉我们:"一个罪人的悔改,在天上的喜乐会比已经有了九十九个无需悔改的义人所有的喜乐还要大呢。"原来,耶稣的意思是说,上帝喜欢迷途的羊要远胜于从不迷途的羊,喜欢悔改的罪人要远胜于无需悔改的义人。一句话,上帝喜欢会犯错误的人,不喜欢一贯正确的人。

不喜欢一贯正确的人——这是耶稣心目中的上帝的鲜明特征。因为所谓一贯正确,不过是自以为一贯正确罢了,不过是狂妄罢了。在祷告时,法利赛人向上帝夸耀自己的功德,收税的人(古罗马时代最为一般民众所厌恶的人)向上帝忏悔自己的罪孽。耶稣评论道:上帝眼里的义人是后者。他再三宣布:"上帝要把自高的人降为卑微,又高举甘心自卑的人。"耶稣还特别讨厌那些喜欢以道德法官自居的人,警告说:"不要评断人,上帝就不审断你们;不要定人的罪,上帝就不定你们的罪;要饶恕人,上帝就饶恕你

们。"也就是说，在上帝的法庭上，好评断他人、定人之罪的人将受到最严厉的审判，不宽容的人将最不能得到宽恕。

　　基督教的原罪说强调人生而有罪，这个教义有消极的作用，容易导向对生命的否定。不过，我觉得对之也可以做积极的理解。人之区别于动物，在于人有理性和道德。然而，人的理性是有限度的，人的道德是有缺陷的，这又是人区别于神的地方。所谓神，不一定指宇宙间的某个主宰者，不妨理解为全知和完美的一个象征。看到人在理性上并非全知，在道德上并非完人，这一点非常重要。苏格拉底正因为知道自己无知，所以被阿波罗神宣布为全希腊最智慧的人。如果说认识到人的无知是智慧的起点，那么，觉悟到人的不完美便是信仰的起点。所谓信仰，其实就是不完美者对于完美境界的永远憧憬和追求。无知并不可笑，可笑的是有了一点知识便自以为无所不知。缺点并不可恶，可恶的是做了一点善事便自以为有权审判天下人。在一切品性中，狂妄离智慧、也离虔诚最远。明明是凡身肉胎，却把自己当作神，做出一副全知全德的模样，作为一个人来说，再也不可能有比这更加愚蠢和更加渎神的姿势了。所以，耶稣最痛恨狂妄之徒，我认为是很有道理的。

不见而信

《新约》记载,耶稣也常显示一些奇迹,例如顷刻之间治愈麻风病人、瘫子、瘸腿、瞎子,让死人复活,用五张饼喂饱了五千人,等等。不过,耶稣自己好像并不赞成把信仰建立在奇迹的基础之上。法利赛人要求他显示奇迹,便遭到了他的痛斥。法利赛人问上帝的主权何时实现,他回答说:"上帝主权的实现不是眼睛所能看见的,因为上帝的主权是在你们心里。"

俗话说:"眼见为实。"在物质事实的领域内,这个标准基本上是成立的。譬如说,我没有看见耶稣所显示的上述奇迹,我就不能相信它们是事实。当然,即使在事实的领域内,我们也不可能只相信自己的亲眼所见,而拒不相信未见的一切。不过,我们对于自己未见的事实的相信,终归是以自己亲见的事实为基础的,所谓间接经验以直接经验为基础,就是这个意思。

可是,在精神价值的领域内,"眼见为实"的标准就完全不适用了。理想,信仰,真理,爱,善,这些精神价值永远不会以一种看得见的形态存在,它们实现的场所只能是人的内心世界。毫无疑问,人的内心有没有信仰,这个差异必定会在外在行为中表现出来。但是,差异的根源却是在内心,正是在这无形之域,有的人生活在光明之中,有的人生活在黑暗之中。

据我理解,耶稣是想强调,一个人以看见上帝显灵甚至显形为相信上帝的前提,这个前提本身就错了,是违背信仰的性质的。这样的人即使真

的自以为看见了某种神迹从而信了神,也不算真有了信仰。相反,惟有钟爱精神价值本身而不要求看见其实际效果的人,才能够走上信仰之路。在此意义上,不见而信正是信仰的前提。所以,耶稣说:"那些没有看见而信的是多么有福啊!"

拒绝光即已是惩罚

耶稣说："光来到世上，为要使信它的人不住在黑暗里。它来的目的不是要审判世人，而是要拯救世人。那信它的人不会受审判，不信的人便已受了审判。光来到世上，世人宁爱黑暗而不爱光明，而这即已是审判。"

说得非常好。光，真理，善，一切美好的价值，它们的存在原不是为了惩罚什么人，而是为了造福于人，使人过一种有意义的生活。光照进人的心，心被精神之光照亮了，人就有了一个灵魂。有的人拒绝光，心始终是黑暗的，活了一世而未尝有灵魂。用不着上帝来另加审判，这本身即已是最可怕的惩罚了。

一切伟大的精神创造都是光来到世上的证据。当一个人自己从事创造的时候，或者沉醉在既有的伟大精神作品中的时候，他会最真切地感觉到，光明已经降临，此中的喜乐是人世间任何别的事情不能比拟的。读好的书籍，听好的音乐，我们都会由衷地感到，生而为人是多么幸运。倘若因为客观的限制，一个人无缘有这样的体验，那无疑是极大的不幸。倘若因为内在的蒙昧，一个人拒绝这样的享受，那就是真正的惩罚了。伟大的作品已经在那里，却视而不见，偏把光阴消磨在源源不断的垃圾产品中，你不能说这不是惩罚。有一些发了大财的人，他们当然有钱去周游世界啦，可是到了国外，对当地的自然和文化景观毫无兴趣，惟一热中的是购物和逛红灯区，你不能说他们不是一些遭了判决的可悲的人。

人心中的正义感和道德感也是光来到世上的证据。不管世道如何,世上善良人总归是多数,他们心中最基本的做人准则是任何世风也摧毁不了。这准则是人心中不熄的光明,凡感觉到这光明的人都知道它的珍贵,因为它是人的尊严的来源,倘若它熄灭了,人就不复是人了。世上的确有那样的恶人,心中的光几乎或已经完全熄灭,处世做事不再讲最基本的做人准则。他们不相信基督教的末日审判之说,也可能逃脱尘世上的法律审判,但是,在他们的有生之年,他们每时每刻都逃不脱耶稣说的那一种审判。耶稣的这一句话像是对他们说的:"你里头的光若熄灭了,那黑暗是何等大呢。"活着而感受不到一丝一毫做人的光荣,你不能说这不是最严厉的惩罚。

不可试探你的上帝

据《路迦福音》记载,耶稣在旷野里住了四十天,其间曾经受魔鬼的刁难。刁难之一是,魔鬼把他带到耶路撒冷圣殿顶上,对他说:"如果你是上帝的儿子,就从这里跳下去吧,因为上帝会保护你的。"耶稣拒绝了,引圣经的话答道:"不可试探你的上帝。"

耶稣很聪明,他不说跳下去会不会死,上帝会不会保护他,而是否定了跳下去的动机。只要跳下去,就是在试探上帝是否真的会保护他。他不是怕死,不是怕上帝不保护他,而是根本就不可试探上帝。他用这个理由挫败了魔鬼的刁难。

我想离开这个故事作一些发挥。我要说的是,"不可试探你的上帝"是信仰的题中应有之义,谁若试探他的上帝,他就不是真有信仰。

真理有两类。一类关乎事实,属于科学领域,对它们是要试探的,看是否合乎事实。另一类关乎价值,归根到底属于宗教和道德领域,不可试探的是这个领域里的真理。人类的一些最基本的价值,例如正义、自由、和平、爱、诚信,是不能用经验来证明和证伪的。它们本身就是目的,就像高尚和谐的生活本身就值得人类追求一样,因此我们不可用它们会带来什么实际的好处评价它们,当然更不可用违背它们会造成什么具体的恶果检验它们了。

信仰要求的是纯粹,只为所信仰的真理本身而不为别的什么。凡试探

者,必定别有所图。仔细想想,试探何其普遍,真信仰何其稀少。做善事图现世善报,干坏事存侥幸之心,当然都是露骨的试探。教堂里的祈祷,佛庙里的许愿,如果以灵验为鹄的,也就都是在试探。至于期求灵魂升天或来世转运,则不过是把试探的周期延长到了死后。这个问题对于不信教的人同样存在。你有一种基本的生活信念,在现实的压力下或诱惑下,你发生了动摇,觉得违背一下未必有伤大节,——这正是你在试探你的上帝的时刻。

可是,当今世上,有一些人没有任何信仰,没有任何上帝,他们根本不需要试探,百无禁忌地为所欲为。比起他们,有上帝要试探的人岂不好得多。

伺候哪一个主人

耶稣说:"没有人能够伺候两个主人。你们不可能同时作上帝的仆人,又作金钱的奴隶。"

我把这段话理解为:一个人的人生目标只能定位在一个方向上,或者追求精神上的伟大、高贵、超越,或者追逐世俗的利益,不可能同时走在两个方向上。

当然,在实际生活中,一个精神上优秀的人完全可能在物质上也富裕。判断一个人是金钱的奴隶还是金钱的主人,不能看他有没有钱,而要看他对金钱的态度。正是当一个人很有钱的时候,我们能够更清楚地看出这一点来。一个穷人必须为生存而操心,金钱对他意味着活命,我们无权评判他对金钱的态度。

耶稣接着强调,我们不应该为日常生活所需而忧虑。他说了一个比喻:显赫的所罗门王的衣饰比不上一朵野花的美丽,野花朝开夕落,上帝还这样打扮它,你们为什么要为衣服操心呢?他的意思是说,在物质生活上应当顺其自然,满足于自然所提供的简朴条件,如此才能专注于精神的事业。

一天的难处一天担当

"你们不要为明天忧虑,明天自有明天的忧虑;一天的难处一天担当就够了。"耶稣有一些很聪明的教导,这是其中之一。中国人喜欢说:人无远虑,必有近忧。这当然也对。不过,远虑是无穷尽的,必须适可而止。有一些远虑,可以预见也可以视作筹划,不妨就预作筹划,以解除近忧。有一些远虑,可以预见却无法作筹划,那就暂且搁下吧,车到山前自有路,何必让它提前成为近忧。还有一些远虑,完全不能预见,那就更不必总是怀着一种慕名之忧,自己折磨自己了。总之,应该尽量少往自己的心里搁忧虑,保持轻松和光明的心境。

一天的难处一天担当,这样你不但比较轻松,而且比较容易把这难处解决。如果你把今天、明天以及后来许多大的难处都担在肩上,你不但沉重,而且可能连一个难处也解决不了。

舆论的不宽容

对于新的真理的发现者，新的信仰的建立者，舆论是最不肯宽容的。如果你只是独善其身，自行其是，它就嘲笑你的智力，把你说成一个头脑不正常的疯子或呆子，一个行为乖僻的怪人；如果你试图兼善天下，普度众生，它就要诽谤你的品德，把你说成一个心术不正，妖言惑众的妖人、恶人、罪人了。

耶稣对此深有体会，他愤怒地对群众说："约翰来了，不吃不喝，你们说他是疯子；我来了，也吃也喝，你们却说我是酒肉之徒，是税棍和坏人的朋友！"

无论是否吃喝，舆论都饶不了你。问题当然不在是否吃喝。舆论很清楚它的敌人是思想，但它从来不正面与思想交锋，它总是把对手抓到自己的庸俗法庭上，用自己的庸俗法律将其定罪。

小孩、富人和天国

门徒问耶稣："在天国里谁最伟大？"耶稣叫来一小孩，说："除非你们改变，像小孩一样，你们绝不能成为天国的子民。像这小孩那样谦卑的，在天国里就是最伟大的。"

为什么像小孩一样才能进入天国呢？我一直以为是因为单纯，耶稣在这里却说是因为谦卑。小孩谦卑吗？他们不是一个个都骄傲如天生的王公贵人，不把人世间的权势、财富和规矩放在眼里吗？

我忽然想到，骄傲与谦卑未必是反义词。有高贵的骄傲，便是面对他人的权势、财富或任何长处不卑不亢，也有高贵的谦卑，便是不因自己的权势、财富或任何长处傲视他人，它们是相通的。同样，有低贱的骄傲，便是凭惜自己的权势、财富或任何长处趾高气扬，也有低贱的谦卑，便是面对他人的权势、财富或任何长处奴颜婢膝，它们也是相通的。真正的对立存在于高贵与低贱之间。

现在好理解了。小孩刚刚从天国来到人间，一切世俗的价值尚未在他的身上和心中堆积，他基本上是一无所有。在这意义上，小孩的谦卑正缘于他的单纯，等同于他的单纯。随着年龄增长，涉世渐深，各种世俗的价值就越来越包围他的身体，占据他的灵魂了。一个人的心灵越是被权力、金钱、名声之类身外之物所占据，神在其中就必定越没有容身之地。因为身外之物而藐视他人，这已是狂妄，因为身外之物而藐视上帝，岂不是更大的狂妄？变得和小孩一样谦卑，就是要觉悟到一切身外之物皆属虚幻，自己仍是那个一无所有的小孩。这样的人就好像永远是刚刚从天国来到人间一样，能够用天国的眼光看出尘世中一切功名利禄的渺小。正因为如此，他不但在活着时离神较近，而且死时也比较容易割断尘缘，没有牵挂地走向天国。

对于我的这个理解，《马太福音》里的另一则故事可作印证。一个富人问耶稣怎样才能得到永恒的生命，耶稣劝他把财产全部捐给穷人，那富人听了垂头丧气而离去。于是，耶稣对门徒说："富人要进入天国，比骆驼穿过针眼还要困难。"富人之所以难以进入天国，其原因正与小孩之所以容易进入天国相同。对耶稣所说的富人，不妨作广义的解释，凡是把自己所占有的世俗的价值，包括权力、财产、名声等等，看得比精神的价值更宝贵，不肯舍弃的人，都可以包括在内。如果心地不明，我们在尘世所获得的一切就都会成为负担，把我们变成负重的骆驼，而把通往天国的路堵塞成针眼。

不仅是靠食物

　　摩西领以色列人出埃及，在旷野中跋涉了四十年。开始时，因食物匮乏，饥饿难忍，以色列人怨声载道。上帝听见了怨言，便在每天清晨让营地周围的地面上长满一层像霜一样的白色的东西，以色列人未尝见过，彼此询问："这是什么？"摩西告诉他们，这就是上帝给他们的食物。以色列人吃了，味道像蜜饼，因为不知其名，就称之为"吗哪"，希伯来语的意思即"这是什么"。他们靠吗哪活命，终于走出了旷野。到达终点后，摩西生命垂危，在约旦河东岸的摩押向以色列人发表最后的训示。他在训示中提及了这件事，说："上帝使你们饥饿，然后把吗哪赐给你们，以此教导你们：人的生存不仅是靠食物，而是靠上帝所说的每一句话。"

　　这是《旧约》中的记载。摩西的意思很清楚：上帝神力无边，能在没有食物的地方变出食物来，因此，对于人的生存来说，最重要的不是食物，而是遵守上帝的律法，如此上帝自会替我们解决食物的问题的。

　　《新约》所记载的耶稣最早的活动是受洗，随后即被圣灵带到旷野去，受魔鬼的试探。禁食四十昼夜后，他饿了，魔鬼说："如果你是上帝的儿子，命令这些石头变成面包吧。"这时耶稣便引用摩西的话回答道："人的生存不仅是靠食物，而是靠上帝所说的每一句话。"请注意，这同一句话，从耶稣口中说出，已经有了不同的含义。他没有诉诸上帝的无边神力，让石头变成面包，从而解除自己的饥饿，相反是拒绝这样做，宁愿继续挨饿。他以此摘清了信仰与食物的瓜葛,捍卫了信仰的纯粹性,也澄清了"人的生存不仅是靠食物"这句箴言的准确含义。他所强调的是,对于人的生存来说,信仰比食物更重要,精神生活比物质生活更重要。这是耶稣出道之初就确立的基本信念,贯穿于他后来的全部活动之中。

我在这里并非对《旧约》和《新约》的短长作全面评判;而只是举一例证解说信仰的实质。不过,这一例证的确也说明,耶稣提高了基督教信仰的精神性品格。正因为如此,基督教才得以超越犹太民族而成为更加个人性也更加世界性的宗教。

"人的生存不仅是靠食物"——这个信念是一切信仰生活的起点。一般地承认人有比食物更高的欲望,这并不难,但在我看来,这还不能算是确立了这个信念。深刻的分歧在于:是否承认精神价值本身具有独立的价值。常见的情形是,人们往往用所谓效用的尺度来衡量精神价值。例如,他们可以承认真理的价值,但前提是真理必须有用;可以承认科学的价值,但前提是科学必须成为生产力;可以承认艺术的价值,但前提是艺术必须符合时代的需要。他们实际上仍是在用物质评断精神,用食物评断上帝,信奉的是这同一逻辑:上帝的价值在于能在旷野上变出吗哪,能把石头变成面包。把这个逻辑贯彻到底,必然的结果是,一旦上帝与食物发生冲突,就会弃上帝而取食物,为了物质利益而抛弃精神价值。在现实生活中,为了金钱而放弃理想,为了当前经济建设而毁坏千古文化遗产,这样的事还少吗?

所以,信仰的实质在于对精神价值本身的尊重。精神价值本身就是值得尊重的,无须为它找出别的理由来,这个道理对于一个有信仰的人来说是不言自明的。这甚至不是一个道理,而是他内心深处的一种感情,他真正感觉到的人之为人的尊严之所在,人类生存的崇高性质之所在。以对待本民族文化遗产的态度为例,是精心保护,还是肆意破坏,根本的原因肯定不在是否爱国,而在是否珍爱凝结在其中的人类精神价值。我不把毁坏阿富汗大佛的塔利班看做有信仰的人,而只认为他们是一群蒙昧人。信仰愈是纯粹,愈是尊重精神价值本身,必然就愈能摆脱一切民族的、教别的、宗

派的狭隘眼光,呈现出博大的气象。在此意义上,信仰与文明是一致的。信仰问题上的任何狭隘性,其根源都在于利益的侵入,取代和扰乱了真正的精神追求。我相信,人类的信仰生活永远不可能统一于某一种宗教,而只能统一于对某些最基本价值的广泛尊重。

种子和土壤

耶稣站在一条船上，向聚集在岸上的众人讲撒种的比喻，大意是：有一个人撒种，有些种子落在没有土的路旁，种子被鸟吃掉了；有些落在只有浅土的石头上，幼苗被太阳晒焦了；有些落在荆棘丛里，幼苗被荆棘挤住了；还有些落在好土壤里，终于长大结实，得到了好收成。

这个比喻的意思似乎十分浅显，可以用一句话概括：种子必须落在好的土壤里，才会有好的收成。按照耶稣随后向门徒的解释，含义要复杂一些，每个能指都有隐义。例如，种子指天国的信息，没有土的路旁指听不明白的人，只有浅土的石头指立刻接受但领悟不深的人，鸟指邪恶者，太阳指困难和迫害，荆棘指生活的忧虑和财富的诱惑，好土壤指有深刻领悟的人。不过，基本意思仍不外乎是：信仰的种子惟有在好的心灵土壤中才能成功地生长。

首先应该肯定一个事实：在人类的精神土地的上空，不乏好的种子。那撒种的人，也许是神、大自然的精灵、古老大地上的民族之魂，也许是创造了伟大精神作品的先哲和天才。这些种子的确有数不清的敌人，包括外界的邪恶和苦难，以及我们心中的杂念和贪欲。然而，最关键的还是我们内在的悟性。惟有对于适宜的土壤来说，一颗种子才能作为种子而存在。再好的种子，落在顽石上也只能成为鸟的食粮，落在浅土上也只能长成一株枯苗。对于心灵麻木的人来说，一切神圣的启示和伟大的创造都等于不

存在。

基于这一认识,我相信,不论时代怎样,一个人都可以获得精神生长的必要资源,因为只要你的心灵土壤足够肥沃,那些神圣和伟大的种子对于你就始终是存在着的。所以,如果你自己随波逐流,你就不要怨怪这是一个没有信仰的时代了吧;如果你自己见利忘义,你就不要怨怪这是一个道德沦丧的时代了吧;如果你自己志大才疏,你就不要怨怪这是一个精神平庸的时代了吧;如果你的心灵一片荒芜,寸草不长,你就不要怨怪害鸟啄走了你的种子,毒日烤焦了你的幼苗了吧。

那么,一个人有没有好的心灵土壤,究竟取决于什么呢?我推测,一个人的精神疆土的极限,心灵土质的特异类型,很可能是由天赋的因素决定的。因此,譬如说,像歌德和贝多芬那样的古木参天的原始森林般的精神世界,或者像王尔德和波德莱尔那样的奇花怒放的精巧园艺般的精神世界,绝非一般人凭努力就能够达到的。但是,心灵土壤的肥瘠不会是天生的。不管上天赐给你多少土地,它们之成为良田沃土还是荒田瘠土,这多半取决于你自己。所以,我们每一个人都应当留心开垦自己的心灵土壤,让落在其上的好种子得以生根开花,在自己的内心培育出一片美丽的果园。谁知道呢,说不定我们自己结出的果实又会成为新的种子,落在别的适宜的土壤上,而我们自己在无意中也成了新的撒种人哩。

不要把珍珠扔给猪

耶稣说："不要把神圣的东西丢给狗，它们会转过头来咬你们；不要把珍珠扔给猪，它们会把珍珠践踏在脚底下。"

在这里，狗应是指邪恶之人，他们害怕和仇恨神圣的东西；猪应是指愚昧之人，他们不识珍珠的价值。

可是，反过来问一下，一个人倘若崇敬神圣的东西，怎么会把它丢给狗呢，倘若知道珍珠的价值，怎么会把它扔给猪呢？

有两种可能。其一，他太轻信，看不清邪恶者和愚昧者的真面目，把狗和猪当作了人。其二，他太自信，认定真理的力量足以立刻感化邪恶者，启迪愚昧者，一下子把狗和猪改造成人。这正是虔信者容易犯的两个错误。

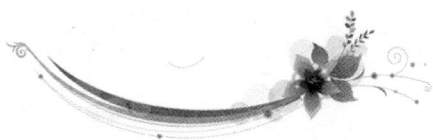

走进一座圣殿

（2000—2004）

智慧和信仰

——读史铁生《病隙碎笔》

三年前,在轮椅上坐了三十个年头的史铁生的生活中没有出现奇迹,反而又有新的灾难降临。由于双肾功能衰竭,从此以后,他必须靠血液透析维持生命了。当时,一个问题立刻使我——我相信还有其他许多喜欢他的读者——满心忧虑:他还能写作吗?在瘫痪之后,写作是他终于找到的活下去的理由和方式,如果不能了,他怎么办呀?现在,仿佛是作为一个回答,他的新作摆在了我的面前。

史铁生把他的新作题做《病隙碎笔》,我知道有多么确切。他每三天透析一回。透析那一天,除了耗在医院里的工夫外,坐在轮椅上的他往返医院还要经受常人想象不到的折腾,是不可能有余力的了。第二天是身体和精神状况最好(能好到哪里啊!)的时候,惟有那一天的某一时刻他才能动一会儿笔。到了第三天,血液里的毒素重趋饱和,体况恶化,写作又成奢望。大部分时间在受病折磨和与病搏斗,不折不扣是病隙碎笔,而且缝隙那样小得可怜!

然而,读这本书时,我在上面却没有发现一丝病的愁苦和阴影,看到的仍是一个沐浴在思想的光辉中的开朗的史铁生。这些断断续续记录下来的思绪也毫不给人以细碎之感,倒是有着内在的连贯性。这部新作证明,在自己的"写作之夜",史铁生不是一个残疾人和重病患者,他的自由的心魂漫游在世界和人生的无疆之域，思考着生与死、苦难与信仰、残缺与爱情、神命与法律、写作与艺术等重大问题，他的思考既执著又开阔，既深刻又平易近人，他的"写作之夜"依然充实而完整。对此我只能这样来解释：在史铁生身上业已形成了一种坚固的东西，足以使他的精神历尽苦难而依然健康，备受打击而不会崩溃。这是什么东西呢？是哲人的智慧，还是圣徒的信念，抑或两者都是？

常常听人说，史铁生之所以善于思考，是因为残疾，是因为他被困在轮椅上，除了思考便无事可做。假如他不是一个残疾人呢，人们信心十足地推断，他就肯定不会成为现在这个史铁生，——他们的意思是说，不会成为这么一个优秀的作家或者这么一个智慧的人。在我看来，没有比这更加肤浅的对史铁生的解读了。当然，如果不是残疾，他也许不会走上写作这条路，但也可能走上，这不是问题的关键。关键在于，他的那种无师自通的哲学智慧决不是残疾解释得了的。一个明显的证据是，我们在别的残疾人身上很少发现这一显著特点。当然，在非残疾人身上也很少发现。这至少说明，这种智慧是和残疾不残疾无关的。

关于残疾，史铁生自己有一个清晰的认识："人所不能者，即是限制，即是残疾"，在此意义上，残疾是与生俱来的，对所有的人来说都是这样。看到人所必有的不能和限制，这是智慧的起点。两千多年前，苏格拉底就是因为知道人之必然的无知，而被阿波罗神赞为最智慧的人的。众所周知，苏格拉底就不是一个残疾人。我相信，史铁生不过碰巧是一个残疾人罢了，如果他不是，他也一定能够由生命中必有的别的困境而觉悟到人的根本限制。

人要能够看到限制，前提是和这限制拉开一个距离。坐井观天，就永远不会知道天之大和井之小。人的根本限制就在于不得不有一个肉身凡胎，它被欲望所支配，受有限的智力所指引和蒙蔽，为生存而受苦。可是，如果我们总是坐在肉身凡胎这口井里，我们也就不可能看明白它是一个根本限制。所以，智慧就好像某种分身术，要把一个精神性的自我从这个肉身的自我中分离出来，让它站在高处和远处，以便看清楚这个在尘世挣扎的自己所处的位置和可能的出路。

　　从一定意义上说,哲学家是一种分身有术的人,他的精神性自我已经能够十分自由地离开肉身,静观和俯视尘世的一切。在史铁生身上,我也看到了这种能力。他在作品中经常把史铁生其人当作一个旁人来观察和谈论,这不是偶然的。站在史铁生之外来看史铁生,这几乎成了他的第二本能。这另一个史铁生时而居高临下俯瞰自己的尘世命运,时而冷眼旁观自己的执迷和嘲笑自己的妄念,当然,时常也关切地走近那个困顿中的自己,对他劝说和开导。有时候我不禁觉得,如同罗马已经不在罗马一样,史铁生也已经不在那个困在轮椅上的史铁生的躯体里了。也许正因为如此,肉身所遭遇的接二连三的灾难就伤害不了已经不在肉身中的这个史铁生了。

　　看到并且接受人所必有的限制,这是智慧的起点,但智慧并不止于此。如果只是忍受,没有拯救,或者只是超脱,没有超越,智慧就会沦为冷漠的犬儒主义。可是,一旦寻求拯救和超越,智慧又不会仅止于智慧,它必不可免地要走向信仰了。

　　其实,当一个人认识到人的限制、缺陷、不完美是绝对的,困境是永恒的,他已经是在用某种绝对的完美之境做参照系了。如果只是把自己和别人作比较,看到的就只能是限制的某种具体形态,譬如说肉体的残疾。俗话说,人比人,气死人,以自己的残缺比别人的肢体齐全,以自己的坎坷比别人的一帆风顺,所产生的只会是怨恨。反过来也一样,以别人的不能比自己的能够,以别人的不幸比自己的幸运,只会陷入浅薄的沾沾自喜。惟有在把人与神作比较时,才能看到人的限制之普遍,因而不论这种限制在自己或别人身上以何种形态出现,都不馁不骄,心平气和。对人的限制的这样一种宽容,换一个角度来看,便是面对神的谦卑。所以,真正的智慧中必蕴涵着信仰的倾向。这也是哲学之所以必须是形而上学的道理之所在,一种哲学如果不是或明或暗地包含着绝对价值的预设,它作为哲学的资格就颇值得怀疑。

　　进一步说,真正的信仰也必是从智慧中孕育出来的。如果不是太看清了人的限制,佛陀就不会寻求解脱,基督就无须传播福音。任何一种信仰倘若不是以人的根本困境为出发点,它作为信仰的资格也是值得怀疑的。

因此,譬如说,如果有一个人去庙里烧香磕头,祈求佛为他消弭某一个具体的灾难,赐予某一项具体的福乐,我们就有理由说他没有信仰,只有迷信。或者,用史铁生的话说,他是在向佛行贿。又譬如说,如果有一种教义宣称能够在人世间消灭一切困境,实现完美,我们也就可以有把握地断定它不是真信仰,在最好的情形下也只是乌托邦。还是史铁生说得好:人的限制是"神的给定",人休想篡改这个给定,必须接受它。"就连耶稣,就连佛祖,也不能篡改它。不能篡改它,而是在它之中来行那宏博的爱愿。"一切乌托邦的错误就在于企图篡改神的给定,其结果不是使人摆脱了限制而成为神,而一定是以神的名义施强制于人,把人的权利也剥夺了。

《病隙碎笔》中有许多对于信仰的思考,皆发人深省。一句点睛的话是:"所谓天堂即是人的仰望。"人的精神性自我有两种姿态。当它登高俯视尘世时,它看到限制的必然,产生达观的认识和超脱的心情,这是智慧。当它站在尘世仰望天空时,它因永恒的缺陷而向往完满,因肉身的限制而寻求超越,这便是信仰了。完满不可一日而达到,超越永无止境,彼岸永远存在,如此信仰才得以延续。所以,史铁生说:"皈依并不在一个处所,皈依是在路上。"这条路没有一个终于能够到达的目的地,但并非没有目标,走在路上本身即是目标存在的证明,而且是惟一可能和惟一有效的证明。物质理想(譬如产品的极大丰富)和社会理想(譬如消灭阶级)的实现要用外在的可见的事实来证明,精神理想的实现方式只能是内在的心灵境界。所以,凡是坚持走在路上的人,行走的坚定就已经是信仰的成立。

最后,我要承认,我一边写着上面这些想法,一边却感到不安:我是不是站着说话不腰疼? 一个无情的事实是,不管史铁生的那个精神性自我多么坚不可摧,他仍有一个血肉之躯,而这个血肉之躯正在被疾病毁坏。在生理的意义上,精神是会被肉体拖垮的,我怎么能假装不懂这个常识? 上帝啊,我祈求你给肉身的史铁生多一点健康,这个祈求好像近似史铁生和我都反对的行贿,但你知道不是的,因为你一定知道他的"写作之夜"对于你也是多么宝贵。

2002.1

丰富的安静

我发现,世界越来越喧闹,而我的日子越来越安静了。我喜欢过安静的日子。

当然,安静不是静止,不是封闭,如井中的死水。曾经有一个时代,广大的世界对于我们只是一个无法证实的传说,我们每一个人都被锁定在一个狭小的角落里,如同螺丝钉被拧在一个不变的位置上。那时候,我刚离开学校,被分配到一个边远山区,生活平静而又单调。日子仿佛停止了,不像是一条河,更像是一口井。

后来,时代突然改变,人们的日子如同解冻的江河,又在阳光下的大地上纵横交错了。我也像是一条积压了太多能量的河,生命的浪潮在我的河床里奔腾起伏,把我的成年岁月变成了一道动荡不宁的急流。

而现在,我又重归于平静了。不过,这是跌宕之后的平静。在经历了许多冲撞和曲折之后,我的生命之河仿佛终于来到一处开阔的谷地,汇蓄成了一片浩渺的湖泊。我曾经流连于阿尔卑斯山麓的湖畔,看雪山、白云和森林的倒影伸展在蔚蓝的神秘之中。我知道,湖中的水仍在流转,是湖的深邃才使得湖面寂静如镜。

我的日子真的很安静。每天,我在家里读书和写作,外面各种热闹的圈子和聚会都和我无关。我和妻子女儿一起品尝着普通的人间亲情,外面各种寻欢作乐的场所和玩意也都和我无关。我对这样过日子很满意,因为我的心境也是安静的。

也许，每一个人在生命中的某个阶段是需要某种热闹的。那时候，饱涨的生命力需要向外奔突，去为自己寻找一条河道，确定一个流向。但是，一个人不能永远停留在这个阶段。托尔斯泰如此自述："随着年岁增长，我的生命越来越精神化了。"人们或许会把这解释为衰老的征兆，但是，我清楚地知道，即使在老年时，托尔斯泰也比所有的同龄人、甚至比许多年轻人更充满生命力。毋宁说，惟有强大的生命才能逐步朝精神化的方向发展。

现在我觉得，人生最好的境界是丰富的安静。安静，是因为摆脱了外界虚名浮利的诱惑。丰富，是因为拥有了内在精神世界的宝藏。泰戈尔曾说：外在世界的运动无穷无尽，证明了其中没有我们可以达到的目标，目标只能在别处，即在精神的内在世界里。"在那里，我们最为深切地渴望的，乃是在成就之上的安宁。在那里，我们遇见我们的上帝。"他接着说明："上帝就是灵魂里永远在休息的情爱。"他所说的情爱应是广义的，指创造的成就，精神的富有，博大的爱心，而这一切都超越于俗世的争斗，处在永久和平之中。这种境界，正是丰富的安静之极致。

我并不完全排斥热闹，热闹也可以是有内容的。但是，热闹总归是外部活动的特征，而任何外部活动倘若没有一种精神追求为其动力，没有一种精神价值为其目标，那么，不管表面上多么轰轰烈烈，有声有色，本质上必定是贫乏和空虚的。我对一切太喧嚣的事业和一切太张扬的感情都心存怀疑，它们总是使我想起莎士比亚对生命的嘲讽："充满了声音和狂热，里面空无一物。"

2002.6

直接读原著

叔本华在《作为意志和表象的世界》第二版序中说:"只有从那些哲学思想的首创人那里,人们才能接受哲学思想。因此,谁要是向往哲学,就得亲自到原著那肃穆的圣地去找永垂不朽的大师。"对于每一个有心学习哲学的人,我要向他推荐叔本华的这一指点。

叔本华是在谈到康德时说这句话的。在康德死后两百年,我们今天已经能够看明白,康德在哲学中的作用真正是划时代的,根本扭转了西方哲学的发展方向。近两百年西方哲学的基调是对整个两千年西方形而上学传统的反省和背叛,而这个调子是康德一锤敲定的。叔本华从事哲学活动时,康德去世不久,但他当时即已深切地感受到康德哲学的革命性影响。用他的话说,那种效果就好比给盲人割治翳障的手术,又可看作"精神的再生",因为它"真正排除掉了头脑中那天生的、从智力的原始规定而来的实在论",这种实在论"能教我们搞好一切可能的事情,就只不能搞好哲学"。使他恼火的是当时在德国占据统治地位的是黑格尔哲学,青年们的头脑已被其败坏,无法再追随康德的深刻思路。因此,他号召青年们不要从黑格尔派的转述中、而要从康德的原著中去了解康德。

叔本华一生备受冷落,他的遭遇与和他同时代的官方头号哲学家黑格尔适成鲜明对照。但是,因此把他对黑格尔的愤恨完全解释成个人的嫉妒,我认为是偏颇的。由于马克思的黑格尔派渊源,我们对于黑格尔哲学一向高度重视，远在康德之上。这里不是讨论这个复杂问题的地方，我只想指出，至少叔本华的这个意见是对的：要懂得康德，就必须去读康德的原著。广而言之，我们要了解任何一位大哲学家的思想，都必须直接去读原著，而不能通过别人的转述，哪怕这个别人是这位大哲学家的弟子、后继者或者研究他的专家和权威。我自己的体会是，读原著绝对比读相关的研究著作有趣，在后者中，一种思想的原创力量和鲜活生命往往被消解了，只剩下了一付骨架，躯体某些局部的解剖标本，以及对于这些标本的博学而冗长的说明。

常常有人问我，学习哲学有什么捷径，我的回答永远是：有的，就是直接去读大哲学家的原著。之所以说是捷径，是因为这是惟一的途径，走别的路只会离目的地越来越远，最后还是要回到这条路上来。能够回来算是幸运的呢，常见的是丧失了辨别力，从此迷失在错误的路上了。有一种普遍的误解，即认为可以从各种哲学教科书中学到哲学，似乎哲学最重要最基本的东西都已经集中在这些教科书里了。事实恰恰相反，且不说那些从某种确定的教条出发论述哲学和哲学史的教科书，它们连转述也称不上，我们从中所能读到的东西和哲学毫不相干。即使那些认真的教科书，我们也应记住，它们至多是转述，由于教科书必然要涉及广泛的内容，其作者不可能阅读全部的相关原著，因此它们常常还是转述的转述。一切转述都必定受转述者的眼界和水平所限制，在第二手乃至第三手、第四手的转述中，思想的原创性递减，平庸性递增，这么简单的道理应该是无须提醒的吧。

哲学的精华仅仅在大哲学家的原著中。如果让我来规划哲学系的教学，我会把原著选读列为惟一的主课。当然，历史上有许多大哲学家，一个人要把他们的原著读遍，几乎是不可能的，也是不必要的。以一本简明而客观的哲学史著作为入门索引，浏览一定数量的基本原著，这个步骤也许是省略不掉的。在这过程中，如果没有一种原著引起你的相当兴趣，你就趁早放弃哲学，因为这说明你压根儿对哲学就没有兴趣。倘非如此，你对某一个大哲学家的思想发生了真正的兴趣，那就不妨深入进去。可以期望，无论那个大哲学家是谁，你都将能够通过他而进入哲学的堂奥。不管

大哲学家们如何观点相左，个性各异，他们中每一个人都必能把你引到哲学的核心，即被人类所有优秀的头脑所思考过的那些基本问题，否则就称不上是大哲学家了。

　　叔本华有一副嫉世愤俗的坏脾气，他在强调读原著之后，接着就对只喜欢读第二手转述的公众开骂，说由于"平庸性格的物以类聚"，所以"即令是伟大哲人所说的话，他们也宁愿从自己的同类人物那儿去听取"。在我们的分类表上，叔本华一直是被排在坏蛋那一边的，加在他头上的恶名就不必细数了。他肯定不属于最大的哲学家之列，但算得上是比较大的哲学家。如果我们想真正了解他的思想，直接读原著的原则同样适用。尼采读了他的原著，说他首先是一个真实的人。他自己也表示，他是为自己而思考，决不会把空壳核桃送给自己。我在他的著作中的确捡到了许多饱满的核桃，如果听信教科书中的宣判而不去读原著，把它们错过了，岂不可惜。

2002.11

走进一座圣殿

一

那个用头脑思考的人是智者,那个用心灵思考的人是诗人,那个用行动思考的人是圣徒。倘若一个人同时用头脑、心灵、行动思考,他很可能是一位先知。

在我的心目中,圣埃克苏佩里就是这样一位先知式的作家。

圣埃克苏佩里一生只做了两件事——飞行和写作。飞行是他的行动,也是他进行思考的方式。在那个世界航空业起步不久的年代,他一次次飞行在数千米的高空,体味着危险和死亡,宇宙的美丽和大地的牵挂,生命的渺小和人的伟大。高空中的思考具有奇特的张力,既是性命攸关的投入,又是空灵的超脱。他把他的思考写进了他的作品,但生前发表的数量不多。他好像有点儿吝啬,要把最饱满的果实留给自己,留给身后出版的一本书,照他的说法,他的其他著作与它相比只是习作而已。然而他未能完成这本书,在他最后一次驾机神秘地消失在海洋上空以后,人们在他留下的一只皮包里发现了这本书的草稿,书名叫《要塞》。

经由马振骋先生从全本中摘取和翻译,这本书的轮廓第一次呈现在了我们面前。我是怀着虔敬之心读完它的,仿佛在读一个特殊版本的《圣经》。

326

在圣埃克苏佩里生前，他的亲密女友 B 夫人读了部分手稿后告诉他："你的口气有点儿像基督。"这也是我的感觉，但我觉得我能理解为何如此。圣埃克苏佩里写这本书的时候，他心中已经有了真理，这真理是他用一生的行动和思考换来的，他的生命已经转变成这真理。一个人用一生一世的时间见证和践行了某个基本真理，当他在无人处向一切人说出它时，他的口气就会像基督。他说出的话有着异乎寻常的重量，不管我们是否理解它或喜欢它，都不能不感觉到这重量。这正是箴言与隽语的区别，前者使我们感到沉重，逼迫我们停留和面对，而在读到后者时，我们往往带着轻松的心情会心一笑，然后继续前行。

如果把《圣经》看作惟一的最高真理的象征，那么，《圣经》的确是有许多不同的版本的，在每一思考最高真理的人那里就有一个属于他的特殊版本。在此意义上，《要塞》就是圣埃克苏佩里版的《圣经》。圣埃克苏佩里自己说："上帝是你的语言的意义。你的语言若有意义，向你显示上帝。"我完全相信，在写这本书时，他看到了上帝。在读这本书时，他的上帝又会向每一个虔诚的读者显示，因为也正如他所说："一个人在寻找上帝，就是在为人人寻找上帝。"圣埃克苏佩里喜欢用石头和神殿作譬：石头是材料，神殿才是意义。我们能够感到，这本书中的语词真有石头一样沉甸甸的分量，而他用这些石头建筑的神殿确实闪放着意义的光辉。现在让我们走进这一座神殿，去认识一下他的上帝亦即他见证的基本真理。

二

沙漠中有一个柏柏尔部落，已经去世的酋长曾经给予王子许多英明的教诲，全书就借托这位王子之口宣说人生的真理。当然，那宣说者其实是圣埃克苏佩里自己，但是，站在现代的文明人面前，他一定感到自己就是那支游牧部落的最后的后裔，在宣说一种古老的即将失传的真理。

全部真理围绕着一个中心问题：生命的意义是什么？因为，人必须区别重要和紧急，生存是紧急的事，但领悟神意是更重要的事。因为，人应该得到幸福，但更重要的是这得到了幸福的是什么样的人。

沙漠和要塞是书中的两个主要意象。沙漠是无边的荒凉，游牧部落在沙漠上建筑要塞，在要塞的围墙之内展开了自己的生活。在宇宙的沙漠中，我们人类不正是这样一个游牧部落？为了生活，我们必须建筑要塞。没有要塞，就没有生活，只有沙漠。不要去追究要塞之外那无尽的黑暗。"我禁止有人提问题，深知不存在可能解渴的回答。那个提问题的人，只是在寻找深渊。"明白这一真理的人不再刨根问底，把心也放在围墙之内，爱那嫩芽萌生的清香，母羊剪毛时的气息，怀孕或喂奶的女人，传种的牲畜，周而复始的季节，把这一切看作自己的真理。

换一个比喻来说，生活像汪洋大海里的一只船，人是船上的居民，把船当成了自己的家。人以为有家居住是天经地义的，再也看不见海，或者虽然看见，仅把海看作船的装饰。对人来说，盲目凶险的大海仿佛只是用于航船的。这不对吗？当然对，否则人如何能生活下去。

那个远离家乡的旅人，占据他心头的不是眼前的景物，而是他看不见的远方的妻子儿女。那个在黑夜里乱跑的女人，"我在她身边放上炉子、水壶、金黄铜盘，就像一道道边境线"，于是她安静下来了。那个犯了罪的少妇，她被脱光衣服，拴在沙漠中的一根木桩上，在烈日下奄奄待毙。她举起双臂在呼叫什么？不，她不是在诉说痛苦和害怕，"那些是厩棚里普通牲畜得的病。她发现的是真理。"在无疆的黑夜里，她呼唤的是家里的夜灯，安身的房间，关上的门。"她暴露在无垠中无物可以依傍，哀求大家还给她那些生活的支柱：那团要梳理的羊毛，那只要洗涤的盆儿，这一个，而不是别个，要哄着入睡的孩子。她向着家的永恒呼叫，全村都掠过同样的晚间祈祷。"

我们在大地上扎根，靠的是日常生活中的牵挂、责任和爱。在平时，这一切使我们忘记死亡。在死亡来临时，对这一切的眷恋又把我们的注意力从死亡移开，从而使我们超越死亡的恐惧。

人跟要塞很相像，必须限制自己，才能找到生活的意义。"人打破围墙要自由自在，他也就只剩下了一堆暴露在星光下的断垣残壁。这时开始无

处存身的忧患。""没有立足点的自由不是自由。"那些没有立足点的人,他们哪儿都不在,竟因此自以为是自由的。在今天,这样的人岂不仍然太多了?没有自己的信念,他们称这为思想自由。没有自己的立场,他们称这为行动自由。没有自己的女人,他们称这为爱情自由。可是,真正的自由始终是以选择和限制为前提的,爱上这朵花,也就是拒绝别的花。一个人即使爱一切存在,仍必须为他的爱找到确定的目标,然后他的博爱之心才可能得到满足。

三

生命的意义在最平凡的日常生活之中,但这不等于说,凡是过着这种生活的人都找到了生命的意义。圣埃克苏佩里用譬喻向我们讲述这个道理。定居在绿洲中的那些人习惯了安居乐业的日子, 他们的感觉已经麻痹, 不知道这就是幸福。他们的女人蹲在溪流里圆而白的小石子上洗衣服,以为是在完成一桩家家如此的苦活。王子命令他的部落去攻打绿洲,把女人们娶为己有。他告诉部下:必须千辛万苦在沙漠中追风逐日,心中怀着绿洲的宗教,才会懂得看着自己的女人在河边洗衣其实是在庆祝一个节日。

我相信这是圣埃克苏佩里最切身的感触,当他在高空出生入死时,地面上的平凡生活就会成为他心中的宗教,而身在其中的人的麻木不仁在他眼中就会成为一种亵渎。人不该向要塞外无边的沙漠追究意义,但是,"受威胁是事物品质的一个条件",要领悟要塞内生活的意义,人就必须经历过沙漠。

日常生活到处大同小异,区别在于人的灵魂。人拥有了财产,并不等于就拥有了家园。家园不是这些绵羊、田野、房屋、山岭,而是把这一切联结起来的那个东西。那个东西除了是在寻找和感受着意义的人的灵魂,还能是什么呢?"对人惟一重要的是事物的意义。"不过,意义不在事物之中,而在人与事物的关系之中,这种关系把单个的事物组织成了一个对人有意义的整体。意义把人融入一个神奇的网络,使他比他自己更宽阔。于是,麦田、房屋、羊群不再仅仅是可以折算成金钱的东西,在它们之中凝结着人的岁月、希望和信心。

"精神只住在一个祖国,那就是万物的意义。"这是一个无形的祖国,肉眼只能看见万物,领会意义必须靠心灵。上帝隐身不见,为的是让人睁开心灵的眼睛,睁开心灵眼睛的人会看见他无处不在。母亲哺乳时在婴儿的吮吸中,丈夫归家时在妻子的笑容中,水手航行时在日出的霞光中,看到的都是上帝。

那个心中已不存在帝国的人说:"我从前的热忱是愚蠢的。"他说的是真话,因为现在他没有了热忱,于是只看到零星的羊、房屋和山岭。心中的形象死去了,意义也随之消散。不过人在这时候并不觉得难受,与平庸妥协往往是在不知不觉中完成的。心爱的人离你而去,你一定会痛苦。爱的激情离你而去,你却丝毫不感到痛苦,因为你的死去的心已经没有了感觉痛苦的能力。

有一个人因为爱泉水的歌声,就把泉水灌进瓦罐,藏在柜子里。我们常常和这个人一样傻。我们把女人关在屋子里,便以为占有了她的美。我们把事物据为己有,便以为占有了它的意义。可是,意义是不可占有的,一旦你试图占有,它就不在了。那个凯旋的战士守着他的战利品,一个正裸身熟睡的女俘,面对她的美丽只能徒唤奈何。他捕获了这个女人,却无法把她的美捕捉到手中。无论我们和一个女人多么亲近,她的美始终在我们之外。不是在占有中,而是在男人的欣赏和倾倒中,女人的美便有了意义。我想起了海涅,他终生没有娶到一个美女,但他把许多女人的美变成了他的诗,因而也变成了他和人类的财富。

四

所以,意义本不是事物中现成的东西,而是人的投入。要获得意义,也就不能靠对事物的占有,而要靠爱和创造。农民从麦子中取走滋养他们身

体的营养,他们向麦子奉献的东西才丰富了他们的心灵。

"那个走向井边的人,口渴了,自己拉动吱吱咯咯的铁链,把沉重的桶提到井栏上,这样听到水的歌声以及一切尖利的乐曲。他口渴了,使他的行走、他的双臂、他的眼睛也都充满了意义,口渴的人朝井走去,就像一首诗。"而那些从杯子里喝现成的水的人却听不到水的歌声。坐滑竿——今天是坐缆车——上山的人,再美丽的山对于他也只是一个概念,并不具备实质。"当我说到山,意思是指让你被荆棘刺伤过,从悬崖跌下过,搬动石头流过汗,采过上面的花,最后在山顶迎着狂风呼吸过的山。"如果不用上自己的身心,一切都没有意义。贪图舒适的人,实际上是在放弃意义。

你心疼你的女人,让她摆脱日常家务,请保姆代劳一切,结果家对她就渐渐失去了意义。"要使女人成为一首赞歌,就要给她创造黎明时需要重建的家。"为了使家成为家,需要投入时间。现在人们舍不得把时间花在家中琐事上,早出晚归,在外面奋斗和享受,家就成了一个旅舍。

爱是耐心,是等待意义在时间中慢慢生成。母爱是从一天天的喂奶中来的。感叹孩子长得快的都是外人,父母很少会这样感觉。你每天观察院子里的那棵树,它就渐渐在你的心中扎根。有一个人猎到一头小沙狐,便精心喂养它,可是后来它逃回了沙漠。那人为此伤心,别人劝他再捉一头,他回答:"捕捉不难,难的是爱,太需要耐心了。"

是啊,人们说爱,总是提出种种条件,埋怨遇不到符合这些条件的值得爱的对象。也许有一天遇到了,但爱仍未出现。那一个城市非常美,我在那里旅游时曾心旷神怡,但离开后并没有梦魂牵绕。那一个女人非常美,我邂逅她时几乎一见钟情,但错过了并没有日思夜想。人们举着条件去找爱,但爱并不存在于各种条件的哪怕最完美的组合之中。爱不是对象,爱是关系,是你在对象身上付出的时间和心血。你培育的园林没有皇家花园美,但你爱的是你的园林而不是皇家花园。你相濡以沫的女人没有女明星美,但你爱的是你的女人而不是女明星。也许你愿意用你的园林换皇家花园,用你的女人换女明星,但那时候支配你的不是爱,而是欲望。

爱的投入必须全心全意,如同自愿履行一项不可推卸的职责。"职责是连接事物的神圣钮结,除非在你看来是绝对的需要,而不是游戏,你才能建成你的帝国、神庙或家园。"就像掷骰子,如果不牵涉你的财产,你就不会动心。你玩的不是那几颗小小的骰子,而是你的羊群和金银财宝。在玩沙堆的孩子眼里,沙堆也不是沙堆,而是要塞、山岭或船只。只有你愿意为之而死的东西,你才能够藉之而生。

五

当你把爱投入到一个对象上面,你就是在创造。创造是"用生命去交换比生命更长久的东西"。这样诞生了画家、雕塑家、手工艺人等等,他们工作一生是为了创造自己用不上的财富。没有人在乎自己用得上用不上,生命的意义反倒是寄托在那用不上的财富上。那个瞎眼、独腿、口齿不清的老人,一说到他用生命交换的东西,就立刻思路清晰。突然发生了地震,人们害怕的不是死亡,而是自己的作品的毁灭,那也许是一只亲手制造的银壶,一条亲手编结的毛毯,或一篇亲口传唱的史诗。生命的终结诚然可哀,但最令人绝望的是那本应比生命更长久的东西竟然也同归于尽。

文化与工作是不可分的。那种只会把别人的创造放在自己货架上的人是未开化人,哪怕这些东西精美绝伦,他们又是鉴赏的行家。文化不是一件谁的身上都能披的斗篷。对于一切创造者来说,文化只是完成自己的工作,以及工作中的艰辛和欢乐。每个人生活中最重要的部分是自己所热爱的那项工作,他藉此而进入世界,在世上立足。有了这项他能够全身心投入的工作,他的生活就有了一个核心,他的全部生活围绕这个核心组织成了一个整体。没有这个核心的人,他的生活是碎片,譬如说,会分裂成两个都令人不快的部分,一部分是折磨人的劳作,另一部分是无所用心的休闲。

顺便说一说所谓"休闲文化"。一个醉心于自己的工作的人,他不会向休闲要求文化。对他来说,休闲仅是工作之后的休整。"休闲文化"大约只对两种人有意义,一种是辛苦劳作但从中体会不到快乐的人,另一种是没

有工作要做的人,他们都需要用某种特别的或时髦的休闲方式来证明自己也有文化。我不反对一个人兴趣的多样性,但前提是有自己热爱的主要工作,惟有如此,当他进入别的领域时,才可能添入自己的一份意趣,而不只是凑热闹。

创造会有成败,这不重要,重要的是保持创造的热忱。有了这样的热忱,无论成败都是在为创造做贡献。还是让圣埃克苏佩里自己来说,他说得太精彩:"创造,也可以指舞蹈中跳错的那一步,石头上凿坏的那一凿子。动作的成功与否不是主要的。这种努力在你看来是徒劳无益,这是由于你的鼻子凑得太近的缘故,你不妨往后退一步。站在远处看这个城区的活动,看到的是意气风发的劳动热忱,你再也不会注意有缺陷的动作。"一个人有创造的热忱,他未必就能成为大艺术家。一大群人有创造的热忱,其中一定会产生大艺术家。大家都爱跳舞,即使跳得不好的人也跳,美的舞蹈便应运而生。说到底,产生不产生大艺术家也不重要,在这片生机勃勃的土地上,生活本身就是意义。

人在创造的时候是既不在乎报酬,也不考虑结果的。陶工专心致志地伏身在他的手艺上,在这个时刻,他既不是为商人、也不是为自己工作,而是"为这只陶罐以及柄子的弯度工作"。艺术家废寝忘食只是为了一个意象,一个还说不出来的形式。他当然感到了幸福,但幸福是额外的奖励,而不是预定的目的。美也如此,你几曾听到过一个雕塑家说他要在石头上凿出美?

从沙漠征战归来的人,勋章不能报偿他,亏待也不会使他失落。"当一个人升华、存在、圆满死去,还谈什么获得与占有?"一切从工作中感受到生命意义的人都是如此,内在的富有找不到、也不需要世俗的对应物。像托尔斯泰、卡夫卡这样的人,没有得诺贝尔奖于他们何损,得了又能增加什么?只有那些内心中没有欢乐源泉的人,才会斤斤计较外在的得失,孜孜追求教授的职称、部长的头衔和各种可笑的奖状。他们这样做很可理解,因为倘若没有这些,他们便一无所有。

六

如果我把圣埃克苏佩里的思想概括成一句话，譬如说"生命的意义在于爱和创造，在于奉献"，我就等于什么也没有说，只是在重复一句陈词滥调。是否用自己独特的语言说出一个真理，这不只是表达的问题，而是决定了说出的是不是真理。世上也许有共同的真理，但它不在公共会堂的标语上和人云亦云的口号中，只存在于一个个具体的人用心灵感受到的特殊的真理之中。那些不拥有自己的特殊真理的人，无论他们怎样重复所谓共同的真理，说出的始终是空洞的言辞而不是真理。圣埃克苏佩里说："我瞧不起意志受论据支配的人。词语应该表达你的意思，而不是左右你的意志。"真理不是现成的出发点，而是千辛万苦要接近的目标。凡是把真理当作起点的人，他们的意志正是受了词语的支配。

这本书中还有许多珍宝，但我不可能一一指给你们看。我在这座圣殿里走了一圈，把我的所见所思告诉了你们。现在，请你们自己走进去，你们也许会有不同的所见所思。然而，我相信，有一种感觉会是相同的。"把石块砌在一起，创造的是静默。"当你们站在这座用语言之石垒建的殿堂里时，你们一定也会听见那迫人不得不深思的静默。

2003.6

可持续的快乐

如果一个年轻女性来问我，青春不能错过什么，要我举出十件必须做的事，我大约会这样列举：

一、至少恋爱一次，最多两次。一次也没有，未免辜负了青春。但真恋爱不容易，超过两次，就有赝品之嫌。

二、交若干好朋友，可以是闺中密友，也可以是异性知音。

三、学会烹调，能烧几样好菜。重要的不是手艺本身，而是从中体会日常生活的情趣。

四、每年小旅行一次，隔几年大旅行一次，增长见识，拓宽胸怀。

五、锻炼身体，最好有一种自己喜欢、能够持之以恒的体育项目。

六、争取受良好的教育，精通一门专业知识或技能，掌握足以维持生存的看家本领。尽量按照自己的兴趣选择职业。如果做不到，就以敬业精神对待本职工作，同时在业余发展自己的兴趣。

七、养成高品位的读书爱好，读一批好书，找到属于自己的书中知己。

八、喜欢至少一种艺术，音乐、舞蹈、绘画都行，可以自己创作和参与，也可以只是欣赏。

九、养成写日记的习惯。它可以帮助你学会享受孤独，在孤独中与自己谈心。

十、经历一次较大的挫折而不被打败。只要不被打败，你就会变得比过去强大许多倍。不经历这么一回,你不会知道自己其实多么有力量。

　　开完这个单子,我再来说一说我的指导思想。我的指导思想很简单,第一条是快乐。青春是人生中生命力最旺盛的时期,快乐是天经地义。我最讨厌那种说教,什么"少壮不努力,老大徒伤悲",什么"吃得苦中苦,方为人上人",仿佛青春的全部价值就在于为将来的成功而苦苦奋斗。在所有的人生模式中,为了未来而牺牲现在是最坏的一种,它把幸福永远向后推延,实际上是取消了幸福。人只有一个青春期,要享受青春,也只能是在青春期。有一些享受,过了青春期诚然还可以有,但滋味是不一样的。譬如说,人到中老年仍然可以恋爱,但终归减少了新鲜感和激情。同样是旅行,以青春期的好奇、敏感和精力充沛,也能取得中老年不易有的收获。依我看,"少壮不享乐,老大徒懊丧"至少也是成立的。倘若一个人在年轻时并非因为生活所迫而只知吃苦,拒绝享受,到年老力衰时即使成了人上人,却丧失了享受的能力,那又有什么意思呢。尤其是女性,我衷心希望她们有一个快乐的青春,否则这个世界也不会快乐。

　　但是,快乐不应该是单一的,短暂的,完全依赖外部条件的,而应该是丰富的,持久的,能够靠自己创造的,否则结果仍是不快乐。所以,我的第二条指导思想是可持续的快乐。这是套用可持续的发展一语,用在这里正合适。青春终究会消逝,如果只是及时行乐,毫不为今后考虑,倒真会"老大徒伤悲"了。为今后考虑,一方面是实际的考虑,例如要有真本事,要有健康的身体,等等。另一方面,更重要的是,要使快乐本身不但是快乐,而且具有生长的能力,能够生成新的更多的快乐。我所列举的多数事情都属于此类,它们实际上是一些精神性质的快乐。青春是心智最活泼的时期,也是心智趋于定型的时期。在这个时期,一个人倘若能够通过读书、思考、艺术、写作等等充分领略心灵的快乐,形成一个丰富的内心世界,他在自己的身上就拥有了一个永不枯竭的快乐源泉。这个源泉将泽被整个人生,使他即使在艰难困苦之中仍拥有人类最高级的快乐。在我看来,这是一个人可能在青春期获得的最重大成就。当然,女性同样如此。如果我不这样看,我就是歧视女性。如果哪个女性不这样看,她就未免太自卑了。

2003.11

把我们自己娱乐死？

美国文化传播学家波兹曼的《娱乐至死》是一篇声讨电视文化的檄文，书名全译出来是"把我们自己娱乐死"，我在后面加上一个问号，用作我的评论的标题。在读这本书的过程中，我确实时时听见一声急切有力的喝问：难道我们要把自己娱乐死？这一声喝问决非危言耸听，我深信它是我们必须认真听取的警告。

电视在今日人类生活中的显著地位有目共睹，以至于难以想象，倘若没有了电视，这个世界该怎么运转，大多数人的日子该怎么过。拥护者们当然可以举出电视带来的种种便利，据此讴歌电视是伟大的文化现象。事实上，无人能否认电视带来的便利，分歧恰恰在于，这种便利在总体上是推进了文化，还是损害了文化。进一步分析，我们会发现，拥护者和反对者所说的文化是两码事，真正的分歧在于对文化的不同理解。

波兹曼有一个重要论点：媒介即认识论。也就是说，媒介的变化导致了并且意味着认识世界的方式的变化。在印刷术发明后的漫长历史中，文字一直是主要媒介，人们主要通过书籍来交流思想和传播信息。作为电视的前史，电报和摄影术的发明标志了新媒介的出现。电报所传播的信息只具有转瞬即逝的性质，摄影术则用图像取代文字作为传播的媒介。电视实现了二者的完美结合，是瞬时和图像的二重奏。正是凭借这两个要素，电视与书籍形成了鲜明的对照。

在书籍中,存在着一个用文字记载的传统,阅读使我们得以进入这个传统。相反,电视是以现时为中心的,所传播的信息越具有当下性似乎就越有价值。作者引美国电视业内一位有识之士的话说:"我担心我的行业会使这个时代充满遗忘症患者。我们美国人似乎知道过去二十四小时里发生的任何事情,而对过去六十个世纪或六十年里发生的事情却知之甚少。"我很佩服这位人士,他能不顾职业利益而站在良知一边,为历史的消失而担忧。书籍区别于电视的另一特点是,文字是抽象的符号,它要求阅读必须同时也是思考,否则就不能理解文字的意义。相反,电视直接用图像影响观众,它甚至忌讳思考,因为思考会妨碍观看。摩西第二诫禁止刻造偶像,作者对此解释道:犹太人的上帝是抽象的神,需要通过语言进行抽象思考方能领悟,而运用图像就是放弃思考,因而就是渎神。我们的确看到,今日沉浸在电视文化中的人已经越来越丧失了领悟抽象的神的能力,对于他们来说,一切讨论严肃精神问题的书籍都难懂如同天书。

由上所述,我们大致可以揣测作者对于文化的理解了。文化有两个必备的要素,一是传统,二是思考。做一个有文化的人,就是置身于人类精神传统之中进行思考。很显然,在他看来,书籍能够帮助我们实现这个目标,电视却会使我们背离这个目标。那么,电视究竟把我们引向何方?引向文化的反面——娱乐。一种迷恋当下和排斥思考的文化,我们只能恰如其分地称之为娱乐。并不是说娱乐和文化一定势不两立,问题不在于电视展示了娱乐性内容,而在于在电视上一切内容都必须以娱乐的方式表现出来。"娱乐是电视上所有话语的超意识形态。"在电视的强势影响下,一切文化都依照其转变成娱乐的程度而被人们接受,因而在不同程度上都转变成了娱乐。"除了娱乐业没有其他行业"——到了这个地步,本来意义上的文化就荡然无存了。

电视把一切都变成了娱乐。新闻是娱乐。电报使用之初,梭罗即已讽刺地指出:"我们满腔热情地在大西洋下开通隧道,把新旧两个世界拉近几个星期,但是到达美国人耳朵里的第一条新闻可能却是阿德雷德公主得了百日咳。"今天我们通过电视能够更迅速地知道世界各地正在发生的事情,然而，其中绝大多数与我们的生活毫无关联，所获得的大量信息既不能回答我们的任何问题，也不需要我们做出任何回答。作者借用柯勒律治的话描述这种失去语境的信息环境："到处是水却没有一滴水可以喝。"但我们好像并不感到痛苦，反而在信息的泛滥中感到虚假的满足。看电视新闻很像看万花筒，画面在不相干的新闻之间任意切换，看完后几乎留不下任何印象，而插播的广告立刻消解了不论多么严重的新闻的严重性。政治是娱乐。政治家们纷纷拥向电视，化装术和表演术取代智慧成了政治才能的标志。作者指出，美国前十五位总统走在街上不会有人认出，而现在的总统和议员都争相让自己变得更上镜。宗教是娱乐。神父、大主教都试图通过电视表演取悦公众，《圣经》被改编成了系列电影。教育是娱乐。美国最大的教育产业是在电视机前，电视获得了控制教育的权力，担负起了指导人们读什么样的书、做什么样的人的使命。

波兹曼把美国作为典型对电视文化进行了分析和批判，但是，电视主宰文化、文化变成娱乐的倾向却是世界性的。譬如说，在我们这里，人们现在通过什么学习历史？通过电视剧。历史仅仅作为戏说、也就是作为娱乐而存在，再也不可能有比这更加彻底地消灭历史的方式了。又譬如说，在我们这里，电视也成了印刷媒介的榜样，报纸和杂志纷纷向电视看齐，使劲强化自己的娱乐功能，蜕变成了波兹曼所说的"电视型印刷媒介"。且不说那些纯粹娱乐性的时尚杂志，翻开几乎任何一种报纸，你都会看到一个所谓文化版面，所报道的全是娱乐圈的新闻和大小明星的逸闻。这无可辩驳地表明，文化即娱乐已经成为新的约定俗成，只有娱乐才是文化已经成为不言而喻的共识。

奥威尔和赫胥黎都曾预言文化的灭亡，但灭亡的方式不同。在奥威尔看来，其方式是书被禁读，真理被隐瞒，文化成为监狱。在赫胥黎看来，其方式是无人想读书，无人想知道真理，文化成为滑稽戏。作者认为，实现了的是赫胥黎的预言。这个结论也许太悲观了。我相信，只要人类精神存在一天，文化就决不会灭亡。不过，我无法否认，对于文化来说，一个娱乐至上的环境是最坏的环境，其恶劣甚于专制的环境。在这样的环境中，任何严肃的精神活动都不被严肃地看待，人们不能容忍不是娱乐的文化，非把严肃化为娱乐不可，如果做不到，就干脆把戏侮严肃当作一种娱乐。面对这样的行径，我的感觉是，波兹曼的书名听起来像是一种诅咒。

2004.7.20

亲密有间

　　我一直主张相爱的人要亲密有间，而不要亲密无间，即使结了婚，两个人之间仍应保持必要的距离。所谓必要的距离，是指各人仍应是独立的个人，并把对方作为独立的个人予以尊重。

　　有个简单的道理是，两个人无论多么相爱，仍然是两个不同的个体，不可能变成同一个人。另一个稍微复杂一点的道理是，即使可能，两个人变成一个人也是不可取的。我们常常发现，在比较和谐的结合中，由于长时间的耳鬓厮磨，互相熏陶，夫妻二人的思想方式和行为方式会日益趋同，甚至长相也会变得相像。这当然不一定是坏事，可以视为婚姻稳固的表征。不过，如果你的心灵足够敏感，你就会对这种情形产生一点儿警惕。个人的独特是一切高质量的结合的基础，差异的磨灭也许意味着某些重要价值在不知不觉中被损失掉了。

　　家庭生活本身具有一种把两个人捆绑在一起的自然趋势，因此，要保持那个必要的距离谈何容易。我能够想出的对策是，套用政治学的术语，在家庭也划分出一个双方一致同意的私域。也就是说，在必须共同承担的家庭责任之外，各人拥有属于自己的领域，在此私域中享有个人自由，彼此不予干涉。这个私域的范围，不外乎两个方面，一是个人的精神生活，例如独处、写私人日记、发展个人爱好，另一是个人的社会交往，例如交共同的朋友圈子之外的朋友，包括交异性朋友。当然，个人在私域中必须遵守一般规则,政治学的这个原理在这里也是适用的。所以,诸如养小蜜、包二奶之类的自由是不能允许的,因为它们违背了婚姻的一般规则。

我曾设想,如果条件许可,最好是夫妻二人各有自己的住宅,居住有分有合,在约定的分居时间里互不打扰。这个办法能够有效保证各人的自由空间。听到我的这一设想,有人表示担忧:它会不会导致家庭关系的松散乃至解体? 我当即申明,我的设想有一个前提,就是婚姻的爱情基础良好,并且双方均具备自律的自觉性。然而,尽管如此,我的确不能否认可能出现的危险。问题在于,在任何情形下,都不存在万无一失的办法以确保一个婚姻绝对安全。在一切办法中,捆绑肯定是最糟糕的一种,其结果只有两种可能:或者是成全了一个缺乏生机的平庸的婚姻,或者一方或双方不甘平庸而使婚姻终于破裂。

其实,爱侣之间用什么方式来保持必要的距离,分寸如何掌握,都是因人而异的,不存在一个普遍适用的方案。我想强调的只是,一定要有保持距离的觉悟。从根本上说,这也是互相尊重对方的独立人格的觉悟。惟有亲密有间,家庭才能既成为亲密生活的共同体,又成为个性自由发展的场所。我相信,这样的家庭会更生机勃勃、更令人心情舒畅,因而在总体上也必然会更加稳固。

2002.3

花心男女的专一爱情

向天下情侣和仍然相爱的夫妇问一个问题：你能否容忍你的情人、妻子或丈夫在爱你的同时还对别的异性动情？我相信，回答基本上是否定的。这么说来，爱情应该是专一的了。

再问第二个问题：你在爱你的情人、妻子或丈夫的同时，能否保证对别的异性决不动情？我相信，如果你足够诚实，回答基本上也是否定的。这么说来，爱情又很难是专一的了。

那么，爱情到底是不是专一的呢？

首先肯定一点：当我们与一个人真正相爱时，我们要求他（她）全心全意地爱自己，这个要求是合理的。如果他（她）对别的异性也动情，我们就会妒火中烧，这种嫉妒的情绪也是正常的，不可简单地斥为心胸狭隘或占有欲太强。问题在于，在这种情形下，我们对既有爱情的信心必然会发生动摇。第一，爱情总是从动情开始的，如果我的爱人对别人动情了，我如何能断定这动情不会发展成爱情呢？第二，爱情和动情的界限也实在难以划清，说到底不过是程度的差别。事实上，我们确实看到，在此类事件中，那越轨的一方无论怎样信誓旦旦，花言巧语，也很难使受委屈的一方相信自己仍是惟一被爱的人。我们也许还有理由假定，每一个人在性爱方面的能量是一个常数，因此，别的方向支出的增加就意味着既有方向投入的减少。这么看来，爱情在本质上要求一种完整性，要求它自身是不可分割的，专一这个要求是包含在爱情的定义之中的。

然而,专一是爱情的本性,却不是人的本性,不是每一个有血有肉的男人和女人的本性。问题就出在这里。当绝色美女海伦出现在特洛伊宫廷里时,所有在场的男人,不管元老还是大臣,都为她的美貌惊呆和激动了,这才是男人的天性。凡是身心健康的男女,我的意思是说,凡是不用一种不自然的观念来压抑自己的男女,在和异性接触时都会有一种和同性接触所没有的愉快感受,有时这种感受还会比较强烈,成为特别的好感,这乃是一个基于性别差异的必然倾向,这个倾向不会因为一个人已经有了情人或结了婚而完全改变。也许热恋中的人会无暇他顾,目中没有别的异性,但是,热恋毕竟不是常态。正是在对异性的这种愉快感受的基础上,动情就成了有时难免会发生的事。

所以,不妨说,天下的男女在不同程度上都是花心的。那么,天下的爱情岂不都岌岌可危了吗?我想不会的,原因是在每一个人身上,一方面固然可能对不止一个异性发生愉悦之感,另一方面却又希望得到专一的爱情,二者之间产生了一种微妙的平衡。在一定的意义上可以说,忠贞的爱情是靠了克制人性的天然倾向才得以成全的。不过,如果双方都珍惜现有的爱情,这种克制就会是自愿的,并不显得勉强。也有一方没有克制住的情形,我的建议是,如果另一方对于彼此的爱情仍怀有基本的信心,就最好本着对人性的理解而予以原谅。要知道,那种绝对符合定义的完美的爱情只存在于童话中,现实生活中的爱情不免有这样那样的遗憾,但这正是活生生的男人和女人之间的活生生的爱情。当然,万事都有一个限度,如果越轨成为常规,再宽容的人也无法相信爱情的真实存在了,或者有理由怀疑这个风流成性的哥儿姐儿是否具备做伴侣的能力了。

2002.12

▎本质的男人

我不善谈男人，正因为我是男人。男人的兴趣和观察总是放在女人身上的。男人不由自主地把女人当作一个性别来评价，他从某个女人那里吃了甜头或苦头，就会迅速上升到抽象的层面，说女性多么可爱或多么可恶。相反，如果他欣赏或者痛恨某个男人，他往往能够个别地对待，一般不会因此对男性这一性别下论断。

男人谈男人还有一种尴尬。如果他赞美男人，当然有自诩之嫌。如果他攻击男人呢，嫌疑就更大了，难道他不会是通过攻击除他之外的一切男人来抬高自己，并且向女人献媚邀宠吗？

所以，我知道自己是在做一件吃力不讨好的事情。为了对付这个难题，我不得不要一点儿苏格拉底式的小手腕，间接地来接近目标。

男人是什么，或者应该是什么？如果直接问这个问题，也许不易回答。可是，我常常听见人们这样议论他们看不起的男人："某某真不像一个男人！"可见人们对于男人应该怎样是有一个概念的，而问题的答案也就在其中了。什么样的男人会遭人如此小瞧呢？一般有这样一些特点，例如窝囊、怯懦、琐碎。一个窝囊的男人，活在世上一事无成，一个怯懦的男人，面对危难惊慌失措，一个琐碎的男人，眼中尽是鸡毛蒜皮，在所有这些情况下，无论男人女人见了都会觉得他真不像一个男人。

现在答案清楚了。看来，男人应该不窝囊，有奋斗的精神和自立的能力,不怯懦,有坚强的意志和临危不惧的勇气,不琐碎,有开阔的胸怀和眼光。进取,坚毅,大度,这才像一个男人。无论男人女人都会同意这个结论。女人愿意嫁这样的男人,因为这样的男人能够承担责任,靠得住,让她心里踏实。男人愿意和这样的男人来往,因为和这样的男人打交道比较痛快,不婆婆妈妈。

我是否同意这个结论呢?当然同意。我也认为,男人身上应该有一种力量,这种力量使他能够承受人生的压力和挑战,坚定地站立在世界上属于他的那个位置上。人生的本质决非享乐,而是苦难,是要在无情宇宙的一个小小角落里奏响生命的凯歌。就此而言,男人身上的这种力量正是人生的本质所要求于男人的。因此,我把这种力量看作与人生的本质相对应的男人的本质,而把拥有这种力量的男人称做本质的男人。当我们接触这样的男人时,我们确实会感到接触到了某种本质的东西,不虚不假,实实在在。女人当然也可以是很有力量的,但是,相对而言,我们并不要求女人一定如此。不妨说,女人更加具有现象的特征,她善于给人生营造一种美丽、轻松、快乐的外表。我不认为这样说是对女人的贬低,如果人生的本质直露无遗,而不是展现为丰富多彩的现象,人生未免太可怕也太单调了。

最后我要补充一点:看一个男人是否有力量,不能只看外在的表现。真正的力量是不张扬的。有与世无争的进取,内在的坚毅,质朴无华的大度。同样,也有外强中干的成功人士,色厉内荏的呼风唤雨之辈,锱铢必较的慈善家。不过,鉴别并非难事,只要不被虚荣蒙蔽眼睛,很少有女人会上那种虚张声势的男人的当。

2002.12

亲疏随缘

曾有人问我如何处理人际关系，我的回答是：尊重他人，亲疏随缘。这个回答基本上概括了我对待友谊的态度。

人在世上是不能没有朋友的。不论天才，还是普通人，没有朋友都会感到孤单和不幸。事实上，绝大多数人也都会有自己的或大或小的朋友圈子。如果一个人活了一辈子连一个朋友也没有，那么，他很可能怪僻得离谱，使得人人只好敬而远之，或者坏得离谱，以至于人人侧目。

不过，一个人又不可能有许多朋友。所谓朋友遍天下，不是一种诗意的夸张，便是一种浅薄的自负。热衷于社交的人往往自诩朋友众多，其实他们心里明白，社交场上的主宰绝不是友谊，而是时尚、利益或无聊。真正的友谊是不喧嚣的。根据我的经验，真正的好朋友也不像社交健儿那样频繁相聚。在一切人际关系中，互相尊重是第一美德，而必要的距离又是任何一种尊重的前提。使一种交往具有价值的不是交往本身，而是交往者各自的价值。在交往中，每人所能给予对方的东西，决不可能超出他自己所拥有的。他在对方身上能够看到些什么，大致也取决于他自己拥有些什么。高质量的友谊总是发生在两个优秀的独立人格之间，它的实质是双方互相由衷的欣赏和尊敬。因此，重要的是使自己真正有价值，配得上做一个高质量的朋友，这是一个人能够为友谊所做的首要贡献。

我相信，一切好的友谊都是自然而然形成的，不是刻意求得的。我们身上都有一种直觉，当我们初次与人相识时，只要一开始谈话，就很快能够感觉到彼此是否相投。当两个人的心性非常接近时，或者非常远离时，我们的本能下判断最快，立刻会感到默契或抵牾。对于那些中间状态，我们也许要稍费斟酌，斟酌的快慢是和它们偏向某一端的程度成比例的。这就说明，两个人能否成为朋友，基本上是一件在他们开始交往之前就决定了的事情。也就是说，人与人之间关系的亲疏，并不是由愿望决定的，而是由有关的人各自的心性及其契合程度决定的。愿望也应该出自心性的认同，超出于此，我们就有理由怀疑那是别有用心，多半有利益方面的动机。利益之交也无可厚非，但双方应该心里明白，最好还摆到桌面上讲明白，千万不要顶着友谊的名义。凡是顶着友谊名义的利益之交，最后没有不破裂的，到头来还互相指责对方不够朋友，为友谊的脆弱大表义愤。其实，关友谊什么事呢，所谓友谊一开始就是假的，不过是利益的面具和工具罢了。今天的人们给了它一个恰当的名称，叫感情投资，这就比较诚实了，我希望人们更诚实一步，在投资时把自己的利润指标也通知被投资方。

当然，不能排除一种情况：开始时友谊是真的，只是到了后来，面对利益的引诱，一方对另一方做了不义的事，导致友谊破裂。在今日的商业社会中，这种情况也是司空见惯的。我不想去分析那行不义的一方的人品究竟是本来如此，现在暴露了，还是现在才变坏的，因为这种分析过于复杂。我想说的是，面对这种情况，我们应取的态度也是亲疏随缘，不要企图去挽救什么，更不要陷在已经不存在的昔日友谊中，感到愤愤不平，好像受了天大的委屈。应该知道，一个人的人品是天性和环境的产物，这两者都不是你能够左右的，你只能把它们的产物作为既定事实接受下来。跳出个人的恩怨，做一个认识者，借自己的遭遇认识人生和社会，你就会获得平静的心情。

2002.11

善良·丰富·高贵

（2005—2006）

表达你心中的爱和善意

——皮特·尼尔森《圣诞节清单》中译本序

　　这是一本令人感到温暖的书，在一个人性迷失的时代，它试图重新唤起我们对人性的信心。它提醒每一个人：你心中不但要有爱和善意，而且要及时地、公开地表达你心中的爱和善意。这个道理似乎简单，却常常被我们忽视。

　　我们活在世上，人人都有对爱和善意的需要。今天你出门，不必有奇遇，只要一路遇到的是友好的微笑，你就会觉得这一天十分美好。如果你知道世上有许多人喜欢你，肯定你，善待你，你就会觉得人生十分美好，这个世界十分美好。即使你是一个内心很独立的人，情形仍是如此，没有人独立到了不需要来自同类的爱和善意的地步。

　　那么，我们就应该经常想到，我们的亲人、朋友、同学、同事，他们都有这同样的需要。这赋予了我们一种责任：对于我们周围的人来说，这个世界是否美好，在很大程度上取决于我们是否爱他们、善待他们。我们每一个人都有责任给世界增添爱和善意，如同本书的主人公所说，借此"把世界变成一个更好的、值得留恋的地方"。

　　应该相信，世上绝大多数人是善良的，而在每一个善良的人心中，爱和善意原是最自然的情感。可是，在许多时候，我们宁愿把这种情感埋在心里，不向相关的人表达出来。有时候我们是顾不上表达，忙于做自己的事，似乎缺乏表达的机会。有时候我们是羞于表达，碍于一种反向的面子，似乎怕对方不在乎自己的表达甚至会感到唐突。我们中国人在这方面尤其有心理障碍，其根源也许可追溯到讲究老幼尊卑的传统文化，从小生活在连最亲的亲人——父母与子女——之间也缺乏情感语言交流的环境中，使得我们始终不习惯用语言表达情感。

当然，最重要的事情是爱和善意本身，而不是表达。当然，表达有种种方式，不限于语言。然而，不可低估语言的作用。有一个人，也许他正在苦闷中，甚至患了忧郁症，认为自己已被世上一切人抛弃，你的一次充满爱心的谈话就能救他，但你没有救他，他终于自杀了。其实，这样的事经常在发生。当亲友中的某个人去世时，我们往往会后悔，有些一直想对他说的话再也没有机会说了。事实上，每一个人都在不可避免地走向死亡，我们随时面临着太迟的可能性。一切真诚的爱和善意，在本质上都是给予，并不求回报，因此没有什么可羞于启齿的。那是你心中的财富，你本应该及时把它呈献出来，让那个与它相关的人共享。

今天的时代有种种弊病，包括人们过于看重功利，由此导致人情冷漠。我不主张对少年人隐瞒社会的实情，让他们把一切都想象得非常美好，这会使他们失去免疫力，或者陷入幻灭的痛苦。但是，我更反对那种一味引导他们适应社会消极面的实用主义教育。在一定意义上，少年人今天的精神面貌决定了社会明天的面貌。我愿意向少年人推荐本书，是期望他们成为珍惜精神价值的一代，珍惜爱和善意的价值的一代，期望他们每一个人从小就树立本书主人公所表达的信念："如果说学习如何给予爱、获得爱不是这个世界上重要的事，那么我就不知道什么是重要的了。"

2005.9

善良·丰富·高贵

如果我是一个从前的哲人，来到今天的世界，我会最怀念什么？一定是这六个字：善良，丰富，高贵。

看到医院拒收付不起昂贵医疗费的穷人，听凭危急病人死去；看到商人出售假药和伪劣食品，制造急性和慢性的死亡；看到矿难频繁，矿主用工人的生命换取高额利润；看到每天发生的许多凶杀案，往往为了很少的一点钱或一个很小的缘由夺走一条命，我为人心的冷漠感到震惊，于是我怀念善良。

善良，生命对生命的同情，多么普通的品质，今天仿佛成了稀有之物。中外哲人都认为，同情是人与兽的区别的开端，是人类全部道德的基础。没有同情，人就不是人，社会就不是人待的地方。人是怎么沦为兽的？就是从同情心的麻木和死灭开始的，由此下去可以干一切坏事，成为法西斯，成为恐怖主义者。善良是区分好人与坏人的最初界限，也是最后界限。

看到今天许多人以满足物质欲望为人生惟一目标，全部生活由赚钱和花钱两件事组成，我为人们的心灵的贫乏感到震惊，于是我怀念丰富。

丰富，人的精神能力的生长、开花和结果，上天赐给万物之灵的最高享受，为什么人们弃之如敝屣呢？中外哲人都认为，丰富的心灵是幸福的真正源泉，精神的快乐远远高于肉体的快乐。上天的赐予本来是公平的，每个人天性中都蕴涵着精神需求，在生存需要基本得到满足之后，这种需求理应觉醒，它的满足理应越来越成为主要的目标。那些永远折腾在功利世界上的人，那些从来不谙思考、阅读、独处、艺术欣赏、精神创造等心灵快乐的人，他们是怎样辜负了上天的赐予啊，不管他们多么有钱，他们是度过了怎样贫穷的一生啊。

看到有些人为了获取金钱和权力毫无廉耻，可以干任何出卖自己尊严的事，然后又依仗所获取的金钱和权力毫无顾忌，肆意凌辱他人的尊严，我为这些人的灵魂的卑鄙感到震惊，于是我怀念高贵。

高贵，曾经是许多时代最看重的价值，被看得比生命还重要，现在似乎很少有人提起了。中外哲人都认为，人要有做人的尊严，要有做人的基本原则，在任何情况下都不可违背，如果违背，就意味着不把自己当人了。今天的一些人就是这样，不知尊严为何物，不把别人当人，任意欺凌和侮辱，而根源正在于他没有把自己当人，事实上你在他身上也已经看不出丝毫人的品性。高贵者的特点是极其尊重他人，他的自尊正因此得到了最充分的体现。人的灵魂应该是高贵的，人应该做精神贵族，世上最可恨也最可悲的岂不是那些有钱有势的精神贱民？

我听见一切世代的哲人在向今天的人们呼唤：人啊，你要有善良的心，丰富的心灵，高贵的灵魂，这样你才无愧于人的称号，你才是作为真正的人在世间生活。

善良，丰富，高贵——令人怀念的品质，人之为人的品质，我期待今天更多的人拥有它们。

2006.8

唱出了我们的沉默的歌者

二十世纪上半叶,有两位东方诗人以美而富有哲理的散文诗(多用英文创作)征服了西方读者的心;继而通过冰心的汉译征服了中国读者的心,一位是泰戈尔,另一位就是纪伯伦。多年来,这两位诗人的作品一直陪伴着我,它们如同我的生活中的清泉,我常常回到它们,用它们洗净我在人世间跋涉的尘土和疲劳。

纪伯伦说:"语言的波涛始终在我们的上面喧哗,而我们的深处永远是沉默的。"又说:"伟大的歌者是能唱出我们的沉默的人。"纪伯伦自己正是这样一位唱出了我们的沉默的歌者。

那在我们的上面喧哗着的是什么?是我们生命表面的喧闹,得和失的计较,利益征逐中的哭和笑,我们的肉身自我的呻吟和嚎叫。那在我们的深处沉默着的是什么?是我们生命的核心,内在的精神生活,每一个人的不可替代的心灵自我。

在纪伯伦看来,内在的心灵自我是每一个人的本质之所在。外在的一切,包括财富、荣誉、情色,都不能满足它,甚至不能真正触及它,因此它必然是孤独的。它如同一座看不见的房舍,远离人们以你的名字称呼的一切表象和外观的道路。"如果这房舍是黑暗的,你无法用邻人的灯把它照亮。如果这房舍是空的,你无法用邻人的财产把它装满。"但是,正因为你有这个内在的自我,你才成为你。倘若只有那个外在的自我,不管你在名利场上混得如何,你和别人都没有本质的区别,你的存在都不拥有自身的实质。

然而,人们似乎都害怕自己内在的自我,不敢面对它的孤独,倾听它的沉默,宁愿逃避它,躲到外部世界的喧嚣之中。有谁倾听自己灵魂的呼唤,人们便说:"这是一个疯子,让我们躲开他!"其实事情正相反,如同纪伯伦所说:"谁不做自己灵魂的朋友,便成为人们的敌人。"人间一切美好的情谊,都只能在忠实于自己灵魂的人之间发生。同样,如果灵魂是黑暗的,人与人只以肉身的欲望相对待,彼此之间就只有隔膜、争夺和战争了。

内在的孤独无法用任何尘世的快乐消除,这个事实恰恰是富有启示意义的,促使我们走向信仰。我们仿佛听到了一个声音:"你们是灵魂,虽然活动于身体之中。"作为灵魂,我们必定有更高的来源,更高的快乐才能使我们满足。纪伯伦是一个泛神论者,他相信宇宙是一个精神性的整体,每一个人的灵魂都是整体的显现,是流转于血肉之躯中的"最高之主的呼吸"。当我们感悟到自己与整体的联系之时,我们的灵魂便觉醒了。灵魂的觉醒是人生最宝贵的收获,是人的生存目的之所在。这时候,我们的内在自我便超越了孤独,也超越了生死。《先知》中的阿穆斯塔发在告别时如是说:"只一会儿工夫,在风中休息片刻,另一个女人又将怀上我。"

不过,信仰不是空洞的,它见之于工作。"工作是看得见的爱。"带着爱工作,你就与自己、与人类、与上帝联成了一体。怎样才是带着爱工作呢?就是把你灵魂的气息贯注于你制造的一切。你盖房,就仿佛你爱的人要来住一样。有了这种态度,你的一切产品就都是精神的产品。在这同时,你也就使自己在精神上完满了起来,把自己变成了一个上面住着灵性生物的星球。

一个灵魂已经觉醒的人,他的生命核心与一切生命之间的道路打通了,所以他是不会狂妄的。他懂得万物同源、众生平等的道理,"每一个人都是以往的每一个君王和每一个奴隶的后裔"。"当你达到生命的中心时,你将发现你既不比罪人高,也不比先知低。"大觉悟导致大慈悲和大宽容。你不会再说:"我要施舍,但只给那配得到者。"因为你知道,凡配在生命的海洋里啜饮的,都配在你的小溪里舀满他的杯子。你也不会再嘲笑和伤害

别人，因为你知道，其实别人只是附在另一躯体上的最敏感的你。

在纪伯伦的作品中，随手可拾到语言的珍珠，我只是把很少一些串连起来，形成了一根思想的线索。当年罗斯福总统曾如此赞颂他："你是从东方吹来的第一阵风暴，横扫了西方，但它带给我们海岸的全是鲜花。"现在我们翻开他的书，仍可感到这风暴的新鲜有力，受这风暴的洗礼，我们的心中仍会绽开智慧的花朵。

2005.11

与书结缘

我此生与书有缘，在书中度过了多半的光阴。不过，结缘的开端似乎不太光彩。那是上小学的时候，在老师号召下，班上同学把自己的图书凑集起来，放在一只箱子里，办起了一个小小图书馆。我从中借了一本书，书中主人公是一个喜欢恶作剧的男孩，诸如把苍蝇包在包子里给人吃之类，我一边看，一边笑个不停。我实在太想拥有这本有趣的书了，还掉后又把它偷了出来。从此以后，我对书发生了浓厚的兴趣，每一本书，不管是否读得懂，都使我神往，我相信其中一定藏着一些有趣的或重要的东西，等待我去把它们找出来。

小学六年级时，我家搬到了人民公园附近，站在窗前，可以望见耸立在公园背后的大自鸣钟。上海图书馆的这个标志性建筑对于我充满了诱惑力，我常常不由自主地走到那里，在图书馆的院子里徘徊，有一天终于鼓起勇气朝楼里走，却被挡驾了。按照规定，儿童身高一米四五以上才能进阅览室，我当时十岁，个儿小，还差得远。小学刚毕业，拿到了考初中的准考证，听说凭这个证件就可以进到楼内，我喜出望外。整个暑假，我几乎天天坐在上海图书馆的阅览室里看书。我喜欢阅览室里的气氛，寂静笼罩之下，一张张宽大的桌子旁，互不相识的人们专心读着不同的书，彼此之间却仿佛有着一种神秘的联系。这是知识的圣殿，我为自己能够进入这个圣殿而自豪。

　　我仍渴望占有自己所喜欢的书,毕竟懂事了,没有再偷,而是养成了买书的癖好。初中三年级时,我家搬迁,从家到学校乘电车有五站地,只花四分钱,走路要用一小时。由于家境贫寒,父亲每天只给我四分钱的单程车费,我连这钱也舍不得花,总是徒步往返。路途的一长段是繁华的南京西路,放学回来正值最热闹的时候,两旁橱窗里的商品琳琅满目,但我心里惦记着这一段路上的两家旧书店,便以目不旁视的气概勇往直前。这两家旧书店是物质诱惑的海洋中的两座精神灯塔,我每次路过必进,如果口袋里的钱够,就买一本我看中的书。当然,经常的情形是看中了某一本书,但钱不够,于是我不得不天天去看那本书是否还在,直到攒够了钱把它买下才松一口气。读高中时,我住校,从家到学校要乘郊区车,往返票价五角。我每两周回家一次,父亲每月给我两元钱,一元乘车,一元零用。这使我在买书时仿佛有了财大气粗之感,为此总是无比愉快地跋涉在十几公里的郊区公路上。

　　回想起来,从中学开始,我就已经把功课看得很次要,而把主要的精力用于读课外书。我是在上海中学读的高中,学校阅览室的墙上贴着高尔基的一句语录:"我扑在书本上,就像饥饿的人扑在面包上一样。"这句话对于当时的我独具魔力,它如此贴切地表达了一个饥不择食的少年人的心情和状态,使我永远记住了它。不过,虽然我酷爱读书,却并不知道该读什么书,始终是在黑暗中摸索。直到进了北京大学,在郭沫若的儿子郭世英影响下,我才开始大量阅读世界文学名著。一开始是俄国文学,把屠格涅夫、托尔斯泰、陀斯妥耶夫斯基的中译本都读了,接着是西方文学和哲学,一发而不可收。我永远感谢我的这位不幸早逝的朋友,在我知欲最旺盛的时候,他做了我的引路人,把我带到了世界文化宝库的大门前。那一年我十六岁,在我与书结缘的历史上,这是一个转折点。一个人一旦走进宝库,看见过了真正的珍宝,他就获得了基本的鉴赏力,懂得区分宝物和垃圾了。在那以后,我仿佛逐渐拥有了一种内在的嗅觉,能够嗅出一本书的优劣,本能地拒斥那些平庸的书,不肯再为它们浪费宝贵的光阴了。

　　我的读书旨趣有三个特点。第一,虽然我的专业是哲学,但我的阅读范围不限于哲学，始终喜欢看"课外书"，而我从文学作品和各类人文书籍中同样学到了哲学。第二，虽然我的阅读范围很宽，但对书籍的选择却很挑剔，以读经典名著为主，其他的书只是随便翻翻，对媒体宣传的畅销书完全不予理睬。第三，虽然读的是经典名著，但我喜欢把它们当作闲书来读，不端做学问的架子，而我确实在读经典名著中得到了最好的消遣。我的经验告诉我，大师绝对比追随者可爱无比也更加平易近人，直接读原著是通往智慧的捷径。这就像在现实生活中，真正的伟人总是比那些包围着他们的秘书和仆役更容易接近，困难恰恰在于怎样冲破这些小人物的阻碍。可是，在阅读中不存在这样的阻碍，经典名著就在那里，任何人想要翻开都不会遭到拒绝，那些爱读平庸书籍的人其实是自甘于和小人物周旋。

直接与大师交流，结识和欣赏人类历史上那些最优秀的灵魂，真是人生莫大的享受。有时候，我会拿起笔来，写下自己的收获，这就是我的写作。所以，我的写作实际上是我的阅读的一个延伸。曾有人问我，阅读和写作在我的生活中各扮演什么角色，我脱口说：阅读是我的情人，写作是我的妻子。事后一想，对这句话可有多种理解。妻子是由情人转变过来的，我的写作是由我的阅读转变过来的，这是一解。阅读是浪漫的精神游历，写作是日常的艰苦劳动，这又是一解。最后，鉴于写作已成为我的职业，我必须警惕不让它排挤掉阅读的时间，倘若我写得多读得少，甚至只写不读，我的写作就会沦为毫无生气的职业习惯，就像没有爱情的婚姻一样。对于我来说，这是最重要的一解，我要铭记不忘。

2006.8

鼓励孩子的哲学兴趣

在一定的意义上,孩子都是自发的哲学家。他们当然并不知道什么是哲学,但是,活跃在他们小脑瓜里的许多问题是真正哲学性质的。我相信,就平均水平而言,孩子们对哲学问题的兴趣要远远超过大多数成人。这一方面是因为,从幼儿期到青春期,正是一个人的理性开始觉醒并逐渐走向成熟的时期,好奇心最强烈,求知欲最旺盛。另一方面,展现在他们眼前的是一个全新的世界,在这个阶段内,生命的生长本身就不断带来对人生的新的发现,看世界的新的角度,使他们迷乱和兴奋,也使他们困惑和思考。哲学原是对世界和人生的真相之探究,童年和青少年时期恰是发生这种探究的最佳机会。

然而,在多数人身上,随着年龄和阅历增长,曾经有过的那种自发的哲学兴趣似乎完全消失了,岁月把一个个小哲学家改造成了大俗人。之所以发生这种情况,孩子周围的大人——包括家长和老师——要负相当的责任。据我所见,对于孩子提出的哲学问题,大人们普遍以三种方式处理:一是无动于衷,认为不值得理睬;二是粗暴地顶回去,教训孩子不要瞎想;三是自以为是,用一个简单的答案打发孩子。在大人们心目中,世界和人生的思考太玄虚,太无用,功课、考试、将来的好职业才是正经事。在这种急功近利的氛围中,孩子们的哲学兴趣不但得不到鼓励,而且往往过早地遭到了扼杀。

哲学到底有用还是无用，要回答这个问题，关键是如何看待所谓"用"。如果你只认为应试、谋职、赚钱是有用，那么，哲学的确没有什么用。可是，如果你希望孩子成为一个真正优秀的人，那么，哲学恰恰是最有用的。人类历史上的一切优秀者，不管是哪一个领域的，必是对世界和人生有自己广阔的思考和独特的理解的人。一个人只有小聪明而没有大智慧，却做成了大事业，这样的例子古今中外都不曾有过呢。

所以，如果你真正爱孩子，关心他们的前途，就应该把你自己的眼光放得远一点。不要挫伤孩子自发的哲学兴趣，而要保护和鼓励，而最好的鼓励办法就是和他们一起思考和讨论。事实上，任何一个真正的哲学问题都不可能有所谓标准答案，可贵的是发问和探究的过程本身，使我们对那些根本问题的思考始终处于活泼的状态。在这方面，我们亟需有水平的启蒙读物。好的启蒙书其实不但适合于孩子阅读，也适合于家长和孩子、老师和学生一同阅读。在相当程度上，大人也需要受启蒙，否则就当不好家长和老师。难道不是吗？

2005.5

我判决自己诚实

——《岁月与性情》序

　　明年我六十岁了。尼采四十四岁写了《看哪这人》,卢梭五十八岁完成《忏悔录》。我丝毫没有以尼采和卢梭自比的意思,只是想说明,我现在来写自传并不算太早。

　　我常常意识不到我的年龄。我想起我的年龄,往往是在别人问起我的时候,这时候别人会露出惊讶不信的神情,而我只好为事实如此感到抱歉。几乎所有人都觉得我不像这个年龄的人,包括我自己。我相信我显得年轻主要不是得益于外貌,而是得益于心态,心态又会表现为神态,一定是我的神态蒙蔽了人们,否则人们就会看到一张比较苍老的脸了。一位朋友针对我揶揄说,男人保持年轻的诀窍是娶一个年轻的太太,对此我无意反驳。年轻的妻子和年幼的女儿组成了我的最经常的生活环境,如同一面无时无刻不在照的镜子,我从这面镜子里看自己,产生了自己也年轻的错觉,而只要天长日久,错觉就会仿佛成真。不过,反过来说,我同样是我的妻子的这样一面镜子,她天天照而仍觉得自己年轻,多少也说明了镜子的品质吧。

　　然而,我清楚地知道,心态年轻也罢,长相年轻也罢,与实际上年轻是两回事。正如好心人对我劝告的,我正处在需要当心的年龄。我大约不会太当心,一则不习惯,二则不相信有什么大用。虽然没有根据,但我确信每个人的寿命是一个定数,太不当心也许会把它缩短,太当心却不能把它延长。我无法预知自己的寿命，即使能，我也不想，我不愿意替我自己不能支配的事情操心。不过，好心人的提醒在我身上还是发生了一个作用，便是促使我正视我的年龄。无论我多么向往长寿，我不能装作自己不会死，不知道自己会死，一切似乎突然实则必然的结束只会光顾别人，不会光顾我。我是一个多虑的人，喜欢为必将到来的事情预作准备。即使我能够长寿，譬如说活到八九十岁，对于死亡这样一件大事来说，二三十年的准备时间也不算太长。现在我拿起笔来记述自己迄今为止的生活，就属于准备的一部分，是蒙田所说的收拾行装的行为。做完了这件事，我的确感到了一种放心。

因此，在一定的意义上，这本书可以称作一个终有一死的人的心灵自传。夏多布里昂把他的自传取名为《墓中回忆录》，对此我十分理解。一个人预先置身于墓中，从死出发来回顾自己的一生，他就会具备一种根本的诚实，因为这时他面对的是自己和上帝。人只有在面对他人时才需要掩饰或撒谎，自欺者所面对的也不是真正的自己，而是自己在他人面前扮演的角色。在写这本书时，我始终设想自己是站在全知全能的上帝面前，对于我的所作所为乃至最隐秘的心思，上帝全都知道，也全都能够理解，所以隐瞒既不可能也没有必要。我对人性的了解已经足以使我在一定程度上跳出小我来看自己，坦然面对我的全部经历，甚至不羞于说出一般人眼中的隐私。我的目的是给我自己以及我心目中的上帝一个坦诚的交代，我相信，惟其如此，我写下的东西才会对世人也有一些价值，人们无论褒我还是贬我，都有了一份值得认真对待的参考。

当然，我毕竟还活在这个世界上，与这个世界有着千丝万缕的联系。因此，事实上我不可能说出全部真话，只能说出部分真话。我对自己的要求是，凡可说的一定要说真话，决不说假话，对不可说的则保持沉默。所谓不可说的，其中一部分是因为牵涉到他人，说出来可能对他人造成伤害。我在这个世界上没有私敌，我不愿意伤害任何人。仅在与私生活无关的场合，当我认为事关重要事实和原则之时，我才会作某些批评性的叙述或评论，但所针对的也不是任何个人。然而，有一点是我要请求原谅的，人生中

最难忘的经历实际上都是由与某些特殊他人的关系组成的,有若干人——包括男人和女人——在我的生活中曾经起过重要的作用,如果不写他们,我就无法叙述自己的经历。譬如说,在叙述我的情感经历时,我就不可能避而不写与我有过亲密关系的女人。如果她们因此感到不快,我只能向她们致歉。不过,读者将会看到,当我回顾我的生命历程时,如果说我的心中充满感激之情,我首先感激的正是曾经或正在陪伴我的女人。

在这本书中,我试图站在一种既关切又超脱的立场上来看自己,看我是怎样一步步从童年走到今天,成为现在的这个我的。我想要着重描述的是我的心灵历程,即构成我的心灵品质的那些主要因素在何时初步成形,在何时基本定型,在生命的各个阶段上以何种方式显现。我的人生观若要用一句话概括,就是真性情。我从来不把成功看作人生的主要目标,觉得只有活出真性情才是没有虚度了人生。所谓真性情,一面是对个性和内在精神价值的看重,另一面是对外在功利的看轻。我在回顾中发现,我的这种人生观其实早已植根于我的早年性格中了,是那种性格在后来环境中历练的产物。小时候,我是一个敏感到有些病态的孩子,这种性格使我一方面极为关注自己内心的感受,另一方面又拙于应付外部世界,对之心存畏怯和戒备。前一方面引导我日益沉浸于以读书和写作为主的智性生活和以性爱和亲子之爱为主的情感生活,并从中获得了人生最主要的乐趣,后一方面也就自然而然地发展成了对外在功利的淡泊态度。不妨说,我的清高源于我的无能,只不过我安于自己在这方面的无能罢了。说到底,人的精力是有限的,有所为就必有所不为,而人与人之间的巨大区别就在于所为所不为的不同取向。敏感和淡泊——或者说执著和超脱——构成了我的性情的两极,这本书描述的便是二者共生并长的过程,亦即我的性情之旅。

全书分四部,按照时间顺序,依次写童年和少年时期、大学时期、毕业后在农村锻炼和工作的时期、回到北京读研究生和从事哲学研究工作的时期。当一个人回忆自己的生活时,往往受与透视相反的原理支配,他会发现,幼时再小的事也显得很大,近期再大的事也显得比较小。第一部所写皆儿时细小记忆，但是，童年无小事，人生最早的印象因为写在白纸上而格外鲜明，旁人觉得琐碎的细节很可能对本人性格的形成发生过重大作用。第二部在全书中所占比重最大，其中较多篇幅回忆了郭世英，因为他是影响了我一生的人，我一生的精神追求方向正是在他的影响下奠定的。如果读者想知道一个具有强烈精神本能的人是如何度过在农村的长期寂寞岁月的，也许可以在第三部中找到答案。第四部的时间跨度最大，篇幅却较小，笔调显得有些匆促。我对此的辩解是，许多事情正处在现在进行时态中，尚缺乏回忆所需的必要距离。不过，我的人生之路正是在这里有了基本的归宿，因而我在这一部分中比较集中地表达了我对自己和对世界的成熟认识。

任何一部自传都是作者对自我形象的描绘，要这种描绘完全排除自我美化的成分，几乎是不可能的，我知道我决不会是一个例外。即使坦率如卢梭，当他在《忏悔录》中自陈其劣迹时，不也是一边自陈一边为此自豪，因而实际上是在用另一种方式显示其人性的丰富和优秀吗？我惟一可以自诩的是，我的态度是认真的，我的确在认真地要求自己做到诚实。我至少敢说，在这个名人作秀成风的时代，我没有作秀。因此，我劝那些喜欢看名人秀的读者不要买这本书，免得失望。我也要告诫媒体，切勿抽取书中的片段材料，用来制造花边新闻，那将是对这本书的严重亵渎。我只希望那样的读者翻开这本书，他们相信作者是怀着严肃的心情写它的，因而愿意怀着同样的心情来读其中的每一个字。

2004.5.19

我对女性只有深深的感恩

——《永恒之女性》序

本书汇集了我迄今为止所发表的谈论性、女人、爱情、婚姻的几乎全部文字。这些文字是在二十几年里陆续写下的,趁这次整理的机会重读了一遍。在读的过程中,我明确地感到,倘若要用一句话来概括我在这一领域里的认识,歌德的名句"永恒之女性"是最恰当不过的了,于是用以为书名。

歌德是一个大文豪,也是一个大情种,一生中恋爱不断,在女人身上享尽了艳福,也吃足了苦头,获得了大量灵感,也吸取了许多教训。老天赋予他一个情欲饱满的身体和一颗易感的心,使他一走近女人就春心荡漾,热血沸腾。不过,最后成就的不是一个普通的登徒子,而是一个伟大的诗人。他的天才使他能够把从女人身上得到的全部快乐和痛苦都酿成艺术的酒,他的超乎常人的强大理性又使他能够及时地从每一次艳遇、热恋、失恋、单恋中拔出身来,不在情欲之海中灭顶,反而把这一切经历用作认识的材料。认识什么?认识世界和人生,也认识女性。回过头去看,他所迷恋的那一个个具体的女人都是他的老师,他在她们身边度过的那些要死要活的日子都是他的功课,他经由她们学习这门叫做女性的课程。最后,这个勤奋的学生在八十二岁的时候终于交出了毕业答卷,就是诗剧《浮士德》第二部的结束语:"永恒之女性,引我们上升。"

在我看来,这句话也是歌德一世风流的结束语,是他的女性观的总结。

从这句话中,我读出的是他对女性的深深的感恩,与女人之间的所有情感纠葛,一生的爱的纷乱,都在这感恩之中平静下来了。恋爱是短暂的,与每一个女人的肌肤之亲是短暂的,然而,女性是永恒的。这永恒的女性化身为青春少女,引我们迷恋可爱的人生;化身为妻子,引我们执著平凡的人生;又化身为母亲,引我们包容苦难的人生。在这永恒的女性引导下,人类世代延续,生生不息,不断唱响生命的凯歌。

　　当然,我不是歌德,没有他的天才,也没有他的丰富的阅历。但是,身为男人,我也喜欢女人,也由自己的经历体会和认识女人,而最后的心情也和歌德一样,我对女性只有深深的感恩。男女恩怨,一切怨都会消逝,女性给人生、给世界的恩却将永存。我相信,不但我,一切懂得算总账的男人,都会是这样的心情。希腊神话里的英雄伊阿宋因为美狄亚的复仇而怨恨全部女性,祈愿人类有别的方法生育,使男人可以彻底摆脱女人。我倒希望上天成全他的祈愿,给像他这样的男人另造一个没有女人的世界,让他们去享受无性繁殖的幸福。至于我自己,我无比热爱眼前这个充满着女性诱惑和女性恩惠的世界,无论给我什么报偿,我都决不肯去伊阿宋的理想世界里待上哪怕一天。

2006.8

玩骰子的儿童

一

公元前六世纪左右，在希腊殖民的伊奥尼亚地区有两个最著名的城邦，一是米利都，一是爱菲斯。这两个城邦都地处繁荣的港口，盛产商人。然而，它们之所以青史留名，则是因为出产了一个比商人稀有得多的品种——哲人。米利都向人类贡献了最早的哲学家泰勒斯、阿那克西曼德和阿那克西米尼，史称米利都学派。比较起来，哲学家在爱菲斯就显得孤单，史无爱菲斯学派，只有一位爱菲斯的赫拉克利特（公元前 535—前 475）。

这倒适合赫拉克利特的脾气，他生性孤傲，不屑与任何人为伍。希腊哲学家讲究师承，惟独他前无导师，后无传承，仿佛天地间偶然蹦出了这一个人。他自己说，他不是任何人的学生，从自己身上就学到了一切。他也的确不像别的哲学家那样招收门徒，延续谱系。他一定是一个独身者，文献中找不到他曾经结婚的蛛丝马迹。世俗的一切，包括家庭、财产、名声、权力，都不在他的眼里。当时爱菲斯处在波斯帝国的统治下，国王大流士一世慕名邀他进宫，他回信谢绝道："我惧怕显赫，安于卑微，只要这卑微适宜于我的心灵。"其实他的出身一点儿也不卑微，在爱菲斯首屈一指，是城邦的王位继承人，但他的灵魂更是无比高贵，足以使他藐视人世间一切权力,把王位让给了他的弟弟。

在赫拉克利特的人际关系中,我们只知道他有过一个好友,名叫赫谟多洛。赫谟多洛是一位政治家,在城邦积极推进恢复梭伦所立法律的事业,结果被爱菲斯人驱逐。这件事给赫拉克利特的刺激必定极大,使他对公众的愚昧和多数的暴力产生了深深的厌恶。针对此事,他悲愤地说:"应该把爱菲斯的成年人都吊死,把城邦交给少年人管理,因为他们驱逐了他们中间那个最优秀的人。"也许在这之后,赫拉克利特与全爱菲斯人决裂了,过起了离群索居的生活,成了一个隐士。

在爱菲斯城郊有一座阿耳忒弥斯神庙,供奉月亮和狩猎女神。赫拉克利特在世时,神庙处在第二次重建之中,这项工程历时一百二十年,终于建成为早期伊奥尼亚式最壮丽的建筑,到那时为止全希腊最大的神殿,被后人列为世界七大奇观之一。赫拉克利特的隐居所就在这座神庙附近。可以想象,当时由于正在施工,它实际上是一片工地,孩子们便常来这里玩耍。我们的哲学家也和孩子们一起玩耍,玩得最多的是挪用羊跖骨做的骰子。在爱菲斯人眼里,一个成年人不干正事,成天和孩子们一起扔动物骨头,不啻是疯子的行径。于是,全城的人都拥来瞧热闹,起哄,嘲笑。这时候,疯子向喧嚣的人群抛出了一句无比轻蔑的话:"无赖,有什么可大惊小怪的!这岂不比和你们一起搞政治更正当吗?"阿耳忒弥斯神庙建成后六十余年即毁于火灾,不复存在,而这一句警语却越过岁月的废墟,至今仍在我的耳边回响。

后来,赫拉克利特越发愤世嫉俗,竟至于不愿再看见人类,干脆躲进了深山,与禽兽为伍,以草根树皮为食,患了水肿病,在六十岁上死了。

二

哲学家往往和世俗保持相当的距离,站在这距离之外看俗界世相;或者超然而淡漠,或者豁达而宽容。古希腊哲人大多如此,他们生活在自己的世界里,懒得与俗人较真。苏格拉底虽然在最后时刻不向俗人屈服,从

容就义，但平时的态度也十分随和，最多只是说几句聪明的挖苦话罢了。哲学家而愤世嫉俗，似乎有失哲人风度。在古希腊，常有城邦驱逐哲学家的事发生，然而，像赫拉克利特这样自我放逐于城邦的情形却绝无仅有。纵观西方哲学史，也能找出少数以愤世嫉俗著称的哲学家，例如叔本华和尼采，但都远没有弄到荒山穴居做野人的地步。在古今哲学家中，赫拉克利特实为愤世嫉俗之最。

赫拉克利特显然是一个有严重精神洁癖的人。他虽然鄙弃了贵族的地位和生活，骨子里却是一个贵族主义者。不过，他心目中的贵族完全是精神意义上的。在他看来，区分人的高贵和卑贱的惟一界限是精神，是精神上的优秀或平庸。他明确宣布，一个优秀的人抵得上一万人。他还明确宣布，多数人是坏的，只有极少数人是好的。他所说的优劣好坏仅指灵魂，与身份无关。"最美丽的猴子与人相比也是丑陋的。"我从这句话中听出的意思是：那些没有灵魂的家伙，不管在社会上多么风光，仍是一副丑相。

赫拉克利特生前有诸多绰号，其中之一是"辱骂群众的人"。他的确看不起芸芸众生，在保存下来的不多言论中，有好些是讥讽庸众的。他说："如果幸福在于肉体的快感，那么牛找到草料吃的时候便是幸福的"；"驴子宁要草料不要黄金"；"猪在污泥中取乐"。通常把这些话的含义归结为价值的相对性，未免肤浅。当他说着这些话的时候，他显然不只是在说牛、驴子和猪，而一定想到了那些除了物质享乐不知幸福为何物的人。庸众既不谙精神的幸福，亦没有真正的信仰。他们的所谓信仰，不过是世俗的欲望加上迷信，祭神时所祈求的全是非常实在的回报。即使真有神存在，也决不会如俗人所想象，能够听见和满足他们的世俗欲望。看到人们站在神殿里向假想的神祈祷，赫拉克利特觉得他们就像在向房子说话一样愚蠢可笑。他是最早把宗教归于个人内心生活的思想家之一，宣称惟有"内心完全净化的人"才有真信仰，这样的人摒弃物质的祭祀，仅在独处中与神交流。

最使赫拉克利特愤恨的是庸众的没有头脑。"多数人对自己所遇到的事情不作思考，即使受到教训后也不明白，虽然自以为明白。"人们基本上是人云亦云，"相信街头卖唱的人"；受意见的支配，而意见不过是"儿戏"。

更可悲的是,在普遍的无知之中,人们不以无知为耻,反以为荣。常常可以看见这样的人,他们脑中只有一些流行的观念和浅薄的常识,偏喜欢在大庭广众之中当作创见宣布出来。仿佛是针对他们,赫拉克利特说:"掩盖自己的无知要比公开表露好些。"理由不言而喻:无知而谦卑表明还知耻,无知而狂妄则是彻头彻尾的无耻了。

　　在赫拉克利特看来,多数人的灵魂是蒙昧的。不过,公平地说,他倒并不认为他们先天就是如此。他明确地说:"理性能力是灵魂所固有的","人人都有认识自己和健全思考的能力"。然而,人们不去发展灵魂中这种最宝贵的能力,运用它认识世界的真理,反而任其荒废,甘愿生活在内部和外部的黑暗之中。灵魂蒙昧的人如同行尸走肉,用一句谚语来说,便是"人虽在场却不在场",在场的只是躯体,不在场的是灵魂。没有灵魂的引导,眼睛和耳朵就成了坏的见证,只会对真理视而不见、听而不闻了。"他们既不懂得怎样听,也不懂得怎样说","即使听见了,也不理解,就像聋子一样"。上帝不给你头脑倒也罢了,可恨的是给了你头脑而你偏不用,仍像没有头脑一样地活着。赫拉克利特实在是恨铁不成钢。铁本来是可以成为钢的,所以才恨铁不成钢,没有人会恨废料不成钢。可是,看来许多铁已与废料无异,不可能成为钢了。赫拉克利特经常用醒和睡作譬。举目四望,他是惟一的醒者,众人皆昏睡,唤也唤不醒。最后,他终于绝望了,抛弃了这些昏睡者,也抛弃了人类。

<h2 style="text-align:center">三</h2>

　　赫拉克利特不但蔑视群众,还蔑视在他之前和与他同时的所有哲学家。倘若他活到今天,我相信他还会蔑视在他之后的绝大多数哲学家。在他眼里,希腊自荷马以来几乎没有一个智慧的人。在说出"博学不能使人智慧"这句名言之后,他把赫西俄德、毕达哥拉斯、塞诺芬尼举做了例子。听了许多同时代人的讲演,他断定其中没有一个人知道何为智慧。那么,究竟什么是智慧呢? 他说就是"认识那驾驭并贯穿一切的思想",简要地

说，就是"认识一切是一"。这听起来好像一点儿也不新鲜。寻找多中之一，原是哲学的题中应有之义，自泰勒斯以来，包括被他举作不智慧典型的毕达哥拉斯、塞诺芬尼在内，哲学家们都在做这件事。赫拉克利特的独特之处在哪里？

一切皆变，生命无常，这是人类生存所面临的一个基本事实。这个事实给人类生存的意义打上了问号，而人类之所以需要哲学，正是为了摆脱这个问号。绝大多数哲学家的办法是，在变易背后寻找一个不变的东西，名之为本原、本体、实体、本质等等，并据此把变易贬为现象。正是在这一点上，赫拉克利特显示了他的与众不同。他对变易极其敏感，任何静止的假象都骗不了他，他眼中的世界是一条永不停息的河流，人不能两次踏进去，甚至不能一次踏进去，因为在踏进的瞬间它已发生变化。他不但只看见变易，而且相信感官的证据，也只承认变易。即使从整体上把握，世界也仍是一个无始无终的变化过程。变是惟一的不变之事，在变的背后并不存在一个不变之物。所谓"一切是一"中的"一"，不是一个超越于变化的实体，而就是这个永恒的变化过程。当赫拉克利特用"永恒的活火"来称呼这个过程时，应该说是找到了一个确切的象征。火不是实体，而是燃烧和熄灭，作用和过程。"永恒的活火"就是永恒的变易，无始无终的创造和毁灭。总之，变易是世界的惟一真理，除了变易，别无所有。

可是，对于人类来说，这样一种世界观岂不太可怕了一些？如果变易就是一切，世界没有一个稳定的核心，一个我们可以寄予希望的彼岸，我们如何还有生活下去的信心？一个人持有这样的世界观，就不可避免地会厌世，看破了一切暂时之物的无价值。赫拉克利特也许就是这样。我听见他说出了一句冷酷的话："时间是一个玩骰子的儿童，儿童掌握着王权！"如此看来，当他在阿耳忒弥斯神庙旁和孩子们一起玩骰子时，他哪里是在游戏，简直是在从事一种"行为哲学"。我仿佛看见他以鄙夷的目光望着围观的爱菲斯人，又越过围观者望着人类，冷笑道：人类呵，你们吃着，喝着，繁殖着，倾轧着，还搞什么政治，自以为是世界的主人。殊不知你们的命运都掌握在一个任性的孩子手里，这孩子就是时间，它像玩骰子一样玩弄着你们的命运,使你们忽输忽赢,乍悲乍喜,玩厌了一代人,又去玩新的一代,世世代代的人都要被他玩弄,被他抛弃……

然而,对于这同一句话,有一个哲学家听出了另一种全然不同的意思。跨越两千多年的时空,尼采在赫拉克利特身上找到了他的惟一的哲学知己。他相信,当赫拉克利特和顽童们游戏时,心中所想的是宇宙大顽童宙斯的游戏。作为永恒变易过程的宇宙,它就是一个大顽童,创造着也破坏着,创造和破坏都是它的游戏,它在万古岁月中以这游戏自娱。我们如果感受到了它的游戏的快乐,就不会为生存的短暂而悲哀了。一切暂时之物都是有价值的,按照尼采的说法,即是审美的价值,因为孩子在游戏时就是艺术家,游戏的快乐就是审美的快乐。

有道理吗? 也许有一点儿。永恒的活火对于我们的生存既是判决,又是辩护。它判决我们的生存注定是暂时的,断绝了通往永恒的一切路径。同时,正因为它废除了彼岸,也就宣告无须等到天国或来世,就在此时此刻,我们的生存已经属于永恒,是宇宙永恒变易过程的一个片段。然而,即便如此,做永恒活火的一朵瞬间熄灭的火苗,这算什么安慰呢? 事实上,我在赫拉克利特身上并没有发现所谓的审美快乐;毋宁说他是冷漠的。他超出人类无限远,面对人类仿佛只是面对着幻象,以至于尼采也把他比喻为"一颗没有大气层的星辰"。对于我来说,赫拉克利特的世界观是可信而不可爱的,因为我不可能成为玩骰子的宇宙大顽童本人,又不甘心只在它某一次掷骰子的手势中旋生旋灭。

四

"那个在德尔斐庙里发布谶语的大神既不挑明,也不遮掩,而只是用隐喻暗示。"赫拉克利特如是说。其实他自己与阿波罗神有着相同的爱好。

赫拉克利特著述不多,据说只有一部,不像后来的希腊哲学家,几乎个个是写作狂,作品清单一开百八十部。流传下来的则更少,皆格言式,被称为残篇,但我相信那就是他本来的写作形式。大约因为料定无人能读懂,他把作品藏在阿耳忒弥斯神庙里，秘不示人。身后不久，这些作品流散开来，使他获得了晦涩哲人的名号。苏格拉底读到过，承认自己只读懂了一部分，但意识到了这是一个宝藏，对欧里庇得斯说，若要领会其中妙处，就必须"像一个潜水探宝者那样深入到它的底部去"。亚里士多德也读到过，他的严格的修辞学头脑却接受不了这些神谕式的文字，抱怨读不懂甚至无法断句。

从保存下来的文字看，其实不可一概而论。其中，有一些十分通俗明白，例如："不要对重要的事情过早下判断。""获得好名誉的捷径是做好人。""在变化中得到休息；服侍同一个主人是疲劳的。"有一些言简意赅，耐人寻味，例如："我寻找过我自己。""性格就是命运。"还有一些就很费猜测了，例如："灵魂在地狱里嗅着。""凡是在地上爬行的东西，都被神的鞭子赶到牧场上去。"其间明晦的差别，显然是因为话题的不同，本来简单的就不要故弄玄虚，本来深奥的就无法直白。不过，无论哪一种情况，我们都看到，共同的特点是简练。第欧根尼·拉尔修辑录的赫氏言行是后世了解这位哲学家的最主要来源之一，他虽也谈及了人们对其文风的非议，但仍赞扬道："他的表达的简洁有力是无与伦比的。"这是公正的评价，在相当程度上至今仍然适用。我们至少可以把赫拉克利特看作西方哲学中格言体的始祖，而把奥勒留、帕斯卡尔、尼采等人看作他的优秀的继承者。

就哲学写作而言，我认为简练是一个基本要求。简练所追求的正是不晦涩，即用最准确因而也就是最少而精的语言表达已经想清楚的道理。不能做到简练，往往是因为思想本来不清晰，或者缺乏捕捉准确语言的能力，于是不得不说许多废话。更坏的是故弄玄虚，用最复杂的语言说最贫乏的内容，云山雾罩之下其实空无一物，转弯抹角之后终于扑了一空。然而，在不动脑子的读者眼里，简练很容易被看作晦涩。这也正是赫拉克利特的命运。简练之所以必要，理由之一恰恰是要让这样的读者看不懂，防止他们把作者的深思熟虑翻译成他们的日常俗见。一个珍爱自己思想的哲学家应该这样写作：一方面，努力让那些精致的耳朵听懂每一句话，另一方面，决不为了让那些粗糙的耳朵听懂——它们反正听不懂——而多说一句不必要的话。如此写出的作品，其风格必是简练的。

　　在涉及某些最深奥的真理时，晦涩也许是不可避免的。赫拉克利特说："自然喜欢躲藏起来。"这句话本身是隐喻，同时也阐释了隐喻的理由。我从中听出了两层含义：第一，自然是顽皮的，喜欢和寻找它的人捉迷藏；第二，自然是羞怯的，不喜欢暴露在光天化日之下。所以，在接近自然的奥秘时，一个好的哲人应当怀有两种心情，既像孩子一样天真好奇，又像恋人一样体贴小心。他知道真理是不易被捉到，更不可被说透的。真理躲藏在人类语言之外的地方，于是他只好说隐喻。

生存的现实和寓言

在读了加拿大作家马特尔的小说《少年 Pi 的奇幻漂流》之后，几乎每一个评论者都会谈到它的奇特。一个印度动物园主带着他的家人和动物，搭乘一艘日本货船移居加拿大，不幸海上遇险，货船沉没。最后只剩下两个幸存者，一个是园主的十六岁儿子帕特尔即少年 Pi，另一个是一只名叫帕克的孟加拉虎，人虎共处于一只小小的救生艇，在无边的大海上漂流了二百二十七天。故事的主体部分便围绕着海上生存和驯虎展开。

这的确是一个奇特的故事。由于这种遭遇是我们感到难以想象的，我们的想象力更被刺激起来了。我们会不由自主地想到，如果类似的遭遇落到自己头上，我们又将如何。事实上，任何人都可能遇上某种灾难，而任何灾难在遇上之前都让人感到难以想象，一旦遇上就又必须接受。本书的主人公不是鲁宾逊式的开拓者，也不是《老人与海》中的硬汉子，而只是海难中一个普通的幸存者，因而我们会更容易设身处地进入他的处境和心境。

在遭遇巨大灾难时，一般人的最初反应是不相信，幻想奇迹出现，自己一定能获救。帕特尔也是如此，不过他很快绝望了，而生存的努力正是从绝望开始的。对于失事的人来说，最致命的错误是抱的希望太大，做的事却太少。帕特尔明白了这一点，他让自己不停地忙碌，甚至不再计算天数，忘记了时间概念本身。不要去想未来，就把漂流当作惟一可能的生活吧，这样反而有勇气活下去了。身陷任何一种绝境，只要还活着，就必须把绝境也当作一种生活,接受它的一切痛苦,也不拒绝它仍然可能有的任何微小的快乐。作者打了一个确切的比方:失事后的生活就像象棋残局,没有几个棋子,输赢不能再多了,可是你仍能从每一步赢棋中获取快乐。你到了地狱底层,仍面带微笑,为什么? 因为在你脚下有一条可供充饥的小小的死鱼。总之,"无论生活以怎样的方式向你走来,你都必须接受它,尽可能地享受它。"海上漂流的生活时常是乏味和恐惧的交替。大海是一个不变的圆圈,时间永无尽头,其单调使人陷入类似昏迷的漠然状态。大海又反复无常,随时变得狂暴,使人恐惧得要发疯。这两种情绪还彼此渗透,乏味下潜伏着恐惧,恐惧时仍感觉乏味。叔本华曾用海上漂流来譬喻人的生存。在本质上,我们每个人都孤独地漂流在人生的大海上,对生的乏味和死的恐惧也都多少有所领略。关于恐惧,帕特尔有一个很好的体会:恐惧是生命真正的对手,必须努力把它表达出来,用语言的光辉照亮它。如果逃避它,让它躲在无语的黑暗中,它就更容易把你打败。我相信我们也应该这样对付死的恐惧。

身处绝境之中,最忌讳的是把绝境与正常生活进行对比,认为它不是生活,这样会一天也忍受不下去。如果要作对比,干脆放大尺度,把自己的苦难放到宇宙的天平上去称一称。漂流在海上,帕特尔很自然地感受到了这种对比。夜晚,天空明净,月轮清晰,星星闪烁,海静静地躺着,他觉得自己仿佛看见了整个宇宙。于是——"我第一次注意到,我的痛苦是在一个宏伟庄严的环境中发生的。我从痛苦本身去看待它,认为它是有限的、不重要的,而我是静止不动的。"生命不过是通向广袤无垠的一个小小的窥孔,既然已经看到了广袤无垠,就别再在乎有没有这个窥孔了。看见宇宙便是融入宇宙,心境发生了根本的改变。面对宇宙,一个生命连同它的痛苦实在微不足道,可以忽略不计。

海上生存已是难事,况且还要对付那头老虎。然而,既出乎我们意料又令我们信服的是,恰恰是这头老虎,成了促使帕特尔活下来的救星。失事之初,帕克的确是他面临的头等难题。一开始船上剩有四只动物,鬣狗吃了斑马和猩猩,老虎又吃了鬣狗,下一个该轮到帕特尔了。因此,他一心

盘算如何杀死老虎。但是,帕克在饱食之后的表现使他改变了主意。它专注地看着他,那是一只感到满足的动物的眼神。接着,它哼了一声,又哼了一声,像是在打招呼。作为动物园主的儿子,耳濡目染的经验使他理解了这种友好的表示,做出了驯服它的决定。驯虎的关键是保证其饮食的供应,这使他有大量的事情要做,整天忙于钓鱼、捕杀海龟、使用海水淡化器等,无暇去想死去的亲人和自己的困境,因此保持了心理的健康。如果没有帕克,他将独自面对绝望,那是比老虎更可怕的敌人。他和帕克似乎成了相依为命的伙伴。

可是,请不要以为我们看到了一个人兽相爱的浪漫童话,结束的场景无情地粉碎了这个错觉。船终于漂到了大陆,帕克跃向岸上,它的身体在帕特尔头顶上方的空中伸展开来,仿佛一道飞逝的毛茸茸的彩虹。它径直走向丛林,没有看帕特尔一眼。"在丛林边上,它停下来了。我肯定它会转身对着我。它会看我。它会耷拉下耳朵。它会咆哮。它会以诸如此类的方式为我们之间的关系作一个总结。它没有这么做。它只是目不转睛地看着丛林。然后,理查德·帕克,我忍受折磨时的伴侣,激起我求生意志的可怕猛兽,向前走去,永远从我的生活中消失了。"这一段描写十分精彩,我们又一次感到意外,同时立刻感到无比真实。其实,在作者笔下,帕克始终是一头猛兽,最后仍是如此,产生错觉的是我们,当然,还有帕特尔。他哭了,无法理解在经历了漫长而艰险的共患难之后,帕克怎么能如此无所谓地离他而去,甚至不回头看他一眼。

故事到此已经结束,但更大的意外还在后面。日本来人调查货船失事经过,帕特尔给出了另一个版本:沉船之后,幸存者其实是四个人,除他之外,还有他母亲、一个厨师、一个水手,并没有动物。饥饿驱使厨师杀食了水手和他母亲,既然只有他活下来了,显然他又杀食了厨师。那么,看来动物的故事是他编造出来以掩盖可怕的真相的,其实鬣狗是厨师,斑马是水手,猩猩是他母亲,而老虎就是他自己。

哪一个版本是真的?作者没有这么问,而是让帕特尔问调查员:"哪一个故事更好?"调查员答:"有动物的故事更好。帕特尔说:"谢谢。和上帝的意见一致。"我们不禁想起了小说的开头,在那里,作者告诉我们,他是从一个印度老人那里听到这个有动物的故事的,当时老人对他说:"我有一个故事,它能让你相信上帝。"听完了故事,我们相信上帝了吗? 也许,但仅在一个意义上,即上帝是一个必要的寓言。在全书的一头一尾,作者都谈到了动物和宗教。失事之前,在印度,帕特尔一面被父亲引领着认识动物园里猛兽的残忍习性,一面相当搞笑地同时成了三种不同宗教的狂热信徒。失事之后,到了加拿大,帕特尔成了一个大学生,专业是动物学和宗教学。我的理解是,动物学是人的生存的现实,宗教学是人的生存的寓言。在极端残酷的生存斗争中,人成了赤裸裸的动物。可是,上帝不喜欢这样,他把兽性的故事给了动物,而把人性的故事给了我们。我们需要上帝这个寓言,当然不只是为了掩饰我们的兽性,更是为了对我们的人性怀有信心。

2005.6

拯救童年

　　我是怀着强烈期待的心情翻开尼尔·波兹曼的《童年的消逝》一书的，原因有二。一是此前读过这位作者的另一著作《娱乐至死》并深感共鸣，二是该书的主题正是我长期关注和忧虑的问题。读后的感觉是未失所望，但又意犹未尽。

　　该书的立论与《娱乐至死》一脉相承，也是电视对于文化的负面作用，而童年的消逝基本上被视为此种负面作用的一个特例。作者是在社会学而非生物学意义上定义童年概念的，他认为，这个意义上的童年概念乃是印刷术的产物。在此之前，尤其在漫长的中世纪，童年与成年的界限是模糊不清的。由于儿童死亡率居高不下，使得人们包括一般父母在儿童身上不愿投入感情，尚未形成同情儿童的心理机制。甚至像柏拉图这样的哲学家竟也断言：对儿童只能"用恐吓和棍棒，像对付弯曲的树木一样"。同时，由于主要依靠口头方式传播信息，儿童很早就从成人百无禁忌的谈话中知道了成年的各种秘密包括性秘密，不能培育起羞耻心。总之，在社会的普遍意识中，童年不被看作一个需要给予特殊关心的人生阶段，真正的儿童教育并不存在。儿童之被当作成人对待，从英国法律中可见一斑，直到1780年，二百多项死罪对儿童一视同仁，有一个七岁女孩只因为偷了一条衬裙就被处以绞刑。

　　如果说医学的发展改变了人们对儿童生命和心灵的麻木态度，那么，印刷术的发明则在人类历史上第一次创造了童年的概念。按照作者的解说,这主要是指,由于信息传播方式由口头转变为文字,社会便获得了一个区分童年和成年的明确标准,就是是否具备阅读能力。童年是从学习识字和阅读开始的,儿童必须接受教育才能应付成人的符号世界,成年变成一个需要经过努力才能达到的目标,为此欧洲建立了现代学校。作为一个重要结果,文字的屏障可使儿童避免接触于他们不宜的信息,保护他们的羞耻心。作者始终强调,羞耻心是童年存在的前提。这是有道理的,因为儿童的天真在相当程度上依赖于羞耻心。

然而,信息传播技术的新革命再一次彻底改变了儿童生活的场景,

在作者看来,不啻是消灭了由印刷术所建立的儿童的概念。这就是电视的发明。自上世纪五十年代以来,电视在美国的家庭里扎根,接着普及于全世界,成为当代文化的主宰。作者对于电视文化的批判是强有力的。他引美国作家芒福德的话说:钟表消灭了永恒,印刷机使之恢复。依靠印刷的书籍,个人得以摆脱一时一地的控制,扩展了思想自由的疆域。可是,电视似乎又重新消灭了永恒。电视在本质上是娱乐,它旨在制造观众瞬时的兴奋。看电视就好像参加一个聚会,满座是你不认识的人,不断被介绍给你,而你在兴奋之后,完全记不住这些人是谁和说了什么。电视破坏了童年和成年之间界限的历史根基,在电视机前面,童年消逝与成年消逝并行。一方面,看电视不需要,也不开发任何技能,它把成人变成了功能性文盲,儿童化的成人。正如英国哲学家怀特海早就指出的:"文化是思想活动,支离破碎的信息与文化毫不相干。"另一方面,它又把儿童变成了成人化的儿童。孩子们从电视图像上获得五花八门的信息,仿佛无所不知,尚未提问就被给了一大堆答案,好奇的张力减弱,好奇被自以为是取代。他们还通过电视知道了成人的一切秘密,导致羞耻心消失。作者断言,如今孩子普遍早熟,青春期提前,电视——现在还应该加上网络——对此脱不了干系。当儿童能够任意接触成人的知识禁果时,他们就确实被逐出童年乐园。令无数家长忧虑的事实是,家长对孩子的信息环境完全失去了控制。玛格丽特·米德把电视称作"第二家长",我们或许可以把网络称作"第三家长",而且,这些后来居上的"家长"威力多么巨大,使得许多"第一

家长"成了徒有其名的傀儡。

童年消逝的一个重要表征是传统儿童游戏的消失。英国两位历史学家鉴定了几百种传统儿童游戏,其中没有一种是现在的美国儿童仍经常玩的。我们这里的情况并不稍微好一些,不必说上了年纪的人,即使是三四十岁的中年人,记忆中的童年游戏在今日的孩子中间也已难觅踪影。今日的孩子当然也玩,但区别于传统游戏,有两个鲜明特征。其一是抽象性,突出表现在电脑游戏,沉湎在虚拟世界里,昏天黑地,不知阳光下还有一个真实的世界。在玩电脑游戏时,人自身也化为抽象的存在,肉体和灵魂皆消失,变成了受电脑程序控制的一个部件。相反,传统游戏总是具体的,环境具体,多半在户外,与自然亲近,人也具体,手脑并用,身心皆投入。其二,传统游戏具有自发性,没有成人的干预,孩子们自然地玩到了一起,自由自在,充满童趣。相反,现在的儿童游戏变得日益职业化了,作者举出美国的例子,组织各种比赛,往往有家长督促和参与,让孩子们经受培训、竞争、媒体宣传的辛苦。在我们这里,则是给孩子报各种班,学各种技能,同样也要参加各种比赛,加上繁重的作业,占据了全部课外时间。可是,当孩子们毫不自由地从事着这些活动时,他们还是在玩吗? 当然不是了,他们其实是被绑架进了成人世界的竞争之中。

最后,我说一说为何对这本书感到意犹未尽的理由。作者的基本论点是,电视文化取代印刷文化,这是导致童年消逝的根源。中国当今的现实却是,不但电视文化,而且印刷文化,二者共同导致了孩子们童年的消逝,因而消逝得更为彻底。其实,作者自己曾谈到,在印刷文化的范畴内,也有两种不同的童年概念。洛克派认为:儿童是未成形的人,教育就是通过识字和理性能力的培养使之成形,变成文明的成人。卢梭派则认为:儿童拥有与生俱来的自发能力,教育就是生长,以文字为主导的现行教育却压抑了生长,结果使儿童变成了畸形的成人。不用多说,人们就会感到,卢梭的批评是多么切合今日中国的现状。因此,为了拯救中国孩子的童年,我们不但要警惕电视文化的危害,更要克服印刷文化的弊病,其极端表现就是我们今天的急功近利的应试教育。

2005.4

谈 钱

一 钱对穷人最重要

金钱是衡量生活质量的指标之一。一个起码的道理是,在这个货币社会里,没有钱就无法生存,钱太少就要为生存操心。贫穷肯定是不幸,而金钱可以使人免于贫穷。

不要对我说钱不重要。试试看,让你没有钱,成为中国广大贫困农民中的一员,你还说不说这种话。对于他们来说,钱意味着活命,意味着过最基本的人的生活。因为没有钱,多少人有病不能治,被本来可以治好的病夺去了生命。因为没有钱,多少孩子上不起学,早早辍学,考上大学也只好放弃,有的父母甚至被逼用自杀来逃避学费的难题。因为没有钱,农村天天在上演着有声或无声的悲剧。

让我们记住,对于穷人来说,钱是第一重要的。让我们记住,对于我们的社会来说,让穷人至少有活命的钱是第一重要的。

二 钱的重要性递减

对于不是穷人的人,即基本生活已有保障的人,钱仍有其重要性。道

理很简单：有更多的钱，可以买更多的物资和更好的服务，改善衣食住行及医疗、教育、文化、旅游等各方面的条件。但是，钱与生活质量之间的这种正比例关系是有一个限度的。超出了这个限度，钱对于生活质量的作用就呈递减的趋势。原因就在于，一个人的身体构造决定了他真正需要和能够享用的物质生活资料终归是有限的，多出来的部分只是奢华和摆设。

我认为，基本上可以用小康的概念来标示上面所说的限度。从贫困到小康是物质生活的飞跃，从小康再往上，金钱带来的物质生活的满足就逐渐减弱了，直至趋于零。单就个人物质生活来说，一个亿万富翁与一个千万富翁之间不会有什么重要的差别，钱超过了一定数量，便只成了抽象的数字。

至于在提供积极的享受方面，钱的作用就更为有限了。人生最美好的享受都依赖于心灵能力，是钱买不来的。钱能买来名画，买不来欣赏；能买来色情服务，买不来爱情；能买来豪华旅游，买不来旅程中的精神收获。金钱最多只是我们获得幸福的条件之一，但永远不是充分条件，永远不能直接成为幸福。

三　快乐与钱关系不大

以为钱越多快乐就越多，实在是天大的误会。钱太少，不能维持生存，这当然不行。排除了这种情况，我可以断定，钱与快乐之间并无多少联系，更不存在正比例关系。

一对夫妇在法国生活，他们有别墅和花园，最近又搬进了更大的别墅和更大的花园。可是，他们告诉我，新居带来的快乐，最强烈的一次是二十年前在国内时，住了多年集体宿舍，单位终于分给一套一居室，后来住房再大再气派，也没有这样的快乐了。其实，许多人有类似的体验。问那些穷苦过的大款，他们现在经常山珍海味，可有过去吃到一顿普通的红烧肉快乐，回答必是否定的。

快乐与花钱多少无关。有时候，花掉很多钱，结果并不快乐。有时候，花很少的钱,买到情人喜欢的一件小礼物,孩子喜欢的一个小玩具,自己喜欢的一本书,就可以很快乐。得到也是如此。我收到的第一笔稿费只有几元钱,但当时快乐的心情远超过现在收到几千元的稿费。

伊壁鸠鲁早就说过:快乐较多依赖于心理,较少依赖于物质;更多的钱财不会使快乐超过有限钱财已经达到的水平。其实,物质所能带来的快乐终归是有限的,只有精神的快乐才有可能是无限的。

金钱只能带来有限的快乐,却可能带来无限的烦恼。一个看重钱的人,挣钱和花钱都是烦恼,他的心被钱占据,没有给快乐留下多少余地了。天下真正快乐的人,不管他钱多钱少,都必是超脱金钱的人。

四　可怕的不是钱,是贪欲

人们常把金钱称作万恶之源,照我看,这是错怪了金钱。钱本身在道德上是中性的,谈不上善恶。毛病不是出在钱上,而是出在对钱的态度上。可怕的不是钱,而是贪欲,即一种对钱贪得无厌的占有态度。当然,钱可能会刺激起贪欲,但也可能不会。无论在钱多钱少的人中,都有贪者,也都有不贪者。所以,关键还在人的素质。

贪与不贪的界限在哪里? 我这么看:一个人如果以金钱本身或者它带来的奢侈生活为人生主要目的,他就是一个被贪欲控制了的人;相反,不贪之人只把金钱当作保证基本生活质量的手段,或者,在这个要求满足以后,把金钱当作实现更高人生理想的手段。贪欲首先是痛苦之源。正如爱比克泰特所说:"导致痛苦的不是贫穷,而是贪欲。"苦乐取决于所求与所得的比例,与所得大小无关。以钱和奢侈为目的,钱多了终归可以更多,生活奢侈了终归可以更奢侈,争逐和烦恼永无宁日。

其次,贪欲不折不扣是万恶之源。在贪欲的驱使下,为官必贪,有权在手就拼命纳贿敛财;为商必不仁,有利可图就不惜草菅人命。贪欲可以使人目中无法纪,心中无良知。今日社会上腐败滋生,不义横行,皆源于贪欲膨胀,当然也迫使人们叩问导致贪欲膨胀的体制之弊病。

贪欲使人堕落，不但表现在攫取金钱时的不仁不义，而且表现在攫得金钱后的纵欲无度。对金钱贪得无厌的人，除了少数守财奴，多是为了享乐，而他们对享乐的惟一理解是放纵肉欲。基本的肉欲是容易满足的，太多的金钱就用来在放纵上玩花样，找刺激，必然的结果是生活糜烂，禽兽不如。有灵魂的人第一讲道德，第二讲品位，贪欲使人二者都不讲，成为没有灵魂的行尸走肉。

五　做钱的主人，不做钱的奴隶

有的人是金钱的主人，无论钱多钱少都拥有人的尊严。有的人是金钱的奴隶，一辈子为钱所役，甚至被钱所毁。

判断一个人是金钱的奴隶还是金钱的主人，不能看他有没有钱；而要看他对金钱的态度。正是当一个人很有钱的时候，我们能够更清楚地看出这一点来。一个穷人必须为生存而操心，我们无权评判他对钱的态度。

做金钱的主人，关键是戒除对金钱的占有欲，抱一种不占有的态度。也就是真正把钱看作身外之物，不管是已到手的还是将到手的，都与之拉开距离，随时可以放弃。只有这样，才能在金钱面前保持自由的心态，做一个自由人。凡是对钱抱占有态度的人，他同时也就被钱占有，成了钱的奴隶，如同古希腊哲学家彼翁在谈到一个富有的守财奴时所说："他并没有得到财富，而是财富得到了他。"

如何才算是做金钱的主人，哲学家的例子可供参考。苏格拉底说：一无所需最像神。第欧根尼说：一无所需是神的特权，所需甚少是类神之人的特权。这可以说是哲学家的共同信念。多数哲学家安贫乐道，不追求也不积聚钱财。有一些哲学家出身富贵，为了精神的自由而主动放弃财产，比如古代的阿那克萨戈拉和现代的维特根斯坦。古罗马哲学家塞内卡是另一种情况，身为宫廷重臣，他不但不拒绝，而且享尽荣华富贵。不过，在享受的同时，他内心十分清醒，用他的话来说便是："我把命运女神赐予我的一切——金钱、官位、权势——都搁置在一个地方，我同它们保持很宽的距离,使她可以随时把它们取走,而不必从我身上强行剥走。"他说到做到,后来官场失意,权财尽失,乃至性命不保,始终泰然自若。

六　钱考验人的素质

财富既可促进幸福,也可导致灾祸,这取决于人的精神素质。金钱是对人的精神素质的一个考验。拥有的财富越多,考验就越严峻。大财富要求大智慧,素质差者往往被大财富所毁。

看一个人素质的优劣,我们可以看他:获取财富的手段是否正当,能否对不义之财不动心;对已得之财能否保持超脱的心情,看做身外之物;富裕之后是否仍乐于过相对简朴的生活。

后面这一点很重要。奢华不但不能提高生活质量,往往还会降低生活质量,使人耽于物质享受,远离精神生活。只有在那些精神素质极好的人身上,才不会发生这种情况,而这又只因为他们其实并不在乎物质享受,始终把精神生活看得更珍贵。一个人在巨富之后仍乐于过简朴生活,正证明了灵魂的高贵,能够从精神生活中获得更大的快乐。

七　钱尤其考验企业家的素质

财富是我们时代最响亮的一个词,上至政治领袖,下至平民百姓,包括知识分子,都在理直气壮地说这个词了。过去不是这样,传统的宗教、哲学和道德都是谴责财富的,一般俗人即使喜欢财富,也羞于声张。公开讴歌财富,是资本主义造就的新观念。我承认这是财富观的一种进步。

不过,我们应当仔细分辨,这一新的财富观究竟新在哪里。按照韦伯的解释,资本主义精神的特点就在于,一方面把获取财富作为人生的重要成就予以鼓励,另一方面又要求节制物质享受的欲望。这里的关键是把财富的获取和使用加以分离了,获取不再是为了自己使用,在获取时要敬业,在使用时则要节制。很显然,新就新在肯定了财富的获取,只要手段正当,

发财是光荣的。在财富的使用上，则继承了历史上宗教、哲学、道德崇尚节俭的传统，不管多么富裕，奢侈和挥霍仍是可耻的。

那么，怎样使用财富才是光荣的呢？既然不应该用于自己包括子孙的消费，当然就只能是回报社会了，民间公益事业因之而发达。事实上，在西方尤其美国的富豪中，前半生聚财、后半生散财已成惯例。在获取财富时，一个个都是精明的资本家，在使用财富时，一个个仿佛又都成了宗教家、哲学家和道德家。当老卡耐基说出"拥巨资而死者以耻辱终"这句箴言时，你不能不承认他的确有一种哲人风范。

就中国目前的情况而言，发展民间公益事业的条件也许还不很成熟。但是，有一个问题是成功的企业家所共同面临的：钱多了以后怎么办？是仍以赚钱乃至奢侈的生活为惟一目标，还是使企业的长远目标、管理方式、投资方向等更多地体现崇高的精神追求和社会使命感，由此最能见出一个企业家素质的优劣。如果说能否赚钱主要靠头脑的聪明，那么，如何花钱主要靠灵魂的高贵。也许企业家没有不爱钱的，但是，一个好的企业家肯定还有远胜于钱的所爱，那就是有意义的人生和有理想的事业。

2005.10

短信文学五则

——应约而写的戏作

自卑

女儿六岁,正和同伴疯玩,我企图加入,说:"我来当你们的大王。"她说:"你当不了大王。"我问:"我能当什么?"她狡黠一笑,答:"你什么也当不了,你就当你的著名作家周国平吧!"言毕,把我撂在一旁,继续与同伴疯玩。我灰溜溜回到书房,坐在电脑前,感到无比自卑,一个字也敲不出来。

下冰雹即景

Party 结束,人们走到院子里,准备离去。突然,狂风大作,下起了冰雹。人们急忙退到屋檐下,三五成群聊天,有几人拿出了手机,开始打电话,或读、发短信息。当然,不能让冰雹浪费了宝贵的时间。

只有一个小女孩仍在院子里,她兴奋地奔跑,跳跃,伸手接冰雹,每接着一颗就笑出声来。

冰雹停了。回家的路上,小女孩用惋惜的口吻对她的妈妈说:"妈妈,你们浪费了冰雹。"

无辜的邻人

半夜,我被一种奇怪的声音吵醒。这声音显然来自楼上,像是一颗小玻璃球落在地板上,接着又弹跳几下,哒勒勒勒……隔一小会儿,就重复一次。我睡不着了,坐起来,抬眼盯着天花板,想象着楼上人家半夜玩小玻璃球的情景,为其行为的荒唐而愤怒。我正琢磨要不要上楼去抗议,视线偶然扫过窗户,瞥见竹帘被风吹动,轻轻飘起又荡下,哒勒勒勒……原来如此!

发生使我们不愉快的事情时,我们多么容易首先从邻人身上寻找原因。

成功术

世人渴望成功,传授成功术的励志类书籍因之畅销。某书商决定如法炮制,为节省成本,以极低廉价格雇一倒霉蛋为写手。书出,果然畅销,书商获大利,读者纷纷从倒霉蛋的文字中领悟成功秘籍,皆如何被赏识、如何发财之类,而倒霉蛋依然过着无人赏识、穷困潦倒的失败生活。

互换生活

商人忙于理财,学者忙于著书,各安于其业。有一日,一个商人和一个学者都对自己的生活感到了厌倦,便向天神请求互换生活,得到了准许。于是,商人整日伏案,学者累月奔波,两人都不能适应新的生活,苦不堪言。不久,他们来到天神前,请求换回自己的生活。天神沉吟道:"我有一个办法,让你们都对新的生活满意。"他悄悄把两人的自我也互换了。果然,从此以后,那个商人忙于著书,那个学者忙于理财,各安于对方之业。

当然,天神心里明白,其实一切恢复了原样,什么变化也没有发生。

2005.6